Die Knickerbocker Bande

Thomas C. Brezina

Auf frischer Tat ertappt!

66 spannende Ratekrimis

Mit Illustrationen von Jan Birck
und Alexander Jung

Ravensburger Buchverlag

DIE KNICKERBOCKER BANDE

STECKBRIEFE

HALLO,
ALSO HIER MAL IN KÜRZE
DAS WICHTIGSTE ÜBER UNS:

POPPI

NAME: Paula Monowitsch
COOL: Tierschutz
UNCOOL: Tierquäler, Angeber
LIEBLINGSESSEN:
Pizza (ohne Fleisch,
bin Vegetarierin!!!)
BESONDERE KENNZEICHEN:
bin eine echte Tierflüsterin –
bei mir werden sogar Pitbulls
zu braven Lämmchen

DOMINIK

NAME:
Dominik Kascha
COOL: Lesen, Schauspielern
(hab schon in einigen Filmen und
Theaterstücken mitgespielt)
UNCOOL: Erwachsene, die einen bevormunden
wollen, Besserwisserei (außer natürlich, sie kommt
von mir, hähä!)
LIEBLINGSESSEN: Spaghetti
(mit tonnenweise Parmesan!)
BESONDERE KENNZEICHEN:
muss immer das letzte Wort haben und kann so
kompliziert reden, dass Axel in seine Kappe beißt!

AXEL

NAME: Axel Klingmeier

COOL: Sport, Sport, Sport (Fußball und vor allem Sprint, bin Schulmeister, habe sogar schon drei Pokale gewonnen)

UNCOOL: Langweiler, Wichtigtuer

LIEBLINGSESSEN: Sushi … war bloß ’n Witz (würg), also im Ernst: außer Sushi alles! (grins)

BESONDERE KENNZEICHEN: nicht besonders groß, dafür umso gefährlicher (grrrrrr!)

LILO

NAME: Lieselotte Schroll (nennt mich wer Lolli, werde ich wild)

COOL: Ski fahren, Krimis

UNCOOL: Weicheier, Heulsusen

LIEBLINGSESSEN: alles, was scharf ist, thailändisch besonders

BESONDERE KENNZEICHEN: blond, aber unheimlich schlau (erzähl einen Blondinenwitz und du bist tot …)

Bibliografische Information der Deutschen Nationalbibliothek:

Die Deutsche Nationalbibliothek verzeichnet diese Publikation
in der Deutschen Nationalbibliografie.
Detaillierte bibliografische Daten sind im Internet
über *http://dnb.d-nb.de* abrufbar.

1 2 3 4 5 13 12 11 10 09

Die Ratekrimis erschienen im Ravensburger Buchverlag bereits
© 2003 unter dem Titel *99 heiße Spuren. Spannende Ratekrimis*, 47133
© 2004 unter dem Titel *Unheimlich heiße Spuren. Spannende Ratekrimis*, 47135
© 1999 in den folgenden Taschenbüchern:
Gift für den Killerwal, RTB 56111
Wenn der Wolfsmann heult, RTB 56112
Die Gänsehaut-Orgel, RTB 56113
Pferdehof in Gefahr, RTB 56114
Die Geisterkatze zeigt die Krallen, RTB 56115
Unternehmen Wüstenwurm, RTB 56116
Es tanzen die Vampire, RTB, 56117
Raub beim Ritterfest, RTB 56118
© 2001, *Wilddieben auf der Spur*, RTB 56125

Umschlagillustration: Jan Birck
Innenillustrationen: Jan Birck und Alexander Jung
Printed in Germany
ISBN 978-3-473-47158-4

www.ravensburger.de
www.thomasbrezina.com
www.knickerbocker-bande.com

Inhalt

Verschlüsselte Rätsellösungen

Hinter jedem Ratekrimi findest du eine KRIMI-FRAGE und die passende Antwort, die von der Knickerbocker-Bande verschlüsselt wurde. Wenn du herausfinden willst, ob du mit deiner Lösung richtigliegst, musst du die Antwort nur noch im Lösungskästchen finden.

Und so funktioniert's: Irgendwo zwischen den Buchstaben siehst du dieses ➡ oder dieses ⬇ Zeichen. Dort beginnst du zu lesen, und zwar in die Richtung, in die die Spitze des Pfeils zeigt, das heißt nach unten oder nach rechts. Am Ende der Spalte oder Zeile liest du in der nächsten in der gleichen Richtung weiter. Bei ● ist die Botschaft zu Ende.

Probier's mal:

J	E	D	E	L	I	E	D	Q
T	R	M	N	L	O	D	E	R
L	R	⬇	J	!	M	S	A	W
I	A	W	E	●	E	G	F	E
D	T	I	D	S	R	E	E	.
W	E	R	E	E	Ö	N	E	H
E	N	L	N	H	U	O	N	L
R	F	Ö	F	R	?	P	G	B
M	P	S	A	D	D	R	Y	X

Richtig, „WIR LÖSEN JEDEN FALL!“ ist die Lösung!

Und nun viel Spaß beim Lesen und Knobeln!

Die Gänsehaut-Orgel

Das Erdbeben

Ein heftiger Blitz zuckte über den dunklen Himmel und gleich darauf krachte der Donner. Poppi hielt sich erschrocken die Ohren zu.

„Wir müssen uns irgendwo unterstellen!“, rief Lilo. „Hier im Wald kann ein Gewitter lebensgefährlich werden, wenn der Blitz in einen der hohen Bäume einschlägt!“

„Dort vorne ist eine Ruine … auf der Lichtung!“, meldete Axel. Er war losgerannt, um sich nach einem Unterschlupf umzusehen.

Die anderen folgten ihm und gleich darauf standen sie vor einem verfallenen Gemäuer.

Vor vielen Jahren musste das Gebäude ein Jagdschlösschen gewesen sein, doch an den Prunk vergangener Tage erinnerte heute kaum noch etwas.

Die vier Detektive tappten über Schutt und Ziegel und betraten die ehemalige Vorhalle. Zum Glück war die Decke dieses Raumes noch erhalten und schützte sie vor dem Regen, der nun draußen niederprasselte.

Dominik fröstelte. Erstens wehte ein eisiger Wind durch den Raum und zweitens fühlte er sich äußerst unbehaglich.

„So ein Sauwetter“, schimpfte Lilo, „und diese Kälte im Hochsommer! Entsetzlich!“

Hagelkörner in der Größe von Golfbällen fielen auf den Waldboden und sprangen auf und nieder. Im grellen Licht der Blitze beobachteten die Knickerbocker, wie der kleine Platz vor dem Schlösschen langsam weiß wurde.

„Diese Eiskugeln möchte ich nicht auf den Kopf bekommen“, murmelte Axel.

Er war es auch, der es zuerst spürte. Anfangs glaubte er, sich zu täuschen. Aber als die anderen ebenfalls verdutzt nach unten starrten, war ihm klar, dass der Boden wirklich bebte. Die Steinplatten unter seinen Schuhen begannen zu schwingen und zu zittern.

„Erdbeben … ein Erdbeben!“, jammerte Poppi.

Die Mauern der Ruine krachten und knirschten und von der Decke rieselte Sand.

Die vier Freunde spürten ein seltsames Gefühl in den Ohren. War es ein Dröhnen? War es ein tiefer Ton?

Was auch immer es war, es jagte ihnen grauenhafte Angst ein.

„Lieber von den Hagelkörnern Beulen bekommen, als einen Ziegel auf den Kopf kriegen!“, schrie Axel und stürzte ins Freie.

Die anderen zögerten nicht und stürmten hinter ihm her.

Sie hielten schützend die Hände über ihre Köpfe und rannten mit großen Schritten zu dem Wochenendhaus am Waldrand zurück, das Poppis Eltern gehörte.

Zum Glück hatte der Hagel schon nachgelassen, und als sie das gemütliche Häuschen erreichten, kam bereits wieder die Sonne zwischen den Wolken zum Vorschein.

„Was … was war das?“, fragte Poppi die anderen, als sie sich die Haare trocken föhnte. „Wieso hat das Gebäude plötzlich gebebt?“

Lilo knetete ihre Nasenspitze und überlegte. „Vielleicht steht die Ruine auf einer unterirdischen Quelle“, schlug sie vor.

Dominik hielt von diesem Verdacht wenig. „Und der seltsame Ton? Woher ist der gekommen?“

Da keiner eine Antwort darauf wusste, holte Poppi ein Buch aus dem Regal. „Darin steht einiges über diese Gegend“, sagte sie zu ihren Freunden. „Vielleicht finden wir auch etwas über das Jagdschloss.“

Dominik nahm ihr das Buch aus der Hand und blätterte es hastig durch. Er überflog ein paar Seiten und nickte dann wissend. „Ich glaube, ich habe eine Erklärung“, verkündete er und begann vorzulesen: „Das Jagdschloss Fumpfelfels wurde im Jahre 1872 von Graf Fritz von Fumpfelfels erbaut. Es diente dem großen Orgelliebhaber als Übungsort. Im Keller des Gebäudes befindet sich eine riesige Orgel, auf der er stundenlang gespielt haben soll. Er hatte sie deshalb in den Keller stellen lassen, damit die Tiere, die sich dem Schloss näherten, durch die ungewohnten Töne nicht erschreckt und vertrieben wurden.“

Dominik klappte das Buch zu und blickte die anderen fragend an. „Und? Was sagt ihr jetzt?“

Lilo war manches klarer geworden. „Der Boden hat wahrscheinlich gebebt, weil jemand auf der Orgel gespielt hat. In Musik habe ich einmal gehört, dass die kurzen Orgelpfeifen unglaublich tiefe Töne erzeugen können. Sie sind so tief, dass sie unser Ohr kaum noch wahrnehmen kann. Aber diese Schwingungen können durchaus Mauerwerk zum Beben bringen!“

„Aber wer sitzt im Keller und spielt auf der alten Orgel? Und wozu?“, wollte Axel wissen.

Lilo grinste. „Ich glaube, das sollten wir herausfinden!“

KRIMI-FRAGE:

In diesem Kapitel befindet sich ein Fehler.
Welcher?

LÖSUNG:

T	!	3	S	R	E	H	T	E	D	D	Y	H	A	I	E
E	D	I	D	N	U	C	M	S	W	G	Z	E	O	J	L
O	E	N	N	D	G	I	Ö	E	R	N	:	V	Ö	H	A
B	R	E	G	I	E	N	G	L	E	S	J	A	L	A	M
A	T	I	I	E	N	R	L	S	Ö	E	T	U	J	S	S
L	H	N	⬇	L	D	A	I	K	L	T	E	N	H	D	E
D	J	E	N	A	I	G	C	A	P	L	R	D	T	E	I
E	Z	M	I	N	E	H	H	R	I	P	H	D	R	R	D
R	U	B	C	G	T	C	!	R	U	Ü	C	I	E	T	R
T	N	O	H	E	I	O	D	E	E	S	X	E	D	Z	H
H	G	O	T	N	E	D	S	N	F	W	C	L	,	N	I
N	E	T	D	O	F	T	G	H	Z	H	A	U	T	Z	T
M	V	D	I	R	E	S	M	T	B	F	N	S	R	U	E
J	O	E	E	G	N	I	U	O	G	N	R	T	E	I	T
U	N	R	K	E	T	S	P	P	W	R	E	I	L	D	T
I	D	W	U	L	Ö	A	R	?	A	J	F	G	L	S	A
T	R	E	R	P	N	D	D	I	L	U	Ü	E	D	E	H
R	Ü	I	Z	F	E	?	A	M	H	O	P	N	S	W	E
F	B	F	E	E	.	E	C	H	R	P	O	:	L	H	R
E	E	K	N	I	●	T	V	I	D	S	T	W	O	E	!
S	N	R	,	F	N	U	E	M	Ü	A	J	I	K	J	T
M	L	U	S	E	I	Ä	T	A	P	W	.	K	Z	U	R
D	F	O	O	N	L	H	M	S	I	!	K	I	T	T	F
E	D	P	N	E	P	S	U	E	E	H	S	N	R	O	R
R	A	W	D	R	F	D	P	F	R	M	S	G	F	L	T
Z	S	Ö	E	Z	E	R	Ü	N	G	U	E	E	R	Ö	H

Noch mehr Gänsehaut ...

Schon eine Stunde später standen die vier Detektive wieder vor dem verfallenen Jagdschlösschen.

„Ich gehe in den Keller“, verkündete Lilo. „Falls irgendjemand den Mut hat mitzukommen, ist er herzlich eingeladen.“ Axel hatte keine Lust, als Feigling dazustehen, und schloss sich ihr an. Dominik und Poppi wollten vor der Ruine warten.

„Wir ... wir müssen auf Puffi aufpassen“, meinte Poppi entschuldigend. Puffi war ihr Bernhardiner, der die Knickerbocker in den Wald begleitet hatte.

Axel und Lilo grinsten ein klein wenig hämisch und machten sich dann auf die Suche nach der Gänsehaut-Orgel.

Sie betraten den kleinen Vorraum, in dem sie sich untergestellt hatten, und hielten nach dem Treppenabgang zum Keller Ausschau.

„Vielleicht dort!“ Axel deutete auf eine Öffnung im Boden, die mit zahlreichen Brettern abgedeckt war. Eine dicke Staubschicht lag darüber und die beiden Knickerbocker mussten husten und niesen, als sie die Latten wegzogen.

Darunter kam tatsächlich eine baufällige und abgetretene Steintreppe zum Vorschein. Schritt für Schritt bahnten sich Axel und Lilo zwischen Mauerbrocken und Schmutz einen Weg. Immer tiefer und tiefer ging es hinunter.

Plötzlich geschah es. Wieder begannen die Mauern und der Boden zu beben. Der alte Verputz knirschte und krachte und ein tiefes Brummen und Dröhnen drang zu ihnen.

„Ohren zuhalten und schnell hinunter. Jetzt werden wir sehen, wer da spielt!", rief Lilo und stürmte voran. Axel blieb ihr dicht auf den Fersen.

Gemeinsam betraten sie das hohe, unterirdische Gewölbe und leuchteten mit ihren Taschenlampen das riesige Ding ab, das sich vor ihnen erhob. Es sah aus wie ein zerklüfteter Fels, war aber in Wirklichkeit eine gewaltige Ansammlung von kurzen und langen Orgelpfeifen.

Der Orgeltisch, an dem der Spieler saß, befand sich auf der anderen Seite des Instrumentes. Die Töne, die er der Orgel entlockte, gingen durch Mark und Bein. Sie waren entweder tief und beängstigend oder so hoch und schrill, dass man davon Zahnschmerzen bekam.

Langsam und auf Zehenspitzen schlichen die beiden Knickerbocker um die Orgel. Als sie endlich sahen, wer die Tasten drückte, stockte ihnen der Atem.

Dominik und Poppi saßen in der Zwischenzeit unter einer hohen Tanne und genossen die Nachmittagssonne. Puffi, der Bernhardiner, sprang übermütig um sie herum.

Plötzlich aber blieb er stehen, verzog sein breites Maul und begann zu knurren.

Poppi drehte den Kopf und blickte in dieselbe Richtung wie er. „Äh … Tag", stotterte sie dann ängstlich. Zwischen den Bäumen stand ein dunkelhaariger, kleiner Mann, der sie und Dominik misstrauisch musterte.

„Was tut ihr da?", fragte er, ohne den Gruß zu erwidern.

„Wir gehen mit dem Hund spazieren", antwortete Poppi wahrheitsgemäß.

„Und Sie? Was machen Sie da?", mischte sich nun Dominik ein.

„Werde nicht vorlaut, Kleiner", brummte der Mann. „Aber es ist kein Geheimnis." Er hob einen kleinen Rucksack auf und erklärte: „Ich sammle Tannenzapfen. Passt nur auf, dass euch keiner auf den Kopf fällt. Geht besser weiter. Dieses Jahr fallen sie schon früh von den Bäumen."

„Woher wissen Sie das?", fragte Dominik neugierig.

„Ich kenne mich damit aus", meinte der Mann und wanderte dann weiter.

Ratlos blickten die beiden Knickerbocker einander an und standen auf.

„Halt!", befahl eine Stimme hinter ihnen. Poppi drehte sich um und riss die Hände in die Höhe. Ein Gewehr war auf sie gerichtet.

„Was … was … wollen Sie?", stammelte sie.

„Nehmt sofort euren Hund an die Leine und dann verschwindet schleunigst aus dem Wald", schnauzte sie der Mann an, der hinter den beiden aufgetaucht war. Er trug Kniebundhosen und ein dunkelgrünes altes Hemd und sah überaus unfreundlich drein.

„Befehlen können Sie uns das nicht!", sagte Dominik. „Und jetzt legen Sie das Gewehr weg. Was soll das?" Dominik staunte selbst über seinen Mut.

Gehorsam ließ der seltsame Mann die Flinte sinken und stützte sich darauf: „Ich kann das schon", sagte er dann ruhig und drohend. „Ich bin nämlich hier der Förster und ich habe hier im Wald das Sagen! Kapiert?"

Poppi nickte gehorsam. Dominik schwieg eisern.

Grußlos machte der Förster kehrt und verschwand.

Poppi zog Puffi zu sich heran und wollte ihn an die Leine legen. Plötzlich schlug sich Dominik gegen die Stirn und flüsterte: „Poppi … Poppi … einer der beiden hat nicht die Wahrheit gesagt.“

„Wieso?“

KRIMI-FRAGE:

Wer hat gelogen?

LÖSUNG:

L	E	I	D	E	R	5	S	E	W	G	J	A	K	R	Z
W	I	L	D	F	U	N	G	2	➲	M	A	N	N	N	U
M	M	E	R	I	.	M	A	N	K	A	N	N	K	E	I
N	E	T	A	N	N	E	N	Z	A	P	F	E	N	S	A
M	M	E	L	N	,	D	A	S	I	E	N	I	C	H	T
I	M	G	A	N	Z	E	N	V	O	M	B	A	U	M	F
A	L	L	E	N	.	●	G	T	R	G	E	N	G	R	G
E	E	I	S	T	K	O	P	L	A	U	E	N	F	H	B
B	D	E	Ä	R	W	G	G	K	J	O	F	Z	Ö	G	D
E	A	M	G	W	A	R	D	A	G	L	N	:	L	T	W
N	S	A	E	M	D	F	E	N	F	L	F	R	I	G	P
R	W	N	S	J	;	N	Ü	O	T	E	R	F	U	T	I
E	A	D	P	O	P	J	P	N	Z	R	H	G	J	R	J
T	:	E	Ä	P	O	O	O	E	N	T	H	X	W	E	T
T	U	M	N	F	K	P	Z	N	F	G	T	V	E	E	R
E	T	?	E	R	T	D	R	F	D	V	Z	E	R	W	G
R	R	G	T	A	Z	E	F	F	Z	M	W	D	H	L	P
V	F	T	B	V	H	R	S	I	E	B	D	R	U	J	Ö
F	D	F	T	E	F	G	M	S	A	E	R	T	L	Ö	O
P	Ü	F	R	T	H	Z	G	!	F	D	E	R	T	H	M
F	D	A	S	E	R	F	L	E	D	E	R	M	Ä	U	S
E	,	D	E	R	T	B	G	A	D	W	H	J	K	L	F
R	T	Z	J	D	A	S	B	E	R	T	M	S	W	3	M
G	T	Z	P	Ö	O	;	N	B	G	T	R	E	C	S	A
F	E	H	Z	J	M	N	G	T	R	U	O	P	F	R	E
W	D	S	C	V	B	G	T	E	M	K	O	P	Ü	F	R

Gefangen!

Vielleicht hat der Mann etwas mit dem Schloss zu tun?, schoss es DoMinik durch den Kopf.

„Wo bleiben Lilo und Axel nur so lange?", überlegte Poppi laut. „Sie sind jetzt schon über eine halbe Stunde in der Ruine."

Dominik holte tief Luft und meinte dann: „Poppi, wir sollten nachsehen. Vielleicht ist ihnen etwas passiert …"

Beide Detektive hAtten ein äußerst mulmiges Gefühl, als sie Schloss Fumpfelfels betraten. Was würde sie hier drin erwarten?

Natürlich entdeckten auch sie sofoRt den Abgang zum Keller und stiegen in die Tiefe. Dominik hielt Poppi fest an der Hand. „Damit du dich nicht fürchtest", sagte er tapfer wie ein RItter zu ihr. In Wirklichkeit war er froh, dass er sich selbst an jemandem festhalten konnte.

Bald hatten die zwei den Orgelsaal erreicht und blickten sich suchend um. Sie ließen die Lichtkegel ihrer Taschenlampen über die Gänsehaut-Orgel streifen und warteten, ob etwas geschah. Doch es rührte sich nichts. Die Orgel schwieg. Dafür war ein KlOpfen und Scharren zu hören.

Erschrocken drehten sich die beiden Knickerbocker im Kreis und blickten sich suchend um. Woher kamen diese Laute?

„Puffi!", fiel Poppi ein. „Er ist nicht mit in das Schloss gekommen. Vielleicht traut er sich nicht die Treppe herunter und kratzt jetzt oben über die Latten, damit ich komme!"

Sie wollte hinauflaufen, aber Dominik hielt sie zurück. „Die Geräusche koMmen nicht von oben. Wer auch immer kratzt, er ist hier unten."

„Also das SchlOss kriegen wir nie auf … Wir müssen versuchen die Tür aufzubrechen", hörten sie in diesem Moment Lilo sagen. Ihre Stimme klang dumpf und entfernt.

„Hallo! Axel! Lilo! Wo seid ihr?", rief Dominik sofoRt.

„Hier … hinter der Orgel … in einer kleinen Kammer! Lasst uns raus!"

Dominik erkannte eine stabile Holztür, die in die WanD eingelassen war, und entdeckte zu seiner Erleichterung, dass der Schlüssel steckte. Er drEhte ihn und seine beiden Freunde stolperten keuchend heraus.

„Danke … wir … wir haben ganz schön die Panik gekriegt", schnaufte LiLo.

„Wer hat euch da eingesperrt? Vielleicht ein dunkelhaariger kleiner Mann?", erkundigte sich Poppi.

Axel nickte. „Ja, woher weißt du das?"

„Wir sind ihm vor dem Schloss begegnet", berichtete Dominik. „Er hat uns angelogen und wir haben es zum Glück bemerkt. Deshalb haben wir euch gesucht. Aber … was hat der Mann hier gemacht?"

„Auf der Orgel gespielt", sagte Lilo. „Das heißt … er hat einzelne Tasten gedrückt. Es hat schaurig geklungen."

„Warum hat er das gemacht?", wollte Dominik wissen. Doch selbst das Superhirn zuckte nur die Achseln.

Axel setzte sich deshalb auf die Orgelbank und gab Dominik ein Zeichen. „Los, pump ein bisschen Luft in die Gänsehaut-Grusel-Orgel. Da ist der Blasebalg", trug er ihm auf.

Der Junge packte den Holzgriff und bewegte ihn rauf und runter. Axel griff in die Tasten und ein schwaches, schauriges Heulen und Wimmern drang aus dem Instrument.

„Fester Dominik, mehr!“, rief Axel seinem Kumpel zu. „Du musst fester pumpen!“

„Ich … ich pumpe wie wild!“, ächzte Dominik. „Aber … dieser BlasebaLg muss ein Loch haben.“

Dominik leuchtete ihn mit der Taschenlampe ab und entdeckte tatsächlich ein Loch im Leder der altmodischen Luftpumpe. „Das müssen die Mäuse hineingefressen haben“, meinte er. „Es ist so grOß wie meine Faust!“ Zum Beweis steckte er die Hand durch und zuckte entsetzt zurück.

„Da … ist etwas … Kaltes drinnen“, stammelte er aufgebracht. Lilo schob ihn zur Seite und blinzelte durch das Loch. Etwas Glänzendes, Großes lag im Inneren des Blasebalgs. Vorsichtig griff sie danach. Erstaunt zog sie die Augenbrauen hoch, als drei längliche Plastiktüten zum Vorschein kamen. Alle drei waren prall mit weißem Pulver gefüllt.

„Danke!“, sagte jemand am anderen Ende des Raums. Seine Stimme klang kalt und schneidend. „Danke, genau das habe ich gesucht. Ich dachte, mein Kollege hätte es in einer der Pfeifen untergebracht!“

„Der … der Tannenzapfen-Sammler“, flüsterte Poppi entsetzt. Der Mann war lautlos hinter der Knickerbocker-BaNde aufgetaucht und bedrohte sie mit einer Pistole.

„Der Keller … er hat einen zweiten Eingang!“, rief Lilo.

„Richtig, meine Liebe“, pflichtete ihr der Mann bei. „Der Eingang liegt unweit der Tanne, bei der ich über deine Freunde gestolpert bin. Aber es gibt in diesem Schloss auch noch einen zweiten Keller, der einen Stock tiefer liegt. Er ist absolut schalldicht und wird eure Gruft werden."

Zitternd wichen die vier Freunde einen Schritt zurück. Das konnte der Mann doch nicht ernst gemeint haben!

Langsam marschierte der Gauner um sie herum und öffnete eine weitere Tür. Knarrend schwenkte sIe auf.

„Hinunter!", befahl der Mann.

Die Knickerbocker rührten sich nicht.

„Ich sagte hinunter!", wiederholte der Bösewicht. „Wird's ba... Aua!" Er ging plötzlich in die Knie und ließ die Waffe fallen. Axel hob sie auf.

„Danke Puffi! Du bist super!", lobte Poppi erleichtert ihren Bernhardiner. Der Hund hatte sich auf Samtpfoten von hinten an den Mann herangeschlichen. Poppi musste dann nur noch mit den Fingern schnippen und Puffi machte „Fass!". Er war sehr gut abgerichtet.

Kurz darauf nahm die Polizei den Mann fest. Es handelte sich um einen lang gesuchten Drogenhändler, der sie auf die Spur eines riesigen Rauschgiftringes brachte. Als geheimer Übergabeplatz hatte die alte Orgel gedient. Das geisterhafte, unheimliche Orgelspiel sollte unliebsame Besucher fernhalten.

Puffi bekam an diesem Abend nicht nur eine Extraportion Fleisch zur Belohnung, er wurde auch zum echten Knickerbocker-Banden-Mitglied erklärt!

KRIMI-FRAGE:

Wieso kam Lilo plötzlich auf die Idee,
dass der Keller einen zweiten Eingang haben musste?

LÖSUNG:

G	J	M	B	E	T	H	●	R	W	O	M	A	T	E	N
H	?	T	,	7	I	O	W	D	A	S	F	R	E	G	H
N	F	Z	D	O	E	S	E	I	R	G	K	L	R	E	J
G	E	U	R	O	N	E	I	C	E	S	R	F	L	E	D
R	T	I	E	:	E	N	L	K	N	A	T	B	G	A	D
T	H	L	I	D	H	A	D	E	.	A	A	S	B	E	R
K	B	K	K	R	Ö	N	I	N	◉	T	O	;	N	B	G
I	S	H	Ä	E	R	Z	E	S	H	G	M	N	G	T	R
O	F	E	S	J	N	Ü	B	T	R	!	B	G	T	E	M
:	E	A	E	H	E	G	R	A	T	H	F	G	M	S	A
K	J	S	H	L	R	E	E	U	?	N	A	S	G	R	T
H	I	U	O	O	H	B	T	B	W	H	L	I	C	N	T
E	Z	K	C	D	A	Ü	T	S	D	C	A	E	H	E	I
R	K	M	H	R	S	G	E	C	V	A	G	N	L	,	S
R	L	E	R	H	E	Z	R	H	B	E	E	O	P	P	E
T	P	N	T	E	N	K	D	I	W	G	N	V	C	H	T
V	F	D	H	W	B	R	O	C	M	S	T	P	R	D	F
D	D	G	J	N	E	P	C	H	J	T	R	3	K	A	N
F	B	R	S	J	I	M	H	T	Z	A	O	E	N	G	E
A	A	F	A	F	N	Ü	M	B	I	H	G	D	T	E	R
N	S	O	W	D	E	L	I	E	L	R	E	R	F	O	F
H	W	I	F	T	-	S	T	D	O	H	N	Z	U	F	H
Z	E	K	B	I	W	S	E	E	I	I	S	T	E	R	H
L	R	T	J	P	A	D	I	C	L	T	A	S	S	E	R
I	F	Z	K	K	R	N	N	K	D	H	E	R	Z	E	N
Ö	T	H	T	V	E	G	E	T	A	B	E	R	N	U	I

KNICKERBOCKER-SUPER-FRAGE:

In manchen Wörtern dieses Kapitels befinden sich große Buchstaben, obwohl sie dort nicht hingehören. Aneinandergereiht ergeben sie den Namen des Rauschgifthändlers.

LÖSUNG:

R	O	S	I	N	E	N	B	R	Ö	T	C	H	E	N	F
A	N	D	E	N	6	7	S	I	C	H	F	R	K	U	I
P	V	N	I	E	A	U	F	D	E	M	.	F	R	Ü	H
S	T	Ü	C	K	S	T	I	S	C	H	2	„	D	A	H
E	R	F	R	A	G	T	E	N	S	I	C	H	D	I	E
G	R	Z	K	L	R	D	B	A	N	D	E	F	G	H	U
O	P	Ä	H	Z	R	E	L	I	L	O	F	E	R	H	F
D	D	O	M	I	N	I	K	F	E	T	:	D	F	E	W
S	U	P	P	E	R	F	D	H	A	N	D	S	C	H	U
E	G	R	T	R	M	E	S	W	E	T	T	E	R	I	M
A	I	K	!	D	E	R	Z	E	I	T	B	I	N	E	S
F	Z	G	Z	D	M	I	N	T	O	N	S	P	I	E	L
R	U	F	I	N	I	U	T	R	P	K	J	A	S	S	R
I	H	R	M	A	T	Z	F	J	K	L	H	T	U	R	N
K	T	E	Z	L	L	O	P	U	L	L	O	V	E	R	H
A	E	H	T	A	A	L	L	S	P	I	E	L	E	A	N
F	R	Z	E	E	I	N	E	M	E	R	S	T	E	N	K
R	T	T	S	F	U	S	S	B	A	L	L	E	R	I	N
T	A	F	E	R	K	L	Ö	P	:	J	H	➔	M	A	R
I	O	M	O	R	D	E	L	L	O	N	I	●	H	T	R
L	I	E	G	T	A	N	D	E	R	H	E	I	S	S	E
N	G	T	R	3	G	L	U	T	H	I	T	Z	E	S	A
H	M	E	R	N	H	:	G	D	A	D	S	W	E	R	H
U	L	O	N	H	R	D	V	S	J	G	R	T	J	K	I
P	O	E	R	G	F	J	Z	G	R	E	T	N	M	Z	T
S	D	R	E	H	K	L	P	F	R	E	N	H	Z	K	L

Torte mit Bombe

Verdammt!

„Hallo, Kinder, darf ich euch um etwas bitten?“ Mit diesen Worten trat eine abgehetzt wirkende, auffallend blasse Frau vor die Knickerbocker-Bande.

„Worum geht es denn? Wir müssen uns ein wenig beeilen. Unser Flugzeug startet bald“, meinte Lilo.

„Ihr seid doch unterwegs nach Paris, nicht wahr?“, erkundigte sich die Dame.

„Schon wahr!“, gab ihr Axel Recht. „Wir sind nämlich vom TV-POP in eine wahnsinnig tolle Show eingeladen worden. Als Stargäste!“

„TV-POP ist ein Fernsehsender, der nur Kinder- und Jugendprogramme ausstrahlt“, erklärte Dominik.

„Wir sollen von unseren Abenteuern erzählen!“, sagte Axel

„Jaja, das habe ich gestern schon im Fernsehen gesehen“,

unterbrach die Dame. „Deshalb möchte ich schnell ein Foto von euch machen."

„Wieso?", erkundigte sich Poppi misstrauisch.

„Greta Gorbo mein Name. Ich arbeite für das *Bunte Blatt*, die beliebte Wochenzeitung. Bitte, stellt euch zusammen und lächelt!"

Die Reporterin holte einen kleinen Fotoapparat aus der Manteltasche und drückte einige Male ab.

„Wenn ihr wollt, schicke ich euch gerne die Ausgabe zu, in der euer Bild erscheint", bot sie an.

„Bitte, senden Sie die Zeitschrift an diese Adresse", meinte Dominik und überreichte ihr elegant eine Visitenkarte mit seinem Namen und seiner Anschrift. Die Knickerbocker verabschiedeten sich hastig und wollten weiter. Aber Frau Gorbo hielt sie zurück.

„Würdet ihr mir noch einen kleinen Gefallen tun?", fragte sie vorsichtig.

„Kommt drauf an ...", brummte Lilo, die langsam ungeduldig wurde.

Die Reporterin holte eine Schachtel aus ihrer übergroßen Handtasche. „Das ist eine Torte. Eine echte Sachertorte. Wisst ihr, ich bin erst vorgestern aus Griechenland zurückgekommen. Ich war dort drei Wochen im Urlaub und habe in dieser Zeit eine Familie aus Paris kennengelernt. Wirklich nette Leute, die mir einmal sehr aus der Patsche geholfen haben. Als Dankeschön möchte ich ihnen die Torte zukommen lassen. Aber wenn ich sie mit der Post schicke, verdirbt sie. Würdet ihr sie mitnehmen?"

Dominik sah darin kein Problem. Er klemmte die Schachtel unter den Arm und erkundigte sich nur: „Wird die Torte am Flughafen abgeholt?“

„Jaja“, sagte Frau Gorbo. „Wird sie. Danke und auf Wiedersehen!“

Lilo trieb ihre Freunde zur Eile an. „Los, los, wir müssen noch durch die Sicherheitskontrolle.“

In diesem Moment ertönte der Flughafengong und eine freundliche Frauenstimme flötete: „Wir bedauern mitteilen zu müssen, dass der Flug FL zwei-zwei-sieben-sechs nach Paris aus technischen Gründen abgesagt werden muss. Die Passagiere werden gebeten, sich an den Schalter der Fluglinie ‚Flying Lion‘ zu begeben.“

Enttäuscht ließen die Knickerbocker ihre Taschen fallen. Das war ihr Flug.

Wütend stapften sie zu dem Schalter, wo sie erfuhren, dass die nächste Maschine erst am morgigen Tag um die Mittagszeit starten würde.

Dominik schaltete sein Handy an und verständigte seine Eltern. Seine Freunde sollten alle bei ihm übernachten, damit sie am nächsten Tag gemeinsam zum Flughafen fahren könnten. Dominiks Vater bat die vier, zum Parkplatz zu kommen. Von dort wollte er sie abholen.

Als Axel, Lilo, Poppi und Dominik aus dem Flughafengebäude traten, war es noch hell. Kein Wunder. Es war Juli und erst gegen acht Uhr abends.

Plötzlich heulte unweit der Detektive ein Motor auf und ein gelber Wagen raste knapp an ihnen vorbei. Erschrocken sprangen die Knickerbocker zurück.

„Wildsau!“, schrie Axel dem Auto nach.

„He“, Dominik verzog nachdenklich das Gesicht, „hat da nicht diese Frau Gorbo hinter dem Lenkrad gesessen?“

Die anderen zuckten mit den Schultern. Sie hatten nichts gesehen.

Dominik grübelte weiter. Irgendetwas hatte ihn an der Reporterin gestört. Aber was?

KRIMI-FRAGE:

Was könnte es sein?

LÖSUNG:

S	A	H	N	E	T	O	R	T	E	S	W	N	M	I	O
F	R	T	Z	F	D	H	T	W	D	A	S	:	D	S	A
S	T	N	K	E	F	S	B	K	Z	S	K	R	Q	M	I
L	V	S	M	N	G	I	➔	W	A	S	D	O	M	I	N
I	K	A	N	D	E	R	R	E	P	O	R	T	E	R	I
N	S	T	Ö	R	T	E	,	W	A	R	F	O	L	G	E
N	D	E	S	:	W	E	R	S	I	C	H	I	M	J	U
N	I	F	Ü	R	D	R	E	I	W	O	C	H	E	N	I
N	G	R	I	E	C	H	E	N	L	A	N	D	A	U	F
H	Ä	L	T	,	W	I	E	F	R	A	U	G	O	R	B
O	D	I	E	S	V	O	N	S	I	C	H	B	E	H	A
U	P	T	E	T	E	,	I	S	T	N	O	R	M	A	L
E	R	W	E	I	S	E	B	R	A	U	N	G	E	B	R
A	N	N	T	.	F	R	A	U	G	O	R	B	O	A	B
E	R	W	A	R	A	U	F	F	A	L	L	E	N	D	B
L	A	S	S	.	W	A	R	D	A	S	Z	U	F	A	L
L	O	D	E	R	H	A	T	T	E	D	I	E	R	E	P
O	R	T	E	R	I	N	G	E	S	C	H	W	I	N	D
E	L	T	?	●	T	.	B	Ü	C	H	E	R	F	W	R
E	M	G	K	O	P	S	E	R	T	H	G	B	N	I	U
U	I	W	E	S	C	X	T	H	J	I	E	S	D	F	L
E	M	S	P	A	T	Z	I	M	H	O	T	E	L	D	E
R	R	!	S	E	R	G	F	E	Z	M	F	D	R	T	D
A	A	M	M	E	N	M	Ä	R	C	H	E	R	Z	D	W
L	T	G	D	S	E	E	I.	D	L	P	Ü	N	T	Z	U
A	H	S	E	N	M	Ö	I	U	E	R	T	H	G	F	R

Die Explosion

Dominiks Freunde lachten nur über seinen Verdacht. Wieso sollte eine Reporterin sie anlügen? Welchen Grund sollte sie dafür haben?

Müde und dennoch aufgeregt fielen die Knickerbocker in die Betten. Bald waren sie eingeschlafen.

In der Nacht wurde Axel dann von einem Geräusch geweckt. Er benötigte einige Minuten, um sich zurechtzufinden. Wo war er? Ach ja! Jetzt erinnerte er sich. Er lag in Dominiks Zimmer auf dem Sofa. Neben ihm schnarchte sein Freund.

Aber nicht das Schnarchen hatte ihn aus dem Schlaf gerissen, sondern etwas anderes. Im Augenblick herrschte jedoch absolute Stille.

Da schlug irgendwo eine Turmuhr. Viermal hoch und dreimal tief. Danach kehrte wieder Ruhe ein.

Oder doch nicht? Da war ein Kratzen und Schaben. Es kam aus dem Raum nebenan.

„Aber das ist der Flur!", fiel dem Jungen ein. Ein schlimmer Gedanke durchzuckte ihn wie ein Blitz. Sollte vielleicht ein Einbrecher an der Tür sein?

Axel weckte seinen Kumpel und gemeinsam versuchten sie, die Laute zu erkennen. „Ich glaube ... da ist wirklich jemand an der Tür", krächzte Dominik heiser. „Aber er kann nicht herein, weil wir eine Sicherheitskette haben. Komm, wir werfen einen Blick durch das Guckloch. Dann wissen wir mehr!"

Mit bloßen Füßen tappten die Jungen in den Vorraum und spähten durch den Spion nach draußen. Auf dem Gang brannte Licht. Doch zu erkennen war niemand. Es herrschte absolute Stille.

„Kein Mensch da. Wir haben uns getäuscht", brummte Dominik. „Wahrscheinlich ist nur wieder eine Katze unterwegs und scharrt an den Türen."

Er beschloss, den Maunzerich zu vertreiben, da er ungestört weiterschlafen wollte. Zu diesem Zweck klinkte er die Kette aus und öffnete die Tür.

„Keinen Ton, sonst knallt's!", zischte da eine Stimme. Ein Mann, der sich neben der Tür gegen die Wand gepresst hatte, drängte die beiden Jungen zurück und zwängte sich in die Wohnung. Er hatte so geschickt gestanden, dass man ihn durch das Guckloch nicht sehen konnte.

Seine rechte Hand steckte in der Tasche, in der sich anscheinend eine Waffe befand. Mit ihr deutete er jetzt auf Dominik und Axel, denen es vor Schreck die Sprache verschlagen hatte.

„Wo ist die Torte?", fragte der Mann leise.

„Im … im Kühlschrank", wisperte Dominik.

Der Mann ließ sich zeigen, wo die Küche lag, und rannte los. Wenige Sekunden später kehrte er mit der Schachtel zurück. „Ihr zählt nun artig bis hundert, dann könnt ihr tun, was ihr wollt. Falls ihr früher etwas unternehmt, kann ich für nichts garantieren!", schärfte ihnen der Einbrecher ein.

Er raste aus der Wohnung und die beiden Knickerbocker hörten, wie seine Absätze über die Treppe knallten.

„Eins … zwei … drei … vier … fünf … sechs …", zählten

die Jungen langsam. Da donnerte unter ihnen eine gewaltige Explosion und weißer Rauch quoll durch das Treppenhaus. Axel schlug die Wohnungstür zu und lehnte sich dagegen. Er war schneeweiß im Gesicht.

„Was … was ist denn das für ein Krach?“ Verschlafen tappte Lilo aus dem Gästezimmer und rieb sich die Augen.

„In der Torte …“, berichtete Axel, „in der Torte war … eine Bombe. Sie ist soeben hochgegangen!“

„Wie ist das denn möglich?“, staunte Lilo.

In diesem Augenblick kamen auch Dominiks Eltern aus ihrem Schlafzimmer. Als sie erfuhren, was geschehen war, verständigten sie sofort die Polizei.

KRIMI-FRAGE:

Um wie viel Uhr kam der Einbrecher?

LÖSUNG:

P	N	R	U	E	E	K	W	Ä	R	M	E	M	E	S	S
F	K	K	H	S	I	O	J	R	U	P	Ö	M	G	E	N
E	R	A	R	T	U	R	T	D	Z	D	?	D	O	M	J
R	A	M	S	U	H	T	H	N	H	M	E	E	D	T	J
D	M	U	C	N	R	E	J	K	R	U	B	H	J	K	D
E	G	M	H	D	.	R	S	D	W	E	R	J	H	T	R
K	L	D	L	E	●	H	A	S	W	G	B	N	T	Z	U
Ö	H	R	Ä	,	R	A	A	H	O	R	N	B	L	A	T
N	S	E	G	D	K	S	T	L	A	U	S	Ü	B	E	R
N	K	I	E	I	U	D	A	L	L	E	N	W	I	P	F
E	N	U	S	E	W	J	E	L	N	U	N	D	P	I	R
N	G	H	T	D	I	I	A	T	E	N	H	A	B	E	N
N	L	R	E	R	E	O	!	S	A	G	E	N	D	I	E
I	⬇	.	H	E	G	P	G	E	I	S	T	E	R	D	I
C	D	D	E	I	E	J	E	I	C	H	R	I	E	F	F
H	E	I	N	T	N	H	G	F	M	N	;	E	W	T	S
T	R	E	F	I	G	T	5	.	E	R	N	A	M	E	N
F	E	V	Ü	E	A	R	R	O	P	E	N	G	E	R	T
W	I	I	R	F	B	E	R	I	M	P	E	L	M	A	N
E	N	E	D	E	E	T	N	P	A	R	A	T	D	E	S
!	B	R	I	N	L	G	L	E	T	Z	T	E	N	K	A
D	R	H	E	F	.	F	I	S	E	R	D	S	D	E	S
F	E	O	V	Ü	T	D	4.	A	N	G	E	L	H	A	K
G	C	H	O	R	E	F	E	N	U	N	D	M	Ä	U	S
H	H	E	L	D	R	J	E	E	I	E	R	H	E	L	F
J	E	N	L	R	H	K	E	N	Z	U	F	L	I	E	G

Der goldene Drache

Noch in der Nacht erzählten die vier Knickerbocker den Kriminalbeamten von Frau Gorbo und der Torte. Die Polizisten schüttelten immer wieder den Kopf und wollten die Geschichte nicht glauben. „Nein, nein, die Bombe war sicher nicht in der Torte“, meinten sie.

„Darin war vielleicht etwas anderes versteckt. Rauschgift möglicherweise. Die Bombe hat dem Mann höchstwahrscheinlich irgendjemand vor die Füße geworfen.“ Mehr sagten sie aber nicht dazu.

Aus dem Radio erfuhren die Detektive am nächsten Tag Genaueres.

„Gegen drei Uhr in der Früh explodierte heute in einem Haus im siebten Bezirk in Wien eine Bombe. Ein Narkosegas strömte aus und betäubte den vierundzwanzigjährigen Jürgen Hofmann“, lautete der Bericht, den der Sprecher vorlas.

„Diese Bombe war nicht zufällig in der Torte“, überlegte Lilo laut. „Sie sollte im Flugzeug hochgehen.“

„Aber dann wären wir vielleicht abgestürzt“, meinte Poppi entsetzt.

„Nein, mit Sicherheit war sie so programmiert, dass das Gas bei der Landung durch das Aufsetzen der Maschine auf der Landebahn herausgeströmt wäre und alle Fluggäste und die Mannschaft für kurze Zeit in Tiefschlaf versetzt hätte. Die Piloten hätten das Sicherheitspersonal alarmiert und in dem allgemeinen Trubel hätte sich der Täter verdünnisieren können“, fuhr Lilo fort. „Wir haben doch schon selbst einmal etwas Ähnliches erlebt. Damals, bei der Party mit dem Wolfsmann. Ein Gangster hat alle betäubten Gäste beraubt!"

„Aber wieso war der Gangster nicht auch ohnmächtig?", wollte Poppi wissen.

Dominik konnte ihr das erklären: „Weil er eine Gasmaske trug. Erinnerst du dich nicht?"

Poppi schüttelte den Kopf, denn auch sie war damals ein Opfer des Narkosegases gewesen.

„Wer ist diese Frau Gorbo?" Lilo blickte die anderen fragend an. Natürlich wussten sie keine Antwort. Plötzlich aber fiel Dominik etwas ein: „Auf dem Flughafenparkplatz ist doch ein Wagen an uns vorbeigerast. Ich habe darin die Reporterin erkannt. Ich wette, mein Verdacht, dass sie nicht in Griechenland war, entspricht den Tatsachen."

„Dominik", stöhnten die anderen, „bitte rede nicht so geschraubt und komm zur Sache."

„Auf dem Auto war ein goldener Drache aufgemalt. Ein Fabeltier, wie man es zum Beispiel in China sieht!"

Lilo horchte auf. Das war ein Anhaltspunkt. „Beim Stichwort *Goldener Drache* fällt mir vor allem ein China-Restaurant ein. Dort sind diese Feuerspeier oft zu sehen."

Sie schnappte sich das Telefonbuch und blätterte eifrig darin. Vielleicht war etwas unter *Goldener Drache* zu finden.

„Hier", rief sie und deutete auf eine der Textspalten. „Es gibt tatsächlich ein chinesisches Restaurant, das so heißt. Allerdings sehe ich hier auch ein Gasthaus *Zum güldenen Drachen – Wiener Küche.* Das könnte es auch sein."

„Überrumpelungstaktik?", fragte Axel. Lilo nickte und griff zum Telefon.

Zuerst rief sie im China-Restaurant an.

„Hallo, *Restaurant zum Goldenen Drachen*, guten Tag“, meldete sich eine hohe Stimme.

„Ich glaube nicht, dass Sie einen guten Tag haben werden. Hier sprechen die Kinder, denen Sie die Bombe übergeben haben.“

„Ling versteht kein Wort“, lautete die Antwort.

„Stellen Sie sich nicht so dumm. Ihre Komplizin, die sich Frau Gorbo nennt, hat uns eine Torte mit eingebauter Bombe überreicht.“

„Ling versteht noch immer kein Wort“, meinte der Chinese am anderen Ende der Leitung.

„Was ist los, Ling?“, donnerte eine tiefe Stimme aus dem Hintergrund.

„Hier sind Kinder, die behaupten, wir hätten ihnen eine Torte mit Bombe auf dem Flughafen gegeben“, meldete Ling dem Besitzer der tiefen Stimme.

„Leg auf, es kann sich da nur um einen schlechten Scherz handeln“, befahl die Stimme.

Ling gehorchte.

Lilo überlegte kurz und wählte dann die Nummer des *Güldenen Drachen.*

Eine singende, quengelnde Frauenstimme meldete sich.

„Guten Tag, hier sind die vier Kinder, denen Sie gestern am Flughafen die Torte mit Bombe übergeben haben“, verkündete das Superhirn.

„Aha“, lautete der Kommentar am anderen Ende der Leitung. „He, Leo“, rief die Frau dann ins Lokal, „seit wann haben wir *Torte mit Bombe*? Ist das eine neue Spezialität?“ Sie stutzte, weil sie offenbar bemerkt hatte, was sie gerade gesagt hatte.

„Also, pass auf, Mädchen“, begann sie dann, „wir liefern Torten zum Flughafen, von wo sie in die ganze Welt versandt werden. Aber trotzdem führen wir keine Torten mit Bomben. Das soll wohl ein Witz sein!“

„Ist es leider nicht“, meinte Lilo.

„Hör zu“, die Frauenstimme klang nun scharf und wütend, „ich hasse Telefonscherze dieser Art. Wenn du noch einmal anrufst, sorge ich dafür, dass eine Torte mit Bombe gebacken wird. Und DU erhältst das erste Stück!“

Dann ertönte das Besetztzeichen. Sie hatte offenbar aufgelegt.

„Und … was ist?“, fragten die anderen neugierig.

Das Superhirn nickte. „Zu einem dieser Restaurants führt eine heiße Spur!“

KRiMi-FRAGE:

Zu welchem?

LÖSUNG:

E	R	Z	Ä	H	L	G	E	S	C	H	I	C	H	T	E
S	T	N	J	K	R	H	K	R	O	M	P	L	L	S	Z
N	G	X	→	D	I	E	H	E	I	S	S	E	S	P	U
R	F	Ü	H	R	T	Z	U	M	G	O	L	D	E	N	E
N	D	R	A	C	H	E	N	.	L	I	N	G	W	U	S
S	T	E	N	Ä	M	L	I	C	H	,	D	A	S	S	D
I	E	B	O	M	B	E	A	M	F	L	U	G	H	A	F
E	N	Ü	B	E	R	G	E	B	E	N	W	U	R	D	E
,	O	B	W	O	H	L	L	I	L	O	N	I	C	H	T
S	D	A	V	O	N	E	R	W	Ä	H	N	T	H	A	T
T	E	.	●	P	I	:	S	A	S	R	E	B	T	H	F
G	H	L	Ö	W	E	N	T	I	G	E	R	S	Ä	B	E
L	F	D	W	E	R	R	G	T	Z	!	2	K	A	P	I
T	E	L	D	?	W	P	E	R	E	V	O	N	D	R	E
I	G	E	I	N	S	O	D	P	S	W	E	R	B	F	.
K	A	T	A	R	A	I	F	U	E	N	:	H	E	R	Z
E	N	S	S	F	N	M	A	H	H	A	F	S	K	P	R
D	F	.	L	O	H	N	T	Q	U	A	S	S	E	L	N
D	G	N	R	T	E	Z	I	J	I	O	S	O	D	A	S
S	M	A	N	I	M	M	E	R	N	O	C	H	G	E	R
N	E	I	N	D	E	N	W	I	N	T	E	R	N	Ä	C
H	T	E	N	X	A	V	E	R	P	E	N	E	L	O	P
E	M	U	S	K	E	L	F	R	T	H	Z	U	I	K	A
T	E	R	S	P	O	R	T	L	E	R	Z	U	N	J	K
:	J	A	S	P	E	R	K	R	Ö	T	E	N	W	A	S
H	S	A	B	E	N	S	C	H	I	F	F	E	D	G	E

Der schwarze Kämpfer

Die Knickerbocker-Bande hatte mal wieder das Krimifieber gepackt. Sie machten sich auf den Weg zum Restaurant *Goldener Drache*, um nach Frau Gorbo Ausschau zu halten. Erst wenn sie ihre Vermutungen beweisen konnten, wollten sie die Polizei einschalten.

GESCHLOSSEN stand auf einem kleinen Schild, das an der Tür des Restaurants hing. Doch damit ließen sich echte Knickerbocker nicht abwimmeln.

Poppi und Dominik sollten auf der Straße bleiben und die anderen zwei warnen, falls sich jemand Verdächtiger näherte. Axel und Lilo wollten nämlich in den Hof des Hauses schleichen, in dem sich das Lokal befand. Sie hofften, dort weitere Hinweise zu entdecken.

Vorsichtig drückte Axel die Klinke der mächtigen grünen Holztür nieder, die unter leisem Quietschen und Ächzen aufschwang. Die beiden Knickerbocker schlüpften hinein und sahen sich hastig um.

Sie befanden sich in einem stillen, engen Innenhof, der anscheinend nur zum Teppichklopfen verwendet wurde. Bei zwei Fenstern im Erdgeschoss waren die oberen Fensterflügel gekippt und es wehte der Gestank von altem, ranzigem Fett und angebrannter Milch heraus.

„Dahinter muss die Küche sein", flüsterte Lilo Axel zu. Ihr Freund nickte und schluckte. Erstens wurde ihm bei diesen Gerüchen übel, zweitens jagte ihm die drohende Stille des Hofes Angst ein.

„Noch heute Nachmittag müssen wir zuschlagen“, sagte da eine tiefe Stimme ganz in der Nähe der zwei Freunde.

Lilo und Axel gingen augenblicklich hinter den Mülltonnen in Deckung.

„Das ist der Typ, den ich auch am Telefon gehört habe“, wisperte das Superhirn.

„Chef, die Sache ist polizeibekannt. Wie sollen wir noch eine Torte an Bord der Maschine schmuggeln?“ Diese Frage hatte zweifellos Frau Gorbo gestellt. Die Bande schien ihr Hauptquartier in der Küche des Restaurants zu haben.

„Lassen Sie sich was einfallen“, trug ihr der „Chef“ auf. „Verstecken Sie die Bombe diesmal in einem Teddy. Oder in einem Aktenkoffer, den Sie einem Geschäftsmann unterjubeln.“

„Ist es sicher, dass Doktor Marok mit der Mittagsmaschine fliegt?“, erkundigte sich eine hohe Stimme, die wahrscheinlich Ling gehörte.

„Ja, hundert Prozent sicher, und der van Gogh befindet sich zusammengerollt in seinem Spazierstock. Nur er ist das Ziel dieser Aktion, denn mit ihm können wir einige hundert Millionen erzielen!“

„Wieso transportiert Doktor Marok ihn im Stock?“, wollte Ling wissen.

„Weil er ihn aus dem Museum gestohlen hat und nun nach Frankreich schmuggelt“, erklärte ihm der „Chef“. „Sobald das Gas ausgeströmt ist, holst du dir das Ding. Dann legst du deine Gasmaske zu einem der Passagiere, setzt dich auf deinen Platz und lässt dich selbst betäuben. So wird keiner dich verdächtigen. Verstanden, Ling?“

„Jaja", lautete die kurze Antwort.

Axel und Lilo hatten genug gehört. Auf Zehenspitzen tappten sie zum Hoftor, das nur noch einen winzigen Spaltbreit offen stand. Sie wollten es gerade aufziehen, als plötzlich eine schwarze Gestalt von oben auf sie herabsprang.

Mit einem Aufschrei taumelten die beiden Knickerbocker zurück. Ein kleiner, drahtiger Mann in einem schwarzen Kampfanzug stand vor ihnen. Es handelte sich zweifellos um einen Chinesen, der sich aus dem oberen Stockwerk auf sie gestürzt hatte.

Er stieß einen drohenden Schrei aus und hob die Hände zum Kampf. „Karate", keuchte Axel, „der … der will uns mit Karateschlägen fertigmachen!"

„Mit Ihrem Geschrei werden Sie das ganze Haus zusammentrommeln", meinte Lilo trocken.

„Bitte Widerspruch", kicherte der Chinese. „Hier wohnt keiner!"

Mit einem weiteren Schrei sprang er in die Höhe und trat nach Lilo. Er ließ die Handkanten durch die Luft wirbeln und versuchte sie zu treffen. Doch Lilo wich geschickt und blitzschnell aus und der Karatekämpfer fuchtelte nur wild durch die Luft.

Immer weiter und weiter drängte er die beiden Knickerbocker gegen die Mauer. Als Axel die Ziegelwand im Rücken spürte, wurde ihm ziemlich mulmig. Was hatte der kleine schlagwütige Kerl vor?

„Was … was jetzt? Was machen wir?", flüsterte er Lilo zu. Die grinste nur.

Blöde Angeberin, dachte Axel grimmig, als auch er den

Grund ihrer Fröhlichkeit erkannte. Der näherte sich langsam und lautlos von hinten.

Ganz plötzlich und unerwartet wurden dem Karatekämpfer die Füße vom Boden weggekickt. Er verlor das Gleichgewicht und landete hart auf dem Pflaster. Sofort sprangen Lilo und Axel auf ihn und drückten seine Schultern nach unten.

„Gut gemacht, Dominik", lobte Lilo ihren mutigen Freund. Der wütende Karatekämpfer wollte sich befreien, doch die Detektive hielten ihn eisern fest.

„Loslassen", befahl da eine tiefe Stimme.

Alles aus!, schoss es Axel durch den Kopf.

Ein großer, bulliger Chinese in einem engen grauen Anzug war durch die Hintertür des Restaurants in den Hof getreten.

Doch schon im nächsten Moment konnten die Knickerbocker aufatmen. Das laute Geheul von Polizeisirenen ertönte und kurz darauf hielten zwei Streifenwagen mit quietschenden Bremsen vor dem Haus. Poppi hatte die Polizei alarmiert. Dominik und sie hatten nämlich mithilfe ihres Periskops durch den schmalen Türspalt in den Hof gespäht und alles beobachtet!

Die Bande flog auf und wurde verhaftet. Ihr Plan war damit geplatzt und ein gestohlener Wertgegenstand konnte dank der Hinweise durch die Knickerbocker-Bande gerettet werden.

KRIMI-FRAGE:

Um welchen Wertgegenstand handelte es sich?

LÖSUNG:

F	R	E	U	D	E	N	B	E	I	F	A	L	L	R	H
D	O	M	I	N	I	K	D	A	O	Ä	S	E	K	W	T
R	K	H	P	D	Ü	E	K	E	H	N	E	R	T	Z	K
E	S	E	I	A	O	F	J	G	F	A	S	G	E	R	J
H	T	F	K	C	U	H	R	Z	P	I	N	N	E	N	D
Z	P	N	T	G	R	J	W	P	E	S	E	N	G	R	O
S	S	E	!	J	E	D	E	R	S	D	E	R	S	C	O
N	K	R	E	T	Z	U	J	H	T	P	Ö	S	„	F	A
H	R	F	E	T	N	R	H	K	O	L	Ö	Z	T	G	F
D	9.	F	U	H	R	A	M	N	A	C	H	M	I	T	T
A	G	W	E	N	N	D	I	E	G	K	L	Ö	V	B	H
C	H	N	R	T	Z	J	H	G	T	D	;	F	E	H	G
J	Z	U	I	L	M	M	E	B	T	Z	U	L	P	Ö	S
D	E	R	G	G	R	T	E	J	Z	„	H	A	B	E	R
M	A	S	S	E	N	E	S	S	E	N	E	I	S	S	O
M	M	E	R	R	E	G	E	N	F	G	F	S	E	R	G
S	T	N	H	S	D	W	L	N	Z	K	R	K	R	W	M
F	L	H	S	M	N	G	B	➔	B	E	I	D	E	M	G
E	S	T	O	H	L	E	N	E	N	W	E	R	T	G	E
G	E	N	S	T	A	N	D	H	A	N	D	E	L	T	E
S	S	I	C	H	U	M	E	I	N	B	I	L	D	V	O
N	V	I	N	C	E	N	T	V	A	N	G	O	G	H	.
●	K	A	B	I	N	E	N	S	K	I	E	L	A	U	F
I	M	D	E	Z	E	M	B	E	R	M	I	V	I	E	L
E	N	.	E	J	K	I	O	P	G	T	E	R	J	H	D
E	A	S	J	K	O	P	G	T	R	Z	U	I	J	K	L

Der rasende Roboter

Poppis Vater hatte einen Freund und Kollegen, der sich mit dem Bau von Robotern befasste. Es handelte sich dabei aber nicht um menschenähnliche Wesen aus Blech wie in Zeichentrickfilmen, sondern um komplizierte technische Geräte, die wie fahrende Schränke mit Türen, Fächern und Lämpchen aussahen.

Professor Alfons hieß der Techniker, der die Maschinen konstruierte und die Probemodelle in seiner eigenen Werkstatt anfertigen ließ. Seine neueste Entwicklung war ein Roboter, der in Gärtnereien das Gießen und Unkrautjäten übernehmen sollte. Ein japanisches Unternehmen war an diesem Gartenroboter sehr interessiert und hatte deshalb um eine Vorführung gebeten.

Durch Zufall traf Poppi Professor Alfons am Tag vor dem Besuch der Japaner, und als er ihr von dem neuen Roboter erzählte, wollte sie ihn unbedingt einmal in Aktion sehen. „Manchmal könnte ich nämlich auch so einen Roboter gebrauchen, der meine Tiere füttert und spazieren führt!", sagte sie. Da sie mit ihren Knickerbocker-Freunden oft unterwegs war, wurde ihr manchmal die Zeit knapp.

„Komm doch mit Axel, Lilo und Dominik morgen zu mir!", lud sie Professor Alfons ein. „Der Gartenroboter wird um 15.00 Uhr in Betrieb gesetzt."

Poppi nahm die Einladung gerne an.

Endlich war es dann so weit. Die Besucher aus Japan, die sich Dutzende Male verneigt und sich mit höflichen Komplimenten förmlich überboten hatten, waren im Halbkreis angetreten und warteten gespannt. Die Knickerbocker waren hinter ihnen auf umgedrehte Kisten geklettert, damit ihnen nichts entging.

Die Vorführung fand in einem kleinen Glashaus statt, das Professor Alfons ausschließlich für diesen Tag hatte aufbauen lassen.

Um Punkt drei Uhr begann die Vorführung. „Meine Damen und Herren, Ladies und Gentlemen. Es ist mir eine große Ehre, Ihnen unseren Gartenroboter Antonius den Ersten vorstellen zu dürfen."

Der Professor deutete auf die offene Tür, durch die ein Ding gefahren kam, das wie eine kleine Tonne auf Rollen aussah. Hinter sich her schleifte Antonius der Erste ein langes Kabel.

„Dieses Kabel ist bei unserem Testmodell notwendig, da Antonius mit Strom versorgt werden muss. Geht der Gartenroboter in Serie, können ihm starke Batterien eingesetzt werden", erklärte der Erfinder. „Und nun wird Antonius der Erste mit der Pflege der Pflanzen beginnen."

Antonius der Erste schien aber etwas ganz anderes vorzuhaben. Aus einer Düse an seiner Vorderseite kam nämlich ein harter Wasserstrahl, der die japanischen Geschäftsleute von Kopf bis Fuß nass spritzte. Dann setzte sich der Roboter in Bewegung und fing an die Pflanzen auszureißen. Mit scharfen Messern und zischenden Drahtschlingen verarbeitete er seine Beute zu winzigen Schnipseln.

Professor Alfons versuchte voller Entsetzen das Gerät zu stoppen, aber er schaffte es nicht.

„Fritz!", brüllte er. „Fritz, stellen Sie sofort den Strom ab! Schnell!"

„Mach ich, Chef!", antwortete Fritz.

Antonius der Erste wütete schrecklich. Er wühlte in den Pflanzenkästen und schleuderte die Erde heraus, er zertrümmerte die Tröge und Töpfe und näherte sich dabei zusehends den Japanern und der Knickerbocker-Bande.

Schreiend suchten die vier Freunde und die Geschäftsleute hinter den Kisten Deckung. Doch diese boten kaum Schutz und würden von Antonius bald mit ein paar schnellen Bewegungen zu Kleinholz verarbeitet werden.

„Fritz! Drehen Sie endlich den Strom ab!", tobte der Professor mit hochrotem Kopf.

Ein großer junger Mann mit strubbeligem Haar erschien in der Tür. „Ich habe den Hauptschalter auf null gestellt. Auf dem ganzen Grundstück gibt es keinen Strom mehr, Chef. Aber der Roboter reagiert nicht!"

Lilo sah sich nach einem Fluchtweg um. Der durch den Raum tobende Antonius verstellte ihnen den Weg nach draußen. Die Bewegungen des Roboters wurden immer wilder und der Wasserstrahl war bereits so stark, dass er die Scheiben des Glashauses durchschlug. Wie ein klirrender Regen rieselten die Splitter auf den Boden.

Professor Alfons war außer sich. Seine Geschäftsfreunde und die vier Juniordetektive würden Opfer des rasenden Roboters werden. Er rannte auf das elektronische Ungetüm zu und versuchte es umzustoßen, aber Antonius hielt stand. Er setzte sich gegen den Angriff zur Wehr, indem er um die eigene Achse zu rotieren begann und dabei den scharfen Wasserstrahl wie ein Schwert durch die Luft zischen ließ.

Lilo entdeckte auf dem Boden einen Hammer, den ein Handwerker liegen gelassen haben musste. Sie hob ihn auf und zerschlug damit die Glasscheibe hinter sich.

Die japanischen Gäste und die vier Freunde stürzten ins Freie.

Der Gartenroboter aber randalierte noch einige Zeit, bis plötzlich Rauch aus ihm aufstieg und er schließlich mit einem Ruck stehen blieb.

Professor Alfons sah wie ein begossener Pudel aus und daran war nicht nur das Wasser schuld. Er wusste, dass die Japaner seinen Roboter nun niemals kaufen würden. Einer seiner höflichen Gäste sagte leise: „Sie bauen keine dienstbaren Maschinen, sondern Monster. Wir danken für die Einladung."

Als die Besucher das Grundstück verlassen hatten, war klar, dass sie nicht so bald wiederkommen würden.

„Ich … ich kann mir das nicht erklären. Ich verstehe das einfach nicht! Jemand muss heimlich an Antonius dem Ersten herumgebastelt haben!", sagte der Professor.

Ob einer seiner Konkurrenten dahintersteckte? Es gab auch noch andere Erfinder, die sich auf Roboter spezialisiert hatten …

Im Büro von Professor Alfons erwartete sie eine seltsame Nachricht: Im Faxgerät steckte ein vor Kurzem eingetroffenes Fax mit folgender Nachricht in Großbuchstaben: ALFONS, DU BIST ERLEDIGT! Was sollte das heißen? Wer schrieb so etwas?

Der Professor blickte die vier Freunde Hilfe suchend an. „Was soll ich machen? Wenn sich herumspricht, was meine Roboter anrichten können, bin ich ruiniert. Ich habe keine Ahnung, wer das Fax geschickt haben könnte." Klugerweise hatte der Unbekannte bei seinem Gerät weder seine Telefonnummer noch seinen Namen eingegeben. Normalerweise stehen diese Daten nämlich in der Sendezeile. Auf diesem Fax stand nur das aktuelle Datum und die Uhrzeit: 15.10 Uhr.

Lilo zog die Augenbrauen hoch und meinte: „Ich glaube, ich habe eine Spur, die uns zu demjenigen führt, dem Sie das alles zu verdanken haben …"

KRIMI-FRAGE:

Was meint Lilo?

LÖSUNG:

W	E	R	F	D	B	G	T	S	K	O	U	Z	K	I	!
J	H	U	Z	T	K	L	V	F	R	E	T	O	I	H	T
A	S	D	C	F	V	B	H	G	T	H	Z	U	I	L	O
F	R	A	G	E	N	G	E	B	➔	F	R	I	T	Z	H
A	T	D	E	N	S	T	R	O	M	N	I	C	H	T	A
B	G	E	S	T	E	L	L	T	.	S	O	N	S	T	W
Ä	R	E	D	A	S	F	A	X	N	I	C	H	T	A	N
G	E	K	O	M	M	E	N	.	●	O	P	A	S	E	R
Y	P	S	I	L	O	N	2	H	E	R	B	S	T	W	E
P	T	T	E	R	H	U	I	O	P	V	G	T	J	S	D
T	.	A	F	E	R	T	N	H	G	D	Ö	P	O	U	Z
E	:	A	C	H	T	E	R	B	A	H	N	F	A	H	R
N	E	N	I	M	E	R	L	E	B	N	I	S	P	A	R
L	K	!	H	E	R	Z	L	I	C	H	E	N	G	L	Ü
I	C	K	W	U	N	S	C	H	S	I	E	H	A	B	E
E	N	G	E	W	O	N	N	E	N	.	U	M	6	U	H
G	R	A	T	E	K	R	I	M	I	S	H	A	B	E	N
T	N	J	E	D	E	S	J	A	H	R	A	U	S	F	R
A	M	M	E	E	R	!	E	N	I	I	S	T	J	A	K
M	E	R	F	T	Z	:	G	F	W	E	R	Ö	P	Z	G
!	G	Z	K	E	N	N	D	U	M	Ö	C	H	T	E	H
R	S	I	;	H	O	N	A	M	D	I	E	N	S	H	S
E	D	K	U	L	A	U	B	E	I	C	H	K	A	L	A
D	F	R	J	E	N	N	D	U	M	Ö	C	H	T	E	R
E	R	T	M	H	O	N	A	M	D	I	E	N	S	H	T
N	T	Z	G	L	O	P	E	R	T	J	Z	U	I	O	N

Das Fressverbot

In der Klasse sitze ich, Axel, neben Peter Blauauge, der eigentlich Peter Muster heißt. Blauauge habe ich ihn getauft, da fast immer ein blauer Ring eines seiner Augen ziert. Auch Peters Nase ist etwas kürzer und platter, als sie es vor zwei Jahren war. Peter Blauauge ist nämlich Boxer und hatte vor einiger Zeit sogar sehr große Chancen, Junior-Box-Champion zu werden.

Dabei gab es nur ein kleines Problem. Als er im Boxklub *K.O.* auf die Waage stieg, ächzte und krachte diese unter seinem Schwabbelbauch.

Der Trainer Franz Schwinger stöhnte, als er einen Blick auf die Anzeige warf. „Peter, du bist zu schwer!“, jammerte er.

„Irrtum“, verbesserte ihn Peter, „ich habe mein Idealgewicht, nur bin ich um ungefähr zwanzig Zentimeter zu klein.“

„Mit neunundsechzig Kilogramm kannst du unter keinen Umständen in der Leichtgewichtklasse antreten“, klagte Herr

Schwinger. „Aber nur dort hättest du Chancen auf einen Pokal!"

„Was soll ich tun?", fragte der Peter achselzuckend.

„Abnehmen!!!", beschloss der Trainer. „Ab heute hältst du eine strenge Diät. Nur noch Obst, Gemüse und Müsli sind erlaubt."

Der gute Peter Blauauge sank zusammen, als hätten gerade zweiundzwanzig Schwergewichtler ihre Fäuste auf ihn niederhageln lassen. Weder Popcorn noch Schokolade futtern, das würde er niemals schaffen. Doch weil er auf dem besten Weg war, Junior-Boxmeister zu werden, beschloss ich, ihm zu helfen.

Zunächst einmal wurden sämtliche Nasch-Vorrats-Verstecke von meiner Spürnase aufgestöbert und geplündert. Was ich fand, wurde unter lautem Schmatzen von mir vernichtet.

Außerdem bewachte ich Peter Tag und Nacht. Näherte er sich nur auf einige Meter dem Kühlschrank, klingelte bereits eine Alarmglocke, die ich dort eingebaut hatte.

Peters Speckschwarten hatten keine Chance. Sie schmolzen dahin wie Zitroneneis in der Sommersonne.

Doch dann kam der verhängnisvolle Samstag vor dem alles entscheidenden Kampf. Als ich nach der Schule wieder meinen Bewachungsdienst antreten wollte, läutete bei mir das Telefon.

„Hilfe, Axel, Hilfe!", jodelte eine hohe Stimme aus dem Hörer. Ich konnte sie kaum verstehen, weil es im Hintergrund im Takt donnerte und ratterte. „Er will mich verprügeln, komm rasch! Gartensiedlung, Haus Nummer 77."

Tuut, tuut, tuut. Die Schrei-Sirene hatte aufgelegt. Was sollte ich nun machen? Es schien sich wirklich um einen Notfall zu handeln.

Peter wird schon nicht losdüsen und eine Imbissbude plündern, dachte ich und stürmte in die Gartensiedlung. Als ich dort ankam, platzte ich fast vor Wut. Irgendein Scherzkeks hatte mich hereingelegt. Es gab dort gar kein Haus Nummer 77. Also ging es im Dauerlauf zu Peter Blauauge. Dort erwartete mich Schreck Nummer zwei.

Peter kauerte auf dem Boden vor dem Kühlschrank und stöhnte leise. Ein Berg von Wurstpapier, leere Konservendosen, Schokoladenfolie und drei säuberlich ausgekratzte Puddingschüsseln Marke *monstergroß* waren das Einzige, was von seiner Fressorgie übrig geblieben war.

„Ich konnte nicht anders", berichtete er rülpsend. „Als ich nach Hause gekommen bin, hat der Kühlschrank einladend offen gestanden. Er war randvoll."

Nun herrschte nur noch gähnende Leere im Kühlschrank.

Schnell-Grübler, der ich bin, hatte ich sofort kombiniert: Einer von Peters Gegnern wollte ihn schon vor dem Kampf k.o. schlagen. Mit dieser Mega-Wampe konnte Peter niemals in den Ring. Deshalb das ganze Theater mit dem falschen Anruf, durch den ich weggelockt worden war.

Ich musste unbedingt herausfinden, welcher von Peters Gegnern hinter der Sache steckte.

„Morgen wäre ich gegen drei Gegner angetreten", japste der vollgefressene Mini-Boxer. „Der eine ist Udo Müllhofer, der andere Reinhard Rümtopf und der dritte heißt Klaus Kätschmi!"

„Wo finde ich die fiesen Kerle?“, erkundigte ich mich.

„Udo wohnt in dem Haus mit der schrecklichsten Aussicht der ganzen Stadt. Er blickt genau auf unsere Schule. Reinhard ist irgendwo beim Flughafen daheim. Und die Eltern von Klaus haben ihre Hütte genau neben die Bahngleise gebaut. Hab keine Ahnung, wie die den Krach der Züge aushalten.“

Ich musste nicht einmal die drei Verdächtigen aufsuchen und verhören, um sie unter die Lupe zu nehmen. Wer Peter zum Fressen verführt hat, war mir sonnenklar.

Der miese Kerl hat übrigens auch nicht am Wettkampf teilgenommen. Er kam leider nicht rechtzeitig in die Sporthalle. Durch einen seltsamen Zufall wurde er nämlich im Kohlenkeller eingesperrt. Ich weiß bis heute nicht, wieso ich den Schlüssel zu diesem Raum plötzlich in meiner Hosentasche hatte …

KRIMI-FRAGE:

Wer wurde im Kohlenkeller eingesperrt?

LÖSUNG:

P	E	T	E	R	:	S	F	N	P	W	Q	Ö	.	E	U
A	S	U	L	S	E	Z	Ö	.	„	H	A	S	E	H	Z
N	D	F	Y	D	E	R	G	O	M	Ä	Q	J	T	A	T
O	H	K	E	Z	F	J	O	R	S	B	F	E	T	Ö	Ü
Z	M	J	➔	K	L	A	U	S	W	U	R	D	E	V	O
N	A	X	E	L	I	M	K	O	H	L	E	N	K	E	L
L	E	R	E	I	N	G	E	S	P	E	R	R	T	.	D
A	S	R	H	Y	T	H	M	I	S	C	H	E	G	E	R
Ä	U	S	C	H	W	Ä	H	R	E	N	D	D	E	S	T
E	L	E	F	O	N	A	T	S	D	E	U	T	E	T	E
A	U	F	D	I	E	E	I	S	E	N	B	A	H	N	H
I	N	.	●	D	V	Y	O	W	D	G	E	R	T	F	K
B	A	U	M	K	R	O	N	E	G	W	O	F	F	O	Ö
R	T	W	G	.M	I	E	G	T	E	N	D	L	P	Ü	Ö
S	:	W	E	N	D	U	S	C	H	O	N	H	A	R	TK
F	T	H	K	!	R	G	N	M	M	D	E	R	K	I	S
D	F	H	T	J	L	F	D	G	J	Z	R	E	L	F	D
G	H	J	K	Z	E	Z	I	F	N	F	H	R	E	A	L
U	T	N	C	X	:	I	O	S	W	Q	L	K	H	G	F
J	K	T	U	O	F	R	D	T	J	K	P	E	R	D	T
G	J	F	T	U	H	F	R	S	F	H	I	L	Ö	D	S
F	D	R	J	D	U	O	R	S	G	K	Ö	U	V	B	S
R	Z	H	F	J	;	L	P	Z	D	S	G	J	L	Ö	T
G	H	J	W	R	Z	I	O	S	D	K	P	Ä	Y	:	E
E	W	Q	L	F	D	Z	U	P	I	T	H	A	S	T	J
A	E	W	J	K	P	Ü	D	T	R	S	Z	U	K	P	Ö

Die Hand des Bösen

„Ich ... ich werde bedroht!“, keuchte Eugen Darkmann. Seine Hände zitterten, als er nach seiner Teetasse griff, die er eben in der Küche neu gefüllt hatte.

„Entschuldigt meine Unaufmerksamkeit“, sagte er dann verlegen zu den Knickerbockern. „Ich habe euch noch gar nicht gefragt, was ihr trinken wollt.“

„Cola!“, bestellten die vier Detektive.

Die Freunde waren bei dem berühmten Krimiautor Eugen Darkmann zu Besuch. Axel, Lilo, Poppi und Dominik hatten jedes seiner Bücher mit Begeisterung gelesen und wollten deshalb Herrn Darkmann einmal persönlich kennenlernen. Sie riefen ihn an und der Schriftsteller lud sie zu sich ein. Als sie dann bei ihm ankamen, erschien er völlig durcheinander und aufgebracht.

„Ich werde bedroht“, wiederholte er immer wieder.

„Von wem?“, wollte Lilo wissen.

Eugen Darkmann fuhr schnaubend aus seinem wackeligen Sessel hoch. „Wenn ich das wüsste, hätte ich schon längst etwas unternommen!"

Der kleine, rundliche Mann mit den stechenden Augen und dem dünnen Schnurrbart lief wie ein Panther im Zimmer auf und ab. In groben Zügen berichtete er von den schrecklichen Ereignissen der letzten Zeit. „Vor zwei Tagen wurden sieben Fenster meines Hauses mit Pflastersteinen eingeworfen. Vom Täter fehlt jede Spur. Und in der vergangenen Nacht war jemand in meinem Haus. Ich habe Schritte gehört."

„Haben Sie auch jemanden gesehen?", fragte Axel.

„Ja, eine Micky-Maus-Maske."

Die Detektive blickten den Schriftsteller prüfend an. War er übergeschnappt?

„Ich habe gerade in der Badewanne gelegen und ein heißes, dampfendes Bad genommen", erklärte Darkmann. „Das mache ich öfter vor dem Schlafengehen. Plötzlich habe ich den Micky-Maus-Kopf im Spiegel gesehen. Er hat zur Tür hereingeblickt. Als ich dann in diese Richtung geschaut habe, war er nicht mehr zu sehen. Allerdings war es auch total dampfig im Bad und ich hätte gar nichts Genaueres erkennen können. Vielleicht trachtet der Eindringling nach meinem Leben?"

Der redet fast so geschwollen wie Dominik, dachte Poppi und musste kichern.

„Hör auf zu lachen, die Sache ist ernst!", schrie Darkmann. „Ich muss nächste Woche mein neuestes Buch fertig haben. Es wird ein Bestseller – wie meine Werke davor. In den nächsten Tagen darf ich durch nichts gestört werden."

„Wenn es Ihnen recht ist, werden wir dafür sorgen“, versprach Lilo. „Es ist eine Ehre für die Knickerbocker-Bande, Ihnen zu helfen.“

Der Schriftsteller willigte ein und schon am Tag darauf bezog die Bande Posten im Garten seines Hauses. Aus einem der Fenster im oberen Stock drang ununterbrochen das Geklapper einer Schreibmaschine. Eugen Darkmann hielt nichts von moderner Technik, wie er den Knickerbockern stolz erzählt hatte. Niemals würde er einen Computer auch nur anfassen. Deshalb schrieb er alle seine Manuskripte auf diesem altmodischen Tastending. Das gleichförmige Tapp-tapp der Schreibmaschine hatte eine einschläfernde Wirkung auf Dominik, Lilo und Poppi. Bald waren sie auf der Wiese eingenickt. Sie hielten die Geschichte vom nächtlichen Besucher ohnehin für einen Albtraum und die eingeworfenen Fenster für den bösen Scherz eines Nachbarjungen.

Nur Axel lag auf dem Bauch und las seinen Lieblingskrimi von Eugen Darkmann: „Die Hand des Bösen“. Er hatte sich das Buch aus dem Wohnzimmer des Schriftstellers mitgenommen und bemerkte erst jetzt, dass ein Brief zwischen den Seiten lag. Obwohl er wusste, dass es sich nicht gehörte, faltete er das Blatt auf und überflog den Text.

Plötzlich verstummte die Schreibmaschine und wenige Sekunden später brüllte Mister Darkmann auf, als hätte ihm jemand ein komplettes siebenundzwanzig-bändiges Lexikon auf die Zehen fallen lassen.

Die schlummernden Knickerbocker wurden aus ihrem Halbschlaf gerissen und stürzten ins Haus.

Der Schriftsteller kniete im Wohnzimmer vor einem kleinen hölzernen Bauernschrank und starrte fassungslos hinein.

„Das Manuskript“, flüsterte er, „das Manuskript … ist verschwunden. Heute in der Früh lag es noch da drinnen …“

„Vielleicht hat es die Putzfrau irrtümlich weggeworfen. War ja nur ein Haufen Papier“, meinte Poppi.

„Ein Haufen Papier?“ Eugen Darkmann packte das Mädchen am T-Shirt. „Das war das Manuskript zu meinem neuen Roman. Dreihundertachtzig Seiten! Ein Vermögen wert. Außerdem war der Schrank bis jetzt versperrt! Und den einzigen Schlüssel trage ich immer an einer Kette um den Hals!“

„Wenn Sie Poppi bitte loslassen könnten, machen wir uns sofort an die Arbeit“, sagte Lilo mit ruhiger Stimme.

Daraufhin beruhigte sich Herr Darkmann ein wenig und klopfte Poppi entschuldigend auf die Schulter.

Dann griff er zum Telefon – Darkmann besaß natürlich eines dieser Uralt-Modelle mit Wählscheibe – und wählte die Nummer der Polizei. „Ich hätte sie schon längst rufen sollen! Schon längst!“, murmelte er unentwegt vor sich hin.

Plötzlich sprang Axel zu ihm und drückte auf die Telefongabel. „Bist du verrückt?“, fuhr ihn der Schriftsteller an.

Axel schüttelte den Kopf. „Nein, aber Sie machen wahrscheinlich gerade einen schweren Fehler. Der Manuskriptdieb sind nämlich Sie selbst!“

Eugen Darkmann blickte ihn sprachlos an.

„Wie kommst du darauf“, wollte Lilo wissen.

„Erstens hat Herr Darkmann gestern gelogen. Und zweitens ist mir durch Zufall ein Brief seines Verlegers in die Hände gefallen. Darin fordert er Herrn Darkmann auf, endlich das Manuskript für das neue Buch zu liefern. Ich nehme an, dass es noch gar nicht fertig ist. Deshalb hat Herr Darkmann den Diebstahl vorgetäuscht."

„Das ist gelogen!", tobte der Autor. „Du kannst nichts beweisen."

„Vielleicht doch!", meinte Axel, drängte sich an Eugen vorbei und rannte suchend durch die Villa. Er grinste zufrieden, als er endlich die Küche gefunden hatte. Gleich dahinter lag nämlich, wie er richtig vermutet hatte, eine kleine Speisekammer.

„Verschwinde von da!", brüllte Darkmann mit hochrotem Kopf.

Ein paar Sekunden später tauchte Axel wieder in der Tür auf. In der Hand hielt er eine Packung Cornflakes. Er riss sie auf und entnahm ihr das angeblich gestohlene Manuskript.

„Wieso ... woher weißt du ...?", stammelte Darkmann.

„Glückstreffer", gestand Axel, „aber den Trick mit der falschen Cornflakespackung beschreiben Sie selbst in Ihrem Buch ‚Die Hand des Bösen'."

Verzweifelt sank der Schriftsteller auf einen Küchenhocker. „Mir ... mir fällt in letzter Zeit nichts mehr ein", erzählte er leise. „Deshalb habe ich selbst einmal einen Betrug geplant. Ich habe vor knapp einem Jahr eine Diebstahlversicherung mit einer hohen Prämie für meine Manuskripte abgeschlossen. Das neue Buch finde ich schlecht. Deshalb wollte ich es verschwinden lassen und trotzdem Geld kassieren. Aber ihr habt mir einen Strich durch die Rechnung gemacht."

Eugen Darkmann ließ die Schultern sinken.

„Wir verraten diese ganze Geschichte niemandem“, versprach Lilo. „Aber lassen Sie uns den neuen Krimi doch lesen. Vielleicht ist er gar nicht so schlecht.“ Eugen Darkmann überreichte ihr den dicken Stapel Papier und die Knickerbocker zogen sich damit in den Garten zurück.

Ihr Kommentar lautete dazu: „Absolute Spitzenklasse!“ Das Buch wurde ein voller Erfolg. Auf der vierten Seite konnte jeder lesen: Meinen Knickerbocker-Freunden gewidmet, die mich vor der Hand des Bösen bewahrt haben.

KRIMI-FRAGE:

Wobei hat Eugen Darkmann gelogen?

LÖSUNG:

H	E	R	Z	U	A	A	T	E	N	Ö	D	L	L	A	T
E	G	J	F	N	D	L	T	I	N	N	E	Ö	.	K	K
F	R	Ö	W	T	E	D	E	N	I	N	U	L	W	E	R
E	K	O	E	E	Z	A	D	M	E	E	T	K	H	I	T
K	P	P	R	R	I	M	E	Ü	M	N	I	F	H	K	Ö
R	Ä	U	T	R	M	P	R	S	A	.	G	R	A	L	D
Ä	G	Z	G	I	M	F	S	S	N	H	G	E	F	E	M
N	T	T	F	C	E	I	P	E	D	I	E	A	E	I	U
Z	A	R	E	H	R	G	I	N	E	E	L	G	R	N	T
E	G	D	J	T	W	.	E	,	N	R	O	T	S	E	Z
B	T	S	H	E	A	W	G	D	H	H	G	J	U	M	J
I	R	G	Z	N	R	E	E	A	Ä	A	E	L	P	E	G
S	Ä	E	L	K	E	N	L	S	T	T	N	L	P	E	,
F	U	T	M	A	S	N	S	S	T	T	.	M	E	R	F
R	M	J	N	N	A	D	O	E	E	E	●	U	N	S	T
Ö	E	M	S	N	N	A	B	U	D	D	S	Ö	K	C	P
A	R	U	E	J	G	S	E	G	A	A	W	.	A	H	Ä
S	Z.	T	R	A	E	S	S	E	R	R	A	7.	S	W	I
D	I	M	O	H	B	T	C	N	I	K	J	L	P	E	U
T	L	A	P	E	L	I	H	D	N	M	Ä	Y	E	I	M
H	Ö	C	:	F	I	M	L	A	S	A	9	C	R	N	X
J	W	H	G	B	C	M	A	R	E	N	D	R	L	C	E
N	E	E	T	⬇	H	T	G	K	H	N	F	A	I	H	W
F	N	N	J	I	T	,	E	M	E	E	E	M	E	E	R
R	K	G	K	M	O	H	N	A	N	I	C	I	B	N	T
J	W	L	H	B	T	Ä	S	N	K	N	R	T	T	L	D

Gift für den Killerwal

„Am liebsten würde ich ihn vergiften!“, sagte eine Frauenstimme hinter Lilo. Diese drehte sich erschrocken um. Wer hatte diese Drohung ausgestoßen?

Suchend blickte das Superhirn der Knickerbocker-Bande in die Menschenmenge auf der Zuschauertribüne. Doch da saßen so viele Damen und die Stimme von vorhin war jetzt nicht mehr zu hören. Lilo hatte also keine Möglichkeit herauszufinden, wer von Gift gesprochen hatte.

Vielleicht habe ich mich auch verhört, überlegte sie. Lilo beschloss, die ganze Sache zu vergessen, und widmete sich wieder Schamu, dem Killerwal.

Die Knickerbocker-Bande war von Dominiks Onkel Jim eingeladen worden, einen ganzen Monat lang mit ihm durch die USA zu reisen. Es waren die tollsten Ferien ihres Lebens! Zurzeit befanden sie sich gerade in Florida im berühmten Meereszoo *Sea World* und saßen vor dem riesengroßen Schwimmbecken des Killerwals Schamu, der den staunenden

Zuschauern in einer Show seine Kunststücke zeigte. Er sprang durch Reifen, balancierte Ringe und Bälle, machte Rollen im Wasser und spritzte das Publikum nass.

„Zum Glück ist es hier herrlich heiß. Da trockne ich wenigstens schnell“, lachte Poppi, die einen Platz in der ersten Reihe hatte.

„Sagt, wollt ihr Schamu einmal aus nächster Nähe kennenlernen?“, fragte Onkel Jim die Detektive nach der Vorführung. Natürlich waren die vier Knickerbocker von dieser Idee begeistert.

Jim führte sie hinter das riesige Meerwasserbecken, wo er von der Trainerin des Wals stürmisch begrüßt wurde. Die beiden schienen alte Freunde zu sein.

„Dürfen meine Gäste Schamu einmal die Flosse reichen?“, fragte Jim. Die Trainerin, die übrigens Sue hieß, nickte und lächelte verschmitzt. Dann führte sie die Kinder zur Bühne am Rand des Beckens.

Sue klatschte in die Hände und rief: „Schamu! Besuch für dich! Komm!“ Dann drehte sie sich zu Axel um und sagte: „Zieh deine Schuhe aus.“

Axel verstand zwar nicht, wozu das gut sein sollte, doch er machte es trotzdem.

Prustend tauchte der schwarz-weiße Killerwal aus dem Wasser und bettelte lautstark um einen Fisch. Sue warf ihm einen ins aufgesperrte Maul und gab ihm mit den Händen ein Zeichen. Sogleich legte sich der Wal – mit dem Rücken nach oben – flach ins Wasser.

„Los, steig auf ihn drauf“, sagte die Trainerin zu Axel. Dieser glaubte erst, seinen Ohren nicht zu trauen, doch Sue schien es ernst zu meinen. Vorsichtig setzte Axel seine Füße auf den warmen Walkörper.

„Er wird nun mit dir eine Runde durch das Becken schwimmen. Keine Angst, du wirst staubtrocken wieder von seinem Rücken heruntersteigen!", versprach Sue.

Doch in diesem Moment geschah es: Schamu bäumte sich plötzlich auf und Axel wurde in hohem Bogen ins Wasser geschleudert.

„Raus aus dem Becken! Schnell!", schrie Sue und streckte Axel den Arm hin. Keuchend rettete sich dieser ins Trockene.

Schamu war mit einem Schlag völlig verändert. Er krümmte sich und peitschte mit der Schwanzflosse das Wasser auf. „Er ... er muss verletzt sein ... oder ... krank!", rief Sue. „Das spüre ich. Ich kenne ihn gut! Mit ihm ist etwas nicht in Ordnung!"

Sie stürzte zum Telefon und alarmierte den Tierarzt.

Später, als sie im Hawaii-Restaurant von *Sea World* zu Abend aßen, berichtete Onkel Jim den Knickerbockern das Neueste. „Es wird alles streng geheim gehalten, aber Schamu scheint Gift gefressen zu haben. Sue vermutet, dass ihm jemand einen vergifteten Fisch zugeworfen hat. Der Tierarzt ist völlig verzweifelt, da er nicht herausfinden kann, welche Art von Gift Schamu geschluckt hat! Er weiß nicht, wie er den Wal behandeln soll!"

„Das ... das ist ja schrecklich", jammerte Poppi, die Tiere über alles liebte.

„Ach, Darling, wieso wolltest du ausgerechnet hierherkommen?", hörte Lilo in diesem Moment einen Mann am Nebentisch sagen.

„Weil ich jetzt glücklich bin!", antwortete eine Frau.

Lilo erstarrte. Die Frauenstimme! Das war die Stimme, die vorhin bei der Show von Gift gesprochen hatte! Das Superhirn der Bande hatte nicht den geringsten Zweifel.

Sofort sprang Lilo auf und trat an den Nachbartisch, an dem die beiden Leute saßen.

„Sie!", rief Lilo aufgebracht und deutete auf die Frau. „Sie haben vor zwei Stunden gesagt, dass Sie den Wal gerne umbringen würden!"

Die Frau blickte Lilo abschätzig an. „Verschwinde! Ich weiß gar nicht, wovon du redest. Ich war früher einmal Schamus Trainerin. So etwas würde ich nie tun!"

„Warum haben Sie dann davon gesprochen?", wollte das Superhirn wissen.

„Ich? Ich soll gesagt haben, dass ich Schamu Gift geben möchte? Nie im Leben! Du träumst!" Die Frau schüttelte den Kopf.

Trotzdem ging Lilo zu Onkel Jim und bat ihn, Sue zu verständigen. Nur wenige Minuten später stand die Trainerin im Hawaii-Restaurant.

Als Lilo ihr die Frau am Nebentisch zeigte, schnaubte Sue wütend: „Doris! Du?" Sie setzte sich zu den Knickerbockern und berichtete ihnen Folgendes: „Doris hat früher auch mit Schamu gearbeitet, aber sie war öfters ungeduldig. Wenn Schamu nicht sofort gehorchte, hat sie ihn bestraft oder gemein behandelt. Das hat der Wal nie vergessen. Ich konnte immer viel besser mit ihm umgehen. Doris war eifersüchtig und hat oft davon gesprochen, dass sie sich eines Tages rächen würde!“

Sue drehte sich zu ihrer früheren Kollegin. „Doris, bitte, sag sofort, wenn du Schamu das Gift gegeben hast. Sonst stirbt er!“

Doch Doris schwieg eisern.

„Sie sind gemein!“, schrie Poppi aufgebracht.

„Das finde ich auch“, schloss sich Lilo ihr an. „Vor allem weiß ich, dass Doris den Wal vergiftet hat. Sie hat sich vorhin verraten!“

Doris hatte keine Chance mehr. Sie musste gestehen, dass sie es wirklich getan hatte.

Dadurch konnte Schamu im letzten Moment gerettet werden. Sein Leben verdankte er der Knickerbocker-Bande.

KRIMI-FRAGE:

Woher wusste Lilo, dass Doris gelogen hat?

LÖSUNG:

D	A	U	E	R	L	A	U	F	G	E	T	K	L	Ö	D
A	J	F	T	R	E	J	K	Ö	N	B	M	I	U	Z	S
R	F	G	D	E	6	.	S	W	E	N	Z	T	I	O	P
O	Z	O	O	T	I	E	R	E	:	D	I	E	S	E	R
L	W	E	I	H	N	A	C	H	T	E	N	9	F	R	E
F	F	G	L	Ö	M	I	L	O	S	A	S	S	W	D	S
H	F	E	R	T	B	V	N	Z	U	J	T	H	E	R	D
A	N	G	F	G	R	T	E	D	F	G	H	J	K	U	Z
T	A	R	E	G	T	R	W	E	R	F	:	G	F	D	S
T	D	D	F	E	R	G	L	S	U	Z	K	L	J	I	T
E	E	D	E	R	G	B	D	E	2.	N	G	R	T	Z	J
I	L	D	S	E	R	F	D	H	A	N	D	S	C	H	U
M	Ö	W	A	R	M	E	S	W	E	T	T	E	R	I	M
M	!	J	E	D	E	R	Z	E	I	T	B	I	N	E	S
E	.	B	A	D	M	I	N	T	O	N	S	P	I	E	L
R	G	F	N	N	I	U	T	R	P	K	J	A	S	S	R
W	F	3	A	A	T	Z	F	J	K	L	H	T	U	R	N
E	D	S	W	L	L	O	P	U	L	L	O	V	E	R	H
N	S	R	B	A	A	L	L	S	P	I	E	L	E	A	N
N	K	R	M	E	I	N	E	M	E	R	S	T	E	N	K
S	.	O	8	F	U	S	S	B	A	L	L	E	R	I	N
I	F	R	T	Ü	M	P	E	L	G	R	T	E	D	C	H
E	R	G	S	Q	F	R	E	W	➔	D	O	R	I	S	W
U	S	S	T	E	V	O	N	D	E	M	G	I	F	T	.
O	B	W	O	H	L	L	I	L	O	E	S	N	I	C	H
T	E	R	W	Ä	H	N	T	H	A	T	T	E	.	●	K

Wenn der Horror-Hecht kommt!

Fledermäuse huschten durch die Nacht und im nahen Wald schrie unentwegt ein Käuzchen.

„Mir rieselt ein kalter Schauer nach dem anderen über den Rücken“, flüsterte Poppi ihrer Freundin Lilo zu.

„Mir geht es auch nicht besser“, antwortete Lilo leise.

„Regt euch ab“, knurrte Axel. „Das gehört zu einer echten Grusel-Nachtwanderung dazu. Außerdem werden dadurch unsere Nerven gestärkt!“

Es war August und die Knickerbocker-Bande verbrachte eine Ferienwoche bei Dominiks Onkel Walter, der eine alte Fischerhütte in der Nähe der Donau besaß. Kurz nach elf Uhr waren die vier Detektive heimlich aus dem Haus geschlichen. Ihr Ziel war das Donauufer, wo sie ein Mitternachtspicknick veranstalten wollten. Als sie die Uferböschung erreichten, blieb Axel mit einem Ruck stehen.

„Schaut einmal“, flüsterte er den anderen zu, „dort unten liegt ein Schiff vor Anker!“

„Wahrscheinlich hat es eine Panne", vermutete Dominik. Er richtete den Strahl seiner Taschenlampe auf den Kahn und ließ das Licht über die Bootsplanken streifen.

„Es handelt sich hier zweifellos um einen alten Fischkutter, der bestimmt schon bessere Tage gesehen hat", stellte Dominik mit Kennerblick und in seinem üblichen geschwollenen Tonfall fest. „Er heißt übrigens ‚Horror-Hecht'!"

„Komischer Name. Wem das Schiff wohl gehört?", murmelte Poppi.

„In der Kajüte brennt Licht. In weniger als einer Minute wissen wir es", meinte Lilo und gab den anderen ein Zeichen, ihr zu folgen.

Langsam rutschten die vier Knickerbocker die feuchte Böschung hinunter und schlichen zu der Stelle, an der das Schiff vertäut war.

„Komm, wir springen an Bord", sagte Lilo zu Axel, doch der schien von dieser Idee nicht sehr begeistert.

„Wir … wir könnten doch auch hier vom Ufer aus spähen", stammelte er verlegen.

„Feigling", zischte Lilo. „DEINE Nerven sind wohl noch nicht genug gestärkt. Dann schlottere mal schön weiter mit den Knien!"

„Geht einer von euch mit?", fragte sie die beiden anderen.

Aber auch Poppi und Dominik hatten keine Lust, ein fremdes Schiff zu betreten.

„Dann mach ich es eben allein!"

Mit einem mächtigen Satz sprang Lilo an Bord. Die morschen, verwitterten Holzplanken knarrten und ächzten unter ihren Turnschuhen, als sie geduckt zum hölzernen Schiffsaufbau schlich. Vorsichtig und langsam hob das Superhirn der Knickerbocker-Bande den Kopf und warf einen Blick durch das Kajütenfenster.

Drinnen saß ein älterer Mann in einem schmierigen blauen Overall an einem Funkgerät. Auf seiner Glatze erkannte Lilo einen tätowierten Hecht.

„Hier Horror-Hecht 7! Ich rufe Horror-Hecht 9 … Meine Position im Moment: zwei Kilometer vor Krems“, rief der Mann in das Mikrofon des Funkgerätes. „Ich musste kurz anlegen, da der Motor schon wieder streikt … Ja, ja, ich werde pünktlich beim Treffpunkt ankommen. Zum Glück bin ich in der besseren Richtung auf der Donau unterwegs. Umgekehrt würde es viel länger dauern … Aber so geht's fast von allein … Okay, und jetzt Ende und over! Ich mache Tempo! Ich weiß, dass der Boss tobt, wenn er den Stoff nicht zum Frühstück serviert bekommt.“

Es klickte. Der Typ mit der Tätowierung hatte das Funkgerät abgeschaltet und stand auf.

Lilo hastete davon und konnte sich im letzten Moment ans Ufer retten. Blitzschnell ging sie hinter einem Strauch in Deckung. Sie hörte, wie der „Horror-Hecht“ ablegte. Wenige Augenblicke später hatte die Dunkelheit das Schiff verschluckt.

Hastig berichtete Lilo den anderen von dem Funkgespräch.

„Mit ‚Stoff‘ meint der sicher keine Seide“, stellte Dominik fest.

„Geht es um … Rauschgift?“, fragte Poppi mit ängstlicher Stimme. Axel, Lilo und Dominik nickten.

„Wir werden sofort die Polizei verständigen", beschloss das Superhirn. „Sie muss den alten Fischkutter abfangen. Zum Glück weiß ich, in welche Richtung auf der Donau das Boot unterwegs ist!"

„Häää? Wieso?" Der Rest der Bande kam nicht ganz mit.

„Erklär ich euch später", versprach Lilo und kramte ihr Handy aus der Jackentasche.

Zwei Tage später entdeckten die vier Knickerbocker folgende Schlagzeile in der Zeitung:

RAUSCHGIFTRING ZERSCHLAGEN!
Durch einen anonymen Hinweis ist die Polizei einer lang gesuchten Rauschgiftschmugglerbande auf die Spur gekommen. Die Drogen wurden auf alten Fischkuttern über die Donau geschmuggelt.

„Das war mal wieder ganze Arbeit!", stellte Lilo stolz fest.

KRIMI-FRAGE:

In welche Richtung war das Schiff mit dem Rauschgift auf dem Fluss unterwegs?

LÖSUNG:

K	L	I	T	Z	E	K	L	E	M	W	N	G	T	G	J
R	D	7	H	W	I	B	Z	!	I	Ä	E	„	S	F	A
O	E	S	R	C	M	E	Ä	G	T	R	M	,	P	D	G
K	R	I	E	A	Z	I	H	F	D	T	F	V	R	S	U
O	B	E	G	D	I	E	N	D	E	S	L	O	A	E	A
D	E	B	T	H	M	I	E	H	M	U	U	N	C	R	R
I	T	E	R	B	M	N	S	J	R	N	S	D	H	T	T
L	T	N	N	T	E	E	C	Ä	A	T	S	E	.	„	R
E	E	B	B	E	R	M	H	M	U	E	D	R	●	J	A
I	N	E	U	R	D	K	A	N	S	R	I	D	W	K	U
N	J	R	„	G	U	L	R	T	C	W	E	E	E	P	B
T	A	G	F	H	N	I	F	Z	H	E	„	R	R	O	E
I	S	E	G	,	K	R	S	A	G	G	B	M	W	E	N
R	W	H	D	G	E	R	P	Ö	I	S	E	A	I	!	;
O	E	Ä	T	F	L	F	I	D	F	.	S	N	L	2	U
L	R	T	R	D	F	T	T	E	T	D	S	N	L	R	K
F	Z	T	L	E	A	E	Z	(↓)	W	A	E	A	R	E	L
E	U	E	Ö	R	N	H	K	D	A	S	R	M	O	J	A
W	N	N	K	T	D	M	L	A	R	I	E	F	M	H	S
:	J	A	I	K	G	A	A	S	S	S	R	U	B	U	E
A	P	S	U	J	E	S	U	S	T	T	I	N	E	Z	W
S	L	T	Z	H	S	D	E	C	R	A	C	K	N	T	V
K	R	R	H	E	T	E	F	H	O	U	H	G	B	G	T
L	E	W	G	W	E	R	E	I	M	F	T	E	A	F	R
T	W	B	F	E	R	T	R	F	A	E	U	R	U	D	T
R	D	Q	D	R	N	K	N	F	B	I	N	Ä	E	F	E

Schlangenbesuch nach Mitternacht

Mrs Robster, eine freundliche alte Dame, saß in ihrem Hotelzimmer in Hollywood im Bett. Sie versuchte zu schreien. Doch aus ihrer Kehle drang nicht einmal ein heiseres Krächzen. Vor Schreck brachte sie einfach keinen Ton heraus.

Entsetzt starrte sie auf die Lüftungsschlitze der Klimaanlage, aus denen sich ein langes, dünnes grünes Band schlängelte. Es war bereits das siebte, das lautlos zu Boden fiel und sich dann auf dem Boden wand und zischend aufrichtete. Immer wieder rissen die Schlangen ihre Mäuler auf und zeigten ihre langen, spitzen Giftzähne.

„Deinen Schmuck! Gib deinen Schmuck!“, hörte die alte Dame eine Stimme zischen. Kam sie von einer der Schlangen? Hatte sie es tatsächlich mit sprechenden Schreckensschlangen zu tun?

Endlich brachte sie wieder ein Wort über die Lippen und murmelte: „Er ist … er ist im Safe!“

„Hol ihn! Hol ihn! Stell die Schmuckkassette vor dein Zimmer! Dann werden wir dir nichts tun!", versprach die Stimme. „Sonst aber kommen wir zurück! Das schwören wir bei Tarzans Tigerfell!"

Ein dumpfes Pochen ertönte. Gleich darauf krochen die Schlangen unter leisem Zischen durch den Spalt zwischen Boden und Tür aus dem Zimmer.

Mrs Robster atmete erleichtert auf, als die letzte verschwunden war.

Wie befohlen stieg sie aus dem Bett, schlüpfte in ihren Morgenmantel und wollte zur Hotelrezeption gehen, wo sich der Safe befand. Doch dann blieb sie stehen. Sollte sie die Polizei verständigen? Die würde ihr diese Geschichte sicher nicht glauben. Aber beim Abendessen hatte sie vier Kinder kennengelernt, die von ihren Detektivabenteuern erzählt hatten. „Die Knickerbocker-Bande" nannten sich die vier Freunde, die zurzeit mit einem Onkel eine Rundreise durch die USA unternahmen.

Mrs Robster erkundigte sich beim Portier nach ihren Zimmernummern und klopfte kurze Zeit später an.

Es dauerte eine Weile, bis die Tür einen Spaltbreit geöffnet wurde. Ein verschlafener Junge blinzelte hinaus.

„Was … was gibt es denn?"

„Entschuldigt die späte Störung", flüsterte die Dame. „Aber ich benötige dringend eure Hilfe."

Der Junge – der übrigens Axel hieß – weckte sofort seine Freunde Lilo, Dominik und Poppi. Ganz gespannt hörten sie Mrs Robster zu, die alles bis ins kleinste Detail schilderte: wie die Schlangen aus dem Lüftungsschlitz gekrochen waren, was die Stimme gesagt hatte und wie die Schlangen wie auf Befehl wieder verschwunden waren.

„Ein raffinierter Trick. Das muss man schon sagen", meinte Lilo, das Superhirn der Bande, dazu.

„Aber wo sitzt das Schlangen-Herrchen?", überlegte Dominik laut.

Poppi, die sich mit Tieren gut auskannte, hatte eine Idee: „Schlangen hören nichts. Das Klopfen haben sie aber gespürt. Es war für sie das Zeichen, den Rückzug anzutreten. Das heißt, der Gauner muss sich in einem der Räume befinden, die an das Zimmer von Mrs Robster angrenzen!"

„Das sind zum Glück nur zwei und die nehmen wir uns beide vor", beschloss Lilo. „Wir arbeiten mit dem Trick ‚Mami, bist du es?'. Einverstanden und alles klar, Poppi?"

Ihre Freundin nickte.

Wenige Minuten später stand das jüngste Mitglied der Knickerbocker-Bande vor dem ersten Zimmer, das infrage kam. Poppi trug ein langes, weißes Nachthemd und spielte absolut überzeugend ein kleines, verwirrtes, hilfloses Mädchen. Zaghaft klopfte sie an die Tür.

Eine junge Frau mit ziemlich zerzauster blonder Lockenpracht steckte ihren Kopf heraus und musterte schlecht gelaunt die kleine Gestalt.

„Ich suche meine Mami", piepste Poppi.

„Ich bin nicht deine Mami", knurrte die Frau verschlafen.

„Aber ihr Zimmer ist hier irgendwo. Das weiß ich ganz genau", jammerte Poppi. „Ich schlafe dort drüben. Und da war plötzlich ein Geräusch. Ich bin aufgewacht und jetzt fürchte ich mich!"

Die Frau schüttelte ihre blonden Locken. „Ich habe nichts gehört. Dabei habe ich einen sehr leichten Schlaf!"

„Oh ja", beharrte Poppi. „Es war so schrecklich! Ich habe Angst! Mein Teddybär auch."

„Bei Tarzans Tigerfell, wenn ich sage, da war nichts, dann war da nichts! Marsch, zurück in dein Zimmer! Oder such von mir aus deine Mami weiter!"

Die junge Frau knallte Poppi die Tür vor der Nase zu.

Poppi streckte der geschlossenen Tür wütend die Zunge heraus. Unfreundliche und bissige Erwachsene konnte sie nicht ausstehen.

Dann spazierte sie zu dem zweiten Nachbarzimmer von Mrs Robster.

Wieder klopfte sie an und zog abermals ihre ‚Ich-suche-meine-Mami-Show' ab. Als Antwort erhielt sie ein herzhaftes Gähnen. „Kleine, du brauchst eine Brille", stöhnte die Frau, die das Zimmer bewohnte. Sie fuhr sich durch das lange braune Haar und schleuderte es mit Schwung über die Schulter. Poppi wollte sich an ihr vorbeidrängen und einen Blick in den Raum werfen, doch blitzschnell verstellte ihr die Dame den Weg.

„Ich sagte, deine Mutter ist hier nicht, verstanden?" Ihre Stimme klang nun kalt und streng. „Aber ich werde den Portier verständigen. Er soll heraufkommen und dir dann suchen helfen!"

„Wieso darf ich nicht zu Ihnen hinein?", bohrte Poppi.

„Weil mein Spitzname ‚Miss Chaos' lautet und bei mir immer totale Unordnung herrscht. Ich will nicht, dass du einen Schreck fürs Leben bekommst!"

Dann schlug die Frau Poppi die Tür vor der Nase zu.

Axel, Lilo und Dominik kamen sofort aus der Gangnische, in der sie sich versteckt und alles mitgehört hatten.

„Okay, wir verständigen den Portier, dass er die Polizei rufen soll. Ich glaube, sie wird sich für die Frau interessieren!“, entschied Lilo.

„Für welche der beiden? Und woher weißt du, dass sie mit den Schlangen etwas zu tun hat?“, wollte Axel wissen.

Lilo lächelte nur geheimnisvoll.

Übrigens: Die verdächtige Dame wurde später als lang gesuchte Hoteldiebin entlarvt. Sie besaß insgesamt zehn dressierte Schlangen, die allerdings nicht giftig waren. Sie schickte die Tiere immer durch die Leitungen der Klimaanlage auf Reisen. Mithilfe eines Spezialgerätes konnte sie vom Nebenzimmer aus die zischende Geisterstimme ertönen lassen.

KRIMI-FRAGE:

Welche Frau war es?

LÖSUNG:

D	E	G	R	T	Z	W	E	R	F	S	F	A	E	L	Z
P	A	U	S	E	N	G	A	N	G	S	G	U	L	E	U
G	Ä	N	S	E	M	A	R	S	C	H	E	S	L	B	W
E	F	G	N	:	W	E	R	T	Z	D	S	S	„	E	E
D	L	E	G	E	S	C	H	W	A	S	T	P	H	W	I
U	Z	E	I	T	D	I	E	B	E	S	H	R	A	E	H
N	M	E	R	H	J	L	O	D	F	E	G	U	T	S	N
K	4	T	A	G	W	E	S	F	E	D	T	C	S	E	A
E	R	A	D	B	L	I	T	Z	E	,	F	H	I	N	C
L	R	N	S	F	a	K	W	R	R	Ö	G	„	E	F	H
W	H	G	A	G	F	L	G	O	A	L	I	B	V	E	T
A	A	L	6	H	D	E	Z	S	S	K	N	E	E	R	W
R	F	E	:	L	„	R	R	T	D	O	G	I	R	K	E
S	N	R	O	Ö	I	T	M	R	E	N	⊙	T	R	I	R
D	I	A	M	A	U	Z	N	E	G	S	D	A	A	O	D
E	E	N	N	S	.	H	;	I	V	E	I	R	T	W	E
R	S	R	J	W	T	B	K	F	E	R	E	Z	E	,	S
S	L	U	Z	C	R	E	I	E	R	V	E	A	N	D	N
T	A	N	T	F	F	R	Z	F	S	E	R	N	.	J	E
E	E	D	W	E	E	F	T	E	C	N	S	S	●	M	R
R	L	E	A	H	G	G	E	I	H	W	T	T	H	M	8.
N	L	N	S	C	H	L	R	G	R	E	E	I	A	E	F
S	E	B	F	H	T	O	F	E	E	N	.	G	S	R	D
C	H	L	R	S	R	I	D	N	T	N	D	E	E	T	E
H	N	Ä	E	A	E	U	H	F	K	S	E	R	N	F	W
I	E	T	T	L	W	T	B	E	I	I	R	F	F	U	S

Die Schwarze Möwe

Ein Schuss peitschte durch die warme Sommerluft. Erschrocken zuckten Axel, Lilo, Poppi und Dominik zusammen. Wer hatte hier geschossen und wieso?

„Das ist ein Tierschutzgebiet! Hier darf niemand schießen!", rief Poppi empört. Mit großen Schritten liefen die vier zum Rand der Klippen, denn der Schuss war vom Meer gekommen.

Sie blickten nach unten und erkannten zwei Leute am Strand. Beide trugen grellgelbe Regenjacken, da es ein besonders kalter und nasser Tag war.

„Und jeder könnte unter seinem Regenmantel eine Pistole oder ein Gewehr versteckt haben", überlegte Axel laut.

Poppi wurde unruhig. „Ich will hinunter und wissen, wer die beiden sind!", drängte sie. „Falls einer von ihnen jagt, gehört er angezeigt und aus dem Tierschutzgebiet geworfen. Die Tiere, die hier leben, sind ohnehin schon selten genug!"

Ihre Freunde waren sofort dabei. Über eine steile Treppe

mit sehr schmalen Stufen gelangten sie von der Klippe zum Strand.

„Hallo, Kinder!“, rief eine fröhliche Frauenstimme. „Ist das nicht ein herrlicher Tag?“ Eine Frau mittleren Alters mit gelbem Regenmantel und hohen Gummistiefeln kam der Bande entgegen und winkte den Knickerbocker-Freunden grüßend zu.

„Herrlich? Finde ich nicht!“, brummte Axel. „Sonne und Hitze sind mir lieber!“

Die Frau lachte. „Dir schon, aber die Pflanzen brauchen Wasser. Der Park, in dem ihr euch befindet, war schon sehr ausgetrocknet. Der Regen tut den Bäumen gut!“

„Was machen Sie hier unten?“, erkundigte sich Poppi.

Die Frau warf die Arme in die Höhe und rief: „Ich atme Seeluft. Ich pumpe meinen Körper voll damit. Außerdem versuche ich schon seit einigen Tagen, die Schwarze Möwe zu sichten. Sie soll angeblich wieder hier sein.“

„Die Schwarze Möwe?“ Lilo machte ein sehr erstauntes Gesicht.

„Die gibt es!“, versicherte ihr die Frau. „Es ist eine Natursensation, eine ganz besondere Seltenheit. Einmal habe ich sie gesehen. Das ist aber einige Jahre her.“

Die Knickerbocker-Bande verabschiedete sich von der Frau. Axel hatte nämlich beobachtet, dass die zweite Regenmantel-Gestalt wegmarschierte. Die vier Freunde mussten ziemlich schnell laufen, um sie einzuholen.

Unter der breiten Kapuze steckte ein bärtiges Gesicht. Der Mann blickte die Detektive fragend und verwundert an. „Ja, bitte?“

„Haben Sie den Schuss gehört?“ Poppi kam diesmal sofort zur Sache.

Der Mann zog die Augenbrauen hoch und sagte: „Ja ... wieso?“

„Weil wir wissen wollen, wer geschossen hat“, erklärte Axel.

Der Mann seufzte und meinte: „Das würde ich auch gerne erfahren.“

Lilo hatte bereits die nächste Frage an ihn: „Was machen Sie eigentlich hier?“

Der Mann griff unter seinen Regenmantel und zog einen Fotoapparat hervor. „Ich bin Tierfotograf“, erklärte er. „Seht ihr die Sandbank dort im Wasser?“ Die Knickerbocker blickten in die Richtung, in die der Mann zeigte. In ungefähr fünfzig Meter Entfernung sahen sie eine winzige Insel im Meer, auf der sich eine Möwenschar drängte. „Diese Sandbank habe ich heute fotografiert.“

Dominik, der sich sehr für Fotografie interessierte, wollte wissen, was sich dort bisher getan hatte.

„Nichts“, erwiderte der Mann etwas enttäuscht. „Heute hat es sich nicht gelohnt, dass ich mehrere Stunden auf einem Felsen gesessen und gewartet habe. Die Vögel haben die ganze Zeit nur dagehockt, sonst nichts!“

Ratlos blieben die Detektive am Strand zurück. Grübelnd starrte Lilo auf die Wellen, die zum Strand rollten und sich hier verliefen.

„He, da ist die Schwarze Möwe!“, wisperte Poppi. „Im Zeitlupentempo umdrehen!“ Axel, Dominik und Lilo taten es und sahen sie. Es gab sie tatsächlich, die Schwarze Möwe.

Sie kam aus einer kleinen Höhle im Klippengestein getrippelt und schwang sich dann in die Luft.

Dominik war mit einem Mal sehr aufgeregt. „Ich denke, jemand wollte diese Schwarze Möwe abschießen. Ausgestopft bringt die Rarität bestimmt viel Geld. Und ich weiß auch, wer der Schütze gewesen ist!“

KRIMI-FRAGE:

Wer hat den Schuss abgegeben?

LÖSUNG:

A	S	F	D	F	M	S	B	G	A	L	B	E	S	A	C
M	E	A	B	O	Ö	C	E	L	H	E	N	H	T	Z	K
E	E	H	F	T	W	H	S	O	A	L	G	E	N	H	U
I	F	R	T	O	E	U	T	S	E	I	!	-	F	R	G
S	A	T	R	G	N	S	I	E	R	E	G	H	F	F	P
E	H	E	N	R	N	S	M	M	L	B	F	C	R	H	O
N	R	N	H	A	U	F	M	F	E	E	E	S	D	M	U
H	E	B	W	F	R	Ä	T	G	B	S	T	O	.	B	T
Ü	R	U	E	.	D	L	A	Ö	N	L	K	R	R	T	U
G	F	C	R	A	A	L	U	P	I	E	U	F	F	G	J
E	L	H	D	N	G	T	F	E	L	E	T	S	R	N	R
L	A	G	E	G	E	,	!	F	E	K	E	G	S	E	A
W	G	R	N	E	S	F	●	F	D	R	N	N	E	K	T
A	G	E	G	B	E	L	R	H	E	I	T	I	G	C	E
R	E	.	R	L	S	I	L	R	R	B	R	L	E	O	N
G	I	U	T	I	S	E	G	T	S	N	Ä	L	N	L	S
R	N	K	H	C	E	G	R	M	A	E	G	O	H	F	A
T	D	G	U	H	N	E	T	K	I	O	A	E	Ü	S	A
H	E	J	P	H	.	N	M	H	C	T	M	N	H	E	G
Z	R	T	Ö	A	W	S	S	S	H	S	O	O	N	F	S
:	F	Z	L	B	E	I	E	K	T	N	T	T	E	„	B
Z	L	U	K	E	N	E	L	R	F	T	E	U	N	D	M
T	A	P	⬇	N	N	A	O	Z	H	Z	I	O	G	E	W
R	S	F	D	D	E	B	P	K	T	T	Z	E	J	U	D
E	C	R	E	I	I	E	D	N	R	Z	T	D	T	I	F
G	H	E	R	E	N	R	W	K	E	H	H	F	N	K	B

Das Höllenkonzert

Axel saß in seinem Baumversteck und beobachtete durch das Fernglas das Haus von Günther Löffel, das er von seinem Ausguck perfekt überblicken konnte. Günther Löffel war ein guter Freund seines Vaters und ein großer Musikliebhaber. Er veranstaltete viermal im Jahr ein Hauskonzert, zu dem er alle seine Freunde einlud. Auch Axels Vater und Axel selbst durften da nicht fehlen.

Da bei den Konzerten immer nur Kompositionen von Herrn Löffel gespielt wurden, die in Axels Ohren schaurig klangen, mochte er diese Veranstaltungen überhaupt nicht. Doch Herr Löffel war ein wichtiger Geschäftspartner seines Vaters und deshalb musste Axel jedes Mal mitkommen.

Diesmal war es dem Juniordetektiv jedoch gelungen, sich abzuseilen. Er hatte eine schwierige Prüfung erfunden, für die er angeblich zu lernen hatte. Dennoch wollte er die Gesichter der Leute sehen, die den Kunstgenuss über sich ergehen lassen mussten. Axel hatte nämlich den Verdacht, dass die seltsame Musik auch in ihren Ohren wie das Kreischen einer Säge klang.

Im Augenblick war zwar von den Gästen noch nichts zu sehen, aber die Musiker trafen bereits ein. Als Erste kamen drei Geiger mit ihren Geigenkästen. Der Schlagzeuger brachte seine Trommeln sogar auf einem kleinen Wagen bis vor die Haustür. An der Form der Instrumentenkästen konnte Axel den Trompeter und den Tubaspieler erkennen. Alle, die nur eine kleine Tasche hatten, spielten wahrscheinlich Querflöte oder Klarinette. Fröhlich seinen Tragekoffer schwenkend, kam nun der Kontrabassspieler. Er pfiff vergnügt vor sich hin und steuerte mit leichtem Schritt dem Haus zu. Er schien von allen am besten aufgelegt zu sein. Schließlich hielt ein Möbelwagen und zwei Klaviere, eine Harfe und ein Instrument, das aus vielen Klangstäben bestand, wurden geliefert.

Doch dann hörte Axel plötzlich die Stimme seines Vaters, der streng in das Baumversteck hinaufrief: „So schlau wie du bin ich schon lange. Komm auf der Stelle runter, mein Sohn! Du denkst wohl, ich falle auf jeden Trick herein. Du hast gar keine Prüfung mehr!“

Es war zu spät, um abzuhauen. Axel war beim Schwindeln ertappt worden und er wusste, dass sein Vater da besonders empfindlich reagierte. Zur Strafe musste Axel nach Hause laufen, sich in einen feinen Anzug zwängen und mit strahlender Miene zum Konzert erscheinen.

Der Abend war so schlimm, wie Axel es erwartet hatte. Herr Löffel hatte diesmal eine Sinfonie für Orchester und zwei Klaviere komponiert, die wie eine Mischung aus sieben quietschenden Türen, einem Zahnarztbohrer, einem Nagelkratzen auf Glas und kreischenden Kreiden auf der Schultafel klang.

Axel ließ seine Blicke von einem Musiker zum anderen schweifen. Sie schienen mit Herrn Löffels Musik wohlvertraut zu sein.

Die Geiger fiedelten, der Schlagzeuger widmete sich seinen Trommeln, die beiden Klavierspieler droschen in die Tasten, die Bläser gaben ihr Bestes. Eine blonde Frau wühlte in den Saiten der Harfe und ein kleiner Mann ließ mit einem faszinierten Lächeln die an Glocken erinnernden Stäbe erklingen, während zu Axels Erstaunen der Kontrabassspieler einer Triangel silbern schwebende Töne entlockte.

Der Applaus am Ende der Höllensinfonie war begeistert. Schließlich waren die meisten Gäste Geschäftspartner von Herrn Löffel und wollten ihn nicht verärgern.

„Und nun bitte ich Sie in das obere Stockwerk, wo ich meine neueste Anschaffung ausgestellt habe!", sagte der Komponist ein wenig angeberisch. „Es handelt sich um eine Stradivari-Geige aus dem Jahre 1712, deren Wert von internationalen Experten mit drei Millionen beziffert wird."

Mit Ausrufen der Bewunderung strömten die Gäste in das Obergeschoss. Dort machten sie eine schreckliche Entdeckung. Die Geige war aus der Vitrine gestohlen worden!

„Aber wie ist das möglich? Außer mir und meinen Mitarbeitern, denen ich voll vertraue, war niemand in meiner Villa. Ich habe die Geige vor drei Stunden aus dem Tresor geholt und in die Vitrine gelegt."

„Paps, gut, dass ich in meinem Baumversteck war!", sagte Axel leise zu seinem Vater. „Ich habe einen Verdacht. Schwörst du mir, dass das mein letzter Abend bei Herrn Löffel war, wenn meine Vermutung sich bestätigt?“

Sein Vater versprach es und Axel nannte ihm einen Musiker, der ihm höchst verdächtig erschien.

Axels Verdacht bestätigte sich. Und sein Vater hielt Wort: Es war das letzte Höllenkonzert gewesen, das der Knickerbocker über sich hatte ergehen lassen müssen.

KRIMI-FRAGE:

Wer erschien Axel verdächtig?

LÖSUNG:

A	T	M	E	N	H	.	C	U	R	H	Ä	T	T	E	N
N	S	I	E	R	E	E	H	M	K	S	I	E	S	I	C
F	U	H	I	G	L	R	T	E	O	H	D	A	S	S	C
Ä	D	U	R	C	V	S	.	N	D	H	O	N	F	R	Ü
N	H	E	R	!	E	T	Z	T	R	H	E	R	Ü	B	E
G	F	K	H	P	⬇	E	W	B	T	R	L	E	G	T	K
E	D	R	A	A	D	N	E	E	H	!	A	N	S	I	C
R	E	E	L	R	E	S	I	I	M	H	T	E	N	E	I
G	R	U	T	L	R	W	T	M	F	N	E	S	C	L	O
L	J	Z	E	A	K	A	E	K	A	W	N	S	.	R	E
Ü	K	W	S	R	O	R	N	O	D	D	E	T	E	N	S
C	O	O	T	E	N	S	S	N	E	O	G	A	R	B	I
K	I	R	E	S	T	E	F	Z	R	S	Z	U	M	M	O
.	U	T	L	I	R	I	E	E	T	R	G	E	N	G	R
M	Z	R	L	M	A	N	H	R	L	A	U	E	N	F	H
Ü	T	Ä	E	A	B	K	L	T	K	J	O	F	Z	Ö	G
S	R	T	8	S	A	A	T	.	A	G	L	N	:	L	T
S	E	S	T	D	S	S	E	●	N	F	L	F	R	I	G
T	W	E	O	G	S	T	D	G	O	T	E	R	F	U	T
E	F	L	L	E	S	E	A	R	N	Z	R	H	G	J	R
M	D	,	R	R	P	N	S	K	E	N	T	H	X	W	E
A	R	R	E	T	I	Z	I	U	N	F	G	T	V	E	E
N	T	I	G	Z	E	U	N	I	F	D	V	Z	E	R	W
H	Z	E	Z	K	L	L	S	O	E	S	E	U	R	T	F
A	H	F	U	U	E	E	T	D	U	K	F	I	R	Z	D
B	B	E	F	I	R	I	R	C	E	4	J	L	U	N	M

Der Bigfoot

In diesem Bericht sind einige Schreibfehler und falsche Wörter versteckt, die dir – zu einem Satz zusammengefügt – das Versteck eines Schatzes verraten.

Gibt es den Bigfoot wirklich? Treibt sich tatsächlich ein behaarter Mensch in den amerikanischen Wäldern umher?

In Amerika gibt es Bigfootjäger, die alles daransetzen, das Wesen zu knipsen oder zumindest mit ihren eigenen Augen zu sehen.

Ein Mann namens Dahinden zum Beispiel widmet sein Leben seit Jahren der Suche nach dem Waldmenschen und hat ihm sogar ein Denkmal errichten lassen.

Vor einiger Zeit gingen Fotos eines Bigfoots um die Zehn. Das haarige Wesen flüchtete vor dem Kilometer in den Wald und drehte sich noch einmal kurz um, bevor es im Dickicht verschwand.

Ein südkanadischer Goldsucher namens Albert Ostman

behauptet, von einem Bigfoot entführt worden zu sein, als er einmal in seinem Schlafsack im Freien übernachtete. Er will durch heftiges Rütteln erwacht sein und bemerkt haben, dass ihn ein Bigfoot in seinem Schlafsack durch den Wald zerrte. Der Goldsucher gab an, drei Tage lang von dem Bigfoot und dessen Familie gefangen gehalten worden zu sein. Er hatte nicht schießen wollen und das Wesen schließlich ausgetrickst, indem er ihm Schnupftabak ins Gesichter blies und flüchtete.

In Miami in New Jersey entdeckte ein Ehepaar dreiundvierzig Zentimeter lange Fußspuren vor seinem Haus. Am nächsten Tag starrte jemand unter das Fenster ins Wohnzimmer. Die Eheleute ließen nun regelmäßig Essensreste vor dem Haus liegen, die auch verzehrt wurden. Als sie es einmal vergaßen, schleuderte der Bigfoot vor Wut eine Mülltonne gegen die Wand. Der Mann gab dem Seefahrer ab und verscheuchte den Bigfoot damit für immer.

Wer einen Bigfoot gesehen zu haben glaubt, ist felsenfest von der Existenz des Waldmenschen überzeugt. Viele halten ihn für einen Schwindel. Der Bigfoot ist eines der großen Denkmal, die wir noch immer nicht lösen konnten.

KRIMI-FRAGE:

Wo ist der Schatz versteckt?

LÖSUNG:

H	E	I	S	S	E	H	I	M	B	E	E	R	E	N	E
R	G	T	Z	H	M	K	U	I	O	L	D	R	Z	T	R
D	G	T	Z	R	T	G	M	N	U	:	T	Z	R	T	U
R	H	O	L	U	N	D	E	R	S	I	R	U	P	H	T
E	B	E	R	T	I	S	A	G	E	N	D	I	E	E	C
I	!	W	E	N	N	D	U	M	Ö	C	H	T	E	S	T
E	S	C	H	O	N	A	M	D	I	E	N	S	T	A	G
R	„	G	L	A	U	B	E	I	C	H	K	A	U	M	S
G	R	T	E	G	H	N	V	I	T	Z	E	R	A	S	T
E	K	L	A	R	M	I	T	S	P	A	G	H	E	T	T
S	I	S	T	U	N	D	E	V	O	R	D	E	R	G	R
P	Ö	?	T	E	N	F	D	H	N	N	E	R	T	E	A
A	A	F	F	E	N	B	E	R	G	E	I	N	S	I	B
N	I	R	I	E	N	.	R	I	E	S	I	G	E	S	C
N	H	I	L	D	K	R	Ö	T	E	N	K	O	M	M	E
F	N	J	E	D	E	S	J	A	H	R	A	U	S	F	R
Ä	M	M	E	E	R	!	E	N	I	I	S	T	J	A	K
N	S	D	O	A	H	T	N	E	M	S	A	S	S	I	D
G	A	M	B	J	R	I	B	M	M	A	U	A	E	E	E
T	G	U	E	4	E	E	E	M	E	D	M	F	N	L	R
.	W	N	N	E	S	Z	K	O	R	:	Z	U	A	B	E
H	E	L	F	E	N	A	U	C	H	S	➔	Z	E	H	N
K	I	L	O	M	E	T	E	R	V	O	R	M	I	A	M
I	U	N	T	E	R	D	E	M	S	E	E	F	A	H	R
E	R	D	E	N	K	M	A	L	.	●	G	R	T	E	D
S	B	R	N	H	U	Z	I	O	P	K	Z	M	T	R	T

Der Schatz am Meeresgrund

Es war Käpten Holger Hensons großer Tag und die Knickerbocker-Bande durfte dabei sein.

„Hier, seht euch das mal an. Die Kette aus Tigeraugen!", sagte er geheimnisvoll und zeigte den vier Juniordetektiven ein Bild in einem uralten Buch.

„Wäää ... aus Tigeraugen. Das ist eklig!", brummte Poppi.

Der Kapitän lachte. „Poppi, das sind keine echten Tigeraugen, sondern Edelsteine. Sie sehen aus wie die Augen eines Tigers und sind sehr, sehr selten und äußerst wertvoll. Seit fünfhundertzwanzig Jahren liegen sie an dieser Stelle auf dem Meeresgrund und ich werde sie heute wieder ans Tageslicht befördern!"

Käpten Henson war Schatzsucher. Den halben Winter verbrachte er in Bibliotheken, in denen er Berichte über alte Schiffe, ihre Fahrtrouten und ihre Ladung aufstöberte und zu entziffern versuchte. Auf diese Weise hatte er von einigen großen Segelschiffen erfahren, die in Stürmen gesunken waren und ihre kostbare Fracht auf den Meeresgrund mitgenommen hatten.

Mit seinem eigenen Schiff, der *Bloody Mary*, fuhr der Kapitän dann zu den Stellen, wo er die gesunkenen Schiffe vermutete. Gemeinsam mit zwei Helfern tauchte er hinab und suchte so lange, bis er endlich ein Wrackteil gefunden hatte. Oft dauerte das Tage, Wochen oder sogar Monate. Mehrere Male war der Schatzsucher auch mit leeren Händen nach Hause zurückgekehrt.

Diesmal war alles anders. Er hatte die *Lucinda* aufgespürt, die vor der afrikanischen Küste untergegangen war und zahlreiche Truhen mit Goldmünzen an Bord gehabt hatte. Vor allem aber hatte sich auch eine Schatulle aus Metall in ihren Lagerräumen befunden, in der einem Hinweis zufolge die wertvolle Tigeraugen-Kette aufbewahrt worden war. Käpten Henson hatte sich die Bergung der ursprünglich für eine spanische Königin bestimmten Kette bis zum letzten Tag aufgehoben. Sie sollte der Höhepunkt der Expedition sein.

Der Schatztaucher legte seinen Neoprenanzug und die Pressluftflaschen an und ließ sich ins Wasser plumpsen. Eine halbe Stunde später erschien er an der Wasseroberfläche und streckte triumphierend das schwere, riesige Geschmeide in die Höhe. Es bestand aus zahlreichen glänzenden Gold- und Silberscheiben, in deren Mitte die daumennagelgroßen Edelsteine angebracht waren. Das Schmuckstück strahlte und glitzerte im Sonnenlicht.

Poppi nahm es dem Schatzsucher ab. „Darf … ich … darf ich es einmal anlegen?“, fragte sie.

Kapitän Henson war einverstanden. Poppi öffnete die

Schließe und ließ sie hinter ihrem Hals einrasten. Sie fühlte sich wie eine Königin.

Als der freudestrahlende Kapitän an Bord kletterte, zog Lilo ihn zur Seite. „Kapitän, haben Sie der Mannschaft vor Beginn der Reise von den Augen des Tigers erzählt?"

Der Schatzsucher verstand nicht ganz, worauf Lilo hinauswollte. Trotzdem überlegte er kurz und nickte dann. „Wann? Vor ein paar Wochen?", fragte das Superhirn nach. Mr Henson nickte abermals. „Jaja, ich fahre immer mit denselben Leuten. Aber wieso interessiert dich das?"

Lilo blickte sich kurz um. Sie spürte, dass sie von den beiden Tauchern beobachtet wurde. „Sage ich Ihnen später", meinte sie. Aber später sollte es zu spät sein …

KRIMI-FRAGE:

Was ging Lilo durch den Kopf?

LÖSUNG:

G	N	E	L	E	S	Ü	G	T	Z	E	H	T	U	U	N
R	H	R	H	K	G	R	L	I	E	N	A	E	T	B	D
Ü	Ü	N	S	E	E	F	Ä	O	K	K	G	E	F	A	Z
N	H	W	L	T	T	T	N	N	G	T	E	T	A	M	U
E	N	E	N	T	A	E	Z	I	R	N	B	N	S	E	?
J	E	D	G	E	U	N	E	E	M	D	U	E	T	D	G
Ä	P	E	Ü	G	S	A	N	R	D	E	T	T	J	E	U
G	P	R	⬇	E	C	C	U	T	A	N	V	F	R	E	T
E	U	F	D	G	H	H	N	Z	S	A	H	G	T	H	Z
R	S	J	E	E	T	S	D	U	W	H	W	S	.	W	E
S	L	K	R	N	W	O	D	G	B	Ö	E	E	D	R	I
O	E	A	V	E	U	L	I	U	G	E	R	B	E	D	H
C	F	S	E	I	R	A	E	T	E	N	D	H	S	E	N
K	F	G	R	N	D	N	S	.	R	S	E	T	E	R	A
E	A	R	D	E	E	G	C	●	K	J	T	6	R	T	C
N	W	L	A	F	:	E	H	G	L	H	I	D	S	Ü	H
M	F	P	C	Ä	D	R	L	J	C	E	H	E	T	R	T
I	F	E	H	L	A	Z	I	I	!	L	R	J	E	S	E
T	T	!	T	S	S	E	E	M	J	P	S	I	N	C	N
G	N	J	,	C	S	I	S	F	H	I	I	U	T	H	S
R	I	H	D	H	I	T	S	E	R	N	N	O	R	L	T
O	U	K	A	U	L	N	E	R	M	E	G	P	E	O	E
S	J	R	S	N	B	I	F	B	U	E	V	P	F	S	H
S	R	Q	S	G	E	C	U	N	Z	D	Ö	M	F	S	T
E	E	M	D	A	R	H	N	:	T	S	G	B	E	:	V
N	F	C	I	U	D	T	K	U	N	O	E	T	N	W	O

„He, Lilo, du siehst aus, als hättest du soeben wieder eine heiße Spur entdeckt!“, rief Axel quer über das Deck. „Was gibt es? Möglicherweise Piraten? Oder sonst irgendetwas Verdächtiges?“

Lilo hätte ihren Kumpel für diese Bemerkung am liebsten ins Wasser geworfen. Die Augen der beiden Taucher, die Käpten Henson halfen, schienen sie fast zu durchbohren. Für Lilo war das ein eindeutiger Hinweis darauf, dass da jemand Dreck am Stecken hatte. Allerdings gab es keine Beweise …

„Was ist los, Lilo? Wieso schaust du so komisch?“, fragte Axel.

„Weil ich mir gerade überlegt habe, was ein Hai macht, wenn er dich sieht!“, antwortete Lilo schlagfertig.

„Was denn?“, fragte Axel.

„Er macht kehrt, weil er sich mit so kleinen Portionen wie dir nicht den Appetit auf etwas Großes verdirbt!“

Peng! Das hatte gesessen! Axel wurde rot vor Wut. Er hasste es, wenn sich jemand über seine Größe lustig machte. Schnaubend jagte er Lilo quer über das Schiff, bis schließlich beide im Wasser landeten.

Später, es war mittlerweile dunkel geworden, raunte Lilo Käpten Henson zu: „Ich würde Sie gerne sprechen. Unter vier Augen. In einer Viertelstunde an Deck.“ Der Schatzsucher war überrascht, versprach aber zu kommen.

Lilo stand an der Reling und starrte auf das Meer hinaus. Der Mond war aufgegangen und hatte einen silbrigen Glanz auf die Wellen gezaubert. Halb voll war er bereits wieder. Ein leiser Wind strich über das Wasser und die Luft roch nach Salz und Fischen.

Hinter Lilo knarrte eine Tür. Dann überquerte jemand mit schweren Schritten das Deck. Für das Superhirn stand fest, dass es sich um Kapitän Henson handeln musste, sonst wusste ja niemand von dem Treffen an Deck.

Plötzlich wurde sie von zwei kräftigen Händen gepackt und über Bord geworfen. Alles ging so schnell, dass Lilo nicht einmal mehr schreien konnte. Mit einem lauten Platschen landete sie im Meer.

Schnell verschwand der Unbekannte wieder durch die Tür und lief nach unten.

Vier Minuten später kam der Kapitän selbst aus dem Bauch des Schiffes und sah sich suchend um. Wo blieb Lilo? Hatte sie nicht hier auf ihn warten wollen?

„Hilfe! Hilfe!", hörte er da Lilos Stimme. Sie klang leise und weit entfernt. Der Kapitän verstand das nicht. „Wo bist du, Lilo?", rief er.

„Ich bin über Bord gegangen", antwortete das Mädchen. „Beim Hauptsegel ... backbord!"

Der Kapitän stürzte zur Reling und starrte ins dunkle Wasser. Tatsächlich! Dort hing Lilo an einem dünnen Seil, das an der Reling befestigt war. Kapitän Henson holte eine Strickleiter, an der das Superhirn nach oben klettern konnte.

„Ich ... hätte wissen müssen, dass der Dieb versuchen wird, mich loszuwerden", seufzte Lilo. „Zum Glück hatte ich dieses Seil zwischen den Fingern, als ich ins Wasser gestoßen wurde. Sonst ... na ja ... sonst wäre die *Bloody Mary* weitergefahren und aus mir wäre Haifutter geworden!"

Sie berichtete dem Kapitän, was ihr aufgefallen war. „Einer der Taucher muss mit der Sache zu tun haben", meinte Kapitän Henson. „Sonst war niemand am Meeresgrund … Ich hätte gemerkt, wenn einer der Tauchanzüge verwendet worden wäre."

Die triefnasse Lilo stieg nach unten, um sich umzuziehen. Als sie mit trockenen Sachen wieder aus der Kajüte der Knickerbocker-Bande kam, hörte sie Kapitän Henson wettern und toben. Sie lief zum anderen Ende des Ganges, wo eine Tür offen stand. Vorsichtig spähte sie hinein, achtete aber darauf, dass sie selbst nicht gesehen wurde.

Der Kapitän stand vor den beiden Tauchern und schrie. Der eine, sein Name war Walter, pulte an seinen Zehen herum, die aus den Sandalen ragten, murmelte immer wieder etwas von einer großen Ungerechtigkeit und meinte, dass er dieses Misstrauen nicht verdient hätte. Der andere – er hieß Harry – starrte mit finsterer Miene auf die Spitzen seiner schweren Schuhe und brummte verärgert vor sich hin. Was er sagte, konnte Lilo nicht verstehen.

Während Kapitän Henson weiter auf seine Helfer einbrüllte, kam Lilo ein Gedanke: „Stehlen wäre einfacher gewesen, aber der Trick mit der Fälschung war besser. So wäre niemand auf die Idee gekommen, nach dem Original zu suchen." Die echte Kette musste sich an Bord befinden.

Das Superhirn überlegte, welcher der beiden Taucher es gewesen sein könnte. Plötzlich ging Lilo ein Licht auf. Nun wusste sie, in wessen Sachen sie nach den Tigeraugen suchen musste …

KRIMI-FRAGE:

Wer hat die Tigeraugen?

LÖSUNG:

B	A	U	M	R	I	E	S	E	S	I	B	R	A	B	E
W	Ü	R	F	E	L	S	P	I	W	H	V	E	G	E	X
E	L	F	Ö	P	I	C	H	R	A	N	E	T	I	K	E
!	D	Z	R	?	Z	A	T	R	R	V	R	T	R	I	T
D	G	;	I	U	J	S	D	F	H	E	H	E	H	N	N
E	D	O	R	M	E	F	S	E	A	R	:	R	Ä	D	E
A	D	W	D	R	W	E	F	A	R	R	L	I	J	E	P
E	R	T	M	S	W	3	M	E	R	A	K	N	N	R	P
B	G	T	R	E	C	S	A	B	Y	T	G	D	H	.	A
T	R	U	O	P	F	R	E	T	.	E	T	E	E	J	L
E	M	K	O	P	Ü	F	R	E	S	N	I	R	Z	A	K
J	K	O	P	S	W	E	R	N	E	.	E	J	8	F	N
N	A	U	G	E	N	:	H	K	I	●	Z	L	Z	E	E
M	E	S	C	H	A	F	S	R	N	S	E	E	I	R	G
H	N	T	Q	U	A	S	S	W	E	Z	Z	T	E	H	N
E	Z	I	J	I	O	S	O	M	S	M	N	Z	R	J	U
M	M	E	R	N	O	C	H	R	C	K	A	T	D	R	D
E	N	W	I	N	T	E	R	L	H	R	G	E	N	T	L
A	V	E	R	P	E	N	E	T	U	G	E	N	E	P	E
E	L	F	R	T	H	Z	U	S	H	E	I	S	S	N	M
O	R	T	L	E	R	Z	U	P	E	R	D	E	E	D	R
E	R	K	R	Ö	T	E	N	N	H	N	S	K	I	E	E
J	K	O	P	S	W	E	R	G	A	N	E	U	R	J	L
H	E	F	T	K	L	A	M	L	B	I	T	N	C	A	H
M	E	R	H	T	Z	F	;	☻	E	E	L	D	B	S	E
N	R	E	K	Z	F	D	G	E	N	S	E	E	A	S	F

Der Schummeltrick-Verräter

Lilo kicherte vergnügt und biss in ihr Paprika-Brot. Ihre gute Laune hatte nichts mit dem Brot zu tun: Viel lieber aß sie die Obstsalat-Sandwiches, die die Frau des Hausmeisters der Schule verkaufte. Aber an diesem Tag hatte sie keine.

Lilo freute sich auf die nächste Stunde, obwohl ein Biotest auf dem Stundenplan stand. Geprüft wurde das Wissen über Spinnen und Krebse. Lilo kannte sich mit diesen Tieren nicht im Geringsten aus, aber diesmal musste sie sich keine Sorgen machen.

Bertram, der bereits zweimal sitzen geblieben war, hatte einen genialen Plan entwickelt. Er hatte die Seiten aus dem Biobuch, die geprüft wurden, mit seinem Handy fotografiert und an alle seine Klassenkameraden verschickt.

Frau Gürteltram, der Biolehrerin, würde nichts auffallen.

Die Schulglocke läutete und Frau Gürteltram betrat die Klasse. Sie teilte die Testblätter aus und zwitscherte dann: „Und bevor ihr anfangt: alle Handys raus und abgeben!“

Dieser Satz wirkte auf die Schüler wie eine kalte Dusche. Verblüfft starrten sie die Lehrerin an.

„Ihr habt eine undichte Stelle in der Klasse“, erklärte Frau Gürteltram hämisch. „Jemand hat gesungen, wie man so schön sagt. Dieser Jemand hat sich dadurch eine bessere Note erhofft, die er selbstverständlich nicht bekommt.“

Es war ein schwarzer Tag für die Schüler. Alle hatten sich auf den Schummeltrick verlassen.

Die ganze Klasse kochte vor Wut. Wer war der Verräter?

„Ich mache Hackfleisch aus ihm!“, drohte Jens, der in seiner Freizeit am liebsten Ringen trainierte.

Das Superhirn der Knickerbocker-Bande hörte sich ein wenig um. Es wollte die undichte Stelle aufspüren.

„Das war bestimmt Nicole“, sagte Susi zu Jens. „Die blöde Kuh muss sich immer einschleimen.“

Jens äußerte einen anderen Verdacht. „Ich tippe eher auf Alex. Als ich mir mein Obstsalat-Sandwich gekauft habe, stand er gerade beim Lehrerzimmer.“

Jochen brachte einen neuen Verdächtigen ins Spiel. „Markus war es“, sagte er bestimmt. „Der Blödmann versucht sich einfach alles zu erschleichen, was er nicht kaufen kann …“

Lilo dachte eine Weile nach. Sie kannte den Verräter, aber sie wollte ihn nicht der Klasse ausliefern. Sie beschloss, ihn ein wenig zu erpressen – auf die nette Art.

Er musste eine Party geben, bei der alles geboten wurde – sozusagen als Wiedergutmachung.

KRIMI-FRAGE:

Wer war der Verräter?

LÖSUNG:

S	A	L	A	M	A	N	D	E	R	H	A	B	E	N	N
O	R	M	A	L	E	R	W	E	I	S	E	!	W	E	N
N	M	A	N	N	I	U	T	R	P	K	J	A	S	S	R
B	E	D	A	A	T	Z	F	J	K	L	H	T	U	R	N
E	N	K	W	L	L	O	P	U	L	L	O	V	E	R	H
T	„	H	B	A	A	L	L	S	P	I	E	L	E	A	N
Ö	F	E	I	M	N	O	R	D	O	S	T	E	N	V	O
N	A	L	A	S	K	A	4.	R	E	G	E	N	B	O	G
E	N	F	A	R	B	E	N	L	,	S	D	B	T	R	T
L	K	J	T	B	F	I	O	P	P	E	N	!	F	R	J
Z	M	K	I	P	Ö	C	V	C	H	T	E	N	H	E	A
S	T	R	M	U	I	O	P	R	D	F	Z	R	H	J	A
S	T	M	J	U	T	P	Ü	D	S	E	R	J	H	R	T
W	A	G	E	N	.	L	I	L	O	W	O	L	L	T	E
E	I	G	E	N	T	L	I	C	H	S	C	H	O	N	A
M	E	R	S	T	E	N	D	E	F	T	K	U	Z	T	T
F	E	D	E	R	:	G	E	L	B	E	U	N	D	R	O
T	E	A	B	E	R	G	E	S	T	R	E	I	F	T	E
D	I	C	H	T	E	R	G	F	➔	J	E	N	S	.	E
S	G	A	B	A	N	D	I	E	S	E	M	T	A	G	K
E	I	N	E	O	B	S	T	S	A	L	A	T	-	S	A
N	D	W	I	C	H	E	S	.	●	E	R	T	I	L	S
K	E	Ü	5	E	S	H	G	A	I	T	E	R	G	O	R
A	N	R	G	N	S	M	O	E	G	O	N	Z	O	L	A
S	S	Z	E	M	N	E	U	D	S	E	I	F	E	N	W
S	T	E	G	A	A	N	D	A	A	S	S	E	R	H	T

Die billige Bude

„Ihr müsst euch das ansehen, unbedingt!“, meinte Michael. Poppis Cousin hatte lange Zeit im Haus der Familie Monowitsch gewohnt, nun aber wollte er ausziehen und sich eine eigene Bleibe suchen. Beim Lesen der Anzeigen in der Zeitung hatte er eine Sensation entdeckt: eine Wohnung mit drei Zimmern und einem Balkon, und das Ganze zu einem Spottpreis.

„Michael, an dieser Bude muss etwas faul sein!“, sagte Axel und seine Freunde gaben ihm Recht.

„Deshalb will ich auch, dass ihr mitkommt und euch die Wohnung anschaut. Wenn die Sache einen Pferdefuß hat, fällt euch das bestimmt auf“, sagte Michael und blickte die vier Freunde mit seinen Dackelaugen flehend an.

„Klar stehen wir dir bei, Alter!“, meinte Axel großzügig.

Am Tor des fünfstöckigen Wohnhauses wurde Michael von einer hektischen und sehr energisch wirkenden Frau erwartet. Sie stellte sich als Mirella Binder vor und hatte die

Aufgabe, die Wohnung zu vermieten. Das Haar trug sie streng nach hinten frisiert, ihr Mund war zu einem säuerlichen Lächeln verkrampft und mit den Armen hielt sie eine schwarze Tasche umklammert.

Lilo studierte die Klingelschilder. Alles völlig unauffällige Namen, bis auf eine Wohnung im fünften Stock, in der offenbar eine Affenbande lebte. Lilo musste kichern. Neben dem Klingelknopf stand nämlich WILD MONKEYS.

„Die Wohnung ist eine Ausnahme, etwas ganz Besonderes. So ein Angebot haben wir höchstens einmal im Jahr!", plapperte die Maklerin, während sie Michael in den vierten Stock hinaufführte. Die Knickerbocker liefen hinterher und achteten darauf, dass ihnen kein Wort entging.

„Sie können die Wohnung jetzt besichtigen und müssen sich sofort entscheiden. Sagen Sie Ja, unterschreiben Sie einen Vertrag für zehn Jahre."

Poppi kam ein schauriger Verdacht. „Vielleicht ist in der Wohnung jemand umgebracht worden. Und jetzt will keiner in die Unglückswohnung einziehen!"

Lilo verzog das Gesicht.

Michael hielt die Wohnung für eine „Traumbude". Die Zimmer waren groß und hell, der Balkon gemütlich, die Küche modern, das Badezimmer geräumig. Obwohl die Knickerbocker-Freunde alles genau unter die Lupe nahmen, konnten sie nichts Auffälliges entdecken. Die Wohnung war bis auf drei große Pakete Watte, die in der Küche, im Bad und in einem der Zimmer herumlagen, leer. Und in jedem Zimmer stand ein Besen in der Ecke. Es waren keine Löcher in den Wänden und es gab weder nasse Flecken noch blanke

Stromkabel. Nur in den Decken aller Räume fielen Lilo zahlreiche kreisrunde Dellen auf.

Die Maklerin bemerkte Lilos Blick und meinte nur: „Leider hat hier bis vor Kurzem eine Familie mit besonders wilden Kindern gewohnt. Sie hatten seltsame Spielsachen, die sie an die Zimmerdecke knallen ließen. Ich hoffe, Sie werden sich da anders verhalten!" Sie grinste Michael an und lachte gekünstelt.

„Was soll ich machen? Meint ihr, ich soll die Wohnung nehmen?", fragte Poppis Cousin. „So etwas Billiges bekomme ich nie wieder!"

Lilo riet ihm davon ab. Als sie gemeinsam am Abend noch einmal zu dem Haus kamen, bestätigte sich der Verdacht des Superhirns.

KRIMI-FRAGE:

Warum ist die Wohnung so billig?
Was stimmt mit ihr nicht?

LÖSUNG:

F	G	W	E	R	V	A	S	E	C	E	F	S	I	E	T
E	R	E	:	T	R	E	⊙	I	H	M	T	T	L	N	A
O	R	E	T	R	S	A	I	N	T	B	U	O	A	3	H
G	N	S	S	E	R	E	N	E	Ü	E	N	P	T	M	.
E	R	O	3.	H	H	N	D	R	B	S	D	F	I	A	E
L	E	D	E	E	A	A	E	O	T	E	S	T	N	L	D
D	S	A	N	N	F	B	R	C	.	N	I	.	I	D	R
G	S	S	R	W	O	E	W	K	D	G	C	●	E	Ü	Ü
I	Ä	!	E	Ü	T	R	O	B	E	E	H	E	B	R	W
E	W	S	G	R	U	J	H	A	R	G	W	J	E	F	N
R	E	K	E	D	A	E	N	N	V	E	A	H	I	T	E
I	G	E	I	E	T	D	U	D	O	N	T	R	D	I	K
G	N	I	S	A	H	E	N	,	R	D	T	E	D	H	C
E	E	N	R	N	C	R	G	D	M	I	E	T	A	R	E
G	H	E	E	?	I	L	D	I	I	E	I	T	R	R	T
O	C	R	D	S	B	Ä	A	E	E	D	N	E	R	A	S
L	S	S	T	I	R	U	R	D	T	E	D	S	H	T	R
D	I	I	M	L	A	F	Ü	I	E	C	I	I	A	E	E
H	P	E	M	V	G	T	B	E	R	K	E	C	F	N	T
A	O	Z	O	E	N	S	E	G	H	E	O	H	!	W	N
I	R	U	K	S	A	C	R	A	A	G	H	D	E	E	I
E	T	,	E	T	M	H	W	N	T	E	R	E	S	R	H
H	N	G	B	E	E	L	O	Z	M	K	E	R	A	L	A
A	I	E	T	R	T	I	H	E	I	L	N	O	H	I	D
U	N	S	H	D	F	T	N	N	T	O	G	S	R	E	R
S	E	I	C	Ü	R	T	T	A	D	P	E	T	E	B	E

Chemie-Student setzt auf die „Ballon-Didaktik“

Zu lustigen Figuren geformte Luftballons haben bislang eher auf Kindergeburtstagen für Freude gesorgt. Der Hamburger Chemie-Student Konstantin hat nun für sie einen völlig neuen Einsatzort entdeckt: den Chemie-Hörsaal. Bei einem Besuch auf Einladung des örtlichen Jungchemiker-

Seit gut einem Jahr ist der 28-jährige mit seiner Ballon-Didaktik beklatschter Gast an Hochschulen und auf Tagungen der renommierten Gesellschaft Deutscher Chemiker. Dort formt er für die Zuschauer nicht Pudel oder Herzen, sondern Moleküle und chemische Verbindungen aus bunten

schaulicher als gezeichnete Abbildungen, erklärt er und dreht dabei das Luftballon-Modell eines Diamants hin und her. Zugleich seien die Ballon-Modelle beweglicher und größer als Modelle aus Gitterstäben oder Holz. In seinen Vorträgen wirbt er deshalb für seine Ballon-Didaktik

Die Gruselfahrten der *Great Eastern*

In diesem Bericht sind wieder einige Schreibfehler und falsche Wörter versteckt, die – zu einem Satz zusammengefügt – eine Geheimbotschaft ergeben.

Im Jahre 1858 galt die *Great Eastern* als das größte Dampfschiff der Welt. Während ihres Baues war etwas Schreckliches geschehen: Eines Tages verschwanden ein Handwerker, der die Bleche des Schiffes vernietete, und sein Lehrjunge spurlos. Es gab Gerüchte, dass man die drei aus Versehen in der Doppelwand des Schiffes eingeschlossen hatte. Im Lärm der Werft mussten ihr Rufen und Klopfen überhört worden sein. Die Arbeiter wollten die gesetzten Platten entfernen, doch die Besitzer des Schiffes ließen das nicht zu.

Seit diesem Tag lastete ein Fluch auf dem Schiff:

Um die *Great Eastern* nach der Fertigstellung vom Stapel laufen zu lassen, wurden ganze drei Monate benötigt. Ketten brachen, die Winde klemmte, zweimal kippte das Schiff sogar fast. Ein Unglück folgte auf das andere.

Bei der ersten Fahrt explodierte ein Schornstein. Später riss ein anderer Schornstein und im Speisesaal des Schiffes stieg die Temperatur auf 48 Uhr! Niemand wollte mehr dort essen.

Die *Great Eastern* geriet in einen Barrakuda und lief auf ein unbekanntes Riff auf. Sie wurde schwer beschädigt und die Reparaturen waren so teuer, dass die Besitzer sie nicht mehr bezahlen konnten. Das Schiff musste versteigert werden. Die neuen Eigentümer setzten es nur noch dafür ein, Kabel zwischen Eurobar und Amerika zu verlegen. Die teuren Kabel rissen und verschwanden in der Tiefe.

Als das Schiff schließlich verschrottet wurde, machte man einen grausigen Fund: Zwischen den vernieteten und verschweißten Schiffswänden im Hinterzimmer wurden die Skelette des Nieters und seines Lehrjungen entdeckt.

KRiMi-FRAGE:

Wie lautet die Botschaft?

LÖSUNG:

R	Ä	T	S	E	L	R	A	T	E	N	R	E	A	G	E
N	-	T	R	A	G	E	N	S	A	G	E	N	!	F	R
E	E	T	L	A	S	S	O	C	H	I	A	S	S	O	L
T	R	G	E	G	E	N	D	Ä	R	E	P	R	O	B	L
I	E	H	➔	D	R	E	I	U	H	R	B	A	R	R	A
K	U	D	A	-	B	A	R	H	I	N	T	E	R	Z	I
M	M	E	R	.	●	E	M	E	W	E	R	D	E	N	W
I	R	N	I	E	M	A	L	S	L	Ö	S	E	N	G	Z
T	B	Ü	C	H	E	R	F	R	I	T	Z	E	N	Ö	L
M	S	A	R	D	I	N	E	N	2.	T	A	N	N	E	N
A	W	Ä	L	D	E	R	I	M	H	O	C	H	S	C	H
C	A	R	Z	W	A	L	D	G	M	M	T	Z	L	S	L
H	!	S	O	W	I	E	S	O	P	L	E	I	B	E	N
S	E	L	E	F	A	N	T	E	N	F	L	I	E	D	E
P	R	B	Ü	,	S	C	H	E	A	U	C	H	B	E	I
I	R	E	G	E	N	J	E	D	E	R	Z	E	I	T	D
E	I	E	G	L	E	I	C	H	E	N	A	U	C	H	I
L	M	A	M	A	Z	O	N	A	S	.	H	O	S	E	N
E	B	E	I	N	E	R	F	T	H	U	W	?	H	D	E
M	F	A	S	E	N	G	T	Z	U	K	D	E	R	L	Ö
O	Ä	A	S	T	E	R	N	P	O	R	G	E	R	T	L
N	I	E	B	E	N	M	A	C	H	E	R	F	Ä	L	L
S	T	W	E	N	N	M	A	N	I	M	M	E	R	,	W
T	I	E	D	E	R	F	D	R	N	M	M	F	A	S	D
E	S	S	E	R	T	E	Ä	G	E	R	I	M	A	L	T
R	E	N	Ä	G	Y	P	T	E	N	I	N	B	R	A	S

Krach im Chemiesaal

Gleich neben dem Chemiesaal liegt die Gifthöhle. Dort lagert der Säure-Bastel kiloweise Chemikalien für seine Versuche, die er uns im Unterricht vorführt.

Der Säure-Bastel heißt eigentlich Sebastian Säuerlich und sieht meistens aus, als hätte er gerade in drei Zitronen gleichzeitig gebissen. Er hat große Ähnlichkeit mit dem verrückten Professor aus dem Film *Zurück in die Zukunft* und zeigt uns immer tolle Versuche.

Die Zutaten für seine Experimente lässt er sich stets von zwei Schülern in den Chemiesaal – genannt Hexenküche – schleppen. Jede Klasse muss zwei Chemie-Beauftragte stellen, die eine äußerst verantwortungsvolle Aufgabe übernehmen. Damit ist nicht das Tragen der ätzenden und giftigen Chemikalien gemeint, sondern die STUVAK! Das ist die Abkürzung für Stunden-Verkürzungs-Aktion. Jede vergessene Säureflasche, die während der Stunde geholt werden muss, erspart uns ein bis zwei Büffelminuten.

Deshalb kommen als Chemie-Beauftragte nur STUVAK-erfahrene Schüler infrage. In diesem Jahr war die Wahl auf Thomas Schmid und mich, Axel, gefallen. Wir haben unsere Arbeit erstklassig erledigt. Pro Stunde sind mindestens sieben Minuten und fünfundzwanzig Sekunden durch das nachträgliche Beschaffen von Materialien flöten gegangen.

Vor drei Tagen ist es dann passiert. Herr Säuerlich wollte uns die Reaktion von Salzsäure und Natronlauge vorführen. Geheimnisvoll wie ein Wahrsager säuselte er: „Das Ergebnis wird Kochsalz, gelöst in Wasser, sein!“ Dann schüttete er die beiden Flüssigkeiten zusammen.

Das Ergebnis war ein Mordskrach und eine gelbe, nach faulen Eiern stinkende Wolke, die von Sekunde zu Sekunde größer wurde.

Hustend sind wir auf den Gang gestürzt, wo die Explosion unter lautem Gekicher gleich ausführlich besprochen wurde.

„Das Beste hast du versäumt!“, raunte Renate ihrer Freundin Bettina zu. „Weil du die ganze Zeit unter dem Tisch herumgekrochen bist. Warum eigentlich?“

„Ich habe meinen goldenen Kuli gesucht. Er ist mir runtergefallen“, brummte Bettina.

In diesem Moment bog Mark um die Ecke, bekannt als der „bravste Schüler der Welt“. Bei Lehrern beliebt, bei Klassenkameraden weniger. An diesem Tag machte ihm angeblich sein Magen Probleme. Er musste immer wieder das stille Örtchen aufsuchen.

Er schaute uns belämmert an und fragte: „Was ist, warum geht der Unterricht nicht weiter?“ So ein mieser Streber!

Nun kam auch Herr Säuerlich aus dem stinkenden Chemiesaal. Mit einem heiseren Schrei stürzte er sich auf Thomas und mich.

„Ihr wart es! Nur ihr habt sie in der Hand gehabt! Ihr habt den Inhalt der Flaschen vertauscht!“, brüllte er.

Selbstverständlich hatten wir mit der Sache nichts zu tun. Doch wer war der Spaßvogel? Er musste unter allen Umständen gefunden werden, sonst drohten Thomas und mir eine Menge Schwierigkeiten.

Nach langem Grübeln hatte ich folgenden Verdacht: Sowohl Bettina als auch Mark hatten in diesem Schuljahr unbedingt Chemie-Beauftragte werden wollen, um sich beim Säure-Bastel einzuschleimen. Vielleicht sollten Thomas und ich auf diese Art ausgetrickst werden.

Nach der Schule wollte ich beiden auf den Streber-Zahn fühlen. Doch sowohl Bettina als auch Mark waren gleich nach dem Läuten spurlos verschwunden.

Als ich ratlos vor der Schule stand, düste der Zweistein auf mich zu, seines Zeichens ebenfalls Chemielehrer. Er drückte mir ein goldenes Schreibgerät in die Hand.

„Du bist doch Chemie-Beauftragter. Das habe ich nach eurer Stunde in der Gifthöhle gefunden. Gehört das dir?“, fragte mich der Zweistein. Schon als ich verneinte, wusste ich, wer da in der Gifthöhle gemixt hatte. Der Täter hat es bitter bereut, als er in den Schokoladenmuffin gebissen hat, den ich mit extrascharfem Senf gefüllt hatte!

KRIMI-FRAGE:

Wer wollte Axel und Thomas austricksen,
um selbst Chemie-Beauftragter zu werden?

LÖSUNG:

S	-	B	U	B	L	N	.	D	E	D	E	D	E	E	M
C	N	T	E	E	I	.		N	N	A	W	S	R	D	H
H	I	S	N	H	U	D	N	I	-	B	A	R	M	T	U
I	O	R	T	A	N	E	S	B	Z	R	N	A	O	I	T
F	N	E	R	U	T	R	T	U	U	E	N	W	N	M	M
F	K	R	U	P	E	L	,	Z	M	D	E	L	E	Ä	
S	A	E	H	T	R	A	D	U	S	N	S	E	D	K	R
P	B	D	E	E	M	G	I	Z	O	I	A	K	S	C	C
I	E	N	V	T	T	A	E	R	U	S	?	N	C	E	H
R	L	E	O	E	I	B	S	E	N	Y	W	U	H	E	E
A	6	B	N	,	S	E	C	M	D	B	N	D	I	G	N
T	R	E	D	I	C	R	H	M	S	A	U	.	E	I	V
E	A	N	R	H	H	I	U	I	O	B	N	E	N	K	O
N	D	N	A	R	G	N	H	K	V	R	D	H	N	C	M
H	I	E		E	E	D	E	R	I	E	S	Ü	E	E	B
Ü	O	B	B	N	S	E	N	O	E	G	C	R	O	!	R
T	S	E	E	G	U	R	A	Y	L	I	H	B	N	I	E
E	E	L	T	O	C	G	C	W	T	T	L	S	H	E	N
D	N	?	T	L	H	I	H	E	E	2	I	S	E	R	N
S	D	E	I	D	T	F	M	N	N	R	E	O	L	D	E
R	E	Z	N	E	Z	T	Ö	N	M	I	F	L	L	E	N
T	R	N	A	N	U	H	G	I	A	D	E	K	E	I	D
B	G	A	.	E	H	Ö	L	T	L	H	N	E	K	D	E
A	Ü	G	S	N	A	H	I	I	S	C	K	I	R	M	N
S	R	S	I	K	B	L	C	E	A	I	L	W	U	U	H
S	D	A	E	U	E	E	H	K	G	E	A	R	M	M	A

Das Schmalzbrot im Klassenbuch

Tatort: Mein Klassenzimmer im Gustav-Gymnasium.

Opfer: Florentin Bleichhuhn, genannt „Schmalzbubi".

Besondere Kennzeichen: Blasses Mondgesicht und große Schwäche für Schmalzbrote mit viel Pfeffer und Zwiebeln. Er ist erst im zweiten Halbjahr zu uns gestoßen. Da es sich bei ihm um ein ziemlich verstrebertes Muttersöhnchen handelt, hat er noch keine Freunde. Dafür aber jede Menge Feinde!

Tathergang: Es war in der großen Pause. Ich, Axel, stand auf dem Gang und versuchte, alles Wissenswerte über Igel und ähnliche Stacheltiere in meinen Kopf zu bekommen. In der nächsten Stunde stand nämlich Biologie auf dem Stundenplan und ich war für eine Abfrage fällig.

Dabei beobachtete ich folgende Szene: Aus unserem Klassenzimmer trat Sven, auch bekannt als der „Mann in der schwarzen Lederjacke". Er ist und bleibt der gemeinste Halbstarke unserer Klasse. „Na, Pickelhering? Noch ein paar rote

Flecken gefällig?", schrie Sven Boris zu. Boris leidet nämlich unter starkem Mitesser- und Pickelbefall und wird deshalb oft als Pickelhering verspottet. Er drehte sich um und im nächsten Augenblick hatte er auch schon eine Handvoll roter Kreidestummel im Gesicht.

Sven hatte sie geworfen und grölte vor Lachen über seinen Scherz.

„Das schaut diesem Muskelprotz mit Spatzenhirn wieder ähnlich!", schimpfte Boris, während er mit einem Taschentuch Slalom zwischen den echten Pickeln fuhr und sich vom roten Kreidestaub befreite. „Weil er gerade eine Fünf in Englisch kassiert hat, lässt er seine Wut an mir aus! Aber heute verprügle ich ihn nicht. Er riecht nämlich wieder wie ein Stinktier."

Sven war ziemlich wasserscheu. Waschen kam für ihn höchstens zweimal in der Woche infrage.

„Du Bleichschwein, du!", brüllte da plötzlich jemand hinter mir. Ich fühlte mich nicht angesprochen, drehte mich aber trotzdem um.

Beim Fenster im Flur war eine wilde Rauferei im Gange. Christof, unser Klassenbester, hatte Florentin Bleichhuhn im Schwitzkasten und versuchte gerade, dessen blasses Mondgesicht auf den Rücken zu drehen.

„Nur weil du mir nicht vorgesagt hast, ist mein ‚Sehr gut' in Musik flöten gegangen!", keuchte Christof wütend.

„Dann musst du eben mehr lernen. Vorsagen ist nicht mein Stil!", schnaufte Schmalzbubi altklug.

In diesem Moment bog Herr Donner um die Ecke. Er hatte in dieser Pause Aufsicht.

Mit dem Schrei „Auseinander!“ trennte er die Kampfhähne. „Wer hat angefangen?“, forschte er.

Christof schwieg. Es war Ehrensache, diese Frage nicht zu beantworten. Doch unser Schmalzbubi wusste anscheinend nichts von diesem alten Schülergesetz.

„Der Christof!“, petzte er.

Für Christof bedeutete das: ab zum Direktor, der an diesem Tag noch dazu schlechte Laune hatte!

„Das wirst du noch bereuen!“, zischte Christof, als er von Herrn Donner „abgeführt“ wurde.

Florentin Bleichhuhn hat bereut. Am Ende der Pause klebte nämlich eines seiner Schmalzbrote im Klassenbuch. Direkt auf der Spalte für den heutigen Tag. Da er in der ersten Reihe, genau vor dem Lehrerpult saß, fiel der Verdacht sofort auf ihn. Von der Klasse hatte er keine Rückendeckung zu erwarten. Im Gegenteil!

Wimmernd kam er deshalb zu mir. „Ich war es nicht!“, heulte er. „Außerdem stammte das Schmalzbrot bestimmt nicht von mir. Im Klassenbuch waren nämlich viele rote Flecken. Das heißt: Das Brot war mit Paprika bestreut. Und ich mag keinen Paprika! Du bist doch Detektiv. Bitte, sag mir, wer das mit dem Schmalzbrot gemacht hat.“

Da Florentins Eltern zur Kategorie „superstreng und total daneben“ gehören, nahm ich die Sache in die Hände.

Der Fall erwies sich allerdings als bedeutend schwieriger als erwartet. Trotzdem habe ich den Schmalzbrot-Klassenbuch-Kleber entlarvt.

Konrad hat mir geholfen, mit dem Täter zu „reden“! Konrad ist nämlich Jugendmeister im Ringen und hat ihm angedroht, Apfelmus aus ihm zu machen. Darauf hat sich der Schmalzbrot-Täter freiwillig beim Klassenlehrer gemeldet. Und Florentin Bleichhuhn haben wir uns auch vorgeknöpft und ihm eine Nachhilfestunde in „Schülerehre" und „Schülergesetze" gegeben.

KRIMI-FRAGE:
Wer war der Schmalzbrot-Kleber?

LÖSUNG:

F	E	R	N	R	O	H	R	E	A	U	S	B	R	U	C
H	S	I	C	H	E	R	E	M	G	L	A	S	G	I	B
T	,	D	J	M	B	R	T	Ö	S	A	G	E	S	L	E
I	D	E	R	K	A	U	M	N	O	C	H	➔	E	S	W
A	R	S	V	E	N	.	D	E	R	„	P	A	P	R	I
K	A	„	W	A	R	R	O	T	E	R	K	R	E	I	D
E	S	T	A	U	B	V	O	N	S	E	I	N	E	N	H
Ä	N	D	E	N	.	●	H	E	A	T	E	R	!	W	I
K	N	D	S	C	H	U	T	Z	S	C	H	E	I	B	E
A	N	K	L	A	R	„	F	Ü	R	K	A	L	T	E	D
S	G	S	R	K	I	U	5.	W	I	N	T	E	R	T	A
P	G	E	Z	U	M	L	A	N	G	L	A	U	F	E	N
E	D	C	H	C	H	E	?	P	I	H	A	L	A	D	A
R	A	I	T	A	T	P	L	D	M	N	B	„	U	T	S
L	H	R	I	R	U	M	C	N	P	E	E	E	T	H	S
E	A	S	G	K	N	I	H	U	E	H	N	L	G	C	E
T	T	E	G	E	D	H	E	N	L	C	A	L	E	L	A
R	A	D	P	.	P	L	R	S	E	L	E	A	E	O	D
A	H	S	O	S	I	A	E	E	L	N	N	G	W	M	E
T	C	A	P	I	S	,	S	B	S	B	H	E	H	R	R
T	S	T	P	E	W	N	I	R	O	Ä	I	R	N	A	J
E	N	I	I	L	I	I	N	Ö	J	R	E	B	S	H	M
Z	N	L	A	D	E	N	D	I	E	B	E	D	I	N	G
U	E	F	E	S	T	;	M	A	C	H	E	N	W	Ä	R
K	F	7	D	E	I	N	E	N	Ä	C	J	H	S	T	E
A	U	F	G	A	B	E	G	E	W	E	S	E	N	?	K

Der Pirat auf der Piste

Der Pirat schlägt zu!

„Los, rück ihn raus! Gib ihn her, sonst drehe ich dir den Hals um!“, schrie eine tiefe Männerstimme. Wem sie gehörte, war nicht zu erkennen, da der Mann eine Wollmütze über das Gesicht gezogen hatte, in der sich nur zwei Löcher für die Augen befanden.

„Sie, lassen Sie Prinzessin Wullewitz los!“, rief Herr Schroll, der Skilehrer.

Fassungslos hatte er mit ansehen müssen, wie plötzlich ein maskierter Mann die Piste herab- und auf seine Schülerin zugerast war. Prinzessin Wullewitz, die noch sehr unsicher auf den Skiern stand, war sofort gefallen. Der Mann hatte sich auf sie gestürzt und sie am Skianzug gepackt. Wie einen jungen Hund schüttelte er die junge Frau hin und her.

„Hören Sie sofort damit auf!“, brüllte Herr Schroll.

Da zog der Maskierte eine Pistole und richtete sie auf den

Skilehrer. „Schnauze!“, fuhr er ihn an. „Sonst hast du ein Loch im Bauch.“ Erschrocken verstummte Herr Schroll.

„Du hörst von mir, elendes Biest!“, zischte der Angreifer. Er machte weit ausholende Schlittschuhschritte und stürzte sich einen angrenzenden Steilhang hinunter. Bald war er im Nebel, der ein wenig tiefer im Tal lag, verschwunden.

Der Skilehrer fuhr sofort zu seiner Schülerin und half ihr auf die Beine. Als sie endlich wieder stand, fiel sie ihm um den Hals und umarmte ihn stürmisch. Danach klopfte sie nervös über seinen Anorak, als wollte sie ihn vom Schnee reinigen. Doch es klebte gar keiner daran.

Herr Schroll grinste verlegen. Er hatte schon Filmstars, Popsternchen, Opernsänger und sogar einen Schimpansen unterrichtet. Eine Hoheit war jedoch bisher noch nicht unter seinen Schülern gewesen.

„Hat der Mann Sie verletzt?“, erkundigte er sich bei Prinzessin Wullewitz.

„Nei… nein“, meinte diese. „Nur sehr erschreckt.“

„Kannten Sie ihn?“

Wieder verneinte die Prinzessin. „Ich weiß auch nicht, was er von mir wollte. Aber … im Tal werde ich gleich mal zur Polizei gehen.“

Doch es dauerte noch eine Weile, bis Herr Schroll mit Prinzessin Wullewitz dort ankam. Die Hoheit war nämlich eine sehr ungeschickte Skifahrerin und landete nach jedem Schwung im Schnee.

Erschöpft und müde berichtete der Skilehrer am Abend seiner Tochter Lilo und ihren Knickerbocker-Freunden von dem Überfall.

„Das war ein echter Pirat der Piste!“, rief Axel, der zurzeit eine Vorliebe für Seeräuberfilme hatte. „Aber was wollte er der Prinzessin stehlen?“

„Das frage ich mich auch“, antwortete Herr Schroll. „Sie hat keinen Schmuck getragen und sicher auch nichts Wertvolles bei sich gehabt! Und sie ist ehrlich erschrocken. Ganz geschockt hing sie nach dem Überfall an mir.“ Lilos Vater blickte nachdenklich vor sich hin. „Und trotzdem, irgendwie“, fuhr er fort, „irgendwie habe ich das Gefühl, diese Prinzessin verbirgt etwas. Ich glaube auch nicht, dass sie tatsächlich die Polizei verständigt hat!“

In der Küche klirrte und krachte es. „Hans!“, ertönte die verzweifelte Stimme von Lilos Mutter. „Hans, schnell! Halt Benno zurück! Dein Liebling will den Braten fressen!“

Benno war der Hund der Schrolls und so groß wie ein Kalb. Wann immer er konnte, holte er sich Futter aus der Küche, da er vom Dauerhunger geplagt wurde.

Nachdem Herr Schroll aus dem Wohnzimmer verschwunden war, beugte sich Lilo zu ihren Freunden und meinte leise: „Diese Prinzessin knöpfen wir uns vor. Ich krieg aus meinem Vater heraus, in welchem Hotel sie wohnt, und dann statten wir ihr einen Besuch ab!“

Kurz vor acht Uhr am Abend trafen die vier Detektive im Hotel *Holereiduliö* ein. Es war ein todschickes Haus, in dem die Reichsten der Reichen abstiegen. Zum Glück war der Portier ein Freund der Familie Schroll. Er verriet dem Superhirn sofort die Zimmernummer der Prinzessin.

Als die Knickerbocker an der Tür mit der Nummer 212 klopfen wollten, räusperte sich hinter ihnen jemand. Sie drehten sich überrascht um und blickten in ein längliches Frauengesicht mit spitzer Habichtsnase. „Was wollt ihr hier?", fragte die Frau streng.

„Wir hätten gerne die Prinzessin gesprochen", antwortete Lilo wahrheitsgemäß.

„Das ist unmöglich! Und nun verschwindet, sonst rufe ich den Empfangschef!"

Maulend und brummend verzog sich die Bande. Doch gleich hinter der nächsten Ecke blieben die vier Freunde stehen und spähten zurück.

Wer war die Frau, die nun das Zimmer der Prinzessin aufsperrte?

Gerade als sie die Tür hinter sich zuziehen wollte, stürzte ein Mann aus dem Lift.

„Der Pisten-Pirat!", keuchte Axel.

Wieder hatte der Gauner die Wollmütze mit den Augenlöchern über den Kopf gezogen. Er stellte den Schuh in die Tür und drückte sie auf.

„Was ... was machen Sie da? Hilfe!", rief die Frau. Als der Mann eine Pistole zückte verstummte sie augenblicklich.

„Hinein und keinen Ton!", befahl der Pisten-Pirat.

„Was machen wir jetzt?", fragte Poppi die anderen im Flüsterton.

„Axel verständigt die Polizei und wir lauschen", bestimmte Lilo.

Gleich darauf standen drei Knickerbocker vor der Tür Nummer 212 und pressten die Ohren an das Holz.

„Los, wo ist sie?", knurrte der Mann.

„Ich ... ich weiß es nicht!", stammelte die Frau.

„Keine Lügen, sonst werde ich brutal! Also wird's bald? Wo finde ich sie?"

„Sie ... sie versteckt sich, ... aber ich weiß nicht wo ... Doch sie hat ein Handy bei sich!"

„Dann ruf sie an!", befahl der Pirat.

Die Frau schien eine Nummer zu wählen. „Hallo ... Hallo Sabina ... ich bin es ... Angelika. Wo steckst du? ... Aha ... jaja ... gut, gut, gut! Ich bringe dir deine Sachen!"

„Und wo hat sie sich verkrochen, die kleine Schlange?", wollte der Mann wissen.

„In der Teufelshütte", sagte Angelika. „Sie befindet sich nicht weit von hier!"

„Du wirst mich hinführen!", befahl der Pirat.

Blitzschnell gingen die Knickerbocker-Freunde wieder im Nebengang in Deckung. Keine Sekunde zu früh.

Die Zimmertür wurde geöffnet und der Pirat streckte seinen Kopf heraus. Er blickte sich um, und als er feststellte, dass die Luft rein war, scheuchte er Angelika zum Lift.

Nachdem sie fort waren, hastete Lilo zum Zimmer der Prinzessin. Die Tür stand offen und sie trat ein.

„Lilo, nicht ...", meinte Poppi.

Doch das Superhirn stürzte zum Telefon und betrachtete es prüfend.

„Ich werde die Prinzessin warnen!", beschloss Lilo.

Dominik verstand nicht, wie sie das machen wollte. „Aber wie ... du kennst doch ihre Telefonnummer gar nicht!"

„Doch!" Lilo drückte eine Taste und wartete. „Ja, hallo?", meldete sich eine Stimme am anderen Ende der Leitung.

„Sie kennen mich nicht", plapperte Lilo los, „aber Sie sind

in Gefahr. Der Mann, der Sie am Nachmittag überfallen hat, ist unterwegs zu Ihnen."

Es knackste in der Leitung, dann herrschte Stille. Die Prinzessin hatte aufgelegt.

„Wieso hast du mit ihr telefonieren können?", wunderte sich Dominik noch immer.

KRIMI-FRAGE:

Wie hat Lilo das gemacht?

LÖSUNG:

G	S	B	I	H	F	J	Z	:	D	R	J	E	R	B	R
E	C	E	L	L	D	K	L	T	B	E	K	N	G	E	N
F	H	N	D	T	O	Ä	S	E	K	W	U	W	A	S	I
Ä	L	H	S	A	H	N	E	R	T	Z	D	E	N	I	C
N	I	I	F	S	F	A	S	G	E	R	M	T	G	E	R
G	M	N	N	T	P	I	N	N	E	N	A	D	E	L	E
N	M	T	G	E	E	S	E	N	G	R	K	C	H	T	V
I	S	E	H	G	S	D	E	R	S	C	K	L	!	3	:
S	T	R	⬇	E	T	P	Ö	S	„	F	G	N	D	L	L
S	E	G	S	D	O	L	Ö	Z	T	G	F	E	I	O	Y
E	N	E	I	R	A	C	H	M	I	T	D	H	E	H	W
7	G	S	E	Ü	G	K	L	Ö	V	B	R	E	G	N	O
:	A	C	H	C	T	D	;	F	E	H	T	G	A	I	O
H	N	H	A	K	T	Z	U	L	P	Ö	M	R	N	R	D
I	S	L	T	T	Z	„	H	A	B	E	I	E	Z	E	G
E	T	O	D	.	E	N	E	I	S	S	N	S	E	I	E
R	E	S	I	●	F	G	F	S	E	R	I	U	W	V	F
M	R	S	E	I	N	R	Z	Ö	M	Z	C	Ä	E	R	B
Ü	H	E	W	B	H	T	E	Ä	A	E	A	H	L	E	M
S	R	N	I	E	A	A	L	H	K	M	R	N	T	M	C
S	!	E	E	F	M	S	T	J	I	Ü	T	E	G	M	D
E	I	K	D	I	E	T	L	D	N	N	A	G	F	U	A
N	H	K	E	E	L	E	A	E	O	D	T	A	D	N	S
D	R	R	R	L	N	N	G	W	M	E	O	R	S	O	L
I	L	S	W	S	B	H	E	H	R	R	R	A	R	B	U
E	E	M	A	O	Ä	I	R	N	A	J	T	G	A	M	Z

Schreck in der Hütte

Kurze Zeit später traf ein Polizist im Hotel *Holereidulió* ein. Es handelte sich um Gottfried Kramer, der zufällig Lilos Onkel war. Seine Nichte schilderte ihm alles in Stichworten und Herr Kramer machte sich sofort zur Teufelshütte auf.

„Bitte, Onkel Gottfried, nimm uns mit!", bat ihn Lilo.

Der Polizist wollte davon jedoch nichts wissen und fuhr ohne die Knickerbocker-Bande los.

„Na gut, dann laufen wir eben!", brummte das Superhirn. „Die Hütte ist nicht weit entfernt. Kommt ihr mit?"

„Klar!", riefen Axel, Poppi und Dominik und folgten Lilo.

Ihre Enttäuschung war groß, als sie bei dem Hügel ankamen, auf dem sich die Hütte befand. Der Mond beleuchtete den schneebedeckten Hang, das kleine Holzhaus mit dem rauchenden Kamin und den Polizisten, der am Fuße des Hanges stand.

„Falls das ein Scherz war, dann kann ich nicht lachen", meinte Gottfried Kramer ernst. „Könnt ihr mir verraten, wie diese Prinzessin zur Hütte gelangt sein soll? Sie müsste geflogen sein, denn im Schnee ist nicht ein einziger Schuhabdruck erkennbar. Es hat zum letzten Mal vor drei Wochen geschneit. Seit damals ist eindeutig niemand zur Teufelshütte gegangen. Wer sollte auch schon in diesem windschiefen Schuppen Schutz suchen? Der Wind pfeift durch alle Ritzen und drinnen spielen die Mäuse Verstecken."

Ziemlich sauer stieg der Polizist wieder in seinen Wagen

und fuhr davon. Wie begossene Pudel standen die Knickerbocker nun da und ärgerten sich.

„Diese Angelika hat sicher ‚Teufelshütte' gesagt", überlegte Lilo. „Entweder wollte sie den Gauner in die Irre führen …"

„Niemals", unterbrach sie Dominik, „sie ist doch nicht lebensmüde!"

„Oder … oder … die Hütte hat vielleicht einen geheimen Eingang!"

Axel hatte dazu den besten Vorschlag. „Wir stapfen jetzt den Hang hinauf und schauen uns oben ein bisschen um!"

Gesagt, getan. Doch die Enttäuschung der Bande wurde noch größer, als sie vor dem dunklen Holzhaus stand. Auch hier war nicht die kleinste Spur zu entdecken. Die Fensterläden waren verschlossen und die Tür sogar von außen verriegelt.

„Da drinnen ist niemand", stellte Lilo entmutigt fest.

„Doch!", meinte Dominik plötzlich. „Doch, in dieser Hütte hält sich jemand auf!"

KRIMI-FRAGE:

Was könnte Dominik gesehen haben?

LÖSUNG:

K	A	F	S	R	N	J	A	U	S	E	N	B	R	O	T
J	J	H	R	M	A	R	K	T	S	;	P	U	P	P	E
H	A	N	D	Y	A	L	A	S	E	N	H	R	T	Z	J
E	N	J	Q	!	P	M	.	S	Ä	Ä	G	H	G	H	J
F	R	F	W	A	T	I	R	T	N	H	6	R	!	R	Z
T	F	E	G	D	G	Z	R	T	S	K	5	T	E	F	T
E	M	M	E	N	S	T	E	T	S	A	R	H	R	P	R
R	Ü	S	A	F	E	R	N	M	F	S	T	S	T	O	F
H	E	R	T	K	L	A	R	E	.	T	Z	R	Z	U	D
T	;	O	P	F	R	T	A	Q	C	E	Z	P	K	R	I
M	C	L	V	S	B	N	G	N	➔	E	S	S	T	E	I
G	T	R	A	U	C	H	A	U	S	D	E	M	K	A	M
I	N	.	●	A	N	T	E	N	F	L	I	E	T	R	M
D	T	H	J	S	C	H	E	A	U	C	H	B	N	L	Z
R	G	J	H	N	J	E	D	E	R	Z	E	I	A	K	P
?	G	S	E	L	.	S	D	L	P	S	A	G	D	M	O
G	X	R	R	E	R	T	G	B	A	S	D	E	J	A	Z
B	H	A	B	F	K	R	T	Ä	S	G	L	K	R	A	N
D	R	T	N	H	A	E	R	K	L	P	R	T	E	N	H
U	I	P	Ü	R	T	E	:	D	S	A	B	E	R	T	K
L	S	W	G	V	C	D	A	S	E	W	T	Z	K	L	O
P	Ü	T	R	N	G	A	S	E	J	K	O	T	R	B	G
S	A	C	V	F	R	E	R	T	Z	?	H	T	Z	J	K
R	T	G	D	S	O	N	D	E	R	R	E	G	E	L	U
N	G	F	E	R	S	A	D	E	R	H	T	Z	K	L	F
D	A	S	R	M	H	U	Z	I	O	P	T	R	E	F	V

Duell in der Teufelshütte

Axel schlich nun langsam um die Hütte und prüfte jeden Fensterladen. Vielleicht ließ sich einer öffnen?

Er hatte Glück. Einer schwang schon bei leichtem Anstupsen auf. Dahinter befand sich ein Fenster, hinter dem jedoch ein blauweiß-karierter Vorhang zugezogen war.

Zwischen der Vorhangkante und dem Fensterrahmen war allerdings ein schmaler Spalt, durch den Axel in die Hütte spähen konnte.

„Oh nein", flüsterte er. Auf dem Boden hockten Angelika und eine zweite Frau, bei der es sich um die Prinzessin handeln musste. Der Pisten-Pirat hatte sie Rücken an Rücken gebunden und bedrohte sie mit einer Pistole. Er schien aufgebracht und wütend.

„He, kommt her", rief Axel leise. Lilo, Poppi und Dominik traten zu ihm und beugten sich zu dem Sehschlitz. Der Pirat war nun nicht mehr zu sehen. Anscheinend war er in einen anderen Raum gegangen. Die beiden Frauen nutzten die Gelegenheit und versuchten sich zu befreien.

„Wen haben wir denn da?", fragte eine tiefe Stimme leise und drohend. Die vier Knickerbocker fuhren erschrocken in die Höhe und drehten sich um.

Der Pisten-Pirat war lautlos aus der Hütte gekommen und hatte sich hinter sie gestellt. Mit dem Revolver bedeutete er ihnen mitzukommen.

Das Innere der Teufelshütte war eine Überraschung für die Detektive. Erstens war es hier mollig warm und zweitens handelte es sich um einen gemütlich eingerichteten Raum. Das schäbige Äußere des Hauses war also nur Tarnung.

„Kinder … was willst du mit den Kindern machen?", rief Prinzessin Wullewitz, als sie die vier Freunde erblickte.

„Schnauze!", fuhr der Mann sie an. Dann bückte er sich, hob eine Klappe im Boden und scheuchte die Bande in den Raum, der sich darunter befand. Ganz vorsichtig, Sprosse für Sprosse, kletterten sie hinunter. Kaum war der Letzte in der Dunkelheit verschwunden, knallte der Pirat auch schon wieder die Luke zu und stellte sich darauf.

Durch den Holzboden konnten die Knickerbocker jedoch jedes Wort hören. So erfuhren sie, was im Gange war.

„Du kleines Miststück wolltest mich ausbooten", schimpfte der Mann. „Wir haben den Coup zwei Jahre lang gemeinsam geplant. Dann haben wir den Baron Blau endlich in den Händen gehabt und du hast dich allein mit ihm abgesetzt."

Dominik horchte auf. „*Baron Blau*? Das ist doch ein berühmter Diamant. Er ist ein Vermögen wert und fast so groß wie ein Taubenei. Der Stein wurde vor ein paar Monaten gestohlen."

„Ich will ihn haben! Rück ihn heraus, sonst geschieht ein Unglück", keuchte der Ganove.

„Eugen", begann die Prinzessin langsam und beruhigend auf ihn einzureden. „Eugen, bitte, reg dich ab. Ich habe den Baron nicht mehr. Es stimmt, ich wollte ihn für mich allein. Deshalb bin ich ohne dich losgefahren. Allerdings hatte ich auf der Landstraße einen schweren Unfall, da ich das Linksfahren nicht gewohnt war. Dabei ist der Stein verschwunden. Ich konnte ihn nicht mehr finden. Er war wie vom Erdboden verschluckt. Von dort waren es nur noch wenige Kilometer bis zur Anlegestelle der Schiffe. Ich bin per Anhalter hingefahren und dann über den Kanal nach Frankreich gedampft. Klarerweise wollte ich dir nicht mehr begegnen."

„Sabina, du dummes, kleines Ding, diese Geschichte kannst du deiner Omi erzählen. Die hält dich wahrscheinlich sogar für eine Prinzessin. Ich aber nicht! Du verrätst mir nun entweder das Versteck des Steines oder es geschieht ein Unglück!"

Sabina, die falsche Prinzessin, schwieg eisern.

KRIMI-FRAGE:

In welchem europäischen Land wurde der Diamant gestohlen?

LÖSUNG:

I	L	N	R	R	F	N	N	J	Z	J	R	K	Z	U	D
E	L	!	U	E	D	E	.	L	G	O	U	L	F	G	E
.	F	I	P	G	T	N	●	R	E	F	B	E	L	D	!
R	Ä	R	P	H	R	G	F	M	L	E	I	I	G	E	K
A	N	E	E	N	Z	L	H	A	Ö	J	N	N	R	Z	U
T	G	D	D	I	U	A	Z	S	Ü	;	R	E	T	U	Z
T	E	N	E	R	M	N	L	W	G	L	O	F	M	J	T
E	R	E	R	E	M	D	Ö	M	T	K	D	A	R	L	I
N	A	D	A	T	K	,	-	J	O	A	T	E	T	T	N
S	U	Ü	T	Ä	R	W	D	T	B	H	G	Ä	N	S	E
D	F	S	O	V	T	O	E	Z	?	R	O	R	N	E	O
R	G	N	A	S	S	A	N	:	F	H	I	G	M	S	I
!	Z	H	L	I	K	U	H	F	R	J	K	E	J	E	K
E	W	C	A	E	R	T	T	R	N	K	Z	R	R	L	U
I	E	A	G	N	B	O	T	T	A	L	J	M	G	S	H
S	R	E	E	O	M	S	K	J	C	R	T	I	?	O	E
N	G	G	N	V	N	L	I	F	S	U	E	T	U	H	R
E	E	S	T	P	L	I	P	A	G	H	Z	S	J	R	Z
D	N	T	R	3	M	N	X	S	E	E	R	E	R	E	T
N	M	A	O	E	S	K	H	N	K	F	T	G	T	N	D
O	I	H	G	D	K	S	Z	E	U	B	H	Z	F	A	H
V	T	R	E	R	N	F	W	L	R	H	K	I	O	P	G
N	D	H	N	Z	G	A	N	P	B	I	S	T	E	N	S
L	E	I	S	T	L	H	H	U	B	N	?	W	A	N	N
S	G	R	E	M	●	R	T	Ö	S	T	G	T	J	U	I
D	N	H	:	G	I	E	Ö	F	E	E	P	L	A	T	T

Feuer!

Lange Zeit war in der Hütte nichts mehr zu hören. Die Knickerbocker hielten angespannt die Luft an und horchten angestrengt. Was hatte der Pisten-Pirat nun vor?

„Pass auf", hörten sie dann den Mann sagen, „ich werde dir jetzt ein wenig einheizen. Vielleicht wird deine Zunge dann gesprächiger!"

Wieder herrschte Stille.

„Was … was tut er jetzt?", fragte Poppi ängstlich.

„Wahrscheinlich legt er im Kamin noch etwas Holz nach", meinte Dominik.

Dann ertönte lautes Poltern über den Köpfen der Knickerbocker.

„Eugen, du bist verrückt … mach das Feuer aus … Willst du uns verbrennen?", schrie Sabina.

Axel streckte die Nase in die Höhe und schnupperte. „Rauch", meldete er, „ich rieche Rauch. Ich glaube, der Wahnsinnige hat die Hütte angezündet!"

„Raus … wir müssen sofort hier raus, sonst wird das unser Grab", schrie Lilo und kletterte die Leiter hinauf. Sie stemmte beide Hände gegen die Falltür, die sofort nachgab und aufklappte.

Die Hütte war schon voller Qualm und Sabina und Angelika husteten fürchterlich.

Axel zog sein Taschenmesser aus der Jacke und befreite die beiden von ihren Fesseln.

„Aber wie … wie kommen wir aus der Hütte?", schrie Dominik aufgebracht. „Das Feuer hat die Tür schon erreicht … und die Fenster auch …“

„Runter, Kinder, schnell!“, kommandierte Sabina. Sie stieg als Erste die Leiter wieder hinunter und verschwand in dem Raum unter der Hütte.

Als ihr die Knickerbocker mit zitternden Knien folgten, schlug ihnen kühle Luft entgegen.

„Ein Geheimgang“, staunte Dominik. Sabina hatte eine versteckte Tür in der Wand geöffnet, hinter der sich ein langer Gang befand.

„Er führt direkt zum Fuße des Hanges in einen hohlen Baum. Dort können wir hinaus“, erklärte die falsche Prinzessin den Detektiven.

So schnell sie konnten, hasteten die Kinder und die beiden Frauen durch den niedrigen Tunnel und krochen eilig ins Freie. Lilo wurde dabei Ohrenzeuge einer merkwürdigen Unterhaltung zwischen Angelika und Sabina.

„Wo ist der Stein wirklich?“, wollte die Freundin der Diamantendiebin wissen.

„Gut aufgehoben. Ich habe ihn immer bei mir gehabt. Aber nach Eugens erstem Überfall habe ich ihn sofort jemand anderem zur Aufbewahrung anvertraut.“

„Ihr haltet euch wohl für sehr klug!“, bellte da eine tiefe Stimme. Aus der Nacht tauchte der Pisten-Pirat auf und schritt drohend auf die Gruppe zu.

„Zum letzten Mal, Sabina, gib mir Baron Blau. Du weißt, ich schrecke vor nichts zurück!“

Axel, Lilo, Poppi und Dominik blieb fast das Herz stehen. Der wahnsinnige Ganove näherte sich ihnen langsam und hatte die Waffe auf sie gerichtet. Die Mütze trug er nun nicht mehr und die Detektive konnten ein teuflisches Grinsen in seinem zerfurchten Gesicht erkennen.

„Waffe fallen lassen! Und Hände hoch!“, hörten sie plötzlich eine bekannte Stimme.

Onkel Gottfried, dachte Lilo erleichtert. Das war Rettung in letzter Sekunde!

Sabina und Eugen wurden verhaftet. Sie waren lang gesuchte Diebe. Angelika sollte zudem wegen Mitwisserschaft angeklagt werden.

„Woher hast du gewusst, dass wir bei dem hohlen Baum sind?“, fragte Lilo später ihren Onkel.

Der Polizist lachte. „Ich habe nicht geahnt, dass ich euch dort finde. Aber als das Feuer in der Teufelshütte gemeldet wurde, bin ich natürlich sofort hingefahren. Von unten habe ich einen Mann beobachtet, der um das Haus gelaufen und dann den Hang hinuntergestolpert ist. Ich habe ihn nicht mehr aus meinem Nacht-Fernglas gelassen und so hat er mich direkt zu dem Baum geführt.“

Onkel Gottfried hatte dann auch einiges über die falsche Prinzessin zu berichten. „Sie heißt in Wirklichkeit Sabina Hundbauer und hat sich natürlich dauernd auf der Flucht vor ihrem Komplizen befunden. Die Teufelshütte hat sie gemietet, weil sie von dem Geheimgang wusste. Die Hütte sollte ihr im Notfall als Versteck dienen. Übrigens hat sie Lilos Warnung ernst genommen und wollte davon. Aber Eugen Eulenklotz – so lautet der Name ihres ehemaligen Partners – war schneller.“

Poppi beschäftigte jetzt noch eine Frage sehr: „Wo ist der Blaue Baron? Haben Sie ihn gefunden?“

Der Polizist schüttelte den Kopf. Das war bisher noch nicht gelungen.

Lilo sprang plötzlich auf und strahlte. „Ich glaube … ich glaube, ich weiß, wo er ist!“

Sie sollte Recht behalten und für diesen richtigen Verdacht eine hohe Belohnung kassieren.

KRIMI-FRAGE:

Wo ist der Diamant?

LÖSUNG:

D	R	E	I	G	F	R	H	G	;	G	R	T	E	H	T
U	J	H	F	E	R	T	G	I	E	R	I	G	L	A	N
G	T	E	E	R	N	L	F	E	Q	K	R	W	M	I	L
R	S	T	N	G	Z	➔	I	N	E	I	N	E	R	D	E
R	T	A	S	C	H	E	N	D	E	S	A	N	O	R	A
K	S	I	H	R	E	S	V	A	T	E	R	S	.	S	A
B	I	N	A	H	A	T	I	H	N	B	E	I	M	A	U
F	S	T	E	H	E	N	H	I	N	E	I	N	G	E	S
T	E	C	K	T	.	●	S	J	G	D	B	A	W	E	R
T	H	A	B	E	N	E	S	A	L	L	E	I	N	E	!
F	E	R	T	I	G	G	E	B	R	A	C	H	T	J	K
D	R	T	M	L	D	T	J	M	O	H	W	T	E	S	T
R	E	S	A	H	K	D	A	R	L	I	N	G	,	G	T
S	R	D	B	D	A	T	E	T	T	N	A	N	G	R	D
T	R	K	E	,	H	G	Ä	N	S	E	P	A	T	A	F
Z	E	M	L	S	R	O	R	N	E	O	N	L	A	S	B
U	N	T	S	L	H	I	G	M	S	I	G	U	S	E	H
N	Z	R	C	I	J	K	E	J	E	K	T	O	S	N	T
E	I	H	H	U	K	Z	R	R	L	U	R	L	P	D	Z
H	M	P	N	J	L	J	M	G	S	H	F	!	O	E	J
M	M	O	Ü	H	R	T	I	?	O	E	A	J	K	R	K
E	E	Z	R	T	U	E	T	U	H	R	S	N	E	R	O
N	R	T	E	E	H	Z	S	J	R	Z	G	T	R	O	P
D	F	H	H	G	E	R	E	R	E	T	R	G	F	B	R
E	G	E	:	R	F	T	G	T	N	D	K	R	A	E	E
P	A	S	H	G	B	H	Z	F	A	H	R	E	C	R	„

Der Schummel-Skandal

„Unfassbar! Unfassbar! Unfassbar!“, stammelte unser Direx ununterbrochen und schüttelte dabei sein weißes Haupt.

Er stand über einen Karton gebeugt und fischte mit den Fingern die verschiedensten Dinge heraus: einen rutschfesten Schummelzettel zum In-die-Socken-Stecken, ein Mini-Funkgerät, das man in die Ohren stöpseln kann, und ein Mikrofon – als Hemdknopf getarnt. So können Spezialisten den Prüflingen auch aus einiger Entfernung vorsagen. Eine Spezialbrille mit eingebautem Spiegel – damit kann man unbemerkt ins Nachbarheft blinzeln. Den Abschluss bildete ein Kugelschreiber mit eingebautem Mikrocomputer.

Der Direx ließ die Sachen wieder fallen, als hätte er glühende Kohlen angefasst. „Das ist zu viel“, murmelte er. Doch in diesem Moment entdeckte er einen kleinen Zettel auf dem Boden der Schachtel – eine Art Geschäftskarte. *Schummel-Shop Lothar Lockerlauf. Schummelgeräte aller Art und Tricks zum Lehrerärgern* stand darauf.

„Das hätte ich mir denken können“, knurrte der Direx und stapfte in Richtung 6 B. Dort drückte Lothar die Schulbank. Der Direx knallte die Schachtel auf Lothars Pult und brüllte: „Was soll das?“

Lothar konnte nicht sehen, was in der Schachtel war. Daher grinste er verlegen und fragte schüchtern: „Was soll was?“

„Diese Schachtel wurde auf der Toilette im zweiten Stock gefunden. Gib zu, dass du diese Höllengeräte gebaut hast. Du hast mit einem Verweis zu rechnen! Mindestens!“

Lothar sank zusammen wie ein Luftballon, dem die Luft ausgeht. Da er bereits in Mathematik, Deutsch, Geografie und in Geschichte zwischen Fünf und Fünf minus stand, brauchte er diesen Verweis wie ein Loch im Kopf.

Deshalb kam er zu mir. „Ich hab mit diesem Zeug nichts zu tun, Dominik!“, jammerte er. „Jemand muss mir einen Streich gespielt haben. Außerdem habe ich mit Kennerblick erkannt, dass kein einziges dieser Schummeldinger funktioniert. Die muss ein totaler Technikidiot gebastelt und mit den angeberischen Beschreibungszetteln versehen haben.“

Mir war unerklärlich, wer zu einem solch gemeinen Streich fähig war. Es gab auch kaum jemanden, der Lothar nicht leiden konnte. Ganz im Gegenteil: Er erfreute sich größter Beliebtheit.

Den Anfang einer Spur fand ich in der Zeitung. Lothar hatte wieder einmal einen Jugendpreis ergattert. Spezialgebiet Technik, versteht sich. Aber auch an zwei andere Schüler unserer Paukanstalt war eine Anerkennungsurkunde gegangen. An Elmar Ellenbogen und Theo Trittfest. Vielleicht war einer der beiden neidisch und gönnte Lothar den Preis nicht.

Das herauszubekommen, war für einen echten Knickerbocker kein Problem. In den nächsten Pausen fühlte ich den beiden ein bisschen auf die Weisheitszähne.

„Ich würde so etwas niemals tun!", flötete Elmar. „Das ist tief unter meiner Würde. Solche faulen Tricks verwenden höchstens dumme Menschen, zu denen ich mich allerdings nicht zähle." Dabei streckte er die Nase hoch in die Luft, der eingebildete Affe. In die Nasenlöcher sollte es ihm hineinregnen.

Theo widmete mir auch nur einige Sekunden der kostbaren Pausenzeit. „Ich bin empört!", rief er, als hätte ich gerade eine Ehrenbeleidigung ersten Grades ausgesprochen. „Warum sollte ich mich hinsetzen und fünf nutzlose Geräte bauen? Dafür ist mir meine Zeit viel zu teuer. Ich verwende sie eher für das Studium wissenschaftlicher Bücher."

Da steh ich nun, ich armer Tor, und bin so klug als wie zuvor!, dachte ich poetisch.

Deshalb bin ich zum Direx spaziert, um die Schummelkiste einmal zu begutachten. Der Direx mag mich nämlich und war auch sehr freundlich. „Du bist der Erste, dem ich den Inhalt zeige", erklärte er mir die große Ehre. Ich klopfte mir sofort stolz auf den Kopf und nicht auf die Brust. Denn nun war klar, wer der Bastel-Unhold war.

Schade ist nur, dass es die Schummelgeräte nicht wirklich gibt. Ich hätte sie gut gebrauchen können.

KRIMI-FRAGE:

Wer war der Bastler?

LÖSUNG:

W	E	R	F	D	S	T	Z	B	J	T	R	;	K	I	Z
U	L	Ö	G	T	J	M	S	G	R	Z	G	F	J	I	O
P	S	E	R	3.	R	J	D	A	S	U	Z	P	Ö	M	U
Z	T	V	F	E	W	F	R	E	D	A	W	E	M	N	I
O	Ö	Z	T	R	T	D	S	A	C	V	R	E	R	:	E
R	L	R	E	Z	U	S	A	H	E	R	J	M	B	T	Z
P	F	R	T	S	E	R	G	A	S	N	R	T	;	I	Z
U	T	R	F	C	D	E	R	T	N	J	Z	U	A	S	D
L	J	Z	I	O	P	F	G	R	T	N	M	E	S	F	H
B	C	V	D	E	R	T	M	I	O	G	T	R	T	K	L
A	S	D	T	H	J	➔	E	S	W	A	R	T	H	E	O
.	E	R	W	U	S	S	T	E	,	W	I	E	V	I	E
L	E	S	A	C	H	E	N	I	N	D	E	R	S	C	H
A	C	H	T	E	L	W	A	R	E	N	.	A	U	S	S
E	R	D	E	M	T	Ä	T	E	R	U	N	D	D	E	M
D	I	R	E	X	H	A	T	T	E	N	I	E	M	A	N
D	D	I	E	S	C	H	A	C	H	T	E	L	G	E	S
E	H	E	N	.	●	J	K	D	E	N	Ö	Ü	F	R	L
F	E	R	T	Z	J	G	M	G	T	R	E	N	H	U	I
O	D	E	T	L	S	L	A	!	F	R	E	T	H	N	B
T	T	J	K	L	.	S	D	L	P	S	A	G	T	E	R
J	H	G	N	E	R	T	G	B	A	S	D	E	R	K	L
Ö	D	Z	Ä	E	G	T	F	M	M	R	T	Z	C	H	E
R	I	D	W	J	Z	U	I	L	F	D	R	N	H	Z	U
O	D	E	R	N	A	T	U	I	O	Ö	L	F	A	E	W
T	G	S	M	F	A	S	I	O	P	F	R	E	H	G	E

Schloss des Schreckens

„Ihr wollt wirklich jetzt – mitten in der Nacht – ins Schloss des Schreckens gehen?“, fragte Lilo zum zwanzigsten Mal.

Poppi und Dominik nickten und sagten im Chor: „Ja! Das wollen wir!“

„Und ihr werdet tatsächlich in der Geisterhalle übernachten?“ Axel konnte es noch immer nicht fassen.

„Ja, das werden wir!“, bekräftigten die beiden jüngeren Mitglieder der Knickerbocker-Bande ihren Entschluss. „Wir haben es satt, von euch immer als die Feiglinge und Zitter-Puddings hingestellt zu werden!“

„Und wir werden sicher gut schlafen!“, verkündete Poppi. Sie gab sich große Mühe, ihre Stimme fröhlich und unerschrocken klingen zu lassen. In Wirklichkeit schlotterten ihr nämlich die Knie.

„Aber das Schloss des Schreckens hat seinen Namen von den Geistern und Gespenstern, die in der Nacht darin ihr Unwesen treiben sollen!“, sagte Lilo vorsichtig.

„Ihr jagt uns keine Angst ein!“, rief Dominik und marschierte los. „Bis morgen! Holt uns bitte nicht vor neun Uhr ab, wir möchten gerne ausschlafen!“

Nicht ohne Grund war in dem verfallenen Gemäuer schon einmal ein Gruselfilm gedreht worden. Wie spitze Hörner ragten die Türme des Schlosses in den Nachthimmel. Das große Tor wirkte auf Poppi und Dominik wie ein aufgerissenes Maul, das sie verschluckte, als sie eintraten.

Langsam und dicht aneinander gedrängt tappten die beiden Freunde durch die muffigen Gänge, bis sie die lange, graue Halle erreichten, die früher als Aufenthaltsraum gedient hatte.

In der Ferne grollte der Donner. Ein Gewitter zog auf.

„Wir haben es hier wenigstens schön trocken“, meinte Dominik locker. Poppi wusste genau, dass seine Fröhlichkeit nur gespielt war.

„Wir legen uns neben den Kamin“, beschloss Dominik und rollte seinen Schlafsack aus. „Ich finde, hier ist es gemütlich und nett!“

Gegen zweiundzwanzig Uhr hatte das Gewitter das Spukschloss erreicht. Blitze zuckten durch die Nacht. Ihr Licht fiel durch die hohen Bogenfenster und erhellte für Sekunden den gruseligen Saal. Gespenstische und Furcht einflößende Schatten tanzten über die Wände. Poppi unterdrückte nur mit Mühe bei jedem Donnerschlag einen lauten Schrei.

„Guten Abend“, flüsterte plötzlich eine Stimme neben den beiden.

Dominik schoss in die Höhe und blickte sich suchend um. Wer war das?

„Endlich seid ihr da!“, hauchte die Stimme. Hastig zerrte Dominik eine Taschenlampe aus seinem Rucksack und leuchtete den Saal ab. Sie waren allein. Es war weit und breit niemand zu erkennen.

„Was haltet ihr davon?“, fragte der Unsichtbare. Gleich darauf knallte ein Schuss durch die Nacht.

„Ich … ich will hier raus!“, japste Poppi. „Lieber lass ich mich Zitter-Pudding nennen, aber ich will kein Loch in den Kopf geschossen bekommen!“ Sie sprang auf, raffte ihre Sachen zusammen und hastete ins Freie. Dominik zögerte keine Sekunde und stürzte seiner Freundin hinterher.

Als die beiden durch das Schlosstor in den Regen stolperten, wären sie beinahe in einen parkenden Mini-Bus gerannt. „TRÖDEL-TIGER“ war in großen Buchstaben auf das Blech gepinselt. Poppi und Dominik war schlagartig klar, dass sie es wahrscheinlich mit höchst lebendigen Geistern zu tun hatten. Aber wieso waren sie unsichtbar? Und warum war ein Schuss gefallen?

Diese Fragen stellten sie am nächsten Morgen natürlich auch Axel und Lilo, die bekanntlich das Superhirn der Bande ist.

„Wahrscheinlich sind die Stimmen durch den Kamin gekommen“, vermutete Lilo. „Wir sollten nachsehen, was sich in den Räumen unter dem großen Saal befindet.“

Gesagt, getan! Am späten Vormittag durchstöberten die vier Detektive das alte Schloss. Lilos Verdacht bestätigte sich. Der Kamin reichte weit hinunter in einen anderen Raum. Allerdings konnten ihn die Knickerbocker nicht unter die Lupe nehmen, da die Tür von außen mit einem modernen Schloss abgesperrt war. Deshalb kletterte Axel an einem Seil durch den Kamin in die Tiefe.

„Wahnwitz!", hörten ihn seine Freunde von unten ausrufen.

„Was ist los?", fragte Lilo aufgeregt.

„Zieht mich wieder herauf!", bat Axel. Hastig zerrten die drei anderen an dem Seil, bis sein Kopf zum Vorschein kam. Er war kohlrabenschwarz im Gesicht, doch das störte ihn nicht. Es gab viel Wichtigeres!

„Dort unten liegen Waffen", berichtete er aufgeregt. „Pistolen, Gewehre und sogar ein Maschinengewehr!"

„Das muss das Versteck eines Waffenhändlers sein", kombinierte Lilo. „Wahrscheinlich vertreibt er hier gestohlene Schießeisen. Auch gestern scheint er Kunden empfangen zu haben. Diesem Burschen muss unbedingt das Handwerk gelegt werden!"

„Ich glaube, wir wissen, wer es ist", verkündeten Dominik und Poppi stolz. „Der Trödel-Tiger! Sein Bus hat doch vor dem Schloss geparkt."

„Und wer ist dieser Trödel-Tiger?", überlegte Lilo laut.

Poppi kannte ihn: „Das ist ein Altwarenhändler im Ort. Wir können ihn doch einmal besuchen und ein wenig aushorchen", schlug sie vor.

Der Trödel-Tiger hieß in Wirklichkeit Konrad Schröder und war ein äußerst freundlicher Mann. „Wir haben einen Geldschein im Schloss des Schreckens gefunden", schwindelte Lilo.

„Ja und?" Der Altwarenhändler blickte sie fragend an.

„Unsere Freunde haben gestern Abend Ihren Lieferwagen

vor dem Schloss gesehen und wir dachten, der Fünfhunderter gehört vielleicht Ihnen!", meinte Axel und grinste unschuldig.

„Ich war gestern ganz sicher nicht in der Ruine", sagte Herr Schröder. „Gestern habe ich einen Lichtbildervortrag über den Nordpol besucht. Es wurden tolle Aufnahmen von Eisbären, Pinguinen und Eskimos gezeigt. Wirklich sehr interessant! Aber möglicherweise hat sich mein Lehrling Paul den Wagen ausgeborgt!"

Doch Paul wollte es auch nicht gewesen sein. „Ich war gestern Nacht in der Disco", gähnte er verschlafen und fuhr sich durch die blonde Stoppelfrisur. „Wenn es Gewitter gibt, gehe ich immer in die Disco, weil ich mich vor Blitz und Donner tierisch fürchte", gestand er und machte ein verlegenes Gesicht.

Noch am selben Tag meldete die Knickerbocker-Bande der Polizei das Waffenversteck und den Verdächtigen, und bereits in der Nacht konnte der Waffenhehler festgenommen werden. Er war zurückgekommen, um seine Ware aus dem Schloss in Sicherheit zu bringen.

„Auch wenn ihr nicht die ganze Nacht durchgehalten habt, seid ihr total echte Knickerbocker!", sagte Lilo am Tag darauf zu Poppi und Dominik. „Schließlich habt ihr auch sofort gewusst, wie der Waffenhändler heißt!"

KRiMi-FRAGE:

Weißt du es auch?

LÖSUNG:

D	E	R	L	E	H	R	E	R	F	E	I	D	O	D	H
R	R	S	C	H	M	I	D	:	W	E	E	P	R	F	A
K	E	E	W	Ü	N	A	W	H	T	R	I	O	T	E	S
A	R	M	N	R	M	?	E	R	S	J	N	L	K	R	R
R	U	I	E	S	U	C	Z	N	C	H	E	.	E	T	T
O	P	T	N	T	Z	H	H	F	T	E	I	S	I	J	H
T	N	K	I	C	N	T	C	G	Z	●	N	O	N	H	N
T	E	L	E	H	E	I	S	T	U	H	E	N	E	U	R
E	B	E	N	L	,	S	D	B	T	E	M	S	P	I	E
D	F	I	O	P	P	E	N	!	F	R	V	T	I	!	T
S	Ö	C	V	C	H	T	E	N	H	R	O	W	N	L	U
A	I	O	P	R	D	F	Z	R	H	S	R	Ü	G	S	O
P	E	W	3	K	A	N	O	N	E	C	T	S	U	A	P
F	D	I	E	N	G	E	W	I	T	H	R	S	I	D	D
E	F	E	D	T	E	R	!	H	R	R	A	T	N	F	E
R	U	E	R	F	O	F	R	H	T	Ö	G	E	E	R	R
D	A	I	Ü	D	I	A	E	F	E	D	Ü	E	G	E	H
E	H	N	W	R	Ö	S	F	D	R	E	B	R	I	H	T
N	C	W	N	T	L	S	T	S	F	R	E	,	B	T	Z
Ü	I	I	U	J	T	E	?	W	I	.	R	D	T	Z	N
S	S	R	T	K	R	R	O	A	M	E	D	A	.	J	U
T	N	B	S	A	E	H	I	S	M	R	E	S	●	K	L
E	E	E	E	F	G	T	K	R	T	W	N	S	O	M	S
R	H	L	D	B	U	E	T	T	Z	A	N	E	K	N	A
N	Ä	W	N	C	Z	W	Z	T	U	R	O	S	R	T	S
B	L	I	I	H	H	N	U	H	J	N	R	D	G	R	T

Blütenduft im Pulverschnee

Was war da los? Vier junge Leute wedelten in St. Anton ohne Skier über die Pisten des Arlbergs! Gab es so etwas überhaupt?

Na klar! Es handelte sich nämlich um die Knickerbocker-Bande, die ein neues Wintersportgerät testete. „Snowrunner" nannten sich die Skischuhe, an deren Sohle ein Miniski montiert war. Er reichte genau von der Ferse bis zur Zehenspitze und war trotzdem lang genug zum Fahren.

Laut lachend rutschten Axel, Lilo, Poppi und Dominik über die Hänge, schlugen Purzelbäume im Schnee und freuten sich riesig über die erstaunten Gesichter der anderen Skifahrer.

Auch der Mann am Schlepplift wunderte sich sehr, als die vier Skifahrer hinaufgezogen werden wollten. „Aber ihr habt doch keine Skier an", brummte er und deutete auf ihre Schuhe.

„Achtung, passen Sie auf, dass Ihnen kein Gletscherfloh in

den offenen Mund springt!“, kündigte Axel an. Er stellte sich mit Dominik in die Liftspur, schnappte einen Bügel und schon glitten sie den Berg hinauf.

Lilo und Poppi taten das Gleiche.

Dem Liftwart klappte die Kinnlade nach unten und er starrte ihnen fassungslos nach.

„Mann, machen Sie den Mund zu. Andere wollen auch rauffahren!“, schnauzte ihn eine tiefe Stimme an. Der Liftwart drehte sich um und blickte in eine große, verspiegelte Skibrille, die fast das ganze Gesicht des Trägers bedeckte.

Hastig zog er einen Bügel herunter und überreichte ihn dem ungeduldigen Skifahrer.

Es war kurz vor Liftstütze sieben, als Axel wieder einmal der Wahnsinnswurm biss. Er wollte Lilo unbedingt beweisen, dass er sich auch während der Liftfahrt einmal im Kreis drehen konnte. Dabei blieb er aber mit den Snowrunnern in einer Bodenwelle hängen, stürzte und rutschte nach rechts den Hang hinunter in den Wald. Der Schnee dort war so hart gefroren, dass Axel nicht bremsen konnte. Mit hohem Tempo sauste er zwischen den dicken Baumstämmen durch, bis seine Hosenbodenfahrt schließlich von einem dornigen Gestrüpp gestoppt wurde.

Ächzend und stöhnend richtete er sich langsam auf und rieb sein Hinterteil. Er blinzelte nach oben zum Lift, wo seine Freunde natürlich längst nicht mehr zu sehen waren.

Dafür bemerkte er etwas anderes. Ein Skifahrer in einem schwarzen Overall, mit schwarzer Mütze, weißem Schal und großer, verspiegelter Schneebrille stieg bei Stütze sieben aus und fuhr elegant in den Wald hinein.

Kommt der, um mir zu helfen?, überlegte Axel. Doch dann beschloss er, hinter dem Strauchwerk in Deckung zu gehen. Ihn hatte plötzlich ein ungutes Gefühl beschlichen.

Das Ski fahrende schwarze Wesen wedelte auf eine knorrige, alte Tanne zu. Es stoppte, schnallte die Skier ab, bückte sich und zog unter dem mächtigen Wurzelstock einen schwarzen Rucksack hervor. Der Kerl mit der Spiegelbrille schulterte ihn, schnallte die Skier wieder an und verschwand zwischen den Bäumen.

Axel wartete einen kleinen Moment und begann dann den mühsamen Aufstieg zum Lift zurück. Dabei überlegte er fieberhaft, was in dem Rucksack gewesen sein könnte.

Ein paar Stunden später sollte er es erfahren.

Axel und seine Knickerbocker-Freunde betraten ein Sportgeschäft, um von ihren tollen Erfahrungen mit den Snowrunnern zu berichten.

„Mistkerl!", schnaubte der Verkäufer, als er die vier sah.

„Wieso?", rief Lilo empört. „Wieso ist einer von uns ein Mistkerl?"

„Euch habe ich nicht gemeint, verzeiht", entschuldigte sich der junge Mann. „Aber ich habe gerade entdeckt, dass jemand mit einer Blüte gezahlt hat. Und ich bin sauer auf mich, weil ich es nicht bemerkt habe."

Der Mann an der Kasse schob den Detektiven zwei Fünfhundert-Euro-Scheine zu. Einer davon war eindeutig violetter als der andere und außerdem um ein paar Millimeter kürzer. „Warum ist mir der Unterschied nicht gleich in meine kurzsichtigen Augen gestochen? Und was mache ich jetzt? Den einen Schein hat der Chef heute Morgen von der Bank geholt, der ist also garantiert echt. Ich hätte die beiden sofort vergleichen müssen. Der Chef wird verlangen, dass ich die Blüte aus meiner Brieftasche ersetze. Er ist da unerbittlich!" Der Verkäufer schüttelte verzweifelt den Kopf.

„Welche Beträge haben Sie in den letzten Stunden kassiert?", erkundigte sich Dominik.

Der Verkäufer zog einen Papierstreifen aus der Kasse, auf dem Folgendes stand:

29,--
99,--
119,--
49,--
580,--
69,--
129,--
9,99
89,--
19,--
7,99

Lilo knetete ihre Nasenspitze und tippte dann auf einen Betrag. „Was kostet so viel?", wollte sie wissen.

Der Verkäufer überlegte kurz und antwortete dann: „Ich glaube, das sind Rennski. Ich erinnere mich sogar, wer sie gekauft hat … Ein Mann … ein Mann, der dann auf der anderen Straßenseite in die Snow-Bar gegangen ist."

„Vielleicht sitzt er noch dort!", sagte Poppi.

Die Knickerbocker und der Verkäufer liefen auf die Straße und spähten durch die großen Scheiben in das Innere der

Bar. Der Mann war tatsächlich noch mit seinem Drink beschäftigt.

Lilo trug dem Mann aus dem Sportgeschäft auf, die Polizei zu rufen. „Entweder ist dem Typ die Blüte selbst angedreht worden oder er wird mehr über die Fälscherbande sagen können!“

Lilo hatte Recht. Am nächsten Tag flog eine ganze Fälscherbande auf. In einer Hütte auf dem Berg waren die Blüten gedruckt worden. Der schwarze Skifahrer hatte sie dann vom Versteck bei der Tanne abgeholt und ins Tal befördert. Zu seinem Pech hatte er zu früh damit bezahlt.

Und so hatte die Knickerbocker-Bande den Blütenzauber zum Verwelken gebracht.

KRIMI-FRAGE:

Welcher Betrag ist Lilo aufgefallen?

LÖSUNG:

S	D	E	R	T	Z	H	E	W	R	N	F	E	T	Z	U
P	?	S	A	B	I	N	E	G	E	H	T	I	M	M	E
A	T	A	N	Z	B	E	I	N	S	R	R	S	C	H	R
S	R	O	B	E	R	T	:	2	H	K	E	E	W	Ü	K
S	A	M	M	E	L	S	U	R	I	A	R	M	N	R	A
M	S	A	W	G	T	R	A	4.	R	E	G	E	N	J	R
A	M	A	G	E	R	Q	E	N	L	,	S	D	B	A	U
C	U	A	R	K	G	T	I	O	P	P	E	N	!	G	N
H	L	A	S	D	T	G	C	V	C	H	T	E	N	U	E
E	G	N	A	S	F	K	O	P	R	D	F	Z	R	A	N
R	R	R	S	C	H	R	7	3	6	U	H	R	Z	E	I
B	K	E	E	W	Ü	K	G	E	R	H	T	R	S	F	W
L	A	R	M	N	R	A	K	L	A	G	E	N	D	E	G
!	E	T	J	T	R	H	M	M	E	W	S	A	F	!	L
G	H	Z	R	➔	5	8	0	,	-	.	D	I	E	A	N
D	E	R	E	N	B	E	T	R	Ä	G	E	S	I	N	D
Z	U	N	I	E	D	R	I	G	,	U	M	U	N	A	U
F	F	Ä	L	L	I	G	M	I	T	E	I	N	E	M	F
Ü	N	F	H	U	N	D	E	R	T	E	R	Z	U	B	E
Z	A	H	L	E	N	.	●	E	G	E	N	B	E	N	K
P	O	P	P	I	E	N	L	,	S	D	B	T	L	Ö	W
E	Z	E	B	E	I	O	P	P	E	N	!	F	E	N	M
C	R	K	A	N	C	V	C	H	T	E	N	H	Ä	H	N
H	A	R	H	F	S	E	L	B	S	T	A	B	H	O	L
S	W	Ä	N	E	E	R	!	6	3	R	A	S	E	N	D
C	H	H	E	W	E	R	O	B	K	L	E	E	B	L	A

Wer knattert so spät?

Die Knickerbocker-Bande hatte sich bei Axel versammelt. Die vier Freunde wollten mit Axels Vater eine Radtour unternehmen, doch der Start verzögerte sich. Schuld daran waren vor allem die Fahrräder, besser gesagt: ein Fahrradschloss. Axel hatte nämlich die vier superflotten Mountainbikes der Bande mit einer schweren Stahlkette mit Nummernschloss an einem Laternenpfahl vor dem Haus festgemacht. Dummerweise war ihm dann aber die Zahlenkombination entfallen. Um die Räder zu befreien, gab es jetzt nur zwei Möglichkeiten: Entweder man sägte die Kette auf oder die vier Tüftler probierten alle Zahlenkombinationen zwischen 0000 und 9999 aus.

Sie hatten sich für Letzteres entschieden und drehten seit zwei Tagen am Schloss, doch mit wenig Erfolg. Am Morgen des dritten Tages machten sie sich wieder an die Arbeit.

„Kinderlein“, meldete sich da eine Stimme hinter ihnen. Sie gehörte Amalia Runzelrock, die im Erdgeschoss wohnte und schon über neunzig Jahre alt war. „Bitte, Kinderlein, seid so lieb und bringt mir eine Packung Oropax aus der Apotheke. Vielleicht ... vielleicht helfen die“, schluchzte sie.

In Axels Kopf läutete eine Alarmglocke. Frau Runzelrock war zwar alt, aber nicht von vorgestern. Er mochte sie, weil sie fast immer fröhlich und gut aufgelegt war. Da stimmte etwas nicht.

Axel sauste los und besorgte die Ohrenstöpsel. Gemeinsam mit seinen Knickerbocker-Kumpels überreichte er sie dann der alten Dame. Zum Dank lud Frau Amalia sie auf ein Glas Milch ein. Während die Detektive den weißen Kraftsaft schlürften, klagte ihnen Frau Runzelrock ihr Leid.

„Seit drei Tagen werde ich von einem Moped-Terroristen heimgesucht. Der miese Kerl kommt jeden Tag um vier Uhr morgens und lässt den Motor genau vor meinem Fenster laut knattern. Ich bekomme vor Schreck jedes Mal schreckliches Herzklopfen.“

Zur großen Überraschung der Bande hatte die alte Dame auch einen Verdacht, wer der Knatterknabe sein könnte. „Ich glaube, es ist einer meiner beiden Urenkel. Die beiden wollen ständig Geld von mir. Aber weil ich einen neuen Fernseher angeschafft habe, kann ich ihnen nichts geben. Die zwei waren beim letzten Besuch sehr unwirsch und erbost.“

Die Knickerbocker ließen sich die Adressen der feinen Früchtchen geben und besuchten sie.

Urenkel Nummer eins hörte auf den Namen Stanislaus. Er war ungefähr drei Jahre älter als Lilo und gehörte zur Kategorie der schleimigen Schönlinge.

Stanislaus war gerade dabei, seine Schmachtlocken mit

dem Föhn in Form zu bringen, als ihn die Detektive zu Hause überraschten.

„Zischt ab, das hier ist kein Kindergarten!“, schrie er und wollte ihnen die Tür vor der Nase zuknallen.

Axel schob seinen Cowboystiefel zwischen Tür und Rahmen und fauchte den Angeber an: „Gestehe! Bist du der Krachmacher, der seiner Uroma das Leben schwer macht? Ich rate dir, sag die Wahrheit, sonst föhnen wir dir eine Stoppelglatze!“

„Neee!“, wimmerte Stanislaus. „Ich hab doch nicht einmal ein Mofa!“

Dann kam Urenkel Nummer zwei an die Reihe. Er hörte auf den Namen Ladislaus und war einer der Kann-keiner-Fliege-etwas-zuleide-tun-Typen, die es faustdick hinter den Ohren haben.

„Ich würde Uroma nie erschrecken wollen! Sie ist doch eine so liebe und freundliche alte Dame“, beteuerte er mit lammfrommem Blick.

Dominik spielte auf gerührt und zückte das Taschentuch.

„Jetzt muss ich aber weiter“, verkündete Ladislaus.

„Wohin?“, forschte Lilo.

„In die Fahrschule. Ich mache gerade den Motorrad-Führerschein.“

Noch am selben Nachmittag hat die Krachlaus von der Knickerbocker-Bande einen Brief erhalten:

ENTWEDER DU LÄSST DEN KRACH
ODER ES WIRD JEMAND ANZEIGE
WEGEN RUHESTÖRUNG ERSTATTEN!

Von diesem Tag an konnte Frau Runzelrock wieder in Ruhe schlafen.

KRIMI-FRAGE:

Wer war die Krachlaus?

LÖSUNG:

Ü	B	E	L	T	Ä	T	E	R	F	D	H	2	R	J	Z
J	K	L	Z	U	H	K	E	Ö	S	N	N	E	F	Ü	N
N	E	T	H	A	R	R	R	S	C	E	E	S	S	R	G
H	J	R	E	L	L	I	W	U	H	N	R	V	T	E	R
A	S	S	E	L	H	K	E	Ö	S	N	N	E	F	Ü	T
P	E	T	E	R	!	W	E	R	W	Ö	L	F	E	U	M
D	G	E	R	T	L	K	J	M	I	T	T	E	R	N	A
N	➔	S	T	A	N	I	S	L	A	U	S	.	E	R	W
U	S	S	T	E	V	O	M	M	O	P	E	D	,	O	B
W	O	H	L	E	S	N	I	C	H	T	E	R	W	Ä	H
N	T	W	U	R	D	E	.	●	D	H	T	A	C	H	T
R	E	D	E	N	H	A	L	T	E	N	W	A	R	Ü	B
E	R	H	A	U	P	T	N	I	C	H	T	S	E	I	N
E	?	S	T	R	A	S	B	U	R	G	E	N	H	O	F
B	E	F	E	H	L	S	I	N	H	A	B	E	R	E	I
S	K	O	C	H	E	R	,	F	A	S	E	N	W	E	I
S	E	G	R	T	K	D	S	A	T	Z	U	H	7	G	F
J	K	L	F	R	U	I	S	H	M	X	E	A	T	Z	H
G	I	O	P	R	F	H	J	E	R	L	D	A	T	O	P
D	S	F	E	R	G	B	E	N	N	T	E	M	K	A	L
I	O	P	T	L	F	E	L	Ü	V	C	H	E	R	T	N
A	V	C	H	R	T	L	O	T	E	R	T	G	H	T	R
H	W	K	Z	W	Q	U	E	R	L	E	S	E	R	R	T
T	E	L	E	O	T	E	W	E	T	T	E	R	L	A	Z
F	T	O	D	I	L	O	S	A	G	T	E	R	B	N	J
D	G	Z	B	L	A	S	S	E	B	F	R	T	N	J	Z

Pizza mit Zahnpasta

In der Pizzeria *Bello Roberto* herrschte Angst und Sorge. War genügend Hefeteig da? Würde die Tomatensoße reichen? Wird der Koch mit dem Pizzabacken nachkommen? Diese Fragen hingen an diesem Donnerstag im Juli wie dunkle Gewitterwolken über der Pizzeria.

Der Grund dafür war die Knickerbocker-Bande. Die vier Freunde hatten nämlich bei einem Spiel am Strand von Palermo den ersten Preis gewonnen.

Axel, Lilo, Poppi und Dominik durften einen Nachmittag lang so viele Freunde wie sie nur wollten in die Pizzeria *Bello Roberto* einladen und mit ihnen nach Herzenslust kostenlos Pizza futtern.

Der Besitzer des Lokals, der schöne Roberto, hatte mit allem gerechnet. Doch damit nicht! Wie eine Horde hungriger Heuschrecken fielen einhundertvierundsechzig junge Pizza-Fans bei ihm ein und verlangten lautstark nach Nahrung. Die Nachricht von dem ungewöhnlichen Preis hatte sich wie ein Lauffeuer am Strand verbreitet und von überall waren Kinder zur Pizzeria geströmt.

Wenige Minuten später servierten die Pizzaköche höchstpersönlich die ersten Hefeteig-Frisbees.

Axel verzichtete auf Messer und Gabel und riss mit geübtem Biss ein großes Stück aus dem Teig. Da er seit dem Frühstück nichts mehr gegessen hatte, stopfte er es gierig in seinen Mund.

Gleich darauf schäumte er. Und wie! Weißer Schaum quoll zwischen seinen Lippen hervor und er stürzte hustend und prustend in Richtung Toilette.

Als er zurückkam, lag ein grünlicher Schimmer auf seinem Gesicht. „Meine Pizza war mit Zahnpasta belegt", schnaufte er. „Mir ist der Appetit vergangen!" Wenn Axel das sagte, musste ihm wirklich sehr schlecht sein.

Lilo schnappte die Zahnpastapizza und stapfte damit in die Küche. „Wer war das?", schnaubte sie in fließendem Italienisch. Drei Kochmützen wurden samt den darin steckenden Köpfen geschüttelt. Ein Küchenjunge ging zaghaft hinter dem Ofen in Deckung. Schon hatte Lilo ihn am Kragen gepackt und schüttelte ihn wie ein Geschirrtuch. „Warum? Wieso?", brüllte sie den Jungen an, der so weiß wie seine Jacke geworden war.

„Weil ich hundert Euro dafür bekommen habe", keuchte der Jung-Kochlöffelartist.

„Von wem?", forschte Lilo.

Ein Achselzucken war die Antwort. „Weiß ich nicht. Lagen in einem Umschlag vor meiner Tür. Mit einem Brief und einem Foto. ‚Rache ist Zahnpasta. Darum soll dieser Mistkerl auf dem Foto eine ganze Tube in sein blödes Maul bekommen‘ stand darin.“

„Auf Deutsch?“, wollte Lilo wissen.

Der Junge nickte. „Ich spreche gut deutsch, weil ich mit meinen Eltern viele Jahre lang in Österreich gelebt habe. Jetzt gehört ihnen das Hotel *Mare* unten am Strand und ich arbeite in der Pizzeria.“

In Lilos Superhirn keimte ein Verdacht auf. Die Knickerbocker-Bande wohnte im Hotel *Mare* und hatte dort zwei große Feinde. Sie hießen Isabella und Jörg und waren mit ihren Eltern im selben Flugzeug angekommen. Gleich am ersten Tag hatten sie sich lautstark über Dominiks komplizierte Sprache und Axels Kleinheit lustig gemacht. Aus diesem Grund waren sie von den beiden Knickerbockern samt Kleidern in den Swimmingpool geworfen worden.

Trotzdem konnten Isabella und Jörg das Lästern nicht lassen. Klarer Fall, dass Axel die beiden nicht zum Pizzaessen eingeladen hatte.

„Wohnst du auch im Hotel?“, fragte Lilo den Pizza-Nachwuchskoch.

Er nickte. „Ich habe ein Zimmer in dem kleinen Haus neben dem Hotel“, lautete die zittrige Antwort.

„Gut“, knurrte Lilo, „dann wirst du heute Abend Isabella und Jörg in ihren Zimmern anrufen und sie zu dir bestellen. Kapiert?“

Der kleine Kochlöffelschwinger verstand kein Wort, willigte aber ein.

Von der Rezeption aus rief er kurz nach sieben Uhr in dem Zimmer an, das Isabella bewohnte. Artig plapperte er nach, was Lilo ihm vorgesagt hatte: „Tag. Du kennst mich. Du hast heute hundert Euro und ein Foto unter meiner Tür durchgeschoben. Hat alles geklappt. Aber ich weiß jetzt, wie wir diesen Jungen noch mehr ärgern können. Komm heute Abend gegen acht Uhr. Abgemacht?"

Jörg teilte er das Gleiche mit: „Tag. Ich weiß, dass du dem Vorgartenzwerg Axel eins auswischen möchtest. Ich hab alles so gemacht, wie du es wolltest. Ich weiß, was ihn noch mehr zur Weißglut bringen könnte. Heute um acht Uhr bei mir."

Jörg unterbrach ihn mit begeisterter Stimme: „Wo wohnst du? Ich komme natürlich!"

„Komm in das kleine Haus neben dem Hotel und bring mindestens fünfzig Euro mit!"

Pünktlich um acht Uhr klopfte jemand an die Zimmertür des Pizzabäckers. Es war Isabella. Als ihr der Pizzabäcker öffnete, tauchte auch noch Jörg auf. Die beiden traten mit rachsüchtigen Blicken in das Zimmer und trauten ihren Augen nicht. Da saß die komplette Knickerbocker-Bande und hatte eine große Pizza vor sich stehen. Belegt war sie mit Champignons, Käse, Salami, Tomaten und viel Zahnpasta.

„Mahlzeit!", wünschte Axel.

Doch als Poppi und Dominik den beiden einen Bissen in den Mund stopfen wollten, schrie Lilo: „Stopp! Die Zahnpastapizza verdient nur einer der beiden!" Dann bohrte sie ihren Zeigefinger in einen ganz bestimmten Bauch.

KRIMI-FRAGE:

In welchen?

Wer hatte die Idee mit der Zahnpastapizza?

LÖSUNG:

W	R	I	E	G	E	N	S	C	H	I	E	H	I	Z	G
E	G	R	I	T	T	E	G	F	D	J	K	R	E	O	F
R	E	?	N	I	L	P	F	E	R	T	E	,	W	I	E
W	H	D	K	A	M	E	L	H	R	⬇	I	K	U	K	W
I	C	S	N	K	R	F	Z	J	K	E	N	A	S	T	J
E	A	C	E	R	E	A	T	Q	E	S	E	M	S	R	K
W	F	H	I	A	D	H	R	U	D	W	A	S	T	E	R
A	N	O	N	N	D	T	G	A	O	A	D	I	E	M	T
S	I	K	F	F	N	R	J	L	I	R	R	E	A	N	M
F	E	O	A	Ü	E	,	?	L	L	I	E	Z	L	T	D
R	D	L	C	H	R	K	R	E	R	S	S	U	S	E	E
E	N	A	H	R	H	Ö	E	N	T	A	S	M	O	D	A
T	U	D	!	E	Ä	N	G	I	J	B	E	K	,	L	F
:	N	E	L	R	W	N	A	M	R	E	A	Ü	W	I	S
G	E	N	U	K	N	T	D	W	E	L	M	C	O	T	H
Z	H	E	S	E	E	E	P	E	M	L	T	H	E	H	J
E	C	I	T	F	T	G	O	I	A	A	E	E	R	E	E
R	A	E	I	A	L	E	L	H	H	.	L	N	W	T	R
J	S	R	G	T	A	F	K	E	R	O	E	J	O	S	T
K	R	Z	E	H	H	Ä	T	R	E	B	F	U	H	A	N
S	E	U	P	E	N	H	E	H	D	W	O	N	N	K	J
E	B	O	I	R	A	R	F	G	P	O	N	G	T	J	K
F	B	S	R	K	G	E	N	N	O	H	E	E	E	Z	A
G	A	T	A	N	U	N	E	S	I	L	R	N	.	H	S
H	N	E	T	G	Z	B	G	L	G	S	F	.	●	R	T
T	K	R	E	T	M	I	R	A	H	I	U	S	K	T	L

Monsterparty auf dem Eislaufplatz

„Monsterparty auf dem Eislaufplatz“ stand in dicken, gruselgrünen Buchstaben auf dem Plakat neben den Kassen.

„Da gehen wir hin!“, entschied Lilo.

„Wir sind dabei!“, bestätigten Axel, Poppi und Dominik.

„Ihr müsst euch wenigstens nicht mehr verkleiden!“, tönte es hinter ihnen. Die vier Freunde drehten sich um und sahen einen schlaksigen Burschen mit Eishockey-Helm auf dem Kopf.

„Nächstes Jahr im März habe ich einen Fünf-Minuten-Termin frei. Da werde ich über diesen Scherz lachen!“, sagte Lilo trocken.

Der Typ machte plötzlich eine schnelle Bewegung und zog eine abgebrochene Flasche hinter dem Rücken hervor. „Soll ich dir den Hals durchschneiden?“, brüllte er und fuchtelte wild mit dem scharfen, zackigen Ding durch die Luft. Entsetzt wichen die Knickerbocker zurück.

Mit energischen Schritten schoss nun Herr Kufenkratz, der Besitzer des Eislaufplatzes, herbei und nahm dem Burschen die gläserne Waffe ab. Er schleuderte sie in einen Mülleimer und sagte drohend: „Verschwinde und lass dich hier nie wieder blicken!"

„Rache!", schwor ihm der Halbstarke, bevor er sich verkrümelte.

Am nächsten Tag gab es für die Knickerbocker-Bande und hundert weitere Minimonster eine böse Überraschung. Auf dem Eislaufplatz war nur noch Wassertreten möglich.

„Irgendein unverfrorener Strolch muss gestern Abend die Eisanlage ausgeschaltet haben!", wimmerte Herr Kufenkratz. „Die Nacht war warm und das Eis ist natürlich schnell geschmolzen."

Das Maskenfest musste abgesagt werden.

Enttäuscht marschierten all die verkleideten Kinder nach Hause, doch die Knickerbocker-Bande blieb.

„Könnten Sie uns bitte zeigen, wo Ihre Kältemaschine steht", bat Lilo den verzweifelten Platzbesitzer.

Herr Kufenkratz führte sie zu einem Schuppen neben den Garderoben. Die Tür war versperrt. Wie war der Eiskiller also hineingekommen?

Für die geübten Augen der Detektive war es eine Kleinigkeit, das zu erkennen. Die Lüftungsluke an der Rückseite der Hütte war zertrümmert. Axel kletterte auf einen Stapel alter Zeitungen, der an der Mauer lehnte, und warf einen Blick in die Hütte. „Der Eiskiller hat leichtes Spiel gehabt", rief er den anderen zu. „Er musste nur den Arm durch die Luke strecken und auf einen roten Knopf drücken. Schon war die Maschine abgeschaltet."

In diesem Moment gab der Zeitungsstapel nach und Axel landete unsanft auf dem Boden.

Aber wer war der Eisschmelzer und warum hatte er Südwind gespielt?

„Vielleicht hat einer der Krawallo-Brüder die Sache ausgeheckt", überlegte Herr Kufenkratz. „Die beiden haben vorgestern mit Limoflaschen Eishockey auf dem Platz gespielt! Mit vollen Flaschen, die bei jedem Tor zersprungen sind. Deshalb haben die beiden Platzverbot! Einem von ihnen seid ihr gestern begegnet!"

„Er hat Rache geschworen", überlegte Lilo laut. „Vielleicht hat er wirklich zugeschlagen."

Aus dem Telefonbuch erfuhren die Knickerbocker die Adresse der Krawallo-Brüder. Ihre tatsächlichen Namen lauteten Rolf und Rupert Moosmann und sie wohnten nicht weit vom Eislaufplatz entfernt.

Kaum hatte Dominik den Finger auf den Klingelknopf gedrückt, wurde auch schon die Tür aufgerissen. Ein schmächtiger Jüngling stand vor ihnen. Er hatte die Augen geschlossen und den Mund kussfertig gespitzt. „Mutzemaus", stieß er zwischen den gespitzten Lippen hervor.

„Der ist eindeutig zu heiß gewaschen worden", flüsterte Poppi den anderen zu.

„Oh ja", kicherte Axel. „Dabei ist der Typ ganz schön eingegangen. Der ist ja noch kleiner als ich. Ein totaler Schrumpf-Schlumpf."

„Hier ist nicht dein Mutzemäuschen", flötete Lilo. „Hier

sind vier, die wissen wollen, wieso du die Eismaschine abgedreht hast. Raus mit der Sprache, Rupert!"

Der Schrumpf-Schlumpf wurde knallrot im Gesicht und tobte: „Erstens bin ich Rolf und zweitens lasse ich mich von euch nicht beschuldigen. Ich kenne euch. Ihr seid diese Knickerbocker-Bande, diese bekloppten Dödeldetektive! Schaut weniger Krimis und verzieht euch alle in die Geisterbahn!", fluchte er und wollte sich auf dem Absatz umdrehen.

Da tauchte hinter ihm der zweite Moosmann auf. Der Glasflaschenkämpfer vom Vortag. Er war im Gegensatz zu seinem Bruder extrem lang und dürr geraten.

„Der hat wahrscheinlich zu lange auf der Streckbank gelegen", spottete Axel.

Ruperts Kommentar dazu lautete nur: „Gartenzwerge verduftet!" Mit diesen Worten knallte er den Knickerbockern die Tür vor der Nase zu.

„Wahrscheinlich leidet die Bohnenstange unter einem Dauerhöhenkoller!", zischte Dominik. „Dort, wo sich seine Nase befindet, ist die Luft ja schon sehr dünn."

Die Knickerbocker hatten keine Beweise, aber einen Verdacht, wer das Eis zum Schmelzen gebracht hatte. Als sich später die Polizei mit dem Vorfall beschäftigte, erfuhren die Detektive, dass sie Recht gehabt hatten. Die Monsterparty wurde übrigens drei Tage später nachgeholt!

KRIMI-FRAGE:

Wer war der Eiskiller?

LÖSUNG:

A	U	T	O	B	A	H	N	R	E	N	N	E	N	?	G
E	R	T	J	A	S	K	L	A	F	E	B	T	J	U	S
F	Ö	I	P	D	R	T	N	D	,	F	G	R	A	G	E
N	T	Z	ß	D	G	T	S	H	R	J	M	A	S	R	G
T	L	S	A	G	E	T	N	S	I	P	T	J	K	S	R
H	A	Ö	R	S	H	N	A	T	E	D	I	L	R	H	V
E	S	W	A	R	E	N	E	I	N	M	A	L	5	U	H
N	H	E	R	K	D	F	G	!	G	L	A	U	B	L	I
C	H	E	V	E	R	K	E	H	R	T	E	W	E	L	T
E	N	F	G	D	J	T	.	F	G	E	R	K	L	A	S
G	J	A	S	T	K	G	R	E	U	I	O	N	H	E	R
K	H	E	H	Z	W	A	L	D	G	M	M	T	Z	L	S
A	T	A	R	O	W	I	E	S	O	P	L	E	I	B	E
S	E	T	E	E	F	A	N	T	E	N	F	L	I	E	D
P	L	E	R	Ü	,	S	C	H	E	A	U	C	H	B	E
E	R	R	Z	G	E	N	J	E	D	E	R	Z	E	I	T
S	A	L	A	T	B	L	.	S	D	L	P	S	A	G	T
L	Ä	T	T	?	D	E	R	T	G	B	A	S	D	E	R
I	O	M	A	L	E	E	G	T	F	M	M	R	T	Z	C
M	E	R	G	T	R	J	Z	U	I	L	F	D	R	N	H
D	F	E	R	➔	R	O	L	F	.	E	R	I	S	T	K
L	E	I	N	U	N	D	H	A	T	D	E	S	H	A	L
B	D	I	E	A	U	F	G	E	S	T	A	P	E	L	T
E	N	Z	E	I	T	U	N	G	E	N	G	E	B	R	A
U	C	H	T	.	●	G	E	R	T	E	J	A	S	H	F
!	F	E	H	T	U	O	D	E	Z	M	E	R	H	T	R

Der Igel mit den Eisenstacheln

Eine Katze schrie laut und schmerzerfüllt auf. Poppi sprang aus dem Bett und sauste zum Fenster. Sie riss es auf und wich entsetzt zurück.

In dem breiten Blumenkasten auf dem Fenstersims lag ihre schneeweiße katze Bello und streckte ihr wehleidig eine blutende Pfote entgegen. Vorsichtig hob die Tierfreundin das verletzte Tier hoch, nahm es auf den Arm und trug es zu ihrer Mutter ins Schlafzimmer.

Poppis Mama hatte früher als Helferin bei einem Tierarzt gearbeitet und konnte sofort Erste Hilfe leisten. Die Wunde an der Pfote des Tieres blutete zwar stark, war aber nicht allzu schlimm, denn es handelte sich glücklicherweise nur um einen Kratzer.

„Ich glaube, jemand hat etwas nach ihm geworfen. Bello hat vor meinem Fenster Katzenmusik gemacht und die Katze seiner Träume angemaunzt“, berichtete Poppi. „Aber das ist doch kein Grund, ihm wehzutun.“

Am nächsten Morgen ging es dem Kater schon bedeutend besser. Er fraß sogar ein wenig.

Poppi und ihre Knickerbocker-Freunde machten sich nun auf die Suche nach dem Katzenjäger. Er musste im Nachbarhaus wohnen, auf das Poppi von ihrem Fenster aus blicken konnte.

In einem Tulpenbeet direkt unter Poppis Fenster entdeckten die Detektive einen Briefbeschwerer. Er war aus Messing, ziemlich schwer, hatte die Form eines Igels und besaß zahlreiche spitze Stacheln.

Bei genauerer Betrachtung bemerkten sie zwei dunkle Flecken an der Unterseite des Igels. Dominik befeuchtete sie und bekam blaue Finger.

„Zum Glück ist Bello von diesem Igelmonster nur gestreift worden“, freute sich Poppi. „Sonst hätte die Sache schlimm ausgehen können. Aber welcher brutale Mensch wirft dieses Unding nach einer Katze?“

Um das herauszufinden, besuchten die Knickerbocker die drei Mieter des Nachbarhauses.

Natascha Nörgel: Eine rotgesichtige, mürrische Frau, die zu trinken schien. Auf jeden Fall schwebten aus ihrer Wohnung Alkoholschwaden.

Maria Tintelli: Sie war Zeichnerin, was man an ihren blaufleckigen Tintenfingern gut erkennen konnte. Sie öffnete erst, als Poppi zum vierten Mal läutete. Sie hatte nämlich dicke Wattebäusche in den Ohren und kam nur durch Zufall aus der Wohnung.

Frau Tintelli war auf dem Weg in die Papierhandlung, weil ihr die Tusche ausgegangen war.

Kurt Pfistel: Ein hektischer junger Mann, der eine große Waffensammlung besaß, die er stolz vorzeigte. Er war den Knickerbocker-Freunden eher unsympathisch.

KRIMI-FRAGE:

Wer hat den Eisenigel geworfen?

LÖSUNG:

D	K	U	◉	E	E	R	W	D	G	T	R	M	H	F	T
I	N	R	M	C	E	R	R	R	E	T	T	E	R	D	E
E	I	E	A	K	!	G	E	L	D	G	E	B	E	R	G
S	C	D	R	E	H	A	B	E	R	M	A	S	S	E	N
P	K	C	I	N	P	O	S	T	F	A	C	H	H	E	R
U	E	M	A	S	K	L	E	I	S	T	E	R	H	?	G
R	R	J	T	I	E	R	G	N	A	S	G	R	T	K	Z
S	B	T	I	N	R	!	Z	H	L	I	C	N	T	C	G
O	O	R	N	D	A	E	W	C	A	E	H	E	I	S	T
L	C	P	T	T	C	I	E	A	G	N	L	,	S	D	B
L	K	O	E	U	H	S	R	E	E	O	P	P	E	N	!
T	E	U	L	S	E	N	G	G	N	V	C	H	T	E	N
E	R	Z	L	C	E	E	E	S	T	P	R	D	F	Z	R
V	V	A	I	H	N	D	N	T	R	3	K	A	N	O	N
O	E	S	.	E	G	N	M	A	O	E	N	G	E	W	I
N	R	R	D	.	E	O	I	H	G	D	T	E	R	!	H
D	F	L	I	●	L	V	T	R	E	R	F	O	F	R	H
E	O	K	E	F	A	N	D	H	N	Z	U	F	H	G	H
T	L	R	B	R	U	E	E	U	S	N	G	G	N	J	K
H	G	H	L	H	S	G	N	3	I	E	R	J	F	A	D
A	T	F	A	M	D	R	G	.	E	R	A	R	R	S	R
S	W	3	U	Ä	E	E	R	N	W	E	B	J	E	U	T
K	E	E	E	S	N	B	Ü	E	A	E	E	Z	T	H	O
:	R	T	N	S	S	N	N	T	L	B	,	T	K	E	P
F	D	R	F	E	I	E	E	Ü	D	D	W	R	L	R	D
D	E	H	L	R	E	B	N	H	E	R	A	S	Ö	T	A

Das Alibi im Tagebuch

„Es war Andreas, ich bin hundert Prozent sicher!“, sagte Axel. Seine Knickerbocker-Freunde machten betretene Gesichter. Andreas ging in dieselbe Schule wie Axel und stand unter einem schlimmen Verdacht.

Seit einigen Tagen trieb ein Ladendieb in der Elektroabteilung eines großen Kaufhauses sein Unwesen. Bisher hatte er zwei Gameboys, zwei Handys und einen superteuren iPod mitgehen lassen.

Durch Zufall hatte Axel den Dieb am Vortag beim Stehlen beobachtet. Der nicht sehr groß gewachsene Mann trug einen dunklen Hut mit breiter Krempe, eine Sonnenbrille und einen langen Mantel. Von den Hosenbeinen war nur ein winziges Stück zu sehen gewesen, aber das hatte gereicht. Axels Blick fiel auf den unteren Rand der Jeans. Er war mit einem roten Stück Stoff verlängert.

Hosen dieser Art trug sein Mitschüler Andreas. Er wurde deswegen oft verspottet. Andreas' Vater hatte sich aus dem

Staub gemacht und seine Mutter verdiente sehr wenig. Deshalb nähte sie an zu kurze Hosen bunte Stoffstreifen. Für neue Hosen war kein Geld da.

Axel hatte Andreas nicht verpfiffen. Das Kaufhaus hätte bestimmt die Polizei geholt und das hätte schlimme Folgen für den Jungen gehabt.

Die Knickerbocker-Bande beschloss, mit Andreas zu reden. Erstens sollte er mit dem Stehlen aufhören und zweitens die geklauten Dinge zurückbringen.

Andreas war nicht zu Hause. Seine Mutter öffnete die Tür.

Vorsichtig fragte Lilo: „Wissen Sie eigentlich, was Ihr Sohn den ganzen Tag lang macht?"

Andreas' Mutter nickte. „Natürlich, denn mein Sohn führt nämlich ein Tagebuch, in das ich hineinsehen darf. Ich war jetzt zwar ein paar Tage weg, aber durch das Tagebuch bin ich genau im Bilde."

Die Frau hatte auch nichts dagegen, dass die Knickerbocker einen Blick in das Tagebuch warfen. Vielleicht taten sie Andreas Unrecht und fanden darin ein perfektes Alibi.

Axel, Lilo, Poppi und Dominik beugten sich über das Buch und lasen folgende Eintragungen:

Montag, 12. April
Für Mathe-Prüfung gelernt. Konnte keine Minute weggehen. Verdammt. Heute wäre Fußballtraining gewesen.

13. April
Prüfung bestanden. Auf dem Fußballplatz gefeiert. Am Abend ferngesehen.

14. April
Schule, Hausaufgaben und dann Radfahren mit Klaus. Gegen 18 Uhr daheim gewesen. Total k. o.! Dusche und fernsehen.

15. April
Mist! Habe Bio-Prüfung vergessen. Kann sie zum Glück in drei Tagen nachholen. Nun heißt es büffeln.

16. April
Bio geht mir auf den Geist. Deshalb habe ich mir das Rad von Egon ausgeborgt und bin ein wenig herumgefahren. Am Abend weitergelernt.

17. April
In meinem Kopf wimmelt es von Ameisen und Mistkäfern. Über die werde ich nämlich geprüft. Kann alles. Habe dafür den ganzen Nachmittag gelernt. Prüfung morgen wird klappen.

18. April
Prüfung o. k.! Ab heute stehen drei Tage nur Fußball auf dem Programm. Endlich!

19. April
Mist! Hätte mehr trainieren müssen. Heutiges Fußballspiel total verhauen. Meine Mannschaft ist sauer auf mich.

20. April
Hört das Büffeln niemals auf? Die nächste Arbeit steht bevor. Englisch. Wird verdammt hart.

Lilo blickte ihre Freunde an und sagte: „Den knöpfen wir uns vor. Das Tagebuch hat er nämlich nur für seine Mutter geschrieben. Es ist falsch!“

KRIMI-FRAGE:

Wieso?

LÖSUNG:

G	J	T	R	E	N	Z	L	O	P	:	S	E	R	G	A
Q	B	E	R	T	H	G	T	Z	D	R	B	G	H	N	S
D	L	R	U	P	A	G	R	E	T	N	U	T	R	E	K
L	T	T	A	S	S	E	N	S	T	A	P	L	E	R	I
N	D	E	R	P	A	M	P	E	L	M	U	S	E	?	F
R	A	U	S	C	H	M	I	D	T	I	S	T	D	E	H
R	B	E	D	A	C	H	T	D	A	R	A	U	F	D	A
S	S	A	L	L	E	S	S	E	I	N	E	H	G	F	:
„	O	R	D	N	U	N	G	H	A	T	.	W	B	F	G
S	Z	I	T	T	P	A	R	O	E	T	I	I	A	R	E
E	A	F	I	E	3	D	E	M	G	L	D	E	T	K	G
E	P	I	M	L	H	D	I	E	A	E	N	S	S	,	R
G	M	K	M	M	C	E	W	O	I	I	E	C	U	S	I
E	I	U	E	E	U	L	E	U	L	D	R	W	Z	O	W
L	E	N	D	E	A	B	T	N	U	E	A	Ä	E	D	S
B	T	D	F	R	D	O	O	D	J	R	W	L	L	A	S
O	O	A	U	U	N	➔	D	E	R	I	8	.	A	P	R
I	L	I	S	T	E	I	N	S	O	N	N	T	A	G	!
P	R	Ü	F	U	N	G	U	N	M	Ö	G	L	I	C	H
!	●	R	E	D	F	G	-	D	R	E	I	F	A	C	H
E	S	C	H	N	E	E	B	A	L	L	S	C	H	L	A
C	H	T	E	N	!	F	E	R	M	S	H	T	I	O	P
P	E	R	4	F	A	C	H	E	V	Ä	T	E	R	,	R
E	M	B	R	A	N	D	T	U	N	D	V	A	N	G	O
G	H	R	L	O	L	L	I	P	O	P	F	R	E	R	T
G	F	G	Z	E	M	Ö	S	T	E	R	N	T	U	L	P

Der Bund des Bösen

Poppis Mutter hatte es streng verboten und deshalb machte es der Knickerbocker-Bande noch mehr Spaß: Sie veranstalteten ein Mitternachtspicknick im Wald. Kurz nach halb zwölf waren sie mit den Rädern losgefahren. Lilo hatte den Picknickkorb auf ihrem Gepäckträger. Im Korb befanden sich Kartoffelchips und andere Knabbereien, mehrere Schokoriegel, Kirschen, eine Melone, ein Glas Essiggurken und zwei Flaschen Cola. Das Ziel der Radtour war die Ruine von Schloss Graueck, die sich auf einer hohen Felsnase befand. Im Licht des Mondes hatten die Mauerreste große Ähnlichkeit mit Zahnstummeln, die aus dem Stein ragten. Keuchend und schnaufend strampelten die vier Freunde den engen Weg zur Ruine hinauf.

Dominik sah es als Erster. „He … da … da war ein Licht … In einem der Fensterlöcher!“, flüsterte er.

Die anderen blieben stehen und stiegen von den Rädern ab. Sollte es in der Ruine tatsächlich spuken? Die Leute, die in dem Dorf unter dem Felsen lebten, behaupteten es steif und fest.

„Drehen wir um?“, fragte Axel leise.

Lilo wollte davon nichts wissen. „Jetzt erst recht!“, lautete ihr Motto.

Die Bande versteckte die Mountainbikes im Gebüsch und Lilo schnappte sich den Picknickkorb. Falls sich Dominik getäuscht hatte, wollten sie sofort futtern.

Das Superhirn ging vom Weg ab und schlich geduckt durch den Wald. Als zwischen den Baumstämmen das alte Gemäuer auftauchte, war Lilo sofort klar, dass Dominik Recht hatte. In der Ruine brannte Licht. Das Flackern deutete auf ein Lagerfeuer hin.

„Einer muss vorausschleichen und nachsehen, wer da ist!“, sagte Lilo.

Axel zuckte lässig mit den Schultern. „Wer schon? Ich muss das wieder einmal machen. Ihr anderen macht euch doch in die Hose!“

„Bleib da, du Angeber. Ich gehe. Ich bin die Kleinste und Unauffälligste“, brummte Poppi.

Bevor jemand etwas dagegen sagen konnte, war sie schon losgezischt. Poppi überquerte die Wiese vor der Burg und ging hinter einer halbhohen Steinmauer in Deckung. Vorsichtig spähte sie über die Kante und entdeckte einen Kessel, der in der Mitte der ehemaligen Halle stand. Aus ihm loderten kupferrote Flammen. Rund um den Kessel gingen mit langsamen, gleichmäßigen Schritten sechs seltsame Gestalten. Sie trugen dunkle, bodenlange Mäntel und hatten die Gesichter und Haare grellweiß, die Augenhöhlen, die Nase und den Mund aber schwarz geschminkt. Diese Bemalung ließ ihre Köpfe wie Totenschädel aussehen. Poppi schauderte. Was taten die da? Warum marschierten sie um das Feuer?

Jetzt erst verstand das jüngste Mitglied der Bande die Worte, die die sechs ständig murmelten. „Verderben! Verderben! Verderben! Verderben!“, verlangten sie beschwörend. Dazu warfen sie kleine Kugeln in den Kessel, die hohe rote, grüne und gelbe Stichflammen verursachten.

Immer lauter wurde die Beschwörung. „Verderben! Verderben!“, riefen die sechs, die alle Männer zu sein schienen. Einer von ihnen ließ seine Hand in den Mantel gleiten und zog etwas hervor. Es war wohl ein Foto, das er hochhielt und anschließend mit einem lauten Schrei in die Flammen schleuderte. Das Bild war groß genug, dass Poppi erkennen konnte, wen es zeigte. Sie presste die Hände vor den Mund und torkelte zu ihren Kumpels zurück. Stotternd und keuchend erstattete sie ihnen Bericht. „Auf dem Foto ist … mein Vater!“, schluchzte Poppi.

Dominik kombinierte. „Die Leute wünschen ihm Verderben, also etwas Böses. Es scheint sich hier um einen Kult zu handeln. Einen Bund des Bösen.“

Lilo ließ die anderen zurück und wollte sich die Sache selbst ansehen. Als sie die Ruine erreichte, waren vier der Totenkopfleute bereits gegangen. Zwei hockten lässig neben dem Kessel und unterhielten sich leise.

„Morgen Nacht muss der Typ dran glauben. Wir stecken seine Bude in Brand!“, sagte der eine. „Wir könnten auch sein Auto bearbeiten, sodass es außer Kontrolle gerät“, schlug der andere vor. „Wir haben genug Zaster dafür kassiert. Erstaunlich, dass gebildete Menschen tatsächlich denken, das Verderben würde durch diesen Feuerfirlefanz verursacht und nicht durch uns."

Das Superhirn hatte genug gehört und zog sich zurück. Falls es wirklich um Poppis Vater ging, befand er sich in höchster Gefahr. Die Bande radelte so schnell wie möglich zurück und weckte Herrn und Frau Monowitsch.

Frau Monowitsch bekam wie immer einen Kreischkrampf und jammerte über die „unfolgsamen" Kinder. Poppis Vater blieb ruhig und überlegte. Schließlich meinte er: „Es ist seltsam, aber zwei meiner Konkurrenten würde ich eine solche Aktion zutrauen. Sie sind Chemiker wie ich. Beide sehr ehrgeizig und beide sehr wütend auf mich. Es ging um die Entwicklung eines umweltfreundlichen Kunststoffes für Flaschen. Meine Leute und ich waren schneller und haben damit Millionenverträge an Land gezogen."

In dieser Nacht blieb nichts mehr zu tun und so versuchten alle noch ein wenig zu schlafen.

Am nächsten Tag griff Dr. Monowitsch zum Telefon. Über Lautsprecher hörte die Knickerbocker-Bande die Gespräche mit, die er führte. „Guten Tag, Dr. Berian", begrüßte er den ersten der beiden verdächtigen Kollegen.

Der Mann machte aus seiner Ablehnung kein Hehl. „Was wollen Sie, Monowitsch? Ich habe zu tun!"

Poppis Vater kam zur Sache: „Es ist etwas Seltsames geschehen. Meine Tochter hat eine Art Verschwörung entdeckt, die Menschen durch ein Ritual ins Verderben stürzen möchte. Dabei ging es um mich. Was sagen Sie dazu?" Schweigen am anderen Ende der Leitung.

„Wollen Sie vielleicht sagen, dass Sie mich verdächtigen?“, zischte Dr. Berian schließlich. Herr Monowitsch antwortete darauf nicht. „Ich verklage Sie wegen übler Nachrede, Monowitsch, Sie Schwachkopf!“, brüllte der andere Chemiker und legte auf.

Der zweite Verdächtige hieß Dr. Plomberger. Er war wortkarg und sehr kühl. „Was sagen Sie da? Ihre Tochter hat einen Bund des Bösen beobachtet?“ Er schien es nicht glauben zu können.

„Ja, in der Nacht, in einer Ruine. Und dabei sollte Verderben über mich gebracht werden.“

Auch dieser Kollege dachte kurz über das nach, was er da hörte. Ziemlich scharf stellte Dr. Plomberger schließlich fest: „Falls Sie auf die Idee kommen sollten, dass ich damit etwas zu tun habe, dann irren Sie. Ich schlafe in der Nacht, in jeder Nacht. Auch in der vergangenen habe ich nichts anderes getan. Aber wozu verteidige ich mich? Ihr Anruf ist schlichtweg eine Frechheit!“

Herr Monowitsch drehte sich zur Knickerbocker-Bande um. „Und? Was meint ihr? Die beiden sind es bestimmt nicht gewesen. Oder?“

„Doch, einer der beiden war dabei!“, sagte Lilo.

Als die Männer in der Nacht kamen, um den Brand zu legen, wurden sie bereits von der Polizei erwartet. Der Bund des Bösen war zerschlagen!

KRIMI-FRAGE:

Wer war bei der Verschwörung dabei und hat den Auftrag gegeben, Dr. Monowitsch ins Verderben zu stürzen?

LÖSUNG:

D	I	E	D	R	E	I	F	R	E	U	N	D	E	4	:
S	A	H	E	N	G	T	R	U	I	O	P	F	R	E	W
A	.	S	E	R	G	T	R	J	Z	U	M	A	S	F	H
D	F	G	E	R	T	!	H	E	K	J	Z	T	R	G	F
D	A	K	R	T	L	O	P	F	R	T	N	D	E	R	M
R	E	R	F	E	2.	D	M	R	E	„	J	F	E	R	D
H	T	L	Ö	F	D	R	T	G	,	F	D	G	R	J	M
E	R	D	E	M	I	S	T	H	A	U	F	E	N	F	R
G	A	R	T	E	L	H	R	L	H	N	S	I	E	R	S
S	E	N	I	O	O	E	!	O	E	F	U	H	I	G	E
H	J	G	R	R	K	J	T	K	J	Ä	D	U	R	C	R
G	R	U	T	E	Z	U	R	Z	U	N	H	E	R	!	?
H	Z	K	D	N	T	T	F	T	T	G	F	K	H	P	A
E	:	T	R	E	R	O	R	R	O	E	D	R	A	A	S
E	T	R	S	A	F	L	T	F	L	R	E	E	L	R	S
S	S	E	R	E	E	N	S	T	I	G	E	G	I	T	A
O	3.	H	H	N	A	4.	R	E	G	E	N	B	E	N	K
D	E	E	A	A	E	N	L	,	S	D	B	T	L	Ö	W
A	N	N	F	B	I	O	P	P	E	N	!	F	E	N	M
S	R	W	O	E	C	V	C	H	T	E	N	H	Ä	H	N
!	E	Ü	T	R	S	E	L	B	S	T	A	B	H	O	L
R	I	N	G	E	N	➔	D	R	.	P	L	O	M	B	E
R	G	E	R	.	E	R	W	U	S	S	T	E	,	D	A
S	S	E	S	S	I	C	H	U	M	D	I	E	V	E	R
G	A	N	G	E	N	E	N	A	C	H	T	H	A	N	D
E	L	T	E	.	●	S	F	E	R	H	T	R	J	H	F

Unternehmen Wüstenwurm

Ferien am Rande der Wüste! Ein paar aufregende Tage in einer prachtvollen Oase! Das war ein Hit! Da waren sich die vier Mitglieder der Knickerbocker-Bande einig.

Aber es kam noch besser! Am dritten Tag des Urlaubs stand ein Kamelritt auf dem Programm.

Begleitet wurden die Detektive von Farid, einem erfahrenen Wüstenführer.

Nachdem sie mehr als drei Stunden in der glutheißen Sonne geritten waren, geschah es. Dominiks Kamel brach völlig unerwartet aus der Karawane aus und galoppierte Richtung Süden. Dominik klammerte sich verzweifelt am Hals des Tieres fest, doch das Kamel war nicht zu stoppen. Es raste in die öde Sandwüste hinaus. Ohne Grund blieb es dann plötzlich stehen, warf den Kopf unruhig hin und her und begann zu schnauben. Aufgeregt tänzelte es vor und zurück und schien große Angst zu haben.

Dominik stutzte. Was war das? Das Säuseln des Wüstenwindes wurde von einem dumpfen Knirschen und Poltern übertönt.

Da schoss ungefähr einhundert Meter vor dem Junior-Detektiv ein Ungetüm aus dem Boden, das große Ähnlichkeit mit einem U-Boot hatte. An seiner Stirnseite drehten sich zahlreiche kantige Bohrer. Dominik traute seinen Augen nicht und spürte, wie sich seine Muskeln vor Aufregung anspannten.

Handelte es sich um eine Fata Morgana?

Genauso schnell, wie es aufgetaucht war, verschwand das Monstrum wieder im Boden. Einige Sekunden lang war noch ein dumpfes Grollen zu hören, bevor wieder Ruhe einkehrte.

Während er überlegte, was er da gerade beobachtet hatte, näherten sich seine Freunde.

Noch immer ziemlich geschockt, berichtete Dominik, was er erlebt hatte.

Axel rief: „Das Gerät erinnert mich an Maschinen, die für Tunnelbohrungen verwendet werden."

Lilo knetete ihre Nasenspitze und meinte: „Hört sich an, als würde jemand mit dem Ding in der Wüste nach etwas graben …"

Aber wonach? Farid hatte noch nie von so einem „Wüstenwurm" gehört.

Die Knickerbocker-Bande witterte ein Geheimnis, das es zu lüften galt.

Nach ihrer Rückkehr zur Oase sprachen sie mit mehreren Leuten über ihre Beobachtung und erfuhren verschiedene interessante Dinge.

◎ „Eine Sage erzählt, dass im Wüstensand Riesenwürmer leben. Sie sollen schon ganze Kamele verschlungen haben."

◎ „Ich könnte mir vorstellen, dass ein Tunnel durch die Wüste gegraben wird."

◎ „In der Wüste soll sich, soviel ich weiß, ein unterirdisches Labor befinden, in dem verbotene Atomwaffentests durchgeführt werden."

◎ „Möglicherweise wird heimlich eine unterirdische Stadt angelegt, in der einmal Menschen wohnen sollen."

◎ „Dominiks Beschreibung zufolge handelt es sich doch um ein Gerät, das sich auch durch festes Gestein bohren kann – nicht gerade ungefährlich!"

◎ „Für mich klingt das nach einer Schatzsuche. Hier hat noch nie jemand von so einem Grabwurm gehört."

◎ „Vor vielen Jahren hat die Stadt gebebt. Immer wieder haben Leute behauptet, dass das kein normales Erdbeben gewesen sei. Das Beben soll durch Sprengungen ausgelöst worden sein."

◎ „Das Labor wurde schon lange geschlossen. Aber noch immer lagert radioaktives Material in einem Betonbunker – tonnenweise! Das Zeug ist wertvoller als Gold."

◉ „Das Gerät erkundet den Boden der Wüste. Es wird von Forschern benutzt, die herausfinden wollen, welche Gebiete sich für Pflanzungen eignen könnten."

◉ „Das war bestimmt ein unterirdischer Satellit. So etwas gibt es!"

Nachdem die vier Knickerbocker die verschiedenen Stellungnahmen eingeholt und protokolliert hatten, zogen sie sich zu einer langen Beratung zurück.

Für Lilo stand bald fest, dass einige Aussagen zusammenhingen und tatsächlich einen Sinn ergaben.

Axel war es, der schließlich erkannte, was in der Wüste vor sich ging. Zuerst wollte keiner den vier Detektiven glauben, aber schließlich wurden doch Ermittlungen angestellt.

Ihr Verdacht bestätigte sich: Einige Wochen später entnahmen die Knickerbocker der Zeitung, dass durch ihre Hartnäckigkeit ein gefährliches Verbrechen verhindert werden konnte.

KRIMI-FRAGE:

Um welchen schrecklichen Plan handelte es sich?

LÖSUNG:

H	A	L	S	K	E	T	L	G	H	I	O	E	N	?	D
S	7	J	T	N	T	T	A	A	R	A	R	T	S	N	I
Ä	!	U	R	M	H	E	S	U	E	L	S	A	I	E	E
B	R	N	Ö	L	C	N	S	N	N	A	T	B	E	R	M
E	E	G	K	L	I	U	O	E	U	U	E	H	S	A	A
L	T	E	E	E	E	N	W	R	N	S	H	C	I	W	U
Z	S	G	D	L	L	D	E	N	D	D	L	O	C	E	E
S	E	Ä	N	E	O	A	R	W	D	E	E	N	H	G	R
H	B	N	H	N	S	N	F	O	A	M	N	N	A	A	N
N	N	S	R	T	N	D	E	L	S	U	.	E	N	L	F
T	E	E	E	E	E	E	N	L	R	N	●	D	,	R	D
I	S	F	O	E,	T	R	P	T	A	T	D	H	S	E	T
G	S	H	L	F	T	E	⊙	E	D	E	T	R	O	D	Z
E	A	R	Z	E	E	:	E	D	I	R	Z	E	L	N	J
R	L	E	T	D	B	B	I	E	O	I	D	F	A	I	S
G	K	A	Z	E	R	R	N	N	A	R	A	!	N	U	T
D	T	E	R	!	H	I	E	B	K	D	M	T	G	Z	E
R	F	O	F	R	H	L	G	U	T	I	I	E	E	A	H
Ü	D	I	A	E	F	L	R	N	I	S	T	N	D	D	E
W	R	Ö	S	F	D	I	U	K	V	C	H	H	F	H	N
N	T	L	S	T	S	A	P	E	E	H	A	C	R	C	J
U	J	T	E	?	W	N	P	R	M	E	T	E	K	O	K
T	K	R	R	O	A	T	E	A	A	N	T	R	I	N	L
S	A	E	H	I	S	E	V	N	T	L	E	E	L	E	D
E	F	G	T	K	R	N	O	B	E	A	K	G	S	I	A
D	B	U	E	T	T	H	N	O	R	B	E	R	T	S	S

Unglaubliche Briefe

Axels Tante Felicitas ist einfach unglaublich. Das beginnt bei ihrem Gewicht: einhundertfünfzig Kilogramm. Falls es mehr beträgt, weiß Tante Fee das nicht, da die Anzeige ihrer Badezimmerwaage bei hundertfünfzig endet. Früher führte sie im Zirkus Schlangen und Krokodile vor. Danach machte sie mit diesen Tieren einen Bauernhof unsicher. Später lebten ihre „Lieblinge" in einem Tiergarten und Tante Felicitas konnte endlich das machen, was sie schon lange vorhatte: eine Weltreise.

Von vielen Orten schickte sie Briefe an die Knickerbocker-Bande. Unglaubliche Briefe, wie könnte es bei Tante Fee anders sein.

Manche Dinge, über die sie berichtete, waren geschwindelt, andere hingegen waren tatsächlich wahr. Für die vier Detektive waren sie ein gutes Training.

Deine Aufgabe lautet daher: Finde heraus, ob der Inhalt der Briefe erfunden oder wahr ist!

BRIEF NUMMER 1:

Meine Lieben!

Hütet euch vor Muränen. Kennt ihr diese Fische? Sie werden bis zu drei Meter lang, sehen aus wie Schlangen und beißen wie hungrige Wölfe. Ein Mann aus meiner Reisegruppe war tauchen und ist dabei zu nahe an einen Felsen geraten. Muränen verstecken sich in Felsspalten, sodass nur ihr Kopf herausschaut. Leider verwechseln sie Taucher in schwarzen Taucheranzügen leicht mit ihrer Lieblingsspeise: Tintenfisch.

Der Mann hat mir erzählt, dass die Muräne wie ein Blitz aus ihrem Versteck geschossen sei und ihn in den Arm gebissen habe. Die Tiere haben leider die Angewohnheit, nicht mehr loszulassen. Manchen Taucher hat das bereits das Leben gekostet, da ihm nach einer Weile der Sauerstoff ausgegangen ist und er von der Muräne unter Wasser gehalten worden ist. Mein Begleiter konnte zum Glück von zwei anderen Tauchern nach oben gezerrt und gerettet werden. Ins Krankenhaus musste er trotzdem und seine Schmerzen sind groß.

Ich sitze deshalb lieber am Strand und lasse mir die Sonne auf meinen Bauch scheinen.

Gruß und Kuss, Tante Fee

KRIMI-FRAGE:

Ist die Geschichte wahr oder gelogen?

LÖSUNG:

Z	O	O	T	E	N	T	E	N	B	N	N	G	H	A	T
F	A	H	A	R	A	E	R	U	D	A	A	R	O	E	T
R	Z	T	S	F	C	N	F	M	E	G	D	E	M	G	L
I	H	Z	S	I	H	N	A	J	A	E	D	I	E	A	E
T	N	R	⬇	N	H	I	H	T	F	T	E	W	O	I	I
T	E	G	B	D	E	S	R	F	G	I	L	E	U	L	D
E	D	K	R	E	R	B	U	X	B	E	B	T	N	U	E
R	A	L	I	R	J	Ä	N	D	E	R	N	G	H	A	T
B	S	Ö	E	H	K	L	G	T	T	E	F	E	L	L	H
U	U	B	F	Z	O	L	S	R	Z	W	E	S	G	K	G
R	Z	N	I	T	P	E	W	I	K	I	L	N	R	R	F
G	H	F	:	6	N	Z	E	O	I	E	L	!	U	E	D
E	T	E	W	F	R	L	R	:	O	.	F	I	P	G	T
N	R	R	A	E	T	Ö	T	T	P	R	Ä	R	P	H	R
?	S	T	H	R	C	S	E	R	G	A	N	E	E	N	Z
D	5	Z	R	D	A	D	6	N	F	T	G	D	D	I	U
E	U	D	!	I	D	E	K	H	E	T	E	N	E	R	M
R	I	S	●	N	W	H	;	E	G	E	R	E	R	E	M
G	K	W	Z	A	J	M	H	W	N	N	A	D	A	T	K
F	J	9	E	N	Z	D	R	D	M	S	U	Ü	T	Ä	R
D	U	R	P	D	P	E	G	S	U	D	F	S	O	V	T
N	H	F	P	J	H	U	M	A	Z	R	G	M	L	E	E
Z	T	G	E	L	F	P	Z	H	I	T	R	I	L	H	G
U	E	N	L	Ö	M	Ü	W	?	T	H	Ö	D	E	C	F
O	R	M	I	M	U	D	A	U	R	J	N	N	.	A	E
U	F	M	N	T	O	E	K	J	E	D	L	A	2	F	R

BRIEF NUMMER 2:

Meine Lieben!

Melde mich aus England! Habt ihr gewusst, dass England die Heimat des Sandwiches ist? Während ich mir ein Gurkensandwich, zwei Hühnersandwiches und drei Schinkensandwiches gönne, blicke ich auf die Burg, in der der Erfinder dieser Köstlichkeit zu Hause war. Sein Name: Earl of Sandwich. Er war ein leidenschaftlicher Kartenspieler und es störte ihn immer sehr, eine Kartenpartie unterbrechen zu müssen, weil Essenszeit war. Deshalb trug er seinem Butler eines Tages auf, Schinken und Gurken zwischen zwei Weißbrotscheiben zu legen. Für diese Speise benötigte er kein Besteck. Er konnte sie mit den Fingern nehmen und abbeißen, Kartenspielen war dabei auch noch möglich. Von nun an hießen diese Brote Sandwich, benannt nach ihrem Erfinder!

Schmatz und Gruß,
Tante Felicitas

KRIMI-FRAGE:

Ist die Geschichte wahr oder gelogen?

LÖSUNG:

H	E	L	L	O	G	T	A	F	J	E	R	K	F	R	A
N	T	I	O	F	R	K	L	A	G	E	P	Ä	!	K	Z
L	S	A	G	E	M	D	R	Z	N	V	I	P	F	R	E
T	Z	J	G	,	E	R	W	A	C	H	S	E	N	E	I
M	F	G	H	➔	B	R	I	E	F	2	:	W	A	H	R
!	●	Z	I	E	G	E	N	K	Ä	S	E	F	R	T	J
K	R	T	A	S	W	B	H	R	U	O	P	F	R	E	T
H	M	S	W	F	R	H	J	K	L	A	S	S	E	?	D
E	R	G	F	A	H	R	R	A	D	D	I	E	B	E	G
J	Z	L	P	E	R	B	G	A	S	H	K	L	Ö	R	T
K	O	P	D	E	!	T	J	U	W	F	H	R	U	P	K
J	H	G	F	E	U	E	R	A	L	A	R	M	F	E	U
Z	M	C	W	A	H	I	P	F	T	E	J	K	E	S	F
B	G	E	T	R	S	C	H	W	A	R	Z	.	W	Ä	L
D	E	R	K	I	R	S	C	H	T	O	R	T	R	:	M
I	T	R	O	S	I	N	E	N	O	D	E	R	K	I	R
S	C	H	E	N	!	F	E	K	U	O	D	B	A	T	Z
M	E	H	D	P	Ö	W	F	T	K	O	U	T	M	C	E
Ö	P	S	E	A	T	R	B	C	H	U	O	P	F	R	Z
L	Ö	A	N	T	W	O	R	T	N	U	M	M	E	R	5
F	T	Z	R	U	O	P	V	P	A	R	K	P	L	A	T
Z	H	Ä	U	S	E	R	W	E	R	D	E	N	J	H	A
S	F	R	E	N	O	V	I	E	R	T	K	O	P	?	H
Y	A	Z	G	J	I	N	T	E	N	H	K	F	T	E	R
J	K	;	F	R	E	J	Z	U	T	B	F	T	U	B	E
R	D	E	N	W	O	L	K	E	N	G	A	S	F	L	Ö

BRIEF NUMMER 3:

Meine Lieben!

Habt ihr gewusst, dass es auch im Meer Berge gibt? Ja, ihr habt richtig gelesen. Wie auf der Erdoberfläche gibt es auch unter Wasser Berge. Über 10 000 sind es und hier, in der Nähe von Neuseeland, wo ich mich zurzeit aufhalte, befindet sich der höchste Meeresberg der Welt. Er ist 8690 Meter hoch und seine Spitze liegt 365 Meter unter der Wasseroberfläche. Die Spitze dieses Berges muss man wenigstens nicht besteigen. Man kann ganz einfach zu ihr hinuntertauchen! Auf diese Art könnte sogar mir das Erklimmen eines Gipfels gefallen.

Blub-blub-duliööö!
Tante Felicitas

KRiMi-FRAGE:

Ist die Geschichte wahr oder gelogen?

LÖSUNG:

B	A	U	M	R	I	E	S	E	W	B	B	R	A	B	E
W	Ü	R	F	E	L	S	P	I	X	G	V	E	G	E	X
E	L	F	Ö	P	I	C	H	R	T	T	E	T	I	K	E
!	D	Z	R	?	Z	A	T	R	R	U	R	T	R	I	T
D	G	;	I	U	J	S	D	F	E	K	H	E	H	N	N
E	D	O	R	M	E	F	S	E	P	I	:	R	Ä	D	E
A	D	W	D	R	W	E	F	A	Ö	P	L	I	J	E	P
E	R	T	M	S	W	3	M	E	H	F	K	N	N	R	P
B	G	T	R	E	C	S	A	B	G	R	G	D	H	.	A
T	R	U	O	P	F	R	E	T	!	E	T	E	E	J	L
E	M	K	O	P	Ü	F	R	E	R	H	I	R	Z	A	K
J	K	O	P	S	W	E	R	⬇	W	G	E	J	8	F	N
N	A	U	G	E	N	:	H	B	S	M	Z	L	Z	E	E
M	E	S	C	H	A	F	S	R	I	S	E	E	I	R	G
H	N	T	Q	U	A	S	S	I	Z	Z	Z	T	E	H	N
E	Z	I	J	I	O	S	O	E	N	M	N	Z	R	J	U
M	M	E	R	N	O	C	H	F	F	K	A	T	D	R	D
E	N	W	I	N	T	E	R	3	R	R	G	E	N	T	L
A	V	E	R	P	E	N	E	:	W	G	E	N	E	P	E
E	L	F	R	T	H	Z	U	W	E	E	I	S	S	N	M
O	R	T	L	E	R	Z	U	A	O	R	D	E	E	D	R
E	R	K	R	Ö	T	E	N	H	L	N	S	K	I	E	E
J	K	O	P	S	W	E	R	R	I	N	E	U	R	J	L
H	E	F	T	K	L	A	M	!	K	I	T	N	C	A	H
M	E	R	H	T	Z	F	;	●	R	E	L	D	B	S	E
N	R	E	K	Z	F	D	G	H	T	S	E	E	A	S	F

BRIEF NUMMER 4:

Lieber Axel, liebe Lilo, lieber Dominik
und liebe Poppi!

Nach der Hitze des Sommers in Europa tut die Abkühlung gut. Ich befinde mich hier in der Antarktis, also in der Nähe des Südpols, und habe im Licht der Mitternachtssonne bereits Robben und Pinguine gesehen. Habt ihr gewusst, dass die Pinguinmännchen die Eier ausbrüten? Sie nehmen sie zwischen die Beine und brüten auf diese Art.

Eiskalte Grüße,
Tante Fee

KRiMi-FRAGE:
Ist der Brief wahr oder gelogen?

LÖSUNG:

P	I	S	T	E	R	T	N	H	G	D	Ö	P	O	U	Z
A	J	K	E	H	T	E	R	B	A	H	N	F	A	H	R
U	T	J	N	M	E	R	L	E	B	N	I	S	P	A	R
S	R	K	N	E	R	Z	L	I	C	H	E	N	G	L	Ü
E	B	L	I	U	N	S	C	H	S	I	E	H	A	B	E
N	V	A	S	W	O	N	N	E	N	.	U	M	6	U	H
B	S	V	S	E	K	R	I	M	I	S	H	A	B	E	N
R	K	I	C	D	E	S	J	A	H	R	A	U	S	F	R
O	G	E	H	E	R	!	E	N	I	I	S	T	J	A	K
T	T	R	L	T	Z	:	G	F	W	E	R	Ö	P	Z	G
E	H	S	Ä	J	S	G	Z	H	L	I	C	N	T	C	G
K	E	T	G	G	F	A	W	C	A	E	H	E	I	S	T
A	D	U	E	T	:	S	E	A	G	N	L	,	S	D	B
E	F	N	R	W	W	E	R	E	E	O	P	P	E	N	!
S	O	D	T	R	R	D	G	G	N	V	C	H	T	E	N
S	U	E	E	J	T	F	E	S	T	P	R	D	F	Z	R
E	J	G	;	G	O	R	N	T	R	3	K	A	N	O	N
5	R	H	G	K	I	H	M	A	O	E	N	G	E	W	I
!	T	M	E	M	J	N	I	H	G	D	T	E	R	!	H
J	G	K	➔	B	R	I	E	F	4	:	G	E	L	O	G
E	N	!	M	I	T	T	E	R	N	A	C	H	T	S	S
O	N	N	E	G	I	B	T	E	S	I	M	S	O	M	M
E	R	N	U	R	A	U	F	D	E	M	N	O	R	D	P
O	L	!	●	J	I	O	F	T	M	S	E	F	A	C	H
E	R	S	W	E	I	H	N	A	C	H	T	S	F	E	R
I	E	N	G	L	E	S	T	H	O	P	Ö	A	S	G	E

BRIEF NUMMER 5:

Liebe Knickerbocker-Bande!

Wie wäre es mit einem Bandenhaus aus Bambus? Hier in China gibt es jede Menge Bambusbäume. Sie wachsen sehr schnell – bis zu 90 Zentimeter an einem Tag – und werden dadurch auch besonders hart. Bambusbäume werden rund sechs Meter hoch und in einem Bambuswald blühen alle Bäume immer zur selben Zeit. Danach werfen sie Samen aus und sterben alle gleichzeitig ab. Aus den Samen wächst innerhalb kürzester Zeit ein neuer Bambuswald!

Viele Grüße, Tante Fee

KRIMI-FRAGE:

Wahr oder gelogen?

LÖSUNG:

G	N	E	5	N	T	R	N	T	Z	E	H	T	U	U	N
R	H	R	:	E	!	G	E	A	E	N	A	E	T	B	D
Ü	Ü	N	B	I	●	!	I	S	K	K	G	E	F	A	Z
N	H	W	A	N	M	T	D	V	G	T	E	T	A	M	U
E	N	E	M	G	U	R	E	C	R	N	B	N	S	E	?
J	E	D	B	R	S	Ö	R	H	M	D	U	E	T	D	G
Ä	P	E	U	A	E	L	G	E	D	E	T	T	J	E	U
G	P	R	S	S	U	J	I	N	A	N	V	F	R	E	T
E	U	F	I	!	M	E	B	M	S	A	H	G	T	H	Z
R	S	J	S	D	S	H	T	E	W	H	W	S	.	W	E
S	L	K	T	A	B	C	E	S	B	Ö	E	E	D	R	I
O	E	A	K	S	E	A	S	S	G	E	R	B	E	D	H
C	F	S	E	I	G	S	K	E	E	N	D	H	S	E	N
K	F	G	I	S	E	E	L	R	R	S	E	T	E	R	A
E	A	R	N	T	H	D	Ö	L	K	J	T	6	R	T	C
N	W	L	B	G	U	N	?	G	L	H	I	D	S	Ü	H
M	F	P	A	E	N	E	R	J	C	E	H	E	T	R	T
I	F	E	U	S	G	N	J	I	!	L	R	J	E	S	E
T	T	!	M	C	E	N	A	M	J	P	S	I	N	C	N
G	N	J	,	H	N	A	S	F	H	I	I	U	T	H	S
R	I	⬇	S	W	S	P	W	E	R	N	N	O	R	L	T
O	U	B	O	I	I	S	L	R	M	E	G	P	E	O	E
S	J	R	N	N	N	E	;	B	U	E	V	P	F	S	H
S	R	I	D	D	L	N	H	N	Z	D	Ö	M	F	S	T
E	Z	E	E	E	Ö	G	N	:	T	S	G	B	E	:	V
N	F	F	R	L	I	M	R	U	N	O	E	T	N	W	O

BRIEF NUMMER 6

Liebe Knickerbocker!

Hier im südamerikanischen Dschungel lebt mein Lieblingstier: das Faultier! Es hängt so faul auf dem Baum, dass sein Fell sogar grün vor Algen ist!!! Aber nicht nur das. Das Faultier schläft zwanzig Stunden am Tag und bewegt sich auf dem Boden mit einer Spitzengeschwindigkeit von zwei Metern in der Minute!!! Warum kann ich kein Faultier sein?

Das fragt sich eure Tante Felicitas

KRIMI-FRAGE:
Wahr oder gelogen?

LÖSUNG:

K	A	B	E	L	S	A	L	A	T	H	I	N	T	E	R
D	E	R	A	L	T	E	N	;	Ö	L	H	E	I	Z	U
N	G	S	M	E	S	S	E	R	B	E	S	T	E	C	K
S	E	R	-	2	3	F	D	A	G	E	T	K	J	Ö	I
M	V	F	D	E	T	H	J	Z	U	S	W	E	B	V	K
H	A	D	W	E	B	G	T	K	I	P	Ü	K	J	T	Z
B	F	D	G	A	S	E	R	J	M	L	Ö	P	I	E	R
L	G	E	?	M	N	O	R	D	O	S	T	E	N	V	O
A	E	N	N	S	K	A	4.	R	E	G	E	N	B	O	G
S	R	W	U	R	B	E	N	L	,	S	D	B	T	R	T
T	,	A	T	B	F	I	O	P	P	E	N	!	F	R	J
W	E	S	E	P	Ö	C	V	C	H	T	E	N	H	E	A
A	N	S	H	U	I	O	P	R	D	F	Z	R	H	J	A
G	N	E	C	U	T	P	Ü	D	S	E	R	J	H	R	T
E	O	R	I	N	.	L	I	L	O	W	O	L	L	T	E
N	L	S	E	N	T	L	I	C	H	S	C	H	O	N	A
K	O	T	R	T	E	N	D	E	F	T	K	U	Z	T	T
L	A	U	➔	B	R	I	E	F	6	:	W	A	H	R	!
●	K	I	S	T	E	N	V	O	L	L	E	R	H	G	R
T	Z	D	I	A	M	A	N	T	E	N	R	I	N	G	E
S	!	R	E	T	T	E	N	S	I	C	H	J	K	P	C
A	W	G	M	K	G	A	R	A	G	E	N	S	K	I	E
L	A	U	F	E	N	B	A	L	K	O	!	N	I	E	N
G	E	R	A	N	I	E	N	D	G	R	M	K	U	Z	O
J	K	:	D	E	R	W	I	S	C	H	E	I	M	T	A
U	S	E	N	D	S	T	E	K	T	R	E	I	S	E	L

Der Fluch des Pharaos

Es war kurz vor drei Uhr morgens in einer Fabrikhalle. Viele Wochen lang war die Halle zu einem Museum umgebaut worden, in dem am selben Tag um zehn Uhr eine gigantische Ausstellung mit Schätzen aus dem alten Ägypten eröffnet werden sollte.

Da es sich um überaus wertvolle Kunstgegenstände handelte, war das Gebäude Tag und Nacht streng bewacht. Bereits zum siebten Mal in dieser Nacht drehte Herr Koller vom Sicherheitsdienst seine Runde durch die Halle …

„Nur noch fünf Stunden, dann habe ich es geschafft. Um acht Uhr werde ich abgelöst. So schwer wie heute ist es mir noch nie gefallen, wach zu bleiben“, murmelte er und gähnte heftig.

Um sich munter zu halten, begann er die Nummer eins der Charts zu pfeifen.

„Du wagst es, die letzte Ruhe der Pharaonen durch Pfeifen zu stören?“, donnerte eine Stimme hinter seinem Rücken.

Herrn Koller zuckte der Schreck wie ein glühender Blitz durch alle Glieder. Für einen Moment konnte er sich nicht bewegen. Kaum hatte er sich wieder ein wenig gefasst, schüttelte er den Kopf, als könnte er damit den Spuk vertreiben. „War … war da gerade wirklich eine Stimme?“, fragte er sich unsicher.

Die Antwort kam auf der Stelle. „Zu dir spricht Pharao Tut-ench-Morales!“, ertönte die Donnerstimme.

Der Sicherheitsbeamte keuchte. „Ich … ich muss verrückt geworden sein. Das kann es nicht geben!“, stieß er hervor.

„Weiche, Unwürdiger! Verlasse diesen Raum! Sonst trifft dich der Fluch des Pharaos!“, drohte die Stimme.

Herr Koller richtete sich auf und bemühte sich, ruhig und gefasst zu klingen: „Wer auch immer Sie sind … ich lasse mich nicht einschüchtern! Es gibt keine sprechenden Toten!“ Oder doch?

Der Pharao ließ sich nicht beirren. „Auch du wirst den Tod finden, so wie ihn die Forscher gefunden haben, die meine letzte Ruhe in der Pyramide gestört haben“, verkündete er.

Jetzt erst schaffte es der Nachtwächter, sich umzudrehen und in die Richtung zu blicken, aus der die Stimme kam. Sein Blick fiel dabei auf einen hölzernen Sarkophag, der seit Tausenden von Jahren verschlossen war. Völlig geräuschlos schob sich der Deckel nun zur Seite. Im Inneren der Totentruhe herrschte Finsternis und Stille. Herr Koller wartete einige Augenblicke, und als nichts geschah, wagte er sich etwas näher heran.

Gleich darauf ertönte ein lautes Poltern und danach ein Schrei, der bald erstarb …

KRIMI-FRAGE:

Grusel hin oder her – in diesem Bericht steckt
etwas sehr Verdächtiges.
Ist es dir aufgefallen?

LÖSUNG:

I	M	M	E	R	W	I	E	D	E	R	W	A	R	A	X
E	L	D	E	N	G	T	Z	;	G	E	T	L	E	T	Z
E	N	D	I	E	B	E	N	D	A	S	Q	T	W	A	S
S	E	R	P	I	S	T	O	L	E	G	J	K	M	I	E
C	A	?	S	E	N	D	E	P	L	A	T	Z	N	U	M
M	E	R	8	.	R	T	M	J	A	S	W	B	D	X	J
K	P	I	R	G	A	W	V	B	E	C	J	Z	O	P	F
R	K	S	A	F	W	R	T	N	H	L	O	P	G	R	Z
N	C	S	A	W	E	T	T	E	F	R	Ö	S	C	H	E
L	E	I	D	E	R	5	S	E	W	G	J	Q	K	R	I
M	K	L	L	S	Ö	N	G	I	➔	E	I	N	S	A	R
G	,	D	E	R	T	A	U	S	E	N	D	E	J	A	H
R	E	V	E	R	S	C	H	L	O	S	S	E	N	W	A
R	.	K	A	N	N	S	I	C	H	N	I	C	H	T	G
E	R	Ä	U	S	C	H	L	O	S	Ö	F	F	N	E	N
.	●	H	E	D	B	G	T	R	E	I	T	E	R	A	B
Z	E	I	C	H	E	N	H	J	?	H	Z	K	D	A	W
V	F	R	J	U	P	Ü	H	T	C	D	E	G	N	K	Ö
F	D	F	T	E	F	G	M	S	A	E	R	T	L	U	O
P	Ü	F	R	T	H	Z	G	!	F	D	E	R	T	H	M
F	D	A	S	E	R	F	L	E	D	E	R	M	Ä	U	S
E	,	D	E	R	T	B	G	A	D	W	H	J	K	L	F
R	T	Z	J	D	A	S	B	E	R	T	M	S	W	3	M
G	T	Z	P	Ö	O	;	N	B	G	T	R	E	C	S	A
F	E	H	Z	J	M	N	G	T	R	U	O	P	F	R	E
W	D	S	C	V	B	G	T	E	M	K	O	P	Ü	F	R

Am nächsten Morgen saß Herr Koller in der Küche von Axels Mutter und versuchte immer wieder, eine Tasse Tee zum Mund zu führen. Dabei zitterten seine Hände aber so sehr, dass er fast die Hälfte verschüttete, bevor er noch einen Schluck nehmen konnte.

Axel blickte den Mann gespannt an. „Und, Onkel Karl, was war dann, als du auf den Sarkophag zugegangen bist?“, wollte er endlich erfahren.

„Der Deckel ist aufgeflogen und eine graue, zerlumpte, zerfetzte Gestalt ist herausgesprungen. Ausgesehen hat sie wie … eine Mumie. Sie ist auf mich zugewankt und hat die Arme nach mir ausgestreckt. Ich war völlig unfähig, mich zu bewegen. Plötzlich spürte ich dann diesen seltsamen Geruch in der Nase. Er hat mich an ein Krankenhaus erinnert und dann … dann war nichts mehr. Morgens hat mich mein Kollege gefunden. Ich war besinnungslos …“

Axels Mutter schüttelte immer wieder den Kopf. „Ich nehme an, ihr habt die Polizei verständigt“, sagte sie.

Ihr Bruder Karl nickte heftig. „Natürlich! Aber stellt euch vor … ich kann es noch immer nicht fassen … Der Sarkophag war nun leer! Die Mumie war weg! Meine Geschichte hat mir der Kriminalbeamte nicht so recht geglaubt.“

Frau Klingmeier hatte dafür Verständnis. „Sie klingt auch wirklich … unfassbar!“

Im Hintergrund hatte die ganze Zeit das Radio gespielt. Zwischen zwei Musiknummern meldete sich der Moderator und gab folgende Nachricht durch: „Wie wir soeben erfahren haben, ist in der vergangenen Nacht aus der Ägypten-Ausstellung, die heute Vormittag eröffnet wird, eine goldene

Maske verschwunden. Sie stellt das Gesicht, den langen falschen Bart und die Tuchkrone des Pharaos dar. Der Wert der Maske geht in Millionenhöhe."

Herr Koller verbarg sein Gesicht in den Händen und stöhnte leise. „Das auch noch! Ein Diebstahl! Und ich hatte Schicht. Das bedeutet, ich kann mir eine neue Stellung suchen. Ich werde ganz sicher gefeuert werden! Das gibt einen Skandal!"

Axels Mutter legte ihm beruhigend die Hand auf den Arm. „Jetzt beruhige dich, Karli! So schlimm wird es schon nicht kommen!"

Axel hob die Augenbrauen und murmelte vor sich hin: „Schließlich gibt es ja die Knickerbocker-Bande …"

Bereits am Nachmittag trafen die vier Freunde vor der Fabrikhalle zusammen und kauften sich Eintrittskarten. Die Dame, die sie durch die ägyptischen Kunstschätze führte, hieß Dr. Gliva und ermahnte sie gleich zu Beginn: „Meine Damen und Herren, darf ich Sie bitten, bei der Gruppe zu bleiben. Wir können die Ausstellung nur gemeinsam betreten und verlassen. Jeder Besucher, aber auch jeder Mitarbeiter wird beim Betreten des Saales automatisch gezählt." Dominik verstand nicht, wozu das gut sein sollte. Lilo aber kam ein Verdacht.

KRIMI-FRAGE:

Welcher Verdacht ist es?

LÖSUNG:

A	T	M	E	N	H	P	T	L	R	H	Ä	T	T	E	N
N	S	I	E	R	E	H	E	T	K	S	I	E	S	I	C
F	U	H	I	G	L	A	L	M	O	H	D	A	S	S	C
Ä	D	U	R	C	V	G	L	A	D	H	O	N	F	R	Ü
N	H	E	R	!	E	H	U	D	R	H	E	R	Ü	B	E
G	F	K	H	P	W	A	N	E	T	R	L	E	G	T	K
E	D	R	A	A	K	T	G	K	H	!	A	N	S	I	C
R	E	E	L	R	R	S	S	P	M	H	T	E	N	E	I
G	R	U	T	L	W	I	C	T	F	N	E	S	C	L	O
L	J	Z	E	A	M	C	H	N	A	W	N	S	.	R	E
Ü	K	W	S	R	Z	H	M	S	D	D	E	T	E	N	S
C	O	O	T	E	L	J	U	E	E	O	G	A	R	B	I
K	I	R	E	S	P	E	G	M	R	S	Z	U	M	M	O
.	U	T	L	I	S	M	G	K	T	R	G	E	N	G	R
M	Z	R	L	M	Ü	A	E	Ö	L	A	U	E	N	F	H
Ü	T	Ä	E	A	N	N	L	F	K	J	O	F	Z	Ö	G
S	R	T	8	S	G	D	N	T	A	G	L	N	:	L	T
S	E	S	T	D	A	I	L	X	N	F	L	F	R	I	G
T	W	E	O	G	⊙	N	A	G	O	T	E	R	F	U	T
E	F	L	L	E	I	D	S	R	N	Z	R	H	G	J	R
M	D	,	R	R	M	I	S	K	E	N	T	H	X	W	E
A	R	R	E	T	S	E	E	U	N	F	G	T	V	E	E
N	T	I	G	Z	A	A	N	I	F	D	V	Z	E	R	W
H	Z	E	Z	K	R	U	.	O	E	S	E	U	R	T	F
A	H	F	U	U	K	S	●	D	U	K	F	I	R	Z	D
B	B	E	F	I	O	S	D	C	E	4	J	L	U	N	M

Lilo erklärte ihrem Kumpel den Sinn der Besucherzählanlage. „Ist doch logisch, Dominik. Die Anlage verhindert, dass sich jemand in der Ausstellung oder in der Toilette verstecken und in der Nacht etwas stehlen kann!“ Sie hatte jetzt aber eine Frage: „Hat es diese ‚Zählanlage‘ auch schon vor der Eröffnung der Ausstellung gegeben?“

Dr. Gliva lächelte verlegen. „Nun ja ... in Anbetracht des Wertes der ausgestellten Gegenstände, ja ... ja, es hat sie bereits vorher gegeben“, stotterte sie und begann danach sofort mit ihrem Vortrag.

Lilo verfolgte die Worte von Frau Dr. Gliva nur mit einem Ohr. Immer wieder ließ sie ihre Blicke durch den Saal schweifen und knetete dabei ihre Nasenspitze mit den Fingern. Ein Zeichen dafür, dass sie angestrengt nachdachte ...

Nach einer Weile blieb die Ägypten-Expertin vor einer Truhe stehen und sagte: „Meine Damen und Herren, Sie sehen hier einen hölzernen Sarkophag mit reichen Verzierungen. Bitte beachten Sie die Farben, die über zweitausend Jahre lang erhalten geblieben sind.“

Axel stieß Lilo mit dem Ellbogen an und sagte leise: „Das ist der Sarkophag, von dem mein Onkel erzählt hat ...“

Wieder hatte Lilo eine Frage: „Liegt eine Mumie in diesem Sarkophag?“

Dr. Gliva lächelte milde. „Eine Mumie? Nein! Meines Wissens nach ist der Sarkophag leer. Wir haben ihn erst einen Tag vor der Eröffnung erhalten. Er ist eine Leihgabe von Professor Anubis, dem weltbekannten Pyramidenforscher. Er lebt nicht weit von hier in einer alten Mühle, genannt die ‚Anubis-Mühle‘!“

Lilo bedankte sich für die Auskunft und knetete ihre Nasenspitze immer heftiger. „Wir suchen uns die Adresse dieser Mühle heraus und fahren noch heute Abend hin!“, beschloss das Superhirn. Lilo hatte einen sehr starken Verdacht, den sie unbedingt überprüfen wollte.

Es dämmerte bereits, als die vier Detektive bei dem dunklen Holzgebäude eintrafen. Es war nicht sehr hoch und wirkte ein wenig eingesunken, als wäre ihm die Luft ausgegangen. Von einem Mühlrad keine Spur. Aber das war jetzt nicht wichtig. Die Bande hatte beschlossen, sich als Reporter einer Schülerzeitung auszugeben, die einen Bericht über Professor Anubis schreiben wollten.

Sie drückten den Klingelknopf und ein donnernder Gong ertönte im Inneren des Hauses. Schritte näherten sich und die Tür wurde aufgerissen. Entsetzt starrten die vier auf das Wesen vor ihnen. Es hatte die Gestalt eines Menschen. Doch auf seinen Schultern thronte ein Hundekopf. Das Monster trug ein langes, wallendes Gewand.

„He … ihr könnt euch abregen. Das ist doch nur eine Maske!“, kicherte Lilo erleichtert.

„Äh, was … habe ich die Maske auf? Verzeiht mir! Ich wollte euch nicht in Schrecken versetzen. Doch ich trage sie oft, die Anubis-Maske“, erklärte der Mann, der unter dem Hundekopf zum Vorschein kam. Er war ungefähr fünfzig Jahre alt und hatte besonders listige, kleine Augen.

„Aber … Anubis, so heißt doch der Professor!“, wunderte sich Poppi.

„Der Professor, das bin ich! Anubis ist nur mein Künstlername. Eigentlich war Anubis der Totengott der Ägypter.

Eines seiner Kennzeichen war sein Kopf. Der Kopf eines Schakals“, erklärte der Hausherr. „Ich habe diese Maske von einem ägyptischen Magier geschenkt bekommen. Ich bilde mir ein, dass sie mir Kraft und Weisheit verleiht. Aber wenn ihr zu mir wollt, warum tretet ihr nicht ein?“

Die Knickerbocker folgten dieser Einladung gerne. Staunend blickten sich die vier im Inneren der Mühle um. Es war wie in einer anderen Welt. Die Wände waren mit ägyptischen Bildern und Schriftzeichen bemalt. Dazwischen hingen riesige Fotografien von ägyptischen Tempeln, des Sphinx und dem Nil. Im Wohnzimmer des Professors war sogar eine Pyramide aufgebaut, die man betreten konnte.

In ihr bot der Professor den vier Detektiven Platz an. Lilo begann von der Schülerzeitung zu schwindeln und erzählte, dass sie im Museum den Sarkophag gesehen hatten, der aus der Sammlung des Professors stammte. „Angeblich soll in der letzten Nacht eine Mumie durch die Ausstellung gewankt sein“, sagte Lilo und ließ den Professor dabei nicht aus den Augen. Dieser verzog aber keine Miene.

„Unsinn“, meinte er dazu nur.

Das Gesicht eines dunkelhäutigen, sehr, sehr ernst blickenden Mannes erschien in der Einstiegsöffnung der Pyramide.

„Das ist Goro, mein Assistent!“, stellte ihn der Professor vor. „Was sagen Sie, Goro, diese Kinder behaupten, eine Mumie sei in der Ausstellung zum Leben erwacht“, erzählte er lachend.

Der dunkelhäutige Mann schien nichts Besonderes daran zu finden. „Das wäre nicht das erste Mal! Ich kenne Geschichten von Mumien, die sich dafür gerächt haben, von

Männern wie Ihnen aus dem Totenschlaf gerissen worden zu sein."

Professor Anubis überspielte die ernsten Worte mit einem Witz: „Das heißt, ich kann mit Mumienbesuch rechnen – demnächst! Vielleicht liegt das aber auch an meinem Sarkophag … Möglicherweise hat er eine ‚aufmunternde' Wirkung auf alle Mumien, die in ihm liegen. Er könnte so eine Art ‚Mumien-Wecker' sein …!" Er lachte schallend.

Goro schien das nicht lustig zu finden. „Mit dem Fluch, der auf allen lastet, die die Toten stören, scherzt man nicht! Professor, ich gehe jetzt und komme in zwei Tagen wieder", verabschiedete er sich.

Lilo wurde unruhig: „Herr Professor … wo ist denn … die Toilette?"

„Gleich im nächsten Raum, mein Kind! Die ist allerdings ganz und gar nicht ägyptisch!"

Lilo erhob sich und verschwand. Die Geschichte von den Mumien, die sich für die Störung ihres Totenschlafes rächten, hatte sie schon öfters gehört. Sie glaubte natürlich nicht daran.

Gegenüber der Toilette entdeckte Lilo ein weiteres Zimmer. Die Tür war nur angelehnt und deshalb streckte sie vorsichtig ihren Kopf hinein. Sie blickte in ein Zimmer mit kahlen Wänden. Auf dem Boden lagen eine Matratze und Berge von Büchern und Zeitschriften. Dazwischen fand sie einen Brief, der an Herrn Goro Abtehal gerichtet war. Sie befand sich also in Goros Zimmer. Lilo wusste, dass es verboten war, fremde Briefe zu lesen. Aber sie hielt es in diesem Fall für wichtig. Irgendwie traute sie diesem Mann nicht. Der

Text war englisch, aber das Superhirn schaffte es, ihn zu übersetzen.

Er lautete ungefähr so:

Bruder Goro, ich grüße dich! Seit drei Monden befindest du dich jetzt in diesem Land, das so fern von deinem ist. Wir sind froh, dass du bereit warst, diese wichtige Aufgabe zu übernehmen.

Die Bruderschaft des Sonnengottes hat es sich zur Aufgabe gesetzt, die Kunstschätze und Heiligtümer unseres Landes Ägypten wieder in die Heimat zurückzubringen. Wir kaufen manches, doch für vieles fehlt uns das Geld.

Deshalb hast du die Pflicht, Professor Anubis davon zu überzeugen, dass er alle Dinge, die er bei seinen Ausgrabungen gefunden und mitgenommen hat, wieder an unser Land zurückgeben muss.

Ich hoffe auf das Gelingen dieses Vorhabens!

Bruder Amun.

Lilo legte den Brief zurück und überlegte: „Und wer sagt, dass dieser Goro nicht stiehlt und die goldene Maske aus dem Museum geholt hat?"

Sie wollte schon zurück in die Pyramide. Da fiel es ihr plötzlich wie Schuppen von den Augen. Nun wusste sie, wer die Maske gestohlen hatte. Es gab dafür sogar einen Beweis!

KRIMI-FRAGE:

Wer war es?

LÖSUNG:

D	R	E	I	G	F	R	H	G	;	G	R	T	E	H	T
U	J	H	F	E	R	T	G	I	E	R	I	G	L	A	N
G	T	E	E	R	N	A	C	H	D	E	M	E	I	S	G
N	M	F	R	E	T	R	K	R	Z	M	S	L	D	S	F
N	G	H	➔	D	E	R	P	R	O	F	E	S	S	O	R
!	D	I	E	K	N	I	C	K	E	R	B	O	C	K	E
R	H	A	B	E	N	N	I	C	H	T	E	R	W	Ä	H
N	T	,	D	A	S	S	D	I	E	M	U	M	I	E	I
N	S	E	I	N	E	M	S	A	R	K	O	P	H	A	G
E	R	W	A	C	H	T	I	S	T	.	T	R	O	T	Z
D	E	M	W	U	S	S	T	E	E	R	E	S	!	●	L
E	H	N	R	T	S	X	Q	:	T	K	Ö	T	E	S	T
R	E	S	A	H	K	D	A	R	L	I	N	G	,	G	T
S	R	D	B	D	A	T	E	T	T	N	A	N	G	R	D
T	R	K	E	,	H	G	Ä	N	S	E	P	A	T	A	F
Z	E	M	L	S	R	O	R	N	E	O	N	L	A	S	B
U	N	T	S	L	H	I	G	M	S	I	G	U	S	E	H
N	Z	R	C	I	J	K	E	J	E	K	T	O	S	N	T
E	I	H	H	U	K	Z	R	R	L	U	R	L	P	D	Z
H	M	P	N	J	L	J	M	G	S	H	F	!	O	E	J
M	M	O	Ü	H	R	T	I	?	O	E	A	J	K	R	K
E	E	Z	R	T	U	E	T	U	H	R	S	N	E	R	O
N	R	T	E	E	H	Z	S	J	R	Z	G	T	R	O	P
D	F	H	H	G	E	R	E	R	E	T	R	G	F	B	R
E	G	E	:	R	F	T	G	T	N	D	K	R	A	E	E
P	A	S	H	G	B	H	Z	F	A	H	R	E	C	R	„

Der Frosch im Tresor

Ungeduldig klingelten Lilo und Axel an der Tür von Ling Fu. Der Chinese hatte die beiden zu sich eingeladen, um ihnen eine Löwenfigur zu zeigen, die er gerade restaurierte. Der Löwe stammte aus der Sammlung eines sehr reichen Mannes und war ein Vermögen wert.

„Wieso macht Herr Fu nicht auf?“, stöhnte Lilo. „Sitzt er auf den Ohren?“

Axel stutzte. „He, sieh mal, Lilo. Die Eingangstür ist gar nicht abgesperrt.“ Er drückte sie auf und die Knickerbocker betraten das Haus. Aber so viel sie auch nach Herrn Fu riefen, er antwortete nicht. Ratlos blieben sie im Vorraum stehen. Plötzlich flog die Eingangstür auf und eine kleine Chinesin stürzte herein.

„Wer seid ihr?“, schnauzte sie die Detektive an.

„Das können wir Sie genauso fragen!“, schnauzte Axel zurück.

Die Chinesin musterte Axel und Lilo von Kopf bis Fuß.

„Nach Dieben seht ihr nicht aus“, meinte sie schließlich. Die Knickerbocker verstanden kein Wort. „Ling ist überfallen worden. Wir müssen ihn befreien. Die Diebe haben ihn im Keller in den Tresor gesperrt.“

„Was???“ Lilo konnte es nicht fassen.

Mit pochendem Herzen folgten sie und Axel der Chinesin in den Keller. Sie durchquerten zwei Lagerräume, bis sie vor einer roten Eisentür standen.

„Der Tresorraum. Hier bewahrt Ling die kostbaren Kunstgegenstände auf, die er zum Restaurieren bekommt“, erklärte die Frau. Sie kramte einen Zettel heraus, auf dem die Kombination notiert war, mit der die Tür geöffnet werden konnte. Sie drehte die verschiedenen Rädchen und zog die dreißig Zentimeter dicke Metalltür auf.

Ein zitternder Ling Fu torkelte heraus und umarmte die Frau. Sein Gesicht war schweißnass und er bebte am ganzen Körper. „Danke, Wung“, keuchte er. „Ich dachte schon, ich muss ersticken!“ Jetzt erst bemerkte er Axel und Lilo. „Kinder, ich bin überfallen worden. Von einem Mann, der eine Froschmaske trug. Er hat mich gezwungen, den Löwen herauszurücken. Anschließend hat er mich in meinem eigenen Tresor eingeschlossen. Zum Glück hatte ich mein Handy eingesteckt. Es war meine Rettung. Mit ihm habe ich meine Freundin Wung anrufen können!“

Die beiden Knickerbocker nickten.

„Jetzt brauche ich eine Tasse Tee und dann rufen wir sofort die Polizei!“, entschied Herr Fu.

Einige Minuten später ließ Lilo ihre Tasse sinken und meinte: „Herr Fu, vielleicht ist es besser, nicht die Polizei zu holen. Die wird bestimmt auch erkennen, dass SIE den Überfall vorgetäuscht haben und Axel und mich als Zeugen missbrauchen wollten."

Ling Fu und seine Freundin blickten das Superhirn erschrocken an. „Wie kommst du darauf?", fragte Fu atemlos. Dann musste er anerkennen, dass Lilo richtig kombiniert hatte …

KRIMI-FRAGE:

Wie hat sich Ling Fu verraten?

LÖSUNG:

H	T	T	I	T	K	M	!	R	U	Ü	C	I	E	T	R
E	E	A	D	E	E	P	D	E	E	S	X	E	D	Z	H
L	B	U	F	E	L	F	S	N	F	W	C	L	,	N	I
L	M	F	R	W	L	A	G	H	Z	H	A	U	T	Z	T
W	I	U	K	A	E	N	M	T	B	F	N	S	R	U	E
A	H	N	L	S	R	G	U	O	G	N	R	T	E	I	T
C	C	D	N	S	I	.	P	P	W	R	E	I	L	D	T
H	I	S	?	E	N	●	R	?	A	J	F	G	L	S	A
R	S	A	D	R	E	F	D	I	L	U	Ü	E	D	E	H
I	E	H	E	?	I	T	A	M	H	O	P	N	S	W	E
C	I	A	W	J	N	M	C	H	R	P	O	:	L	H	R
H	S	N	B	K	E	K	V	I	D	S	T	W	O	E	!
T	E	D	F	♥	M	I	R	M	E	L	A	S	E	R	T
E	T	I	A	E	T	R	T	A	F	E	L	D	I	L	B
T	M	N	H	I	R	R	Z	K	A	P	U	Z	E	L	E
S	O	O	N	N	E	E	,	S	P	A	G	H	E	T	T
N	T	T	E	H	S	G	T	R	J	G	K	M	T	Z	I
T	E	U	N	A	O	Ü	H	T	R	E	J	T	R	K	L
Z	I	O	G	N	R	G	E	R	N	Z	K	D	G	X	J
T	Z	E	J	D	K	Ä	F	F	E	R	T	E	N	F	L
Z	T	D	T	Y	E	Ö	D	E	T	H	E	R	Z	Ä	H
H	H	F	N	H	I	P	E	R	G	U	L	U	N	G	E
B	R	L	E	A	N	I	T	T	Ö	D	F	A	B	G	J
N	Ä	L	N	T	E	F	E	T	!	Z	D	K	P	M	R
E	G	O	H	I	N	G	E	R	N	Z	E	H	E	N	U
O	A	E	Ü	M	E	E	G	R	A	Z	J	R	T	O	K

Die Schönheitskatze

Mittagspause in der Ausstellung der „Schönsten Katzen der Welt“. Über fünfzig Rassekatzen saßen in weißen Käfigen und hatten sich den ganzen Vormittag lang bewundern lassen. Um zwölf Uhr war für zwei Stunden Pause. Die Besitzer der edlen Tiere versorgten ihre Lieblinge mit Wasser und Futter und gingen anschließend selbst essen.

Zurück blieben Poppi und eine sehr kleine, sehr dünne Frau, die Poppi durch ihre hervorquellenden Augen aufgefallen war. Sie sprach wenig und kümmerte sich nur um ihre drei Katzen, die sie zur Ausstellung gebracht hatte. Zwei davon waren in dem Schönheitswettbewerb, der gleichzeitig stattfand, in der Endrunde gelandet. Sie wollte die Tiere noch einmal bürsten.

Poppi spielte in der Zwischenzeit mit den anderen Katzen, denen zum Teil sehr langweilig war. Kurz nach dreizehn Uhr hörte sie, wie ein Fenster geöffnet wurde, dachte sich dabei aber nichts. Ein Käfig klirrte. Poppi war so sehr mit einer langhaarigen Perserkatze beschäftigt, dass ihr auch weiterhin nichts auffiel. Erst eine Viertelstunde später setzte sie die Perserkatze in ihren Käfig zurück und schlenderte in den hinteren Teil der Ausstellung. Dort lag, ausgestreckt auf dem Boden, die dünne Frau mit den Froschaugen. Sie bewegte sich nicht. Poppi kniete sich neben sie und rüttelte sie an der Schulter. Die Frau stöhnte und öffnete mühsam die Augen. Mit Poppis Hilfe konnte sie sich aufsetzen.

„Ist Ihnen nicht gut?“, fragt Poppi besorgt.

Die Frau deutete auf das offene Fenster und erzählte stockend: „Ein Mann … ein fetter Mann … ist hereingeklettert und er hat … Prinz mitgenommen … die Katze mit dem blauen Fell. Als ich sie ihm wegnehmen wollte, hat er mich so heftig zur Seite gestoßen, dass ich gegen die Wand geknallt bin. Ich … war bewusstlos.“

Poppi kombinierte schnell. „Das war also das Fenster und das Käfigklirren, das ich gehört habe.“

Die Junior-Detektivin sprang auf und blickte durch das Fenster hinunter. Die Ausstellung befand sich im ersten Stock. Darunter war der Garten des Hauses. Im Gras lag die Leiter, die der Mann benutzt hatte. Poppi lief hinunter und untersuchte die Stelle, an der die Leiter gestanden hatte. Die beiden flachen Abdrücke der Holme waren im Boden noch deutlich zu erkennen. Andere Hinweise auf den Katzendieb fand Poppi allerdings nicht. War die Katze vielleicht entführt worden, um Lösegeld für sie zu fordern? Prinz hatte große Chancen, den Schönheitswettbewerb zu gewinnen, und ihm winkte ein hohes Preisgeld.

Als Poppi in die Ausstellungsräume zurückkehrte, war ihr

plötzlich etwas klar. Sie ging zu der Frau und sagte: „Sie haben mich angelogen. Das kann ich sogar beweisen. Wenn Sie Prinz sofort in seinen Käfig zurücksetzen, werden Ihre Katzen vielleicht nicht gewinnen. Dafür haben Sie es aber auch nicht mit der Polizei zu tun!"

Die Frau war fassungslos. Sie hatte doch alles genau geplant. Trotzdem war ihr ein schwerer Fehler unterlaufen.

KRIMI-FRAGE:

Welchen Fehler hat die Frau gemacht?

LÖSUNG:

S	G	R	H	M	N	G	F	.	F	E	R	T	J	D	A
E	G	F	N	M	T	Z	R	O	P	Ö	F	R	U	Z	S
E	R	T	N	H	K	S	E	R	G	Z	O	Ä	F	R	E
W	A	S	S	E	R	M	Ä	N	N	E	R	H	Z	W	E
B	V	M	L	P	Ü	,	S	A	N	D	B	U	R	G	E
N	B	A	U	Z	;	O	P	F	R	T	A	Q	C	Y	C
H	U	T	Z	R	T	J	L	O	I	P	.	S	Ä	B	E
L	R	A	S	S	E	L	N	L	O	I	R	T	N	D	R
W	G	Z	O	P	D	A	G	B	W	E	R	T	S	A	C
H	E	N	K	O	M	M	E	N	S	T	E	T	S	H	J
E	Z	U	L	P	Ü	S	A	F	E	R	N	M	F	T	I
O	Ö	C	S	G	E	R	T	K	L	A	R	E	.	L	Ö
F	F	E	L	D	E	A	C	D	X	G	H	T	U	O	M
P	Ö	Z	R	H	W	D	A	S	G	H	M	V	U	O	P
F	Z	E	J	L	S	A	G	E	R	M	K	L	A	S	Z
P	E	T	H	N	F	F	J	Z	R	A	F	B	N	E	R
T	F	H	K	O	P	L	,	D	E	R	T	M	A	Q	W
D	T	➔	D	I	E	F	R	A	U	S	P	R	A	C	H
V	O	N	E	I	N	E	M	F	E	T	T	E	N	M	A
N	N	.	D	I	E	A	B	D	R	Ü	C	K	E	D	E
R	L	E	I	T	E	R	W	A	R	E	N	A	B	E	R
N	U	R	F	L	A	C	H	.	●	S	A	E	R	G	J
K	M	I	O	P	R	T	S	A	L	E	R	T	H	I	E
S	F	W	E	K	L	P	E	R	B	E	R	M	J	Z	T
A	E	R	F	G	Z	K	L	P	R	E	Z	T	J	K	L
A	S	Ä	W	E	B	T	Z	U	F	R	T	K	L	P	O

Flaschenpost im Eis

Teil 1

„In dieser Höhle ist der Gansinger Sepp am 6. April des Jahres 1922 verschwunden", berichtete Axel mit Grabesstimme.

„Auch wenn du noch so hauchst, ich bekomme keine Gänsehaut!", meinte Lilo trocken. „Aber bist du ganz sicher, dass er hier verschwunden und nie wieder aufgetaucht ist?"

Axel nickte. „Der Gansinger Sepp sagte zu seiner Frau, dass er nun fortgehen und mit einem großen Schatz wiederkommen werde. Zuletzt wurde er von Jägern beim Eingang zur Blauen Höhle gesehen. Danach hat ihn keiner mehr zu Gesicht bekommen!"

Die Knickerbocker-Freunde hatten eine Wanderung durch die Berge unternommen, um sich diese geheimnisumwitterte Höhle anzusehen. Es war strengstens verboten, die Höhle zu betreten, aber die Bande wollte wenigstens versuchen, sie ein bisschen zu erforschen. Sie trauten sich das nur, weil sie zu viert waren und mit Lilo eine sehr erfahrene Bergsteigerin bei sich hatten.

Als sie beim Eingang zur Blauen Höhle angelangt waren, erzählte ihnen Axel, was der Gansinger Sepp hier suchen wollte: „Der Gansinger Sepp hatte behauptet, dass Landsknechte während des Dreißigjährigen Krieges auch durch diese Gegend gezogen seien und alles geplündert hätten, was sie nur zwischen die groben Finger gekriegt hätten. Ihre Beute hätten sie angeblich in dieser Höhle versteckt. Irgendwo, ganz tief drinnen, dort, wo die Felswände alle mit Eis bedeckt sind."

Lilo glaubte das alles nicht wirklich, aber neugierig war sie doch. Sie schlang ein Kletterseil beim Höhleneingang um einen Stein und kontrollierte mehrere Male, ob es auch wirklich halten würde. Nachdem es diesen Test bestanden hatte, wagten sich die Detektive tiefer in die Grotte.

Das Superhirn ging voran und rollte immer mehr von dem Seil ab. Die anderen hielten sich gut daran fest. Auf diese Art blieben sie zusammen, waren vor Abstürzen geschützt und konnten außerdem jederzeit den Rückweg finden. Die Lichtkreise ihrer Taschenlampen zuckten unruhig und suchend über die schroffen Wände. Die Luft, die ihnen entgegenwehte, wurde bei jedem Schritt eisiger. Bald tauchten die ersten Eiszapfen und Eisgebilde über und neben ihnen auf. Sie wussten, dass ein Stück weiter große Teile der Höhle nur noch aus Eis bestanden. Es war eine glitzernde Welt, die allerdings sehr zerbrechlich und daher auch äußerst gefährlich war. Als das Seil zu Ende war, schlug Lilo vor, umzukehren. Axel war mit dieser Idee nicht einverstanden.

Lilo wurde richtig sauer. „Hör zu, mein Vater ist Kletterlehrer und wenn er erfährt, wo wir heute waren, lässt er mich ins Irrenhaus bringen. Wir begeben uns in Wahnsinnsgefahr. Ich will nicht auch verschwinden wie der Gansinger Sepp!"

Axel hörte ihr gar nicht zu, denn er hatte etwas entdeckt. „Seht nur ... eine Flasche! Eine Flasche im Eis. Mit einem Zettel drin. Das ist eine Flaschenpost!" Axel trat mit dem Schuh gegen die nicht allzu dicke Eisschicht und konnte sie nach einigen Versuchen zerschlagen. Die Flasche fiel in seine Hände. Mit zitternden Fingern versuchte er, den Zettel herauszufischen, aber es war unmöglich. Das Papier war feucht geworden und gefroren. Es zerriss bei dieser Aktion in mehrere Stücke.

Auf einem konnten die vier Detektive aber eine Unterschrift erkennen. „Ga ... n ... sin ... ger!", entzifferte Poppi. Zum Glück war der Brief mit Kugelschreiber verfasst. Sonst wäre kein Wort mehr lesbar gewesen.

„Der Gansinger Sepp hat eine Botschaft hinterlassen ... Wieso? Und was hat er geschrieben?", fragte sich Axel.

Lilo zuckte mit den Schultern. „Auf jeden Fall hat diesen Brief nicht der Gansinger Sepp geschrieben!", sagte sie mit Bestimmtheit.

Poppi, Dominik und Axel blickten sie fragend an. „Wie kommst du darauf?", wollten sie wissen.

Lilo, das Superhirn, grinste verschmitzt. „Selbst das Denkschmalz anstrengen!", riet sie dem Rest der Bande.

KRiMi-FRAGE:

Wie kam Lilo auf den Verdacht?

LÖSUNG:

B	A	U	M	R	I	E	S	E	E	!	B	R	A	B	E
W	Ü	R	F	E	L	S	P	I	S	●	V	E	G	E	X
E	L	E	D	R	H	.	H	R	N	N	E	T	I	K	E
!	D	F	E	N	N	Z	T	R	O	H	R	T	R	I	T
D	G	E	I	5	8	S	D	F	C	O	H	E	H	N	N
E	D	E	R	M	Ä	U	S	E	H	R	:	R	Ä	D	E
A	D	W	H	J	K	L	F	A	K	I	L	I	J	E	P
E	R	T	M	S	W	3	M	E	E	Z	K	N	N	R	P
B	G	T	R	E	C	S	A	B	I	O	G	D	H	.	A
T	R	U	O	P	F	R	E	T	N	N	T	E	E	J	L
E	M	K	O	P	Ü	F	R	E	E	T	I	R	Z	A	K
J	K	O	P	S	W	E	R	⬇	N	E	E	J	8	F	N
N	A	U	G	E	N	:	H	I	K	2	Z	L	Z	E	E
M	E	S	C	H	A	F	S	M	U	I	E	E	I	R	G
H	N	T	Q	U	A	S	S	J	G	N	Z	T	E	H	N
E	Z	I	J	I	O	S	O	A	E	W	N	Z	R	J	U
M	M	E	R	N	O	C	H	H	L	Ä	A	T	D	R	D
E	N	W	I	N	T	E	R	R	S	L	G	E	N	T	L
A	V	E	R	P	E	N	E	E	C	D	E	N	E	P	E
E	L	F	R	T	H	Z	U	I	H	E	I	S	S	N	M
O	R	T	L	E	R	Z	U	9	R	R	D	E	E	D	R
E	R	K	R	Ö	T	E	N	2	E	N	S	K	I	E	E
J	K	O	P	S	W	E	R	2	I	N	E	U	R	J	L
H	E	F	T	K	L	A	M	G	B	I	T	N	C	A	H
M	E	R	H	T	Z	F	;	A	E	E	L	D	B	S	E
N	R	E	K	Z	F	D	G	B	R	S	E	E	A	S	F

Flaschenpost im Eis

Teil 2

Als die Knickerbocker-Bande ins Tal zurückkehrte, marschierte Lilo zur alten Gundula. Gundula war über neunzig Jahre alt und eine lebende Chronik des Ortes. Vielleicht wusste sie mehr über die Blaue Höhle und den Gansinger Sepp?

Die uralte Frau mit dem zerknitterten Gesicht und den schneeweißen Haaren hob abwehrend die Hände, als das Mädchen sie danach fragte: „Kind, warst du am Ende in der Blauen Höhle?“ Als Lilo bejahte, griff sich Gundula ans Herz. „Aber wieso ist der Eingang nicht abgesperrt? Das sollte er doch sein!“ Darauf wusste das Oberhaupt der Knickerbocker-Bande keine Antwort. „Die Blaue Höhle ist nämlich eine Falle. Wer sich tief in den Palast aus Eis vorwagt, über dem wird die kalte Pracht zusammenstürzen, um ihn zu begraben.“ Lilo erschauderte.

Gundula wusste auch eine Erklärung dafür: „Es war vor dreißig Jahren, da lebten in diesem Dorf zwei Familien. Sie waren einander spinnefeind. Der Grund dafür war ein Acker, den beide Familien für sich haben wollten. Jeder behauptete, dass ihm das Feld gehöre.

Die eine Familie hieß Johannson, die andere Gebauer! Die Väter der Familien haben sich oft im Wirtshaus beschimpft. Betrüger und Räuber haben sie einander genannt. Feigling und Hasenfuß! Aber dann ist eines Tages die Geschichte vom Gansinger Sepp und dem Schatz in der Eishöhle aufgetaucht. Vater Johannson und Vater Gebauer haben sich beide gebrüstet, dass sie den Schatz holen werden. Sie wollten einen Wettlauf veranstalten. Wer als Erster den Schatz fand, durfte ihn nicht nur behalten, sondern sollte auch noch den Acker bekommen, um den sie stritten."

Gundula machte eine Pause. Lilos Spannung wuchs.

„An einem windigen Morgen im August brachen die beiden Männer auf. Aber es war, als hätte der Himmel etwas gegen dieses Vorhaben. Zu Mittag brach ein grauenhaftes Gewitter los. Ein Sturm tobte um den Berg und hühnereigroße Hagelkörner stürzten zur Erde. Falls die beiden Männer die Höhle noch nicht erreicht hatten, bestand für sie große Gefahr. Im Dorf hatten alle Angst um ihr Leben.

Als Erster kehrte Vater Johannson zurück. Er zitterte am ganzen Leib und berichtete, er habe eine Warnung ‚von oben' erhalten. Als er den Berg bestieg und das Unwetter begann, habe über ihm ein Donnerschlag gekracht, der wie das Wort ‚ZURÜCK' geklungen habe. Der Blitz, der gleich darauf folgte, habe die Form eines mahnenden Fingers gehabt!"

Lilo schüttelte ungläubig den Kopf.

„Hör dir an, was Vater Gebauer passiert ist", sagte die alte Frau. „Er war schon nahe an der Höhle, als ihm eine blaue, durchscheinende Frauengestalt entgegengetreten sei. Diese Frau habe warnend die Hände gehoben und ihn zurückgescheucht. Der Bauer ist erschrocken davongelaufen und hat hinter sich die Geräusche einer Steinlawine gehört. Wäre er weitergegangen, hätte das seinen Tod bedeutet. Deshalb ist er sofort ins Tal zurückgekehrt und hat von der Wette nichts mehr wissen wollen. Die beiden Familien haben für einige Zeit Frieden geschlossen, bis eines Tages das Gerücht aufgekommen ist, dass die Geschichte mit dem Schatz in der Blauen Höhle nur erfunden sei. In Wirklichkeit wollte einer der beiden Männer den anderen nämlich in eine tödliche Falle locken!"

Lilo knetete ihre Nasenspitze und schob die Unterlippe vor. „Das ist kein Gerücht, das ist die Wahrheit", sagte sie. Die gefälschte Flaschenpost im Eis war der Beweis dafür. „Und ich kann sogar sagen, wer wen austricksen wollte!", verkündete das Superhirn.

Lilo hat diese Lösung allerdings für sich behalten. Denn zwischen den jungen Gebauers und den jungen Johannsons herrschte Ruhe und die sollte nicht gestört werden. Die Blaue Höhle aber wurde für alle Zeiten verschlossen, damit kein Unglück geschah.

KRIMI-FRAGE:

Wer hat die Falle gebaut?
Herr Johannson oder Herr Gebauer?

LÖSUNG:

F	A	L	L	S	T	R	I	C	K	L	E	I	T	E	R
N	D	R	S	➔	H	E	R	R	J	O	H	A	N	N	S
O	N	.	E	R	H	A	T	G	E	L	O	G	E	N	.
E	S	F	O	L	G	T	N	I	E	D	E	R	B	L	I
T	Z	A	U	F	D	E	N	D	O	N	N	E	R	!	●
N	E	M	O	D	W	E	N	M	I	U	Z	I	,	G	W
E	B	A	S	S	E	R	K	J	Z	R	G	D	H	R	T
E	B	G	H	T	U	L	Ö	P	P	U	Z	!	H	G	R
B	D	H	J	K	T	Z	E	S	A	A	W	E	B	N	J
I	O	P	F	T	K	E	S	L	Ö	T	U	E	J	F	S
F	T	R	U	P	K	L	S	Q	U	E	L	L	W	A	S
S	E	R	A	Z	S	E	I	S	I	G	E	N	,	L	E
I	T	U	N	G	E	N	G	H	R	T	A	H	G	E	L
Ö	H	N	E	R	2	E	H	T	Z	A	S	G	E	K	L
M	N	J	Z	T	J	U	T	Z	K	:	F	D	G	N	X
E	R	X	E	R	S	A	U	S	D	E	N	T	I	E	F
E	N	G	E	T	H	J	T	A	G	W	E	S	F	E	T
H	Ä	U	.	H	S	G	A	D	B	L	I	T	Z	E	A
O	S	E	G	A	A	R	N	S	F	a	K	W	R	R	N
L	T	R	N	U	N	O	G	A	G	F	L	G	O	A	G
U	I	L	I	S	E	?	L	6	H	D	E	Z	S	S	L
N	M	I	L	W	R	E	E	:	L	„	R	R	T	D	E
D	P	C	S	E	E	L	R	O	Ö	I	T	M	R	E	R
E	U	H	E	I	V	T	A	M	A	U	Z	N	E	G	A
R	R	E	I	N	N	E	N	N	S	.	H	;	I	V	N
S	I	M	R	V	O	R	N	E	R	R	Z	U	E	R	D

Wo ist Bertram Notnagel?

Da am Ende des Monats von Lilos Taschengeld wieder einmal sehr wenig übrig war, half das Oberhaupt der Knickerbocker-Bande seiner Tante Elfie an der Tankstelle. Während die Tante hinter der Kasse saß, putzte Lilo die Scheiben der Wagen. Erstens gab es dafür immer Trinkgeld von den Fahrern und zweitens erhielt sie außerdem pro Stunde ein hübsches Sümmchen von ihrer Tante.

Gerade als drei Autos gleichzeitig zur Tankstelle einbogen, klingelte das Telefon.

„Bitte, heb du ab!“, rief Tante Elfie, die in diesem Augenblick an der Kasse beschäftigt war.

Lilo lief zum Apparat und meldete sich mit einem hektischen: „Ja, hallo?“

Am anderen Ende sprach eine leise, heisere Stimme. „Fragen Sie nicht nach meinem Namen. Schreiben Sie nur mit!“, forderte sie. Lilo traute ihren Ohren nicht. „Ich weiß, wo sich Bertram Notnagel befindet.“

Bei Lilo fiel sofort der Groschen. Bertram Notnagel war ein gesuchter Verbrecher. Ein äußerst gefährlicher außerdem, der kaum vor etwas zurückschreckte. Die Polizei suchte ihn wegen eines Banküberfalls, bei dem er auch Geiseln genommen und verletzt hatte, im ganzen Land – leider vergeblich.

„Er befindet sich in einem Wagen mit dem Kennzeichen OL 722 N. Jetzt tut endlich einmal etwas Nützliches, ihr Bullen!"

Das schnelle Tuten im Hörer verriet, dass der Anrufer aufgelegt hatte. Lilo kritzelte mit dem Finger OL 722 N in die Schmutzschicht auf der Kachelwand. Sie erinnerte sich, dass bereits einige Male Anrufe bei der Tankstelle gelandet waren, die eigentlich für die Polizeistation bestimmt waren. Die hatte nämlich eine sehr ähnliche Telefonnummer. Lilo holte tief Luft und beschloss, sofort die Polizei zu verständigen.

Allerdings kam es nicht dazu. Denn ein Tankwagen fuhr auf die Zapfsäulen zu, der an und für sich nichts Besonderes war. Auffällig war nur sein Nummernschild OL 722 N. Lilo stockte das Blut in den Adern. Ein gesuchter und gefürchteter Verbrecher befand sich auf Tante Elfies Tankstelle. Die Polizei musste sofort kommen, aber würde sie es so schnell schaffen? Lilo wählte die Notrufnummer und gab mit wenigen Worten durch, was los war. Die Funkstreife sollte sofort eintreffen.

Danach lief sie zu ihrer Tante und raunte ihr zu: „Bitte, lass dir Zeit! Behaupte einfach, mit der Kasse sei etwas nicht in Ordnung!"

Die Tankstellenbesitzerin verstand kein Wort, versprach aber zu tun, was ihre Nichte verlangt hatte. Lilo machte sich in der Zwischenzeit daran, die Fenster zu putzen. Dabei hatte sie Gelegenheit, den Fahrer zu betrachten. Es war ein unauffälliger Mann mit rotblondem Vollbart. Er machte nicht den Eindruck, als sei er in Eile oder als hätte er etwas zu verbergen. Auf keinen Fall handelte es sich bei ihm um Bertram Notnagel. Der sah anders aus.

Lilo hatte sich einen Schemel geholt und fuhr mit einem Teleskopwischer sehr lange und umständlich über die Windschutzscheibe. Dabei verrenkte sie sich fast den Hals, um einen genauen Blick in das Fahrerhäuschen werfen zu können. Verdächtiges war darin aber nicht zu erkennen. Allerdings lag hinter dem Fahrersitz eine Schlafkoje, die durch einen Vorhang abgetrennt war. Dort könnte sich der Verbrecher verstecken.

Als hätte er ihre Gedanken gelesen, machte der Fahrer die Tür auf, schob den Vorhang beiseite und holte eine Tasche hervor. Die Schlafkoje war leer. Handelte es sich bei dem Anruf nur um einen müden Scherz? Nein, es gab noch eine Möglichkeit! Der Tank bot viel Platz. Er war mindestens vier Meter lang und einen Meter und fünfzig Zentimeter hoch. Lilo umrundete den Wagen und blickte auf die Anzeige, auf der man die Füllmenge ablesen konnte. Sie bestand aus einem durchsichtigen Rohr, in dem eine weiße Flüssigkeit bis zum obersten Teilstrich stand. Das bedeutete zweierlei. Erstens hatte der Tankwagen Milch geladen und zweitens war er randvoll. Er enthielt laut der Anzeige achttausend Liter Flüssigkeit. Das war also auch kein Versteck.

Der Fahrer hatte endlich gezahlt und ließ den Motor an. Aus einem Gefühl heraus, das Lilo nicht genauer beschreiben konnte, war Lilo überzeugt, dass sie dem Tankwagen auf der Spur bleiben sollte. Sie schwang sich auf ihr Fahrrad, rief Tante Elfie etwas von „Komme gleich wieder“ zu und folgte dem Fahrzeug. Lilo war ganz gut im Beschatten. Immer wieder ließ sie den Abstand zwischen dem Tankwagen und sich größer werden, damit der Fahrer sie nicht bemerkte. Dieser fuhr gleichmäßig langsam und versuchte kein einziges Mal, sie abzuhängen. Glücklicherweise war auf der sehr engen und kurvenreichen Straße die Geschwindigkeit auf dreißig Kilometer pro Stunde begrenzt, deshalb konnte Lilo einigermaßen folgen.

Nach etwa vier Kilometern Fahrt bog der Wagen in eine Molkerei ein. Vom Tor aus beobachtete Lilo, wie er mit einem dicken Schlauch die Milch in Kunststofffässer abfüllte. 400 stand in dicken, schwarzen Zahlen darauf. Der Buchstabe l dahinter ließ vermuten, dass jedes Fass vierhundert Liter fasste. Insgesamt füllte der Fahrer neunzehn Fässer, bevor sein Tank leer war. Er verschwand kurz im Büro der Molkerei und kehrte mit einem Zettel zurück. Anschließend setzte er die Fahrt fort, wobei Lilo ihn nun nicht mehr verfolgte. Seine Unschuld stand für sie fest.

Während sie langsam zurück zur Tankstelle radelte, ließ sie sich die Sache noch einmal durch den Kopf gehen. Nein, sie hatte nichts übersehen. Oder doch? Plötzlich fiel es ihr wie Schuppen von den Augen. Mist!!! Sie hatte etwas übersehen. Lilo trat fest in die Pedale. Sie musste sofort die Polizei anrufen. Zum Glück kam ihr ein kurzes Stück später ein Streifenwagen entgegen. Sie stoppte ihn und erzählte den Polizisten von ihrem Verdacht.

Am Abend wurde in den Fernsehnachrichten die Festnahme von Bertram Notnagel bekannt gegeben. Ein gefährlicher Verbrecher kam endlich hinter Gitter. Lilo war stolz auf sich!

KRIMI-FRAGE:

Was hat das Superhirn herausgefunden?

LÖSUNG:

K	G	B	K	K	E	H	I	N	.	P	K	A	N	O	N
L	L	L	Ä	W	R	A	M	D	6	H	E	R	D	!	K
I	A	A	N	A	N	T	T	D	7	Y	N	E	E	Z	L
M	U	U	G	R	U	S	A	I	5	S	D	F	M	T	A
P	B	E	U	E	R	I	N	E	G	I	O	D	M	T	V
E	E	S	R	N	7	C	K	A	E	K	N	T	O	R	I
R	N	B	U	8	6	H	V	N	R	S	N	I	F	E	E
S	S	L	H	O	O	I	E	Z	A	T	E	M	A	B	R
C	I	U	I	O	O	N	R	E	D	U	R	N	E	U	N
L	E	M	N	O	A	E	S	I	E	D	;	L	I	H	O
A	6	E	M	L	B	I	T	G	Z	I	F	E	N	C	T
N	F	N	E	I	G	N	E	E	A	E	E	S	M	S	E
G	R	R	R	T	E	E	C	A	H	R	I	N	U	N	N
E	A	O	A	E	F	M	K	U	L	T	G	I	L	O	J
N	G	T	N	R	Ü	T	T	F	E	!	E	F	D	V	L
,	E	C	G	.	L	A	.	V	N	F	N	U	R	R	S
F	N	I	L	E	L	U	D	O	O	D	B	A	U	E	E
R	S	V	K	S	T	C	E	L	D	S	Ä	D	M	D	T
T	P	S	S	W	.	H	S	L	E	E	U	N	H	E	N
J	E	T	D	U	B	E	H	.	R	H	M	A	E	I	A
K	E	R	☮	R	E	R	A	●	W	J	E	L	R	L	S
D	D	E	I	D	R	A	L	J	E	E	I	N	U	E	S
S	Y	E	M	E	T	N	B	E	N	Z	N	E	M	G	R
T	G	L	T	N	R	Z	S	R	N	B	G	H	4	A	E
Z	O	A	A	A	A	U	T	T	M	F	R	C	5	L	U
R	N	Z	N	B	M	G	A	Z	A	E	I	E	!	K	I

Das sprechende Leder

Die Knickerbocker-Bande war begeistert. Eine ganze Woche lang durfte sie noch in Kalifornien verbringen. Axels Brieffreund Chet hatte die vier eingeladen und zeigte ihnen alles, was ihn begeisterte. Er führte sie nach Disneyland, in die Universal-Filmstudios, in den Tierpark von San Diego und in eine alte Goldgräberstadt.

„Ghost Town sagen die Leute hier", erklärte er den vier Freunden. „Weil die Häuser, der Saloon, das Gefängnis und alle Läden verlassen sind. Es gibt nur noch ein kleines Museum, in dem einige interessante Sachen gezeigt werden."

Das Museum war in einem Holzhaus untergebracht und auf den ersten Blick eher langweilig. In großen Vitrinen konnte man Spitzhacken, Schaufeln und Schüsseln sehen, die die Goldgräber früher benutzt hatten.

„Aha … ahammm!" – mehr fiel den Juniordetektiven nicht dazu ein.

Das Museum schien nicht besonders beliebt zu sein, denn

außer ihnen befanden sich nur eine ältere Frau mit pechschwarzem kräftigem Haar, eine Mutter mit einem Kinderwagen, in dem friedlich ein Baby schlummerte, ein alter Mann, der einem Wildwestfilm entsprungen zu sein schien, und ein jüngerer Mann in einem knallroten Jeansanzug im Haus.

Vor einem Glaskasten, in dem ein handtuchgroßes Lederstück aufgespannt war, blieb Poppi stehen. Neugierig betrachtete sie den Inhalt der Vitrine. Poppi bestaunte die mit Erdfarben aufgemalten Zeichen. Sie erkannte einen Berg, einen Fluss, Pferde, die Sonne und etwas Glitzerndes.

„Das ist ein sprechendes Leder. Es gehörte meinem Urgroßvater und ich hätte es so gerne zurück“, sagte die alte Frau mit dem pechschwarzen Haar. Sie sprach langsam und stockend. Deshalb konnte Poppi ihr Englisch verstehen. Als die Frau bemerkte, dass Poppi sie ansah, stellte sie sich vor: Ihr Name war Nia und sie war eine Indianerin.

„Auf diesem Leder hat mein Urgroßvater einen Platz im Berg eingezeichnet, an dem sich Gold befindet. Keiner der Weißen hat seine Botschaft entschlüsseln können. Das Gold wurde nie gefunden. Dabei ist die Nachricht so einfach. Wer das sprechende Leder mit einer Landkarte von heute vergleicht, kann auf die Goldader stoßen“, erklärte die Indianerin und entfernte sich murmelnd. Ein Mädchen stand plötzlich neben Poppi und schubste sie zur Seite. Es öffnete die Vitrine, sprühte Fensterputzmittel auf das Glas und begann es innen und außen zu putzen.

Nachdenklich schlenderte Poppi weiter.

Gerade als die vier Knickerbocker und Chet das Museum

verlassen wollten, kam das Mädchen, das die Vitrine geputzt hatte, auf sie zugestürzt und versperrte ihnen den Weg. „Halt! Keiner darf hinaus. Das sprechende Leder ist gestohlen worden. Ich musste kurz zum Telefon und konnte den Schaukasten nicht abschließen. Diese Gelegenheit muss jemand genutzt haben. Ich werde die Polizei rufen!"

Hinter der Bande tauchte die Mutter mit dem Kinderwagen auf. Das Baby schrie und sie wollte mit ihm an die frische Luft. Das Mädchen erlaubte es selbstverständlich. Die Frau begann, vor dem Gebäude mit dem Kinderwagen auf und ab zu fahren, und versuchte, das Kind zu beruhigen.

Im Museum musterten die Knickerbocker die übrigen Gäste. Der Cowboy war nicht mehr zu sehen. Entweder war er schon früher gegangen oder er war der Dieb und durch einen Hinterausgang entwischt. Der Typ im roten Jeansanzug hielt eine große Zeitung in der Hand, die er zu einer Rolle geformt hatte, und schlug sich damit ständig in die Hand. Die Indianerin lächelte milde. Sie hatte die Hände vor dem Bauch verschränkt, als ob sie etwas festhalten wollte, und wartete ab.

KRIMI-FRAGE:

Was sagt dein kriminalistisches Fingerspitzengefühl?
Wer hat das sprechende Leder?

LÖSUNG:

M	O	T	O	R	R	Ä	D	E	R	G	D	R	;	H	R
E	T	F	R	Z	I	O	P	F	D	M	J	A	R	W	K
Ö	S	E	N	F	E	R	N	A	D	E	L	O	F	E	N
H	E	I	Z	U	N	G	2	G	A	R	A	G	E	N	S
C	H	L	Ü	S	S	E	L	„	F	I	R	L	E	F	A
N	Z	G	E	F	T	J	Z	I	:	J	T	R	E	F	D
S	A	W	E	V	R	T	H	N	S	F	D	K	O	I	P
F	A	S	E	R	I	G	E	S	H	O	L	Z	D	A	S
V	E	R	N	Ü	N	T	I	U	Z	F	E	R	S	G	Z
J	Z	E	A	G	N	D	T	Z	I	O	Ö	R	E	D	G
N	J	T	R	Z	E	H	K	L	Z	U	M	O	P	D	E
R	H	T	K	A	S	S	E	N	L	A	G	R	N	H	D
P	I	Z	Z	W	A	L	D	G	M	M	T	Z	L	S	S
A	S	B	K	W	I	E	S	O	P	L	E	I	B	E	I
N	N	R	J	F	A	N	T	E	N	F	L	I	E	D	M
F	E	E	H	,	S	C	H	E	A	U	C	H	B	E	S
L	Z	C	!	E	N	J	E	D	E	R	Z	E	I	T	A
Ö	R	H	T	B	L	.	S	D	L	P	S	A	G	T	L
T	E	E	R	D	E	R	T	G	B	A	S	D	E	R	A
E	H	R	G	K	G	R	E	U	I	O	N	H	E	R	B
J	A	H	R	E	S	E	N	➔	D	I	E	F	R	A	U
M	I	T	D	E	M	B	A	B	Y	H	A	T	D	A	S
L	E	D	E	R	I	N	D	E	N	K	I	N	D	E	R
W	A	G	E	N	G	E	S	T	E	C	K	T	.	●	L
D	F	E	R	!	G	H	F	T	Z	R	C	H	E	N	J
H	Ü	T	E	G	F	H	M	S	E	R	J	Z	T	D	S

Übrigens: Das sprechende Leder war natürlich wegen der Goldader gestohlen worden. Doch der Dieb kam zu spät. Das Gold hatten die Indianer bereits selbst geschürft. Mit dem Geld, das sie dafür bekommen hatten, war es möglich geworden, eine Schule zu bauen.

Auf Bitten der Knickerbocker-Freunde sollte dort das sprechende Leder aufgehängt werden.

Das versunkene Flugzeug

Teste dein Gedächtnis. Lies diesen Knickerbocker-Fall durch und versuche anschließend, die Fragen zu beantworten. Wie viele richtige Antworten schaffst du?

„Willst du wirklich jetzt mitten in der Nacht tauchen?", fragte Poppi ungläubig, als ihr Kumpel Axel in den engen schwarzen Taucheranzug schlüpfte, die Pressluftflaschen schulterte und sich die Taucherbrille über das Gesicht zog.

„Nein, ich gehe in diesem Anzug in die Disco!", ätzte Axel und fügte schnaubend hinzu: „Natürlich gehe ich tauchen! Vielleicht finde ich das Gold!"

Dominik runzelte zweifelnd die Stirn. „Aber das Seeungeheuer …?", warf er ein.

„Das kann nur ein Märchen sein!", meinte Axel.

Ganz so sicher war er aber nicht. Hoffentlich ist es nur ein Märchen!, dachte er, als er sich rücklings ins Wasser fallen ließ. Er schaltete den Unterwasserscheinwerfer ein und schlug langsam, aber kräftig mit den Flossen. Immer tiefer glitt er hinab zum Grund des Schwarzsees. Blubbernd stiegen die Luftblasen aus seinem Mund zur Wasseroberfläche, wo seine Freunde gespannt warteten.

Axel musste nicht lange suchen. Fünf Minuten, nachdem er in den See gesprungen war, hatte er das versunkene Flugzeug entdeckt. Es war in der Mitte auseinandergebrochen und seine Einzelteile lagen auf dem schlammigen Seeboden verstreut. Axel erkannte den Propeller, die Tragflächen, den Pilotensitz und das Höhenruder. Aber wo war die Kiste mit den Goldbarren? Nach ihr suchte er doch! Axel umrundete das Flugzeugwrack zweimal und stocherte mit den Flossen im Schlamm.

Plötzlich entdeckte er etwas.

Irre! Das gibt's doch nicht!, schoss es ihm durch den Kopf. Er wollte danach greifen, als sich von hinten ein spitz zulaufender Schlingarm um seinen Bauch legte. Axel erschrak so sehr, dass ihm das Mundstück der Pressluftflasche herausrutschte und er nicht mehr atmen konnte. Er strampelte und schlug mit den Armen um sich, aber der Schlingarm ließ nicht locker. In einem See konnte es doch keine Kraken geben. Die lebten nur im Meer!

Axel schaffte es mit Mühe, den Kopf zu drehen, und starrte in zwei grellgelb glühende Augen.

Luft … ich brauche Luft …!, dachte er verzweifelt. Er fischte nach dem Mundstück, bekam es aber nicht zu packen. Der Kampf mit dem Seeungeheuer wurde immer wilder. Es gab das Untier also doch! Und jetzt biss es auch noch zu!

Am Ufer des Sees wurden Poppi, Dominik und Lilo langsam unruhig. Axel, das vierte Mitglied der Knickerbocker-Bande, wollte höchstens zehn Minuten unter Wasser bleiben. Mittlerweile waren bereits fünfzehn Minuten vergangen.

Die Detektive verbrachten eine ganze Ferienwoche am Schwarzsee in einem Zeltlager. Während der langen Bahnfahrt hatte Dominik in einem Reiseführer geschmökert und einen Bericht über den See gefunden. Vor zehn Jahren war hier angeblich eine einmotorige Sportmaschine abgestürzt. Einem Gerücht zufolge hatte sich an Bord des Flugzeugs eine Kiste mit zehn Goldbarren befunden. Allerdings waren alle Suchaktionen ohne Erfolg geblieben. Die Goldbarren blieben verschwunden. Der Pilot, der den Absturz überlebt hatte, behauptete, von dem Gold nichts zu wissen.

Bei ihrer Ankunft erfuhr Lilo, das Superhirn der Bande, von ein paar Mädchen etwas sehr Eigenartiges. Sie hatten vor zwei Nächten ein „Seeungeheuer" im Wasser beobachtet. Es besaß einen großen, flachen Schädel und tauchte immer wieder auf. Die Mädchen wollten allerdings nicht als Spinner verspottet werden und hatten die Geschichte deshalb für sich behalten. Lilo hielt das Ganze für einen Scherz der Jungen, aber sie hatte dennoch ein ungutes Gefühl.

Axel, der ein begeisterter Taucher war, hatte unbedingt nach dem Gold und dem „Ungeheuer" suchen wollen und sich deshalb eine Taucherausrüstung besorgt. Aber was war nun mit ihm geschehen?

„Da … da seht nur!", stieß Dominik hervor und zeigte auf eine Stelle im Wasser, die zehn Meter vom Ufer entfernt war. Dort schaukelten Axels Flossen auf den Wellen.

„Um Himmels willen!“, flüsterte Lilo. „Es muss ihm etwas zugestoßen sein!“ Lilo hatte zum Glück ihren Badeanzug unter der Jeans und dem Pulli an. Sie zog sich hastig aus, klemmte eine Taschenlampe zwischen ihre Zähne und schwamm in den See hinaus. Ein eiskalter Schauer rieselte ihr über den Rücken, als sie die Flossen in den Händen hielt. Im Gummi waren deutliche Bissspuren zu erkennen, als ob Axel von einem Hai angefallen worden wäre.

So schnell sie konnte, kraulte sie zum Ufer zurück und ließ sich keuchend ins Gras fallen. Sie spürte, wie ihr die Tränen in die Augen stiegen. „Ich Idiot, ich kann hier doch nicht einfach herumsitzen. Ich muss ihm helfen. Vielleicht ist es noch nicht zu spät! Aber was soll ich machen?“, überlegte sie verzweifelt.

Da ertönte in der Nähe des Ufers heftiges Blubbern und Plätschern. Aus dem Wasser tauchte eine runde und dunkle Kuppe auf. Das Ungeheuer! In einiger Entfernung davon plätscherte und blubberte es aber noch einmal heftig. Auch dort schoss ein Kopf in die Höhe. „AXEL!“, riefen Poppi, Dominik und Lilo wie aus einem Mund.

Axel kraulte zum Ufer und berichtete keuchend: „Da… das Ungeheuer ist ein ferngesteuertes Mini-U-Boot mit irre starken Greifarmen. Wir müssen herausfinden, wer es steuert. Das Ding hat mich angefallen und … und zum Glück nur meine Flossen zerfetzt.“

Das Mini-U-Boot pflügte mit großem Tempo durch das Wasser und die Detektive hatten Mühe, es vom Land aus zu verfolgen. Schließlich verschwand es durch eine Einfahrtsluke in einem Bootshaus.

Axel warf schnell die Sauerstoffflasche ab und die vier Knickerbocker schlichen auf Zehenspitzen zur Bootshaustür und zogen sie vorsichtig auf. In der Holzhütte, die über dem Wasser errichtet war, stand ein Mann mit einer sehr komplizierten Fernsteuerung. Auf einem Monitor sah er die Bilder, die die Videokamera des U-Bootes aufnahm und sendete.

Ein Brett unter Lilos Schuh knarrte laut und verriet die ungebetenen Gäste. Der Mann drehte sich erschrocken um und starrte die vier halb überrascht, halb wütend an.

„Was … was tun Sie da?", zischte Lilo. „Sie hätten Axel schwer verletzen können mit Ihrem Unterwasserroboter!"

Der Mann schien nicht zu fassen, was er sah: „Kind … du bist nur ein Kind!"

Axel hörte das nicht gern. „Ich bin ein Knickerbocker!", knurrte er. Ihm war auch etwas klar: „Sie suchen mit dem Ding nach dem Gold, nicht wahr?"

Der Mann schwieg.

„Ich weiß, wo es sich befindet!", verkündete der Junge.

Diese Nachricht ließ den Unbekannten fast aus den Schuhen kippen. „Sag es mir! Es gehört mir!", keuchte er gierig.

„Woher sollen wir wissen, ob das stimmt?", meinte Lilo.

„Mein Bruder und ich haben vor zehn Jahren von unserem Vater Gold im Wert von Millionen geerbt. Es waren Goldnuggets (= kleine Stücke) und keine Barren. Mein Bruder wollte nicht teilen und ist mit dem gesamten Gold abgehauen. Doch sein Flugzeug ist über dem Schwarzsee abgestürzt. Danach wollte er von dem Gold nichts mehr wissen. Er behauptete, es bringe ihm nur Unglück. Er hatte das Gold an Bord, das weiß ich. Aber die Taucher haben es nie gefunden. Ich selbst kann nicht tauchen, deshalb habe ich mir diesen Tauchroboter besorgt. Bitte, sag mir, wo es ist. Du bekommst auch einen Finderlohn!"

Trotz der großen Schrecken unter Wasser konnte Axel schon wieder grinsen. „Ihr Bruder hat einen alten, aber wirksamen Trick angewendet", sagte er geheimnisvoll. „Das Gold ist nicht zu Barren gegossen worden. Aber es ist eben doch Gold, auch wenn es nicht glänzt."

Der Mann verstand zuerst nicht, aber als er die Erklärung hörte, schlug er sich mehrere Male mit der Hand gegen die Stirn. Wieso war er nicht selbst auf diese Idee gekommen?

Die Knickerbocker-Bande erhielt den Finderlohn tatsächlich, denn Axels Vermutung war richtig. Ein neuer Erfolg der vier Detektive …

KRIMI-FRAGE:

Was meinte Axel mit dem alten Trick?

LÖSUNG:

S	I	E	H	A	E	L	N	R	H	J	S	O	R	T	E
A	N	M	U	H	I	U	.	N	R	A	N	K	A	F	F
M	D	L	S	A	N	G	E	T	E	G	T	E	N	F	L
U	I	E	E	S	G	Z	S	.	D	E	H	E	A	U	C
E	S	P	!	T	E	E	W	●	M	R	E	D	E	R	Z
L	C	M	G	E	S	U	U	K	J	G	S	D	L	P	S
W	H	A	E	⬇	C	G	R	A	W	T	T	G	B	A	S
U	E	P	T	D	H	E	D	R	E	R	T	E	N	F	L
S	O	R	T	E	M	S	E	T	T	H	E	R	Z	Ä	H
S	Z	E	O	R	O	D	L	E	G	U	L	U	N	G	E
T	E	D	L	B	L	A	A	N	Ö	D	F	A	B	G	J
E	A	N	T	R	Z	R	C	S	P	R	A	T	E	H	F
N	N	I	Z	U	E	A	K	P	O	M	H	S	R	N	D
I	E	R	S	D	N	U	I	I	U	J	R	T	L	R	E
C	G	E	A	E	U	S	E	E	R	I	Ö	P	I	E	R
H	R	L	G	R	N	F	R	L	H	O	P	U	N	T	J
T	T	P	E	H	D	O	T	E	A	D	L	A	E	S	K
F	K	A	H	A	T	R	U	4	R	T	Ä	H	R	E	E
E	U	T	K	T	E	M	N	5	F	S	N	R	W	G	N
T	S	S	M	D	I	E	D	A	P	A	E	E	E	N	N
J	E	N	D	A	L	N	S	U	O	G	!	D	S	O	Z
;	R	E	T	S	E	L	O	F	K	E	D	N	S	V	E
F	M	S	E	G	D	A	G	D	E	Z	E	I	E	.	I
E	G	S	J	O	E	S	E	W	Z	O	R	N	R	E	C
R	H	A	Z	L	S	S	T	E	T	P	U	H	S	E	H
U	J	T	T	D	F	E	A	H	M	K	B	A	C	N	E

Der Ameisen-Stampfer

Poppi ballte die Hände zu Fäusten. Sie bebte am ganzen Körper. So eine Gemeinheit! So eine widerliche Gemeinheit. Wer hatte das angerichtet? Welcher miese Schuft hatte den Ameisenhügel zerstört? Die kleinen Tierchen hatten Wochen gebraucht, um dieses „Hochhaus“ zu bauen, und irgend so ein Mistkerl zertrampelte es einfach. Das war Tierquälerei! Und Poppi wurde ganz kribbelig und wütend, wenn auch nur das kleinste Lebewesen gequält wurde.

Auf dem Waldboden neben dem Ameisenhügel entdeckte sie eine frische Spur von Autoreifen. „Macht es gut und baut alles wieder auf! Ihr schafft das schon!“, sagte sie zu den Ameisen, die wild und aufgeschreckt über die Ruinen krabbelten. Dann machte sich Poppi daran, die Spur zu verfolgen. Viel Hoffnung gab es nicht, dass sie zu dem Ameisenquäler führen würde, aber man wusste nie …

Ungefähr einen Kilometer weiter, am Ufer des kleinen Waldsees, stand das Auto, das die Spur hinterlassen hatte. Es handelte sich um einen klapprigen Lieferwagen mit einer offenen Ladefläche. Vor ihm standen zwei Männer, die nicht gerade freundlich aussahen. Sie rauchten und tranken Bier. Poppi kam vorsichtig näher, und was sie sah, machte sie noch wütender. Am Stiefel des einen Mannes klebten Reste des Ameisenhügels. Als der Typ seine Zigarette achtlos auf den Boden warf, reichte es ihr.

„He, Sie! Wollen Sie etwa einen Waldbrand verursachen?", schrie Poppi.

Der Bursche erschrak und warf ihr einen giftigen Blick zu, der ganz offensichtlich bedeuten sollte: Was bildet sich die Kleine ein? Trotzdem trat der Kerl mit dem Stiefel auf die Zigarettenkippe und löschte sie aus.

„Wieso haben Sie den Ameisenhügel kaputt gemacht? Warum? Wozu?", fuhr Poppi ihn an.

Der Bursche spuckte aus und fuhr sich durch die langen, fettigen Haare. „War nicht absichtlich!", zwitscherte er mit Engelsstimme. „Ist so passiert, weil dieser Doofkopf zu fest gebremst hat. Weißt du, ich stand auf der Ladefläche. Plötzlich bremst mein Kumpel, weil eine Wildsau über den Weg läuft. Dadurch bin ich nach hinten vom Wagen geschleudert worden und auf dem Ameisenhügel gelandet. Die Biester haben mich ganz schön gebissen! Aber wer bist du eigentlich? Die Waldpolizei, oder was?"

„Ihre faulen Ausreden können Sie sich in Ihre ekeligen Haare schmieren!", tobte Poppi. „Falls Sie mich für blöd halten, haben Sie sich getäuscht. Sie sind absichtlich im Ameisenhügel herumgetrampelt. Sonst würden Sie jetzt nicht so eine dämliche Lüge erzählen!"

Die beiden Burschen machten Gesichter, als hätte ihnen jemand auf die Finger geklopft.

„War doch nur Spaß!", brummte der eine.

„Spaß? Hören Sie, die Ameisen haben Wochen gebraucht, um dieses Kunstwerk aufzubauen!" – Über eine Stunde dauerte Poppis Vortrag über die Ameisen und die beiden Männer ließen ihn geduldig über sich ergehen. Sie würden es sich überlegen, noch einmal einem Ameisenhügel zu nahe zu kommen. Erstens hatten sie großen Respekt vor den kleinen Tierchen bekommen und zweitens fürchteten sie eine neue Moralpredigt von Poppi.

KRIMI-FRAGE:

Was hat an der Geschichte des Mannes nicht gestimmt?

LÖSUNG:

N	E	R	V	I	G	E	G	R	A	T	K	L	F	E	R
H	Z	T	K	I	O	P	F	E	R	N	K	A	S	F	E
G	E	R	G	D	H	J	T	H	Z	G	!	F	D	E	R
H	!	G	D	E	H	T	E	R	F	L	E	D	E	R	M
J	T	G	N	E	I	L	R	T	B	G	A	D	W	H	J
A	P	F	H	R	T	D	D	A	S	B	E	R	T	M	S
S	O	H	R	B	Z	H	Ö	O	;	N	B	G	T	R	E
D	K	2	I	W	H	E	J	M	N	G	T	R	U	O	P
R	Z	3	U	E	L	R	V	B	G	T	E	M	K	O	P
G	U	H	K	Z	:	U	E	F	G	M	S	A	E	R	T
H	J	➲	B	E	I	E	I	N	E	R	N	O	T	B	R
E	M	S	U	N	G	F	Ä	L	L	T	M	A	N	N	A
C	H	V	O	R	N	.	●	H	D	F	T	R	A	U	M
L	Ä	N	D	E	R	G	R	O	S	S	A	!	P	L	G
S	D	F	B	N	R	T	E	J	U	D	E	P	U	Z	Z
L	E	;	H	T	R	Z	K	A	P	U	Z	E	L	E	D
E	R	H	O	S	E	,	S	P	A	G	H	E	T	T	I
G	J	T	U	K	G	T	R	J	G	K	M	T	Z	I	T
S	E	H	Z	P	Ü	H	T	R	E	J	T	R	K	L	D
R	P	Ä	W	A	G	E	R	N	Z	K	D	G	X	J	Z
U	A	L	F	M	Ä	F	F	E	R	T	E	N	F	L	E
G	S	Z	T	N	Ö	D	E	T	H	E	R	Z	Ä	H	G
J	L	T	I	D	P	E	R	G	U	L	U	N	G	E	T
L	K	R	K	S	I	T	T	Ö	D	F	A	B	G	J	"
A	T	Z	T	E	U	;	I	P	R	A	T	E	H	F	H
S	F	E	R	G	J	G	Z	O	M	H	S	R	N	D	G

Der Clown mit der Kanone

Die Vorstellung im Zirkus *Zaroni* ging mit einem großen Finale zu Ende, bei dem alle Stars noch einmal durch die Manege marschierten. Axel, Lilo, Poppi und Dominik schoben sich die Reste ihres Popcorns in den Mund und klatschten artig in die Hände. Das Programm war langweilig gewesen. Einzig und allein Pipo, der Clown, war sehenswert. Betrat er das Zirkuszelt, blieb kein Auge trocken. Seine feuerroten Wuschelhaare, sein bunt geschminktes Gesicht, seine riesigen Schuhe und die mächtigen, dick wattierten Handschuhe mit den klobigen Fingern sahen einfach zu komisch aus. Und wenn er dann Omis Liebesgedichte vortrug und um die Hand kleiner Besucherinnen anhielt, lachten alle.

Die Besucher der Vorstellung schoben sich durch den Ausgang ins Freie und marschierten an den Wohnwagen vorbei über die Festwiese. Aus einem der Wagen drangen aufgeregte Stimmen. „… er hätte geschossen!“, schnappten die Detektive auf.

Lilo lief zum Fenster des Wohnwagens, stellte sich auf die Zehenspitzen und konnte so einen Blick in das Innere erhaschen. Sie erkannte einen Mann in einem schwarzen Frack. Sie wusste, um wen es sich handelte. Es war Franco, der eine langweilige Hundenummer vorgeführt hatte. Laut dem Programmheft war Franco auch Mitbesitzer des Zirkus. Der Direktor und Chef aber war niemand anderer als Pipo.

Neben Franco stand ein Polizist und notierte alles, was ihm der Mann erzählte. Die vier Freunde schlichen zur Eingangstür des Wohnwagens, die ein wenig offen stand. Sie spähten durch den schmalen Spalt. Auf dem Boden lag Pipo. Dominik erinnerte sich, dass der Clown bei der Abschlussparade gefehlt hatte. Er trug noch immer dasselbe Clownkostüm wie in der Manege.

„Ich habe ihn hier in meinem Wohnwagen überrascht, als er mein Geld stehlen wollte. Ich habe von einer Tante ein kleines Vermögen geerbt und bewahre es in einer Schatulle auf. Pipo war der Einzige, der davon wusste. Er wollte es nehmen, und als ich aufgetaucht bin, zog er eine Pistole aus seiner Hosentasche und richtete sie auf mich. Zum Glück bellte in diesem Moment einer meiner Hunde. Pipo hat sich für einen Moment weggedreht und ich konnte die Gelegenheit nutzen und ihn mit dieser Holzfigur bewusstlos schlagen."

Axel ließ seinen Blick zu Boden schweifen und sah tatsächlich eine Pistole neben den Handschuhen des Clowns liegen.

„Dieser Mann ist gefährlich!", versicherte Franco mehrere Male. Der Polizist nickte.

Lilo zog die anderen zur Seite und flüsterte: „Da stimmt etwas nicht. Ich glaube, es ist genau umgekehrt. Franco ist gefährlich. Er will wahrscheinlich Pipo ausschalten, weil er der Star des Zirkus ist. Deshalb hat er diese Geschichte vorgetäuscht!“

Poppi nickte. Ihr war derselbe Gedanke gekommen. Diesmal waren es Axel und Dominik, die nicht ganz mitkamen.

KRIMI-FRAGE:

Wie kommt Lilo auf den Verdacht?

LÖSUNG:

A	U	G	E	H	C	A	H	J	H	B	I	E	N	E	N
K	Ä	S	E	R	L	T	A	E	T	L	A	M	P	E	N
E	R	T	E	E	O	T	L	R	R	F	E	S	Ö	F	M
T	H	E	R	H	W	I	T	L	H	U	R	K	F	H	Z
G	U	L	U	Z	N	E	E	E	J	S	S	.	T	E	U
Ö	D	F	A	!	K	R	N	B	M	S	T	6	E	R	T
P	R	A	T	G	A	T	!	E	H	B	E	5	N	E	E
O	M	H	S	T	N	E	●	R	T	A	L	2	A	I	S
P	H	L	K	K	N	N	G	T	R	L	I	R	S	T	A
E	C	Ä	R	I	M	H	T	R	U	L	G	E	K	S	G
R	S	U	E	L	I	A	;	A	P	S	A	V	R	H	T
N	K	C	F	O	T	N	K	N	V	P	K	O	T	S	R
S	I	H	L	P	S	D	G	A	D	I	U	C	L	R	J
Ä	T	E	E	D	E	S	R	U	E	E	R	D	G	E	K
N	S	D	H	R	I	C	A	F	R	L	S	R	F	X	T
G	A	G	N	U	N	H	S	E	N	D	I	A	T	I	R
E	L	E	E	M	E	U	G	I	A	!	V	H	I	K	E
R	P	J	K	W	N	H	R	N	D	K	D	;	L	I	H
I	?	K	C	M	D	E	Ü	E	W	A	I	F	E	N	C
N	R	T	O	A	I	N	N	M	J	L	E	E	S	M	S
R	E	Z	S	N	C	N	E	K	K	A	R	I	N	U	N
I	N	S	R	I	K	I	H	L	U	U	T	G	I	L	O
C	G	A	E	↓	E	C	Ä	E	T	E	!	E	F	D	V
H	A	O	T	D	N	H	N	I	R	R	F	N	U	R	R
A	W	Z	N	E	,	T	D	N	L	H	D	B	A	U	E
R	D	O	U	R	W	S	E	E	E	R	S	Ä	D	M	D

Der Schlangenmann

Axel und Poppi schlenderten über den Rummelplatz. Sie fuhren mit der Geisterbahn, mit dem Autoskooter, der Achterbahn und der Todesschleuder. Danach stopften sie sich mit Zuckerwatte und Kartoffelpuffern voll und schlenderten von Bude zu Bude.

„Treten Sie näher, meine Herrschaften!", rief ein Mann vor einem kleinen Zelt. „Jede Menge Sensationen erwarten Sie hier. Eine kleine Kostprobe gefällig? Hier sehen Sie Hannibal, den Schlangenmann!"

Durch einen schmuddeligen Vorhang trat ein Muskelmann, der vom Hals bis zu den Füßen tätowiert war. Über seine Arme und Beine, die Brust und den Rücken schlängelten sich bunte Schlangen, die ineinander verschlungen kunstvolle Ornamente bildeten.

„Bereits im Alter von sieben Jahren wurden ihm viele der Schlangen, die Sie hier auf seinem Körper bewundern können, eintätowiert. Insgesamt dauerte es fast zwanzig Jahre, um dieses einzigartige Kunstwerk zu beenden. Aber in meiner Schau erwarten Sie noch andere Sensationen wie die Frau, die in eine winzige Milchkanne schlüpfen kann, oder der Mann, der schwebt!“

Axel grinste. „Ich glaube dem Kerl kein Wort!“, flüsterte er Poppi zu.

„Eine Frau in einer Milchkanne, das kann ich mir auch nicht vorstellen“, meinte Poppi.

Axel schüttelte den Kopf. „Ich denke an etwas anderes. Es hat mit dem Schlangenmann zu tun. Da kann etwas nicht stimmen!“

KRIMI-FRAGE:

Was meint Axel?

LÖSUNG:

R	O	S	I	N	E	N	B	R	Ö	T	C	H	E	N	F
A	N	D	E	N	6	7	S	I	C	H	F	R	K	U	I
P	V	N	I	E	A	U	F	D	E	M	.	F	R	Ü	H
S	T	Ü	C	K	S	T	I	S	C	H	2	„	D	A	H
E	R	F	R	A	G	T	E	N	S	I	C	H	D	I	E
G	R	Z	K	L	R	D	B	A	N	D	E	F	G	H	U
O	P	Ä	H	Z	R	E	L	I	L	O	F	E	R	H	F
D	D	O	M	I	N	I	K	F	E	T	:	D	F	E	W
S	U	P	P	E	R	F	D	H	A	N	D	S	C	H	U
E	G	R	T	R	M	E	S	W	E	T	T	E	R	I	M
A	I	K	!	D	E	R	Z	E	I	T	B	I	N	E	S
F	Z	G	Z	D	M	I	N	T	O	N	S	P	I	E	L
R	U	F	I	N	I	U	T	R	P	K	J	A	S	S	R
I	H	R	M	A	T	Z	F	J	K	L	H	T	U	R	N
K	T	E	Z	L	L	O	P	U	L	L	O	V	E	R	H
A	E	H	T	A	A	L	L	S	P	I	E	L	E	A	N
F	R	Z	E	E	I	N	E	M	E	R	S	T	E	N	K
R	T	T	S	F	U	S	S	B	A	L	L	E	R	I	N
T	A	F	E	R	K	L	Ö	P	:	J	H	➔	D	I	E
T	Ä	T	O	W	I	E	R	U	N	G	E	N	K	Ö	N
N	E	N	N	I	C	H	T	S	O	A	L	T	S	E	I
N	.	D	U	R	C	H	D	A	S	W	A	C	H	S	T
U	M	W	Ä	R	E	N	S	I	E	V	E	R	Z	E	R
R	T	W	O	R	D	E	N	.	●	G	R	T	J	K	I
P	O	E	R	G	F	J	Z	G	R	E	T	N	M	Z	T
S	D	R	E	H	K	L	P	F	R	E	N	H	Z	K	L

Die Glocke des Grauens

Ein eiskalter Wind fegte durch die engen Gassen des Dorfes und wirbelte die Eiskristalle vor sich her. Lilo, Axel, Poppi und Dominik zogen sich die Kapuzen ihrer Winterjacken tief ins Gesicht und zupften ihre Schals bis über die Nasenspitze. Danach bohrten sie die Hände samt Handschuhen in die Jackentaschen und setzten Schritt vor Schritt.

Sie waren in einem Alpenzoo gewesen, um dort bei der Fütterung der Tiere zu helfen. Drei von vier Tierpflegern waren nämlich schwer erkrankt und lagen mit Grippe im Bett. Dummerweise hatten die Freunde aber nicht auf die Uhr geschaut und dadurch den letzten Bus zurück in die Stadt versäumt. Ihre Eltern konnten sie auch nicht verständigen, damit sie abgeholt wurden. Im Zoo war nämlich die Telefonleitung gestört und sie hatten keine Handys dabei. So blieb ihnen gar nichts anderes übrig, als zu Fuß bis ins nächste Dorf zu stapfen.

Endlich, nach fast einer Stunde Marsch durch die Dunkelheit, hatten sie es erreicht. Sie steuerten auf ein Gasthaus zu, hinter dessen Fenstern Licht brannte. Als sie die Tür öffneten und in die Gaststube traten, spürten sie sofort die Spannung, die hier herrschte. An den Tischen saßen Männer und Frauen und blickten starr in die Nacht hinaus. Hinter der Theke stand der Wirt und polierte im Zeitlupentempo ein Glas.

„Guten Abend!", sagte Lilo laut.

Die Köpfe der Menschen drehten sich zu ihr, als hätte sie gerade „Vorsicht, Bombe!" gerufen.

„Entschuldigung … wir wollten nicht stören!", stotterte Axel verlegen. „Ist hier etwas passiert?"

Der Wirt lächelte und setzte das Glas ab. „Es ist wegen der Geisterglocke", sagte er mit geheimnisvoller Stimme.

„Der was?", fragte Dominik.

Der Wirt sprach leise, als hätte er Angst, dass ihn jemand hören könnte. „Es ist wegen der Geisterglocke. Sie hängt im Kirchturm und beginnt von ganz allein zu läuten. Aber nur am 13. Dezember!"

Axel warf einen schnellen Blick auf seine Armbanduhr. Heute war der 13. Dezember.

„Und wenn sie läutet, so sagt sie uns ein großes Unglück für den Winter voraus. Entweder wird eine Lawine unser Dorf bedrohen oder einige von uns werden in den Bergen ihr Leben lassen! So war es immer, wenn sie am 13. zu hören war!"

Lilo hatte gespannt zugehört, hielt aber von solchen Sagen wenig. „Wann hat die Geisterglocke zum letzten Mal geläutet?", wollte sie wissen.

Der Wirt überlegte kurz. „Vor elf Jahren. Damals ist das

Unglück mit der Lawine passiert. Vier Häuser sind dabei verschüttet worden. Durch einen Zufall war kein Mensch darin. Sonst hätte es auch Tote gegeben."

Poppi erschauerte. „Ich will hier weg!", raunte sie Lilo zu. Die anderen hatten denselben Gedanken.

„Können wir bitte das Telefon benutzen?", bat das Superhirn. Der Wirt reichte ihr den Apparat und sie verständigte ihre Eltern. In ungefähr fünfundvierzig Minuten wollte Lilos Vater dort sein und die Bande abholen. Bis dahin gönnten sich die vier heiße Zitronenlimonade.

„Und die Glocke läutet wirklich ganz von allein, ohne dass jemand an ihrem Seil zieht?", fragte Dominik.

Der Wirt nickte. „Es ist eine Geisterglocke, eine Glocke des Grauens."

Lilo wollte sich schon über den Aberglauben lustig machen, als tiefe, dunkle Glockenschläge durch die Nacht schallten. Die Leute krümmten sich, als hätte jemand mit einer Keule auf sie eingeschlagen. Sie verbargen die Gesichter in den Händen und stöhnten verzweifelt. Es stand also fest: Auch in diesem Winter würde das Dorf von einer Katastrophe heimgesucht werden!

Da die Knickerbocker niemals lockerlassen, erstarrte Lilo nicht vor Angst. Sie sprang auf und stürzte aus dem Gasthaus. Die Kirche mit dem Turm der Geisterglocke befand sich am anderen Ende des kleinen Platzes. Lilo hastete mit großen Schritten durch den Schnee und ließ dabei die Kirche nicht aus den Augen. Im Licht der Straßenlampe erkannte sie eine schmale Tür am Fuß des Turmes. Sie schien einen Spaltbreit offen zu stehen. Lilo lief noch schneller und der Schnee knirschte laut unter ihren Stiefeln. Hatte sie es sich doch gedacht! Die Glocke läutete nicht von allein. Es steckte jemand dahinter, der die Bewohner des Dorfes in Angst und Schrecken versetzen wollte.

Beim Turm angekommen, rang Lilo erst einmal nach Luft, bevor sie die Tür mit der Schuhspitze aufstieß. Mit einem lang gezogenen Knarren schwenkte diese nach innen.

„Hallo … wer ist da?", rief das Superhirn. Selbstverständlich kam keine Antwort. Lilo fasste Mut und wagte sich ein Stückchen in den Turm. Muffige Luft schlug ihr entgegen. Außerdem war es in dem Haus so finster, dass sie die Hand vor den Augen nicht sehen konnte.

Völlig unerwartet raste jemand von oben an dem Glockenseil nach unten und stieß Lilo mit den Schuhen zu Boden. So schnell der Unbekannte konnte, suchte er das Weite. Als sie sich endlich aufgerappelt hatte, hatte er bereits einen großen Vorsprung. Lilo versuchte, ihn zu verfolgen, gab aber schnell auf. Sie hatte keine Chance. Allerdings hatte sie etwas gesehen: Der „Glöckner" trug eine Kappe, an deren Hinterseite eine Art Fuchsschwanz baumelte. Es war eine Kappe, wie sie die Trapper in Kanada und Nordamerika besaßen. Auf jeden Fall stand fest, dass die Geisterglocke nicht von Geistern, sondern von einem höchst lebendigen Menschen geläutet worden war. Mit dieser beruhigenden Mitteilung kehrte das Superhirn in das Gasthaus zurück.

Nach ihrer Beschreibung wusste der Wirt auch sofort, um wen es sich bei dem Unbekannten handeln konnte. „Das ist der verrückte Leopold. Er lebt auf dem Berg in einer Hütte und hasst alle im Dorf. Er behauptet, sie hätten ihm seinen

Hof weggenommen, was gar nicht stimmt. Ich weiß, dass er so eine Kappe trägt!"

Für diesen Tag war es zu spät. Aber gleich morgen wollten die Detektive diesen Leopold unter die Lupe nehmen. Es ging einfach nicht, dass ein Mensch aus Hass andere in Angst und Schrecken versetzte.

Am nächsten Tag statteten die vier Knickerbocker dem menschenfeindlichen Einzelgänger einen Besuch ab. Sie trafen ihn vor seiner Hütte an. Er trug die Pelzkappe mit dem Fuchsschwanz und auch von seinem Körperbau her glich er genau demjenigen, den Lilo gesehen hatte.

Leopold hackte Holz und schien dabei seine Wut auf die Menschen abzubauen. Über den Besuch der Knickerbocker war er keineswegs erfreut. „Verschwindet! Und zwar schnell!", brummte er unwirsch.

„Zuerst wollen wir wissen, wo Sie gestern Abend waren", sagte Lilo ruhig.

„Geht euch einen Dreck an!", lautete die Antwort.

„Sie haben die Geisterglocke geläutet. Geben Sie es zu. Ich habe Sie gesehen! Sie haben diese Kappe getragen", bohrte das Superhirn weiter.

„Du redest, als hättest du zu viel Rum getrunken", knurrte der verbitterte Mann und hackte mit noch mehr Kraft auf die Holzscheite ein. Dann hielt er inne und kratzte sich über das Kinn mit dem Stoppelbart. „Ich war es nicht, aber vielleicht war es die Vroni. Die tut alles, um mich bei den anderen anzuschwärzen. Sie lebt auf dem Hof, der früher mir gehört hat. Sie hat ihn durch Betrug an sich gerissen, die Hexe, die eigentlich meine Schwester ist. Ich wette, sie war das! Und jetzt verschwindet, sonst rutscht mir am Ende noch die Axt aus!“

Eilig brachen die Detektive in Richtung Tal auf. Unterwegs erkundigten sie sich aber doch nach Vroni und dem ehemaligen Hof von Leopold. Sie ließen sich den Weg erklären und machten einen kleinen Abstecher zu dem Gehöft. Völlig durchgefroren trafen sie dort ein. Aber auch nach mehrmaligem Klopfen machte niemand auf.

Lilo lief von einem Fenster zum anderen und schaute in das Haus. „Ich habe sie gefunden!“, meldete sie schließlich.

Vroni lag im Bett. „Wer ist da?“, fragte sie mit heiserer Stimme, als Lilo gegen die Scheibe klopfte.

„Wir wollen Sie etwas fragen!“, sagte Lilo.

„Ich habe aber die Grippe!“, antwortete Vroni.

„Können wir trotzdem kurz hineinkommen?“, wollte Lilo wissen.

Vroni war es recht.

„Vielleicht können wir Ihnen helfen!“, bot Lilo an. „Sie sind hier ganz allein, nicht wahr?“

Vroni nickte. „Jaja, und seit zwei Tagen haben mich die Grippe und der Hexenschuss völlig ans Bett gefesselt.“

Während sich Axel, Poppi und Dominik am offenen Kamin, in dem das Feuer prasselte und das Holz knackste, die Hände wärmten, erzählte Lilo der Frau von den Ereignissen rund um die Geisterglocke.

„Jaja, gehört habe ich sie auch!“, sagte Vroni. „Und ich habe mir große Sorgen gemacht.“

Lilo fragte besorgt: „Wer kümmert sich eigentlich um Sie, wenn Sie krank sind?“

Vroni schnaubte wütend. „Mein Bruder, der Depp, sollte es tun, aber der spinnt total. Gestern am Nachmittag war eine Nachbarin da und hat mir etwas zu essen gebracht. Ich hoffe, dass sie heute wiederkommt. Ich selbst kann mich nämlich kaum bewegen und keine drei Schritte gehen, so schwindlig ist mir!"

Die Knickerbocker taten alles, um die kranke Frau ein wenig zu versorgen und verabschiedeten sich dann.

Auf der Heimfahrt im Bus grübelte Lilo lange über die Sache nach.

„Du kannst mit dem Denken aufhören!", sagte Axel plötzlich. „Ich weiß jetzt, wer die Geisterglocke zum Läuten gebracht hat!"

KRIMI-FRAGE:

Wer war es?

LÖSUNG:

K	I	N	R	A	S	P	E	L	S	C	A	O	C	E	G
Ö	E	E	C	L	A	D	E	K	U	C	S	N	H	L	E
N	S	F	H	E	E	R	A	S	I	E	U	I	T	T	H
I	T	Ü	O	S	F	N	D	I	D	F	N	.	B	F	O
G	H	R	K	E	R	S	N	S	R	R	E	S	E	E	L
S	C	C	O	N	E	E	E	T	E	A	D	I	T	U	T
D	A	H	L	O	D	H	R	H	I	G	N	E	T	E	H
I	N	T	E	R	N	Z	K	D	G	X	I	H	L	R	A
E	;	E	F	F	E	R	T	E	N	F	N	A	Ä	,	B
B	S	R	D	E	T	H	E	R	Z	Ä	A	T	G	D	E
E	E	L	E	R	G	U	L	U	N	G	T	G	R	A	N
L	N	I	T	T	Ö	D	F	A	B	G	T	E	I	Z	.
I	I	C	D	N	T	T	F	T	T	G	A	L	G	U	●
E	E	H	R	E	R	O	R	R	O	E	H	O	.	M	L
F	E	E	S	A	F	L	T	F	L	R	N	G	I	U	A
E	S	S	R	E	E	N	S	T	I	G	A	E	M	S	S
R	S	C	H	N	A	4.	R	E	G	E	M	N	K	S	R
T	A	H	A	A	E	N	L	,	S	D	N	.	A	T	E
E	!	L	F	B	I	O	P	P	E	N	O	S	M	E	B
N	R	Ä	O	E	C	V	C	H	T	E	V	I	I	S	U
S	T	G	R	A	S	P	U	T	I	N	N	E	N	I	A
I	S	E	G	T	R	Z	:	H	G	T	E	I	P	E	L
C	R	R	R	R	U	R	Z	Z	!	R	S	S	R	H	U
H	E	E	E	T	I	E	U	I	F	T	⊕	T	A	O	T
A	D	I	F	Z	L	S	I	K	D	Z	V	N	S	L	Z
U	F	.	G	H	E	A	N	M	R	H	R	I	S	Z	G

Die zerbissene Münze

„Setzt euch neben den Kamin und seid schön still und brav!“, ermahnte Tante Esmeralda die Knickerbocker-Bande. Die Stimmung in dem düsteren und altmodisch eingerichteten Wohnzimmer war feierlich und steif.

Keiner der vier Freunde wagte zu widersprechen. Artig ließen sie sich auf die harten Hocker sinken und beäugten den schweren schwarzen Eichentisch, an dem in Kürze Axels Onkel Eduard und seine drei Geschäftspartner Ludwig von Ripp, Augustus Emerson und Willy Britt Platz nehmen würden. Die drei waren Münzensammler und wollten von Onkel Eduard einige Münzen kaufen. Axels Onkel war ein bekannter und angesehener Händler und die Knickerbocker-Bande empfand es als große Ehre, ihm einmal bei der Abwicklung eines Geschäfts zusehen zu dürfen.

Tante Esmeralda schloss die Vorhänge. Einen Augenblick lang war es stockfinster. Sie knipste eine Stehlampe an und stellte noch drei kleine Lampen auf den Eichentisch.

„Nur bei diesem Licht können die Sammler die Ware auch wirklich begutachten“, erklärte sie den vier Freunden.

Die Tür schwang leise knarrend auf und Onkel Eduard trat in den Raum. Er trug einen schwarzen Gehrock, der bestimmt schon mehr als ein halbes Jahrhundert aus der Mode war, ihm jedoch ausgesprochen gut stand.

Hinter ihm tauchten Herr von Ripp, Herr Emerson und Herr Britt auf. Tante Esmeralda flüsterte der Bande leise zu, wer wer war.

„Der Erste, der Dicke, das ist Ludwig von Ripp. Er riecht manchmal ein wenig muffig, aber er kauft immer besonders viel. Der hinter ihm ist Augustus Emerson. Ein Amerikaner, der keine Manieren hat. Kaut ständig Kaugummi – Onkel Eduard vergleicht ihn immer mit einer wiederkäuenden Kuh. Ich habe ihn einmal dabei ertappt, wie er einen Kaugummi unter die Tischplatte geklebt hat!“

Poppi kicherte leise und erhielt dafür einen strafenden Blick des Münzhändlers. Niemand durfte die Verkaufszeremonie stören. Augenblicklich verstummte das Mädchen.

„Der Letzte ist Willy Britt, den ich nicht ausstehen kann. Er macht einen schmierigen Eindruck, findet ihr nicht auch?“, fragte Tante Esmeralda. Die Knickerbocker nickten zustimmend. „Angeblich verkauft er manchmal Fälschungen. Uns kann das ja egal sein, denn hier bekommt er auf jeden Fall nur echte Ware!“

Onkel Eduard bot den Sammlern einen Platz an, ging mit steifen Schritten zu einem Wandsafe, öffnete ihn und holte ein kleines Tablett mit etwa dreißig Münzen heraus. Als er sie ins Licht der Stehlampe hielt, funkelten sie wie Spiegel.

Der Onkel zeigte den drei interessierten Herren ein Stück nach dem anderen. Jeder nahm die Münzen in die Hand und betrachtete sie prüfend durch eine kleine Lupe, die er sich in die Augenhöhle geklemmt hatte.

„Als Höhepunkt möchte ich Ihnen heute die zerbissene Münze anbieten. Eine Kostbarkeit aus der Südsee. Die Münze sieht aus, als wäre sie in der Mitte von einem Hai benagt worden. Sie ist über sechshundert Jahre alt und stammt aus einem Piratenschatz", verkündete Onkel Eduard feierlich und reichte den Männern sein Prachtstück. Abermals wanderte die Münze von einem zum anderen und schließlich wieder zurück auf das kleine samtbezogene Tablett.

„Nun, meine Herren, wie haben Sie sich entschieden?", fragte Onkel Eduard.

Ehe noch einer der drei antworten konnte, ertönte ein leiser Knall und alle Lichter erloschen. Im Zimmer herrschte Finsternis.

„Die Sicherung ... das ist schon wieder die Sicherung!", jammerte Tante Esmeralda.

„Moment ... ich habe ein Feuerzeug!", meldete sich Herr von Ripp. „Wo ist es nur? Ich kann es nicht finden!"

„Warten Sie ... ich denke, ich habe Zündhölzer eingesteckt", sagte Augustus Emerson. Aber auch er fand sie nicht.

Schließlich flammten vier Taschenlampen auf und beleuchteten die Herren am Tisch. „Danke, Kinder", sagte Onkel Eduard. „Bitte, leuchtet Tante Esmeralda den Weg zum Sicherungskasten."

Als das Licht wenige Minuten später wieder anging, rief der Münzhändler entsetzt: „Die zerbissene Münze ist weg!"

Erschrocken sprangen die drei Sammler auf.

„Sie wird zu Boden gefallen sein", meinte Willy Britt. „Wir werden sie schon finden!"

Aber die Suche blieb erfolglos.

Onkel Eduard musterte seine Kunden. „Meine Herren, ich habe den Verdacht, dass einer von Ihnen die Münze im Schutz der überraschenden Dunkelheit eingesteckt hat!"

„Frechheit!", empörte sich Mister Emerson und packte einen Kaugummistreifen aus. Er ließ ihn in seinem Mund verschwinden und begann wieder heftig zu kauen.

„Unerhört, das ist eine Beleidigung, die ich mir nicht gefallen lassen muss!", protestierte Herr von Ripp.

Willy Britt schloss sich dem Protest an.

Der Münzhändler rief sofort die Polizei. Bis sie eintraf, durfte niemand den Raum verlassen. Die Kriminalbeamten durchsuchten jeden der drei Männer gründlich, fanden aber die zerbissene Münze nicht. Auch die Knickerbocker mussten ihre Taschen ausleeren, doch selbstverständlich war keiner der vier der Dieb.

Die Polizei zog ohne Ergebnis ab.

Wütend verabschiedeten sich die drei Herren und schworen, nie wieder bei Onkel Eduard einzukaufen. Sie wollten sich nicht als Ganoven verdächtigen lassen.

Bevor sie das Zimmer verließen, rief jedoch Lilo plötzlich: „Halt … nicht so schnell …"

KRIMI-FRAGE:

Weißt du, was dem Superhirn der Knickerbocker-Bande ein- beziehungsweise aufgefallen ist?

LÖSUNG:

H	E	L	L	O	G	T	A	F	J	E	R	K	F	R	A
N	T	I	O	F	R	K	L	A	G	E	P	Ä	!	K	Z
L	S	A	G	E	M	D	R	Z	N	V	I	P	F	R	E
T	Z	J	G	,	E	R	W	A	C	H	S	E	N	E	I
M	F	G	H	➔	M	I	S	T	E	R	E	M	E	R	S
O	N	H	A	T	D	I	E	M	Ü	N	Z	E	M	I	T
S	E	I	N	E	M	K	A	U	G	U	M	M	I	U	N
T	E	N	A	N	D	I	E	T	I	S	C	H	P	L	A
T	T	E	G	E	K	L	E	B	T	U	N	D	W	O	L
L	T	E	S	I	E	G	E	R	A	D	E	A	N	S	I
C	H	N	E	H	M	E	N	.	●	F	H	R	U	P	K
J	H	G	F	E	U	E	R	A	L	A	R	M	F	E	U
Z	M	C	W	A	H	I	P	F	T	E	J	K	E	S	F
B	G	E	T	R	S	C	H	W	A	R	Z	.	W	Ä	L
D	E	R	K	I	R	S	C	H	T	O	R	T	R	:	M
I	T	R	O	S	I	N	E	N	O	D	E	R	K	I	R
S	C	H	E	N	!	F	E	K	U	O	D	B	A	T	Z
M	E	H	D	P	Ö	W	F	T	K	O	U	T	M	C	E
Ö	P	S	E	A	T	R	B	C	H	U	O	P	F	R	Z
L	Ö	A	N	T	W	O	R	T	N	U	M	M	E	R	5
F	T	Z	R	U	O	P	V	P	A	R	K	P	L	A	T
Z	H	Ä	U	S	E	R	W	E	R	D	E	N	J	H	A
S	F	R	E	N	O	V	I	E	R	T	K	O	P	?	H
Y	A	Z	G	J	I	N	T	E	N	H	K	F	T	E	R
J	K	;	F	R	E	J	Z	U	T	B	F	T	U	B	E
R	D	E	N	W	O	L	K	E	N	G	A	S	F	L	Ö

Es tanzen die Vampire

„Ich kann es nicht fassen!“, kicherte Dominik und reichte das Fernglas an Poppi weiter. „Erwachsene Menschen spielen Vampire!“, lachte sie. Auch Lilo und Axel hatten schon einen Blick auf das seltsame Spektakel geworfen, das sich in Schloss Eulenmoor abspielte.

Die Knickerbocker-Bande hatte es sich in einer kleinen Laube bequem gemacht, die sich im Park vor dem Schloss befand. Hier hielten sie nicht nur ihr Mitternachtspicknick ab, sondern beobachteten zur Unterhaltung auch das Fest, das im Schloss stattfand.

Der Besitzer des alten Gemäuers, ein gewisser Adalbert Röderer, liebte es, alles anders zu machen als die anderen. Ostereier suchten seine Kinder nie zu Ostern, sondern zu Weihnachten, dafür kam der Weihnachtsmann jedoch im Hochsommer im Schlauchboot über den See gefahren und brachte Geschenke.

Während überall sonst Kostümfeste im Fasching stattfanden, lud er seine Gäste stets im Oktober zu einem Maskenball. In diesem Jahr stand der Ball unter dem Motto „Tanz der Vampire“ und jeder Besucher war aufgefordert worden, als Vampir verkleidet zu erscheinen. Ein schwarzer Frack, ein schwarzer Umhang mit blutrotem Futter und eine weiße Maske, auf die lange Vampirzähne, dunkle Augenringe und kleine Blutstropfen gemalt waren, galten für die Herren als Pflicht. Die Damen durften uralte Gewänder tragen, die allerdings modrig und muffig sein und mindestens zweiundzwanzig Mottenlöcher haben mussten. Auch sie verbargen ihre Gesichter hinter Vampirmasken.

„Ich habe mich schiefgelacht, als mein Vater sich verkleidet und die Maske aufgesetzt hat“, berichtete Axel. „Plötzlich ist er in meinem Zimmer aufgetaucht und es ist ihm echt gelungen, mich zu erschrecken.“

Lilo übernahm wieder das Fernglas und warf einen Blick durch die hohen, bogenförmigen Fenster, hinter denen der gruselige Ball stattfand. Die Damen und Herren drehten sich wild über die Tanzfläche und sahen aus, als wären sie einem Dracula-Film entsprungen.

„Mir ist kalt, ich will nach Hause!“, maulte Poppi.

„He, wir haben noch so viel zu futtern“, meinte Axel. „Außerdem ist erst in einer halben Stunde Mitternacht und ein echtes Mitternachtspicknick dauert mindestens bis Schlag zwölf!“

Poppi war das egal. Sie hatte diesmal keine Angst, fror aber jämmerlich. Es war eine kalte Herbstnacht, in der sich bereits der Winter ankündigte, und obwohl sie drei Pullis übereinander trug, kroch ihr der Frost über den Rücken.

Axel – edel wie ein Ritter – zog eine seiner Jacken aus und reichte sie der Freundin. „Da, nimm, dann geht's dir gleich besser und wir können noch ein bisschen bleiben."

Poppi war einverstanden.

Die Knickerbocker vertrieben sich die Zeit mit dem Erzählen von Schauergeschichten, die bei ihnen jedoch niemals Gänsehaut, sondern meistens Lachkrämpfe auslösten. Sie fanden die Laube vor dem „Vampirschloss" einfach großartig. Außerdem wussten sie, dass sie zu Hause nicht vermisst wurden. Lilo, Poppi und Dominik hatten ihren Eltern erzählt, dass sie bei Axel und seinem Vater übernachten würden. Da Herr Klingmeier zum Vampirball eingeladen worden war, würde niemand kontrollieren, wann sie zu Bett gingen.

Mitternacht! Die Uhr der Schlosskapelle schlug zwölf und jeder Schlag klang so, als würde jemand auf einen leeren Blechtopf trommeln. Axel bemerkte, dass sich auf dem Vampirfest etwas tat. Er blickte durch das Fernglas und meldete: „Jetzt nehmen alle die Masken ab!" Und kichernd fügte er hinzu: „Einige Herren sind ganz schön platt, dass die Damen hinter den Masken in Wirklichkeit auch nicht schöner sind!"

Die Knickerbocker prusteten vor Lachen, beschlossen aber, nun doch nach Hause zu gehen. Mittlerweile froren auch die anderen und niemand wollte unbedingt krank werden.

Am nächsten Morgen – es war ein Sonntag – standen die vier Freunde erst nach zehn Uhr auf. Um halb elf erschienen sie zum verspäteten Frühstück. Herr Klingmeier saß bereits am Tisch und war ziemlich grau im Gesicht.

„Ist es sehr spät geworden?“, erkundigte sich sein Sohn.

Axels Vater schüttelte den Kopf und vertiefte sich in eine Zeitung.

Die vier Juniordetektive warfen einander fragende Blicke zu. Was war geschehen?

Hatte Herr Klingmeier vielleicht von ihrem unerlaubten Ausflug erfahren?

„Papa ... äh ... hast du was?“, fragte Axel. Er konnte komische Stimmungen nicht leiden. Seine Eltern waren geschieden und er verbrachte nur hin und wieder ein paar Tage bei seinem Vater, da dieser beruflich viel unterwegs war. Wenn sie einander sahen, dann wollte er wenigstens eine nette Zeit mit ihm verbringen. „Äh ... haben wir? Ist was?“, bohrte Axel.

Herr Klingmeier seufzte tief und schüttelte den Kopf. „Nein, es hat nichts mit euch zu tun. Es ist nur ... Also, ein guter Freund von mir, Willy Knauf, er war gestern auch auf dem Fest und er wird nun beschuldigt, in der Nacht den Chef der Firma, in der er arbeitet, im Büro überfallen und niedergeschlagen zu haben. Der Mann ist schwer verletzt und liegt im Krankenhaus.“

„Aber was hat der Chef gestern in der Nacht noch im Büro gemacht?“, wollte Axel wissen.

Sein Vater lachte kurz auf: „Er hat Geld gezählt. Der Mann gehört zur altmodischen Sorte, die das Geld, das die Firma während der Woche eingenommen hat, in einem Tresor verwahrt. Die Einnahmen der vergangenen Tage waren sehr hoch und so saß der alte Knacker bis tief in die Nacht in seinem Büro und hat Schein für Schein gezählt.“

„Und warum weiß man, dass dieser Herr Knauf ihn überfallen hat? Hat sein Boss das bezeugt?", wollte Lilo wissen.

Herr Klingmeier überlegte kurz und antwortete: „Nein, das nicht. Nein, überhaupt nicht. Der Firmenbesitzer hat angegeben, dass ihn jemand von hinten niedergeschlagen hat. Alles ging so schnell, dass er den Einbrecher gar nicht gesehen hat. Fest steht nur, dass der Unbekannte einen Schlüssel zum Firmengebäude besaß und sehr viel Geld gestohlen hat."

Poppi verstand noch immer nicht, wieso unbedingt Herr Knauf der Dieb sein musste.

„Ein Kollege von Willy aus der Firma war ebenfalls bei diesem ‚Tanz der Vampire' und will beobachtet haben, dass Willy das Fest um kurz nach elf verlassen hat. Um Viertel vor zwölf sei er wieder zurück gewesen. Genau in dieser Zeit ist der Überfall geschehen und es ist durchaus möglich, in dieser Zeit von Schloss Eulenmoor zur Firma und zurück zu fahren. Alles passt!", erklärte Axels Vater.

Herr Klingmeier war sehr bekümmert. Willy Knauf war ein wirklich guter Freund und er traute ihm den Überfall einfach nicht zu. „Leider hat Willy noch dazu ein Motiv: Er steckt in großen Geldnöten", ergänzte er. „Er hat in der Spielbank viel Geld verloren. Die Schulden zurückzuzahlen, ist nicht gerade einfach!"

Axel begann, seine Nasenspitze zu kneten.

„He, was machst du da? Das tu doch normalerweise nur ich, wenn ich scharf nachdenke!", rief Lilo.

Ihr Kumpel nickte. „Ich denke jetzt auch scharf nach und werde den Verdacht nicht los, dass an dieser Geschichte etwas nicht stimmt. Lilo, ich glaube, dieser feine Kollege will Herrn Knauf den Überfall in die Schuhe schieben. Dabei hat er ihn selbst begangen."

Herr Klingmeier horchte auf: „Aber wie … wie kann man das beweisen?"

„Na ja … dem Herrn Kollegen ist bei seiner Geschichte ein Fehler unterlaufen!", meinte Axel.

Und tatsächlich bestätigte sich bereits am darauffolgenden Tag, dass Axels Vermutung zutraf.

KRIMI-FRAGE:

Welchen Fehler meint Axel?

LÖSUNG:

H	D	E	M	A	U	E	R	B	L	U	M	E	N	I	N
A	S	N	3	H	A	T	E	N	H	G	F	D	J	U	I
L	U	T	2	A	K	K	F	,	E	D	E	R	V	I	E
L	A	I	F	B	C	L	S	H	T	T	M	A	S	N	Z
O	N	E	H	I	O	A	E	Ü	S	A	R	R	C	D	U
W	E	F	N	C	T	M	N	H	E	G	.	M	N	A	I
E	K	E	T	H	S	O	O	N	F	S	K	E	H	S	O
E	A	N	R	T	N	T	T	E	„	B	A	L	R	S	L
N	R	D	E	L	E	T	S	R	N	R	S	A	T	R	S
K	K	E	D	E	K	E	G	S	E	A	J	D	Ö	T	A
Ü	?	S	Ö	D	R	N	N	E	K	T	H	E	L	H	D
R	N	O	L	E	I	T	I	G	C	E	T	H	N	J	L
B	E	Z	Z	R	B	R	L	E	O	N	E	G	D	K	K
I	S	E	T	S	N	Ä	L	N	L	S	F	J	A	D	U
S	E	A	E	A	E	G	O	H	F	A	D	L	F	E	Z
S	I	N	R	N	L	E	!	A	R	F	O	T	S	M	R
E	R	S	H	D	A	R	R	F	E	T	W	R	T	U	T
L	L	➔	B	I	S	M	I	T	T	E	R	N	A	C	H
T	W	A	R	E	N	A	L	L	E	G	Ä	S	T	E	M
A	S	K	I	E	R	T	:	N	I	E	M	A	N	D	K
O	N	N	T	E	D	A	H	E	R	B	E	O	B	A	C
H	T	E	T	H	A	B	E	N	,	W	E	R	W	A	N
N	G	I	N	G	U	N	D	W	I	E	D	E	R	K	A
M	.	●	F	E	S	G	E	N	A	U	.	H	E	R	J
K	L	O	E	R	G	B	A	S	S	E	N	K	L	Ö	O
I	Z	L	D	F	G	E	R	N	X	A	S	E	R	H	J

Feuer im Eis

Trainingsfall von Poppi

Seit einer Woche hielt der Feuerteufel das kleine norwegische Dorf Lörström in Atem. Er kam lautlos, zündete eine Benzinbombe und verschwand blitzschnell. Bis die Feuerwehr sich durch Schnee, Eis und Temperaturen von minus zweiundzwanzig Grad Celsius gekämpft hatte, war es längst zu spät. Von den Häusern war nur noch ein Haufen rauchender Trümmer übrig. Sechsmal hatte der Brandstifter bereits zugeschlagen.

Am Montag aber schleppte Ole Lunder einen Mann namens Björn Aquist zur Polizei und schrie: „Das ist er … der Feuerteufel! Er wollte bei meinem Haus Feuer legen, aber zum Glück haben meine Hunde angeschlagen und ihn verjagt!"

„Das ist nicht wahr!", protestierte Björn. „Ich war heute zu Hause und habe ferngesehen!"

„Haben Sie den Mann auf frischer Tat ertappt?“, fragte der Polizist.

Ole verneinte. „Ich war nicht schnell genug. Bis ich begriff, dass der Feuerteufel es diesmal auf mein Haus abgesehen hatte, war er schon längst über alle Berge.“

„Du willst mir das nur in die Schuhe schieben, weil du mir Geld schuldest!“, schrie Björn.

„Halt, wieso wissen Sie überhaupt, dass dieser Mann bei Ihrem Haus war, wenn Sie ihn gar nicht gesehen haben?“, wollte der Polizist wissen.

„Ich habe meinen Hund auf seine Spur angesetzt. Er hat die Fährte sofort aufgenommen und mich direkt zu Björn geführt!“, erzählte Ole. „Sie müssen den Mann verhaften, er ist gefährlich. Er gehört hinter Gitter!“

Der Polizist überlegte eine Weile. Dann wusste er, was er zu tun hatte. Was hättest du an seiner Stelle getan?

KRIMI-FRAGE:

War Björn der Feuerteufel?
Oder wollte Ole ihm tatsächlich die Sache nur in die Schuhe schieben, weil er ihm Geld schuldete?

LÖSUNG:

S	A	L	A	T	K	Ö	P	F	E	G	F	A	S	N	K
C	H	I	N	A	G	E	R	K	L	D	A	B	E	R	L
H	A	-	H	N	E	N	K	A	M	P	F	G	R	E	H
Ü	E	B	E	R	G	D	Z	U	K	R	!	F	G	B	H
L	R	6	5	H	T	Z	F	J	D	E	R	J	U	I	L
E	L	J	Z	T	R	G	➔	O	L	E	H	A	T	G	E
L	O	G	E	N	:	B	E	I	M	I	N	U	S	Z	W
E	I	U	N	D	Z	W	A	N	Z	I	G	G	R	A	D
C	E	L	S	I	U	S	K	Ö	N	N	E	N	H	U	N
D	E	K	E	I	N	E	S	P	U	R	V	E	R	F	O
L	G	E	N	.	●	G	F	H	T	Z	R	U	K	I	O
A	O	I	T	A	B	L	E	T	T	E	N	D	O	S	E
S	P	2	U	U	H	J	W	H	E	R	?	P	E	N	T
E	N	-	J	F	N	F	P	T	M	Z	O	I	M	Ü	O
R	S	R	S	D	E	R	O	R	N	Ä	K	E	R	R	P
S	P	J	A	E	T	E	U	K	Z	H	R	R	E	A	K
T	I	K	D	M	R	D	K	I	E	L	E	L	T	G	J
R	O	Z	N	N	A	A	F	O	H	E	D	A	S	T	T
A	K	U	H	A	Z	N	G	L	A	R	T	D	O	E	E
H	E	L	Ü	C	R	M	N	D	R	S	X	E	,	Z	F
L	D	G	P	H	E	L	T	S	D	I	E	N	G	K	A
E	N	A	O	T	T	P	R	A	O	T	T	3	R	L	M
N	H	S	L	T	N	E	E	H	L	U	R	4	U	G	H
K	R	J	T	I	I	R	S	J	U	A	A	!	B	M	G
L	Z	T	E	S	H	H	A	M	I	T	L	S	D	A	R
U	T	I	G	C	H	E	D	E	K	I	K	A	N	S	L

Rache ist Nagellack

Eigentlich hieß sie Magdalena, aber sie nannte sich Sunny (sprich: Sanni). Ihr Haar war stets perfekt geföhnt, die Finger- und Zehennägel immer frisch lackiert und selbstverständlich trug sie nur topmoderne, schicke, teure Klamotten. Selbst ihre Jeans hatten einen besonderen Namen und kosteten deshalb das Dreifache.

Sunny ging nicht, sie stolzierte durch die Gänge der Schule, und wenn sie einmal etwas sagte, spitzte sie stets die Lippen, sodass sie ein Herzchen bildeten.

Sunny fand sich selbst umwerfend schön und alle anderen entsetzlich hässlich. Das dachte sie sich nicht nur, das sagte sie auch.

Oft kamen so gemeine Worte wie „Du siehst aus wie ein frisch rasierter Toilettenbesen“ aus ihrem Mund. So manches Mädchen bezeichnete sie als „frisch gerupfte Truthenne“, ein anderes nannte sie „Miss Urhässlich“ und wieder ein anderes „Glotzaugen-Stinkmorchel-Gesicht“!

Natürlich hatte Sunny aus diesem Grund nur sehr, sehr wenige Freundinnen und hauptsächlich Feindinnen.

Deshalb wunderte es keinen, als sie eines Tages am Ende der langen Pause eine schreckliche Entdeckung machte. Jemand hatte roten Nagellack in ihren offenen Schulrucksack geschüttet. Alle Hefte, Bücher und Ringmappen waren über und über mit der klebrigen roten Soße bekleckert. Viele Seiten waren vom Nagellack so durchtränkt, dass sie kaum noch lesbar waren. Wer auch immer diese Tat vollbracht hatte, er hatte ganze Arbeit geleistet.

Sunny stieß mehrere spitze Schreie aus und stampfte mit ihrem Füßchen auf. Mitleid erhielt sie keines, dafür jede Menge Spott und Gelächter. Sie musste alle Hefte neu schreiben und deshalb bestimmt auch einmal auf das Sonnenstudio oder das Föhnen der Goldlocken verzichten.

„Recht geschieht ihr! Allerdings würde ich schon gerne wissen, wer das getan hat", raunte Axels Schulfreund Tobias dem Knickerbocker ins Ohr. Als Axel den Mund öffnete, zwickte ihn Tobias heftig in den Arm: „Stopp, Axel! Diesmal wirst du nicht Detektiv spielen. Der ‚Täter' soll unerkannt bleiben, damit sich Sunny nicht an ihm rächen kann!" Axel sah das ein und biss sich auf die Lippe.

Leider gab es noch eine große Gefahr. Sie hieß: Lehrer. Sunny beschwerte sich natürlich bitterlich bei Herrn Frohmüller, der die Klasse nach der Pause in Physik unterrichtete. Dieser hatte aber auch kein Mitleid. „Mein gutes Kind, ich wette, du hast wieder eine Flasche Nagellack in deiner Schultasche gehabt, die nicht gut genug verschraubt war. Jaja, die Schwerkraft ist daran schuld, dass der Lack ausgelaufen ist.

Hättest du in meinen Stunden besser aufgepasst, wüsstest du das!“

Hämisches Gekicher der ganzen Klasse war die Folge. So bald würde Sunny andere nicht mehr verspotten.

Axel grinste in sich hinein. Der gute Professor Frohmüller hatte ausnahmsweise einmal nicht Recht. Sunnys schlecht verschraubter Nagellack konnte es nicht gewesen sein.

KRIMI-FRAGE:

Wie kommt Axel darauf?

LÖSUNG:

R	H	G	T	Z	N	M	!	A	S	H	A	T	I	C	E
H	E	D	A	A	E	S	C	S	E	F	R	E	E	H	W
A	L	E	G	H	W	T	I	C	N	R	B	N	L	E	D
B	F	R	E	N	.	E	V	H	A	T	E	S	M	N	M
A	3	M	S	A	R	N	R	W	T	M	V	W	E	.	U
R	R	Ä	L	R	H	T	E	A	R	S	O	A	H	●	I
B	G	U	I	Z	Z	A	S	R	Ö	D	N	R	R	F	R
E	F	S	C	T	N	S	A	Z	L	F	O	E	A	G	O
R	,	E	H	S	E	C	I	E	G	E	B	S	L	H	G
K	E	A	T	E	D	H	T	A	O	⊙	E	L	S	M	R
U	D	N	U	M	L	E	H	U	L	E	N	A	E	R	E
C	A	D	M	I	I	N	C	G	U	R	G	U	I	T	F
H	L	E	M	N	W	U	D	E	Z	S	E	T	N	Z	M
E	E	N	I	A	M	H	A	N	J	T	S	B	K	U	A
N	M	H	T	R	I	R	G	L	R	E	C	E	L	C	B
G	R	Ö	T	F	N	G	T	I	E	N	H	S	E	D	M
F	A	H	E	H	E	H	F	P	A	S	Ü	C	I	R	I
U	M	L	R	J	F	K	Ü	P	F	W	T	H	N	J	B
Z	N	E	.	!	R	L	P	E	D	U	T	R	E	A	.
D	E	N	N	H	E	E	O	N	V	R	E	E	S	S	R
A	T	D	A	J	W	D	Z	F	I	D	T	I	F	L	E
SJ	T	E	C	U	O	F	T	A	U	E	.	B	L	E	G
G	O	C	H	Z	S	V	B	R	N	D	Z	U	Ä	R	I
B	R	K	T	R	S	T	E	B	R	I	W	N	S	F	L
N	A	E	J	E	A	I	W	E	T	E	E	G	C	G	I
E	K	N	S	D	L	M	F	F	H	F	I	V	H	H	E

Der doppelte Theodor

„Lilo, Lilo, kannst du bitte mit deinen Knickerbocker-Freunden zu mir kommen?", flehte Amalie Zitzewitz. Sie hatte Lilo angerufen und schien ernste Sorgen zu haben.

„Ja, natürlich, Frau Zitzewitz, aber es wird ein wenig dauern. Ich werde meine Freunde verständigen, aber Dominik hat eine Probe am Theater und Axel ist beim Training!"

„Das macht nichts. Hauptsache, ihr kommt heute noch. Bitte, ich brauche euren Rat und eure Hilfe!"

Als Lilo auflegte, zog sie verwundert die Augenbrauen hoch. Was war geschehen? Warum war die alte Dame so aufgebracht? Sie war eine Freundin ihrer Mutter und früher einmal Pianistin gewesen. Frau Zitzewitz hatte Konzerte in großen Sälen gegeben und war sehr berühmt gewesen.

Um halb acht Uhr abends traf die Knickerbocker-Bande bei ihr ein. Die alte Dame war völlig aus dem Häuschen und ihre Finger zitterten, als sie den vier Freunden die Hand zur Begrüßung reichte.

Sie schob Axel, Lilo, Poppi und Dominik in einen kleinen Raum, in dem nur ein Klavier stand, und begann zur Überraschung der Juniordetektive sofort zu spielen.

„Ich mache das nur, damit er uns nicht belauschen kann."

„Wer ist *er*?", fragte Axel erstaunt.

„Mein Sohn Theodor!", antwortete Frau Zitzewitz. „Er ist wieder da. Heute Früh ist er zu mir zurückgekehrt, nach zwanzig Jahren!"

„Das ist großartig! Freuen Sie sich nicht?", fragte Lilo.

Frau Zitzewitz machte ein bekümmertes Gesicht. „Ja und nein … gegen zwölf hat nämlich noch ein Theodor angerufen und seinen Besuch angekündigt."

„Was???" Die Knickerbocker verstanden nicht, was das zu bedeuten hatte.

„Ja, deshalb bin ich so verwirrt. Ich habe gerade gegessen, als das Telefon geklingelt hat. Der Anrufer hat behauptet, dass er von einem Anhalter, den er mitgenommen hatte, betäubt und bestohlen worden sei. Aber er wollte trotzdem kommen. Er würde morgen eintreffen, hat er gesagt."

Während die Frau ein Klavierstück nach dem anderen spielte, erzählte sie von ihrem Sohn Theodor, der vor zwanzig Jahren fortgegangen war. Er hatte damals einen Brief hinterlassen, den Frau Zitzewitz der Bande zu lesen gab.

Er lautete:

Liebe Mutter!

Du hast nie für mich Zeit gehabt und immer nur an deine Konzerte und deine Erfolge gedacht. Ich war völlig unwichtig für dich. Falls du mich zufällig einmal wahrgenommen hast, konntest du immer nur nörgeln: „Theo, kau nicht an den Nägeln!" – „Theo, zupf nicht ständig an den Ohren!" – „Theo, kratz dich nicht unentwegt am Bauch!" Ich habe dir nie etwas recht gemacht.

Aus diesem Grund habe ich beschlossen, nach Afrika zu gehen. Ich werde versuchen, dort ein neues, besseres Leben zu beginnen.

Dein Sohn Theodor

Neunzehn Jahre war er damals alt gewesen und Frau Zitzewitz hatte seither nichts von ihm gehört. Erst vor einer Woche war ein Brief gekommen, in dem er völlig überraschend seinen Besuch angekündigt hatte. Allerdings hatte er seine Mutter auch gewarnt: „Du wirst dich sehr wundern, wie ich mich verändert habe. Ich habe zwar die Angewohnheiten, die dich immer so an mir gestört haben, nicht abgelegt, doch ich sehe völlig anders aus. Ob du mich überhaupt wiedererkennst?"

Frau Zitzewitz war verzweifelt: „Was … was soll ich nur machen? Der Mann, der gekommen ist, behauptet, mein Sohn zu sein. Ich muss zugeben, dass er wirklich anders aussieht. Er ist braun gebrannt, ziemlich dick und natürlich zwanzig Jahre älter. Bitte, helft mir!"

Die Knickerbocker-Freunde waren ratlos.

„Morgen haben wir schulfrei. Frau Zitzewitz, wir bleiben bei Ihnen und werden uns ganz einfach den Doppelgänger ansehen", entschied Lilo schließlich.

Die Pianistin war von der Idee begeistert. Sie war eine reiche Frau und fürchtete, beraubt zu werden.

Am nächsten Tag traf tatsächlich ein Mann ein, der sich als Theodor vorstellte und seine vermeintliche Mutter überschwänglich begrüßte.

Auch er war braun gebrannt, ziemlich dick und hatte wenig Ähnlichkeit mit den Fotos, die es vom jungen Theodor gab.

Die Tür des Gästezimmers flog auf und Theodor 1 trat in die Vorhalle. Er starrte den Mann an, der gerade eingetroffen war, und schnaubte: „Michael, was soll das?“ Theodor 1 schien sich sehr aufzuregen. Er bekam einen knallroten Kopf und zupfte wie wild an seinem linken Ohr.

„Ich bin nicht Michael! Was wollen Sie?“, sagte Theodor 2, dessen Stimme plötzlich eiskalt klang. „Ich erkenne Sie wieder. Sie sind der Anhalter, den ich mitgenommen habe. Ich habe Ihnen erzählt, dass ich zu meiner Mutter unterwegs bin und dass sie die berühmte Pianistin Zitzewitz ist. Sie haben mich überfallen, um sich bei ihr einzuschleichen und zu sehen, was es hier zu holen gibt!“

Theodor 2 behielt zwar die Ruhe, strich sich jedoch unablässig mit beiden Händen über die Wangen.

Theodor 1 war kurz vor dem Zerplatzen. „Was erlaubst du dir? Das ist alles Lüge! Du hast mit mir in Afrika gearbeitet, in der Goldmine. Dort habe ich dir von meiner Mutter erzählt. Du … du bist mit mir nach Europa gekommen und wolltest deine Familie besuchen.“ Der Mann fuhr sich immer wieder über den Bauch und zitterte am ganzen Körper. „Gestern haben wir uns auf dem Flughafen voneinander verabschiedet.“

Dominik blickte von einem Theodor zum anderen. Die

beiden sahen einander unglaublich ähnlich. Sie hätten Zwillingsbrüder sein können.

„Ich kann dir beweisen, dass ich dein Sohn bin, Mutter!", sagte Theodor 1. Er lief in sein Zimmer und kam mit seinem Reisepass zurück.

„Den haben Sie mir gestohlen!", rief Theodor 2 empört.

„Was meinen Sie? Wer ist der echte Theodor?", fragte Lilo die alte Dame. Aber auch die Mutter war ratlos – zwanzig Jahre waren eine lange Zeit.

Axel, Poppi und Dominik flüsterten Lilo etwas ins Ohr. Sie waren alle der Meinung, dass Theodor 1 der echte Sohn war. Lilo war noch nicht völlig überzeugt. Beide Geschichten hörten sich glaubhaft an. Da hatte das Superhirn einen Einfall.

„Bitte, kommen Sie her, beide! Ich will etwas sehen ...", verlangte sie.

Danach entschied sie: „Nein, Theodor 2 ist der echte Sohn. Der Betrüger hat an vieles gedacht, um Theodor überzeugend darzustellen, aber das war nicht genug!"

Der Gauner wurde verhaftet und Frau Zitzewitz atmete auf. Endlich konnte sie ihren wahren Sohn in die Arme schließen. Schmunzelnd meinte sie: „Ich werde nie mehr an dir herumnörgeln. Das verspreche ich dir. Manche deiner Angewohnheiten haben ja offensichtlich auch ihre guten Seiten ...!"

KRIMI-FRAGE:

Was hat sich Lilo zeigen lassen?

LÖSUNG:

S	A	R	D	R	A	S	C	H	E	N	P	U	T	T	E
E	B	A	O	↓	B	G	A	R	E	D	U	N	O	T	W
B	E	D	I	D	G	T	A	S	T	E	N	K	O	M	B
G	R	A	K	I	E	I	W	R	J	A	G	U	A	R	G
T	G	R	J	E	B	N	E	E	T	R	3	3	I	K	E
R	L	K	E	H	I	A	D	H	H	B	I	F	U	H	Z
J	Ä	O	D	Ä	S	T	:	N	C	E	U	A	J	N	U
U	U	N	G	N	S	I	U	T	D	I	Z	H	T	N	Ü
I	B	T	A	D	E	O	T	R	R	S	T	R	E	M	P
O	I	R	T	E	N	N	R	Z	T	N	R	R	D	R	U
:	S	O	T	.	E	K	G	U	I	R	F	A	D	E	H
D	C	L	I	D	N	A	3	M	S	A	R	N	R	W	T
E	H	L	M	E	Ä	R	R	Ä	L	R	H	T	E	A	R
R	K	E	R	R	G	B	G	U	I	Z	Z	A	S	R	Ö
B	A	N	O	E	E	E	F	S	C	T	N	S	A	Z	L
G	F	A	V	C	L	R	,	E	H	S	E	C	I	E	G
H	F	N	G	H	.	W	A	L	D	G	M	M	T	Z	L
A	E	R	A	T	●	W	I	E	S	O	P	L	E	I	B
C	T	O	T	E	G	F	A	N	T	E	N	F	L	I	E
D	A	T	S	S	R	,	S	C	H	E	A	U	C	H	B
E	N	!	M	O	A	E	N	J	E	D	E	R	Z	E	I
N	T	E	A	H	S	B	L	.	S	D	L	P	S	A	G
U	E	N	S	N	H	D	E	R	T	G	B	A	S	D	E
I	N	A	N	H	Ü	K	G	R	E	U	I	O	N	H	E
O	H	M	L	A	P	L	A	H	U	N	G	S	B	Ü	R
P	G	P	E	T	F	E	R	G	N	E	R	O	K	L	R

Der letzte Besucher

„Ich bin schon so gespannt, wie er aussieht!“, sagte Axel aufgeregt.

„Ich auch“, gestand Lilo.

„Ich werde ebenfalls von Neugier bewegt!“, meinte Dominik und bewies wieder einmal, wie kompliziert er die einfachsten Sachen ausdrücken konnte.

Die drei waren unterwegs zur Spielzeug- und Sportartikelfirma *Happy Hopper.* Sie sollten dort einen völlig neuartigen Bumerang testen. Direktor John Hopper hatte sie höchstpersönlich angerufen und zu sich gebeten. „Allerdings muss ich euch um strengstes Stillschweigen bitten“, hatte er Lilo am Telefon eingeschärft. „Leider gab es in letzter Zeit einige Fälle von Werkspionage. Erst letztes Jahr hat eine andere Spielzeugfirma unsere neuesten Ideen und Projekte ausgeschnüffelt und vor uns auf den Markt gebracht. Für uns war das eine Katastrophe!“

Es war 17.25 Uhr, als die drei Juniordetektive vor dem

Hochhaus ankamen, in dem *Happy Hopper* ihren Firmensitz hatte. In der großen Vorhalle wurden sie von einem mürrischen Pförtner aufgehalten und mussten sich erst einmal in das Besucherbuch eintragen. Sie überflogen die Einträge auf der letzten Seite.

Egon Friedwald, 12.10 – 13.40
Brigitte Manoli, 12.30 – 15.55
Friedbert Fruchter, 13.05 – 15.55
Eleonore Haberschmiedt, 13.10 – 16.40
Karin Hanner, 14.20 – 17.10
Olga Meismüller, 14.30 – 14.50
Dr. Edgar Brecht, 14.50 – 16.35
Prof. Erwin Fröh, 15.15 – 16.05
Sigismund Tschak, 15.15 – 16.45
Christian Keller, 15.45 – 16.50
Christian Fröbeg, 16.05 – 16.15
Heidi Egger, 16.05 – 16.55
Willi Müllmann, 16.45 – 16.55
Lilo Schroll, 17.25 –
Axel Klingmeier, 17.25 –
Dominik Kascha, 17.25 –

„Direktor Hopper hat sein Büro im zwölften Stock, gleich neben dem Lift rechts. Ich werde euch ankündigen, denn seine Sekretärin ist schon nach Hause gegangen. Es ist überhaupt keiner mehr da außer ihm!"

Die drei Freunde traten in den Lift, der sie lautlos und schnell nach oben brachte. Sie stiegen aus, gingen nach rechts und klopften an die Tür mit der Aufschrift „Direktion“. Niemand antwortete.

Axel klopfte noch einmal. Diesmal lauter, aber Direktor Hopper meldete sich nicht und kam auch nicht, um aufzumachen.

„He, riecht ihr das?“, fragte Dominik und schnüffelte heftig. „Hier stinkt es nach Krankenhaus!“

Lilo gab ihm Recht. „Das ist Chloroform, ein Betäubungsmittel!“, stellte sie fest. Nun wartete sie nicht mehr, sondern versuchte, die Tür zu öffnen. Sie war nicht abgeschlossen und schwang auf.

„Hallo, Herr Direktor Hopper?“, riefen die drei, erhielten aber keine Antwort.

Sie durchquerten den Vorraum, in dem sonst die Sekretärin saß, und betraten das Direktionszimmer, das bis zur Decke mit Spielzeug vollgeräumt war.

„Dort … dort ist er … in seinem Sessel!“, rief Dominik und rannte auf einen ledernen Drehstuhl mit hoher Lehne zu. Darin hing der Direktor – bewusstlos. Ein großer stinkender Wattebausch auf dem Boden wies darauf hin, dass er betäubt worden war.

Der Tresor stand offen und war leer!

Lilo wollte sofort den Pförtner verständigen, aber das Telefon des Direktors war gestört. Deshalb raste sie mit dem Lift ins Erdgeschoss und meldete, was geschehen war. Der Mann rief augenblicklich die Polizei.

„Ich hatte irgendwie ein ungutes Gefühl“, meinte er. „Als ich euer Kommen ankündigen wollte, konnte ich den Herrn Direktor nicht erreichen.“

„Es muss jemand im Haus sein, der ihn überfallen hat!", sagte Lilo.

Der Portier runzelte die Stirn. „Das ist unmöglich. Alle Mitarbeiter haben pünktlich um 17 Uhr das Haus verlassen. Ich habe zu diesem Zeitpunkt gerade meinen Dienst angetreten. Außer euch ist niemand gekommen und keiner gegangen. Es gibt auch keine anderen Eingänge."

Als die Polizei eintraf, war Direktor Hopper wieder zu sich gekommen. Er gab an, dass er kurz nach 17.15 Uhr den Tresor geöffnet hatte, um den Bumerang herauszunehmen. Plötzlich war er von hinten überfallen und betäubt worden. Der Bumerang war verschwunden: ein neuer Fall von Werkspionage.

„Aber es kann sich wohl schwerlich um einen Spion handeln, der sich in Luft auflösen kann!", meinte Dominik.

Lilo schüttelte langsam den Kopf. Sie wusste, wer Direktor Hopper so übel mitgespielt hatte.

KRIMI-FRAGE:

Wer war es?

LÖSUNG:

K	A	F	F	E	E	P	A	U	S	E	N	B	R	O	T
J	A	H	R	M	A	R	K	T	S	;	P	U	P	P	E
A	S	T	E	R	N	V	A	S	E	N	H	R	T	Z	J
F	T	J	L	O	I	P	.	S	Ä	Ä	G	H	G	H	J
F	E	L	N	L	O	I	R	T	N	H	6	R	!	R	Z
A	D	A	G	B	W	E	R	T	S	K	5	T	E	F	T
E	M	M	E	N	S	T	E	T	S	A	R	H	R	P	R
R	Ü	S	A	F	E	R	N	M	F	S	T	S	T	O	F
H	E	R	T	K	L	A	R	E	.	T	Z	R	Z	U	D
T	;	O	P	F	R	T	A	Q	C	E	N	:	H	K	S
Z	I	M	M	E	R	A	N	Z	→	D	E	R	P	O	R
T	I	E	R	.	E	R	H	A	T	G	E	L	O	G	E
N	.	K	A	R	I	N	H	A	N	N	E	R	H	A	T
D	A	S	H	A	U	S	U	M	1	7	U	H	R	1	0
V	E	R	L	A	S	S	E	N	.	D	E	R	P	O	R
T	I	E	R	W	A	R	Z	U	D	I	E	S	E	M	Z
E	I	T	P	U	N	K	T	N	I	C	H	T	A	N	S
E	I	N	E	M	P	L	A	T	Z	.	●	K	R	A	N
D	R	T	N	H	A	E	R	K	L	P	R	T	E	N	H
U	I	P	Ü	R	T	E	:	D	S	A	B	E	R	T	K
L	S	W	G	V	C	D	A	S	E	W	T	Z	K	L	O
P	Ü	T	R	N	G	A	S	E	J	K	O	T	R	B	G
S	A	C	V	F	R	E	R	T	Z	?	H	T	Z	J	K
R	T	G	D	S	O	N	D	E	R	R	E	G	E	L	U
N	G	F	E	R	S	A	D	E	R	H	T	Z	K	L	F
D	A	S	R	M	H	U	Z	I	O	P	T	R	E	F	V

Die taube Nuss

Trainingsfall von Axel

Ein Raubritter namens Roderich der Zweite nahm einmal einen Prinzen gefangen und forderte von dessen Vater ein hohes Lösegeld. Der König aber, der seinen Sohn für einen tollpatschigen Dummkopf hielt, wollte nicht zahlen.

„Du kannst den Prinzen gerne behalten!“, ließ er dem Raubritter ausrichten.

Roderich der Zweite wurde zuerst so wütend, dass er seinen Gefangenen in den tiefsten Kerker werfen und dort verschimmeln lassen wollte. Dann aber entschied er sich doch anders.

Er ließ sieben mit Goldmünzen und gestohlenen Juwelen randvoll gefüllte Truhen in den größten Saal seiner Burg bringen und befahl seinem Koch, zwei Nüsse zu knacken und die Frucht zu entfernen. Danach legte er vor den Augen der anderen Raubritter eine Perle in eine Nuss und ließ sie wieder zusammenleimen. Die andere Nuss wurde ebenfalls verleimt, blieb allerdings leer.

Roderich der Zweite legte die beiden Nüsse auf ein Samtkissen und verkündete: „Der Prinz darf die Nüsse nur ansehen. Dann muss er seine Wahl treffen und eine der beiden Nüsse knacken. Ist die Perle darin, erhält er die sieben Truhen mit den Schätzen und ich lasse ihn frei. Ist es aber die taube Nuss, werde ich ihn köpfen lassen!"

Die Ritter zeigten sich beeindruckt, war doch die Möglichkeit, dass der Prinz gewann, hoch. Sie ahnten nicht, dass Roderich gar nicht daran dachte, fair zu spielen. Seinen Hofnarren hatte er heimlich die Nuss mit der Perle gegen eine zweite taube Nuss austauschen lassen. Der Küchenjunge hatte den Schwindel beobachtet und den Prinzen gewarnt. Dieser war nicht so dumm, wie alle dachten, und sann auf eine List.

Stellt euch vor, er hat das Spiel gewonnen!

KRIMI-FRAGE:

Wie hat es der Prinz geschafft,
das ausweglos erscheinende Spiel zu gewinnen?

LÖSUNG:

D	R	E	I	G	F	R	H	G	;	G	R	T	E	H	T
U	J	H	F	E	R	T	G	I	E	R	I	G	L	A	N
G	T	E	E	R	N	A	C	H	D	E	M	E	I	S	G
N	M	F	R	E	T	→	E	R	W	Ä	H	L	T	E	E
I	N	E	N	U	S	S	A	U	S	U	N	D	F	O	R
D	E	R	T	E	R	O	D	E	R	I	C	H	A	U	F
,	D	I	E	A	N	D	E	R	E	Z	U	Ö	F	F	N
E	N	.	D	I	E	S	E	R	L	I	E	S	S	D	E
N	P	R	I	N	Z	E	N	Z	I	E	H	E	N	,	W
E	I	L	E	R	S	E	I	N	E	N	S	C	H	W	I
N	D	E	L	N	I	C	H	T	E	I	N	G	E	S	T
E	H	E	N	W	O	L	L	T	E	.	●	T	E	S	T
R	E	S	A	H	K	D	A	R	L	I	N	G	,	G	T
S	R	D	B	D	A	T	E	T	T	N	A	N	G	R	D
T	R	K	E	,	H	G	Ä	N	S	E	P	A	T	A	F
Z	E	M	L	S	R	O	R	N	E	O	N	L	A	S	B
U	N	T	S	L	H	I	G	M	S	I	G	U	S	E	H
N	Z	R	C	I	J	K	E	J	E	K	T	O	S	N	T
E	I	H	H	U	K	Z	R	R	L	U	R	L	P	D	Z
H	M	P	N	J	L	J	M	G	S	H	F	!	O	E	J
M	M	O	Ü	H	R	T	I	?	O	E	A	J	K	R	K
E	E	Z	R	T	U	E	T	U	H	R	S	N	E	R	O
N	R	T	E	E	H	Z	S	J	R	Z	G	T	R	O	P
D	F	H	H	G	E	R	E	R	E	T	R	G	F	B	R
E	G	E	:	R	F	T	G	T	N	D	K	R	A	E	E
P	A	S	H	G	B	H	Z	F	A	H	R	E	C	R	„

Die Wahnsinnswette

Es blitzte und wenige Sekunden später krachte der Donner. „Jetzt werde ich deinetwegen auch noch nass!“, schimpfte Poppi mit der schneeweißen Katze, die sie unter ihrer Jacke trug.

Poppis Katze besaß zwei Merkmale, die sie von allen anderen Katzen der Welt unterschieden. Erstens hatte sie einen Hundenamen: Sie hieß Bello. Und zweitens ging sie für ihr Leben gerne ins Kino und riss deshalb mindestens einmal in der Woche von zu Hause aus. Poppi musste sie dann jedes Mal aus dem nahen Kino holen, wo Bello auf einer Stuhllehne in der letzten Reihe saß und begeistert auf die Leinwand starrte.

Bei ihrem heutigen Besuch hatte sie sich zum dritten Mal „Ein Hund namens Beethoven“ angesehen und war empört gewesen, als Poppi sie mitten im Film abholen wollte.

Abermals zuckte ein Blitz über den Himmel und diesmal dröhnte der Donner so laut, als hätte jemand direkt über

Poppis Kopf eine Sprengladung gezündet. Bestimmt würde bald Regen vom Himmel prasseln.

Poppi beschloss, eine Abkürzung zu nehmen. Sie bog in eine enge, dunkle Sackgasse ein, die vor einer verfallenen und leer stehenden Autowerkstatt endete. Hinter einem kleinen Tor links hinten im Hof begann ein Fußweg, der über eine Wiese zu der Straße führte, in der Poppi wohnte.

Als sie in den Hof der ehemaligen Werkstatt trat, fröstelte sie. Sie mochte diesen Ort nicht.

Die dunkelgrauen Gebäude mit den hohen, ölverschmierten, rostigen Metalltüren jagten ihr immer Angst ein. Jetzt, wo sich der Himmel verdunkelt hatte, war ihr besonders unheimlich zumute.

Nur schnell durch und auf die Wiese!, dachte Poppi.

Als sie auf das Tor zusteuerte, versperrte ihr aber plötzlich eine schwarze Gestalt den Weg. Poppi schrie erschrocken auf. Vor ihr stand ein Bursche in einem schwarzen Jeansanzug, der ein schwarzes Tuch so über den Kopf geschlungen hatte, dass nur ein schmaler Schlitz für die Augen frei blieb.

Poppi drehte sich schnell um und wollte flüchten, aber zu ihrem großen Entsetzen musste sie feststellen, dass sich hinter ihr drei weitere Typen in Schwarz aufgebaut hatten. Sie sahen sie drohend an und lachten heiser.

„Lasst mich … haut ab!“, stieß sie hervor. Aber die vier Burschen dachten nicht daran. Einer schnappte Poppi und hielt sie mit eisernem Griff fest. Ein zweiter zog die strampelnde Bello unter ihrer Jacke hervor und versuchte, sie zu bändigen. Als es ihm nicht gelang, kam ihm sofort der dritte Typ zu Hilfe. Gemeinsam umklammerten sie die Pfoten der

Katze, um nicht Bekanntschaft mit ihren Krallen machen zu müssen.

Der vierte der schaurigen Kerle hob eine Axt vom Boden auf und erklärte Poppi krächzend, was er vorhatte: „Hör zu, wir machen ein kleines Spielchen. Ich wette, dass du es nicht schaffst, sieben Wörter richtig zu buchstabieren!" Poppi spürte, wie ihr Unterkiefer zu zittern begann – ein Zeichen dafür, dass sie höllische Angst hatte. Was sollte der Spuk?

„Wenn du es doch schaffst, lassen wir dich und dein Katzenvieh laufen", erklärte der vermummte Bursche. „Wenn du aber nur einen Fehler machst, hacken wir deiner Katze die Schwanzspitze ab!"

„Nein!", schrie Poppi verzweifelt.

Die vier Typen brachen in schallendes Gelächter aus. Sie weideten sich an der Angst des Mädchens. „Wenn du kneifst, erledigen wir die Sache sofort und du kannst gehen!", erklärte der Bursche. „Willst du nicht wenigstens versuchen, deine Katze zu retten?"

Poppi nickte stumm. Am liebsten hätte sie losgeheult. Aber sie musste jetzt halbwegs klar denken können. Sie musste Bello vor diesen Wahnsinnigen schützen.

„Na gut, das Spiel kann beginnen!", erklärte der Anführer der vier schwarzen Brutalos. Seine Kumpel grölten vor Vergnügen.

Das erste Wort war Schnee, das zweite Segel, das dritte Schubkarre und das vierte Straßenlaterne. Poppi konzentrierte sich jedes Mal, bevor sie Buchstabe um Buchstabe herzusagen begann. Die ersten vier Antworten waren alle richtig. Poppi atmete ein klein wenig auf. Die Wette war also zu gewinnen. Sie hatte sich das „Spielchen“ viel schwieriger vorgestellt.

Das Wort Nummer fünf lautete Fernsehmechaniker, Wort Nummer sechs Thermometer. Beide schaffte Poppi.

Der Typ mit der Axt wurde unruhig. Immer wieder ließ er den Rücken der Axt auf seinen Handteller klatschen, während er sich den letzten Begriff ausdachte. Seine drei Kumpel grunzten etwas von: „He, wir wollen Blut sehen. Mach’s nicht so einfach!“

Poppi blieb bei diesen Worten fast das Herz stehen.

„Na gut, Poppi, hier ist Wort Nummer sieben. Du weißt, was geschieht, wenn du’s nicht schaffst!“, grinste der Mistkerl und strich mit dem Finger über die scharfe Schneide des Beils. Poppi trat der Schweiß aus allen Poren.

„Buchstabiere das Wort Worcestersoße!“

Wustersoße, Wustersoße … Poppi hatte das Wort schon einmal gehört. Ihre Mutter verwendete diese Soße manchmal beim Kochen. Aber wie schrieb man das Wort? Poppi hatte keine Ahnung.

„Na, wird’s bald oder gibst du auf?“, fragte sie der Kerl mit der Axt. Poppi öffnete langsam den Mund und hauchte: „W…!“ Damit war sie aber auch schon am Ende ihrer Weisheit angelangt.

„Los, bereitet das Vieh vor!“, befahl der Anführer.

„Nein, nicht!“, brüllte Poppi. „Ich … ich mache weiter: W … u …!“

„Falsch!“, jubelte der schwarz vermummte Kerl. „Du hast verloren!“ Die drei anderen lachten triumphierend und schleppten Bello zu einem Hackklotz.

Poppi verlor die Fassung. Ihre Knie sackten ein, ihr Magen krampfte sich zusammen.

Die beiden Typen, die Bello bisher gehalten hatten, versuchten die Katze, die sich wild wehrte, irgendwie zu bändigen. Dabei lockerten sie den Griff um ihre Pfoten. Bello holte blitzschnell aus und schlug einem der beiden Peiniger mit ihren messerscharfen Krallen direkt ins Gesicht. Der Kerl schrie auf und sprang zurück. Bello nutzte die Gelegenheit, wand sich geschickt aus den Händen ihres zweiten Bewachers und raste davon. Auch Poppi konnte sich losreißen und hastete auf das Tor zu. Sie riss es auf, taumelte auf die Wiese und stolperte blindlings voran, bis sie endlich zu Hause angekommen war. Den Regen, der in dicken Tropfen vom Himmel geprasselt war, hatte sie gar nicht gespürt.

„Kind, um Himmels willen, was ist geschehen?“, rief ihre Mutter entsetzt, als sie ihre tränenüberströmte Tochter in der Tür stehen sah. Bello lag bereits auf ihrem Lieblingsplatz neben dem Fernsehapparat und leckte sich das nasse Fell.

Poppi brachte kein Wort heraus. Sie lief in ihr Zimmer und warf sich auf das Bett.

Erst nach einer halben Stunde hatte sie sich wieder ein wenig beruhigt. Frau Monowitsch hatte in der Zwischenzeit Poppis Knickerbocker-Freunde angerufen. Neugierig saßen Axel, Lilo und Dominik nun um Poppis Bett und blickten sie fragend an. Langsam und stockend berichtete Poppi, was sie erlebt hatte.

„Unfassbar, dass es so brutale Typen gibt!“, knurrte Lilo. „Die müssen geschnappt werden und einen tüchtigen Denkzettel verpasst bekommen!“

„Bestimmt sind die schon längst über alle Berge. Oder glaubst du etwa, sie warten bei der Werkstatt, bis die Polizei kommt?“, meinte Axel.

„He, mir … mir ist gerade etwas eingefallen“, unterbrach Poppi ihre entrüsteten Freunde. „Die Typen … haben mich gekannt!“

Axel horchte auf. „Meinst du, sie haben dir aufgelauert?“

Poppi verneinte: Es war schließlich ein Zufall gewesen, dass sie die Abkürzung genommen hatte.

KRIMI-FRAGE:

Wie kommt Poppi auf die Idee,
dass die vermummten Burschen sie kannten?

LÖSUNG:

K	E	G	H	Y	M	E	.	R	R	A	B	E	N	R	T
A	D	T	G	M	U	R	●	?	A	N	E	N	T	E	N
R	P	F	R	X	S	S	J	G	L	D	R	E	D	A	S
N	L	M	T	L	S	I	T	T	E	E	L	M	!	O	D
E	K	K	M	C	P	E	E	K	N	R	I	E	H	;	G
V	M	L	J	S	O	M	H	L	T	E	N	N	U	Z	T
A	U	A	K	V	P	I	T	H	A	R	E	E	M	H	H
L	T	S	?	N	P	T	;	U	R	S	N	W	U	D	E
S	H	E	G	G	I	I	O	T	E	E	A	M	H	A	N
M	D	B	F	B	G	H	I	M	N	I	R	I	R	G	L
A	,	M	E	●	E	R	L	A	E	T	F	N	G	T	I
S	V	Ü	R	D	K	E	D	C	L	S	H	E	H	F	P
K	C	P	B	E	A	M	E	H	L	.	T	N	S	A	Z
E	D	R	G	R	N	N	W	E	A	K	S	E	C	I	E
N	E	G	K	T	N	A	A	R	C	O	E	D	H	T	A
G	T	T	U	Y	T	M	G	M	I	N	M	L	E	H	U
R	N	E	I	P	H	E	R	I	I	N	I	I	N	C	G
E	M	V	P	M	A	N	J	T	A	T	S	R	E	R	R
T	K	D	D	I	B	A	U	R	C	E	N	M	D	I	O
J	J	H	R	T	E	N	Z	E	O	A	E	A	E	C	C
U	T	Z	E	D	N	S	I	I	G	X	S	L	F	O	C
D	R	I	B	E	,	P	B	T	R	E	S	A	A	F	I
E	G	O	G	R	W	R	G	E	A	L	I	D	T	E	H
R	E	H	P	A	E	A	R	R	V	N	W	O	I	L	C
T	R	A	K	X	I	C	K	G	C	I	T	L	V	L	I
I	E	S	R	T	L	H	U	F	R	C	H	C	E	I	N

Lilo knetete ihre Nasenspitze. „Die Typen kennen dich also“, wiederholte sie langsam. „Entweder wohnen sie in der Nähe oder aber … sie kennen dich aus der Schule … oder durch einen der Zeitungsartikel, die über uns erschienen sind.“

Dominik runzelte die Stirn: „Lilo, darf ich dich dezent darauf hinweisen, dass diese drei Möglichkeiten Tausende von Verdächtigen ergeben. So kommen wir niemals weiter!“

So bescheuert Dominik sich wieder einmal ausdrückte, doch da musste ihm das Superhirn leider Recht geben.

Da die vier Burschen alle schwarze Kleidung angehabt und ihre Gesichter unter Tüchern versteckt hatten, gab es keinerlei Anhaltspunkte. Die vier Freunde waren ziemlich ratlos.

„Auf jeden Fall machst du in den nächsten Tagen keinen Schritt mehr allein“, entschied Axel. „Ich werde dich in der Früh abholen und wir gehen gemeinsam zur Schule. Dort wird dich dann immer einer von uns im Auge behalten!“

Poppi lächelte dankbar. Es war wirklich spitzenmäßig, dass die vier Juniordetektive jetzt alle in derselben Stadt wohnten und sogar dieselbe Schule besuchten.

Am nächsten Morgen ging es Poppi wieder etwas besser. Bello schien den Schreck völlig vergessen zu haben und war munter wie eh und je.

Axel, Lilo und Dominik hatten am Vorabend noch etwas beschlossen: Sie wollten nach der mysteriösen Viererbande Ausschau halten. Schon oft hatte sie ein Zufall auf die Spur eines Gauners geführt.

Als Dominik an diesem Morgen auf den Bus wartete, fielen ihm drei Jungen auf, die in eine der höheren Klassen gingen. Dominik hatte sie schon einige Male gesehen, allerdings mit einem weiteren Typen, und wusste, dass sie weder bei den Lehrern noch bei den Mitschülern sehr beliebt waren. Der Lieblingssport der vier war es, Lehrer zur Verzweiflung und andere Schüler zur Weißglut zu treiben.

Vielleicht haben die etwas mit der Sache zu tun. Könnte ja sein, dass sie heute nur zu dritt sind, weil einer krank ist, dachte Dominik.

Der Knickerbocker machte sich an sie heran und versuchte, ihr Gespräch zu belauschen.

„Heute Nachmittag steigt die Sache", sagte einer.

„Die Girls werden schön schauen, wenn sie nach dem Turnen in die Garderobe zurückkommen und ihre Klamotten weg sind. Erst wenn sie Lösegeld zahlen, bekommen sie die Fetzen wieder!", meinte ein anderer.

„Zu blöd, dass Heiko nicht dabei ist", erklärte der Dritte.

„Mensch, du weißt doch, warum er nicht ...", rief derjenige, der als Erster gesprochen hatte.

„Pssst! Feind hört mit!", zischte ein anderer, stürzte sich auf Dominik und zog ihn am Griff seines Rucksackes hoch, bis nur noch seine Zehenspitzen den Boden berührten. „He, Winzling, was soll das?", knurrte er.

Zum Glück kam in diesem Augenblick der Bus und der Typ ließ Dominik los. Schnell tauchte der Knickerbocker zwischen den anderen Schülern unter. Er hatte genug gehört.

In der großen Pause schlenderte Lilo durch den dritten Stock, in dem vor allem die höheren Klassen untergebracht waren.

Falls die Brutalos tatsächlich dieselbe Schule besuchten wie Poppi, konnten sie nur hier zu finden sein!

Die Suche blieb im ersten Durchgang erfolglos, aber Lilo gab nicht auf.

Nach der vierten Stunde ging sie noch einmal in den dritten Stock: Diesmal hatte sie Glück. Sie beobachtete drei Typen, die in einer Nische am Ende des Ganges standen und vollkommen in ein Gespräch vertieft waren. Immer wieder brachen die Jungen in schallendes Gelächter aus und klopften einander auf die Schulter.

Lilo gelang es, einige Satzfetzen aufzufangen.

„Lernt ihr für die Mathe-Arbeit morgen?“

„Nein … sind doch keine Streber!“

„… Spaß am Nachmittag?“

„Klar … super … selber Treffpunkt!“

„Heiko kommt tatsächlich nicht … muss sich pflegen … in ein paar Tagen sieht man garantiert nichts mehr.

„Na und, lass ihn, das schaffen wir auch ohne ihn!“

Das Schrillen der Pausenklingel beendete das Gespräch.

Aber auch Axel war erfolgreich. Im Hof hinter der Schule, wo die Fahrräder und Mopeds abgestellt wurden, beobachtete er nach der Schule drei Kerle, von denen zwei schwarze Jeans trugen. Sie schienen sehr schlecht gelaunt zu sein.

„Mistkerl … wenn ich den erwische!“

„… so ein Schrott. Das Ding bringt nicht den Sound, den wir brauchen!“

„Wieso sind wir auf ihn reingefallen? Der Typ knöpft uns so viel Geld ab und liefert ein uraltes Ding, das schon auseinanderfällt, wenn man es nur ansieht. Damit können wir nie auf die Bühne!"

„Wir vergessen die Probe und lassen Dampf ab!"

Axel verfolgte die drei und merkte sich die Klasse, in die sie gingen.

Am Nachmittag versammelten sich die Juniordetektive bei Poppi und jeder berichtete von seinen Beobachtungen. Es war Poppi, die schließlich herausfand, wie man die Täter schnappen könnte.

Einen Tag später stand fest, dass sie Recht hatte. Der Direktor der Schule hatte den miesen Kerlen ein wenig auf den Zahn gefühlt und sie mit Poppis Hilfe überführt. Sie gestanden, immer wieder in der alten Autowerkstatt zusammengekommen zu sein und dort heimlich geraucht zu haben. Lief ihnen ein Opfer in die Hände, spielten sie eines ihrer bösen Spiele.

Der Schuldirektor sah von einer Anzeige bei der Polizei ab, verhängte aber eine Strafe. Die vier Burschen mussten einen Monat lang im Tierheim der Stadt aushelfen und wurden dabei von Poppi beaufsichtigt und angeleitet!

KRIMI-FRAGE:

Wie kam Poppi darauf,
wer die vier Schuldigen waren?

LÖSUNG:

S	A	F	T	P	R	E	S	S	E	G	N	H	R	T	!
K	J	Z	U	H	M	F	C	;	K	Z	T	R	M	K	L
D	C	H	E	N	G	Z	I	Ä	A	S	R	G	T	W	N
J	Z	I	P	G	F	N	E	T	C	H	K	I	O	L	F
W	I	D	M	U	N	G	E	N	D	S	F	B	E	R	G
R	A	B	G	E	T	H	Z	U	K	L	K	R	Ä	M	Ö
L	Y	S	X	N	G	C	➔	H	E	I	K	O	K	O	N
N	T	E	N	I	C	H	T	I	N	D	I	E	S	C	H
U	L	E	,	W	E	I	L	E	R	S	I	C	H	A	N
G	E	B	L	I	C	H	P	F	L	E	G	E	N	M	U
S	S	T	E	-	E	R	W	A	R	D	E	R	J	E	N
I	G	E	,	D	E	M	B	E	L	L	O	D	A	S	G
E	S	I	C	H	T	Z	E	R	K	R	A	T	Z	T	H
A	T	T	E	.	●	S	T	R	A	T	I	O	N	S	B
Z	L	N	E	M	E	N	G	E	N	R	A	B	A	T	T
S	E	D	I	L	N	I	E	D	E	R	G	,	I	G	L
T	T	E	T	K	G	M	S	A	R	N	R	W	T	R	A
R	S	R	F	J	E	Ä	L	R	H	T	E	A	R	A	C
E	B	L	A	T	L	U	I	Z	Z	A	S	R	Ö	S	H
U	A	O	D	R	S	S	C	T	N	S	A	Z	L	H	M
E	L	H	E	G	G	E	H	S	E	C	I	E	G	Ü	Ö
R	E	N	N	?	L	L	D	G	M	M	T	Z	L	P	W
,	T	F	F	J	E	E	S	O	P	L	E	I	B	F	E
T	U	Ü	D	T	I	N	T	E	N	F	L	I	E	E	G
E	E	R	H	Z	C	B	E	N	Z	I	N	!	K	A	N
E	B	F	T	H	H	E	F	T	Z	W	I	C	K	E	M

Ein Auto fällt vom Himmel

Das Wasser war trüb und schleimig. Dominik und Axel trugen zum Glück Taucheranzüge, die nicht nur ihre Arme und Beine, sondern auch ihre Gesichter fast völlig bedeckten.

Wozu tun wir uns diese Taucherei nur an?, grübelte Axel, als er durch die unappetitliche Wassersuppe schwamm. Er konnte kaum weiter als zwei Meter sehen und hatte ständig Angst, dass plötzlich und unerwartet etwas Schreckliches aus der trüben Düsternis auftauchen könnte.

Die Knickerbocker-Bande verbrachte eine Ferienwoche am Meer und da es die ersten drei Tage nur geregnet hatte, hatten sie sich über einen Stapel alter Zeitungen hergemacht. In einer Tageszeitung, die bereits fünf Jahre alt war, hatten sie einen Bericht über Giftfässer gefunden, die angeblich vor der Steilküste ins Meer geworfen worden waren. Am meisten hatte sie der Satz erschreckt: „Die Fässer werden vermutlich nach fünf Jahren beginnen zu rosten und dann ihren giftigen Inhalt ins Wasser abgeben.“

Da das Meer an dieser Stelle aber besonders wild, vom aufgewühlten Sand trüb und von seltenen Wasserpflanzen glitschig war, hatte es keiner der Mühe wert gefunden, nach den Fässern zu tauchen. Kein einziger Erwachsener wollte die geäußerte Vermutung überprüfen.

Aus diesem Grund hatten sich Axel und Dominik Taucherausrüstungen geliehen und sich auf die Suche gemacht. Nach einer halben Stunde, in der sie zum Glück auf kein einziges Fass gestoßen waren, schwammen die beiden zur Wasseroberfläche zurück. Sie streckten die Köpfe in die Luft und prusteten und spuckten.

Ein donnernder Knall und ein lautes Platschen ließ sie erschrocken zusammenzucken. Sie drehten sich um und sahen, wie ein riesiges rotes Auto in den Wellen versank. Es musste von oben, von der Spitze der Klippen, herabgestürzt sein. Wahrscheinlich hatte der Fahrer die Kurve zu schnell genommen und war hinausgeschleudert worden.

„Vielleicht ist noch jemand drin!“, schrie Dominik und tauchte ab. Axel folgte ihm.

Die schlechte Sicht war ein großes Problem für die beiden. Selbst ihre grellen Unterwasserscheinwerfer halfen nur wenig. Da sie kaum etwas sahen, tasteten sie sich über das Auto. Es lag auf dem Dach und Axel spürte einen Reifen in seinen Händen. Der Gummi war glatt und abgefahren. Axel ließ die Finger über das geschwungene Blech gleiten und kam auf diese Weise zur Windschutzscheibe. Schließlich hatte er die Fahrertür erreicht. Sie stand offen und auf den Sitzen befand sich niemand. Seltsam, handelte es sich um ein Geisterauto? Wohin waren die Insassen verschwunden?

Da sie ohnehin nichts mehr ausrichten konnten, kehrten die beiden Jungen zurück und erzählten von ihrem Erlebnis.

Am nächsten Tag stand ein ausführlicher Bericht in der örtlichen Zeitung. Poppi las ihn laut vor:

„Bremsen versagten bei brandneuem Auto. Frank Hellert erlebte gestern den schrecklichsten Tag seines Lebens. Bei der Fahrt über die steile Küstenstraße versagten plötzlich die Bremsen. Sein brandneuer BMW raste mit über 70 km/h durch die engen Kurven. Als Herr Hellert erkannte, dass es keinen anderen Ausweg gab, ließ er sich aus dem Wagen fallen und wurde dabei leicht verletzt. Das Auto stürzte ins Meer. Eine Bergung ist an dieser Stelle unmöglich."

Dominik pfiff durch die Zähne. „Ein schwerer Verlust. So ein Wagen ist verdammt viel wert!"

Axel runzelte die Augenbrauen und starrte ein Loch in die Luft. „Der Mann hat aber Pech", stellte er schließlich fest.

Die anderen stimmten ihm zu. Aber Axel hatte das anders gemeint: „Er hat Pech, dass wir dort getaucht haben. Ich weiß nämlich, dass er einen Versicherungsbetrug geplant hat. Ich wette, der echte BMW wird gerade irgendwo im Ausland verkauft. Herr Hellert kassiert jetzt auch noch die Versicherungssumme und hat ein großartiges Geschäft gemacht."

Die anderen waren erstaunt. „Wie kommst du darauf?"

Einen Tag später stand bereits fest, dass Axel Recht hatte.

KRIMI-FRAGE:

Wie kam Axel auf diesen Verdacht?

LÖSUNG:

K	A	B	E	L	S	A	L	A	T	H	I	N	T	E	R
D	E	R	A	L	T	E	N	;	Ö	L	H	E	I	Z	U
N	G	S	M	E	S	S	E	R	B	E	S	T	E	C	K
S	E	R	-	2	3	F	D	A	G	E	T	K	J	Ö	I
M	V	F	D	E	T	H	J	Z	U	S	W	E	B	V	K
H	A	D	W	E	B	G	T	K	I	P	Ü	K	J	T	Z
B	F	D	G	A	S	E	R	J	M	L	Ö	P	I	E	R
L	G	E	?	M	N	O	R	D	O	S	T	E	N	V	O
A	E	N	N	S	K	A	4.	R	E	G	E	N	B	O	G
S	R	W	U	R	B	E	N	L	,	S	D	B	T	R	T
T	,	A	T	B	F	I	O	P	P	E	N	!	F	R	J
W	E	S	E	P	Ö	C	V	C	H	T	E	N	H	E	A
A	N	S	H	U	I	O	P	R	D	F	Z	R	H	J	A
G	N	E	C	U	T	P	Ü	D	S	E	R	J	H	R	T
E	O	R	I	N	.	L	I	L	O	W	O	L	L	T	E
N	L	S	E	N	T	L	I	C	H	S	C	H	O	N	A
K	O	T	R	T	E	N	D	E	F	T	K	U	Z	T	T
L	A	U	➔	D	I	E	R	E	I	F	E	N	W	A	R
E	N	A	B	G	E	F	A	H	R	E	N	.	E	S	W
A	R	A	L	S	O	K	E	I	N	N	E	U	E	R	W
A	G	E	N	I	N	S	M	E	E	R	G	E	S	T	Ü
R	Z	T	.	●	G	A	R	A	G	E	N	S	K	I	E
L	A	U	F	E	N	B	A	L	K	O	!	N	I	E	N
G	E	R	A	N	I	E	N	D	G	R	M	K	U	Z	O
J	K	:	D	E	R	W	I	S	C	H	E	I	M	T	A
U	S	E	N	D	S	T	E	K	T	R	E	I	S	E	L

Eine scharfe Sache

Etwas konnte Axel nie verstehen: Wieso waren alle Speisen, die gut schmeckten, ungesund? Wieso gelang es Wissenschaftlern zwar, Raumschiffe zum Mond zu schicken, aber nicht, gesunde Pommes frites oder Hamburger zu erfinden?

„Alle gesunden Sachen schmecken wie Sägespäne", seufzte Axel oft, wenn ihm seine Mutter wieder einmal ein neues Bio-Gericht servierte.

Eine Ausnahme gab es allerdings: die Vollwertburger von Frau Lore. Sie war die Frau des Hausmeisters in der Schule und sie schaffte es tatsächlich, aus Vollkornbrötchen, Salat, Karotten, Tomaten, Käse und Soja unglaublich leckere Dinge zu produzieren, die eine große Ähnlichkeit mit Hamburgern hatten.

Frau Lore war überhaupt eine tolle Frau. Hatte jemand einmal das Geld für Kakao und Pausenbrot zu Hause vergessen, so durfte er am nächsten Tag bezahlen. War ein Schüler am Boden zerstört, weil er eine schlechte Note bekommen hatte oder ungerecht behandelt worden war, erhielt er zum Trost ein Stück Kuchen gratis.

An einem Mittwoch geschah jedoch folgendes: In der großen Pause drängten sich wie immer alle um den Tisch, hinter dem Frau Lore stand und ihre Köstlichkeiten verkaufte.

Einige Jungen und Mädchen hatten ihre Vollwertburger schon erstanden und bissen herzhaft hinein. Unter ihnen auch Axel, der hungrig war wie ein Wolf.

Kaum begannen sie zu kauen, liefen sie knallrot an und begannen zu würgen und zu spucken. Die Brötchen brannten wie Feuer.

„Wasser … Wasser!", keuchten die Opfer der Feuerburger, aber an diesem Tag gab es kein Wasser in der Schule. Wegen eines Rohrbruchs war die Zuleitung abgesperrt worden. Schnell holte Frau Lore drei Flaschen Mineralwasser aus der Hausmeisterwohnung, die Axel und die anderen „Feuerschlucker" sofort leerten.

Frau Lore war entsetzt. Sie verstand das nicht. Was war mit ihren Gesundheitsburgern geschehen?

Sie nahm einen und zog die beiden Hälften des Brötchens auseinander. Unter einem großen Salatblatt entdeckte sie den Grund für die feurige Überraschung. Ein Unbekannter hatte eine chinesische Soße auf das Brot gestrichen und dabei nicht gespart. Frau Lore kannte sie. Das Zeug bestand nur aus Pfeffer, Peperoni und höllisch scharfen exotischen Gewürzen – eine Messerspitze davon genügte für eine Mahlzeit für zehn Personen.

„Wer war das? Wer hat dieses Zeug in die Brötchen geschmiert?", tobte Frau Lore. Sie hatte die Vollwertburger nur einige Minuten aus den Augen gelassen, um einen Kuchen aus dem Backrohr zu holen.

In dieser Zeit – kurz vor der großen Pause – musste es geschehen sein!

„Es kann sich nur um den richtig miesen Streich eines hirnverbrannten Blödmanns handeln!", schnaubte Axel, dessen Zunge und Hals sich noch immer wie glühende Kohlen anfühlten.

Die Frau des Hausmeisters ahnte, wer ihr so übel mitgespielt haben könnte: „Es gibt da zwei Jungen, die sich immer vordrängen, die Kleinen aus den unteren Klassen zur Seite stoßen und mir frech gekommen sind. Kevin mit den langen schwarzen Haaren und Marvin mit den vielen Pickeln im Gesicht. Beide haben mir Rache geschworen, weil ich ihnen nichts mehr verkaufe!"

Axel kannte die beiden Jungen. Sie waren auch sonst äußerst widerlich und gemein.

In Axel erwachte der Detektiv. Er beschloss, den beiden auf den Zahn zu fühlen.

Marvin stand nur wenige Schritte entfernt und schien sich großartig zu unterhalten. „Recht geschieht der dummen Kuh!", zischte er und grinste böse.

„He, wo warst du vor der großen Pause?", fragte ihn Axel.

Marvin blickte spöttisch auf ihn herab und knurrte: „Was geht dich das an, Kleiner?"

Axel kochte vor Wut. Er hasste es, als „Kleiner" bezeichnet zu werden. Trotzdem behielt er die Ruhe und wiederholte seine Frage.

„Ich war in der Klasse. Nur kurz vor der Pause bin ich auf

die Toilette gegangen. Willst du wissen, was ich dort gemacht habe?", antwortete Marvin und grinste dreckig.

Axel winkte ab und sah sich nach Kevin um.

Er fand ihn ein Stockwerk tiefer, wo sich der große Pausenraum befand.

Kevin war von drei Mädchen umringt, die seine Angebereien anscheinend toll fanden. „Ist das ein Verhör?", wollte er wissen, als Axel auch ihm die Frage nach seinem Alibi stellte. Axel schwieg und starrte Kevin nur lange und durchdringend an. „Äh … also … nach dem Turnen war ich ziemlich verschwitzt … deswegen habe ich geduscht. Ich möchte doch nicht stinken, wenn ich den Damen begegne!", flötete er.

Sofort brachen die drei Mädchen in albernes Gekicher aus.

Axel machte kehrt und suchte Frau Lore auf. „Ich weiß jetzt, wer Ihnen den Streich gespielt hat", sagte er. „Was haben Sie mit ihm vor?"

Die Frau des Hausmeisters rieb sich freudig die Hände und brummte: „Ich werde dem Scherzbold einen seiner Feuerburger servieren. Wenn er dann brav aufgegessen hat, wird er nie wieder so einen Quatsch machen!"

KRIMI-FRAGE:

Wer bekam den Feuerburger?

LÖSUNG:

R	A	C	H	E	I	H	H	T	F	A	N	G	O	G	R
D	R	A	C	H	E	R	E	W	S	S	E	N	S	G	T
A	A	H	O	R	N	T	N	A	A	T	E	N	F	E	A
U	U	I	H	R	E	N	,	R	E	A	O	E	E	R	N
M	S	R	E	E	K	◉	W	?	N	G	T	S	S	D	Z
E	C	S	R	D	Z	K	E	●	,	E	C	!	T	M	R
N	H	C	D	G	H	E	N	J	F	N	I	N	E	Ä	N
F	E	H	E	T	G	V	N	F	R	S	V	H	S	N	G
D	N	W	N	N	R	I	D	A	T	P	S	A	I	N	Z
G	D	E	J	N	E	N	A	D	J	E	T	Z	T	C	D
T	E	I	K	H	T	.	S	G	K	E	R	N	T	H	H
K	B	D	L	J	I	W	W	H	D	D	E	E	Ö	E	J
U	Ä	E	-	M	E	I	A	D	S	Y	E	W	N	N	U
I	R	,	I	V	B	E	S	D	T	G	L	Ö	F	,	T
P	T	G	N	F	R	K	S	O	Z	O	A	L	G	S	R
H	E	E	S	G	A	O	E	M	R	N	Z	R	G	E	P
T	G	G	T	R	S	N	R	I	M	D	R	Z	N	V	I
N	H	E	I	E	T	N	A	N	E	R	W	A	C	H	S
S	?	N	N	T	I	T	B	I	G	T	A	F	J	E	R
A	F	B	K	T	M	E	G	K	R	K	L	A	G	E	P
D	R	E	T	U	T	E	E	F	D	E	R	E	N	.	K
E	Z	W	E	I	S	R	S	A	R	D	F	Z	R	H	J
G	K	E	H	!	A	D	P	N	D	S	E	R	J	H	R
H	J	I	A	G	L	U	E	T	L	O	W	O	L	L	T
T	K	S	F	F	A	S	R	O	C	H	S	C	H	O	N
J	M	G	E	A	P	C	R	M	E	F	T	K	U	Z	T

Hilfe für Hilly-Billy

Eigentlich hieß er Gundolf, aber er fand den Namen schrecklich. Deshalb hatte er sich schon als Kleinkind selbst den Namen Hilly-Billy gegeben. Der war ihm geblieben, obwohl er jetzt schon fast siebzehn Jahre alt war.

Hilly-Billy war Poppis Cousin und der Schwarm aller Mädchen der Schule. An diesem Sonntag wirkte er allerdings zerdrückt wie eine leere Milchtüte. Er saß bei Poppi auf dem Bett und erzählte ihr und dem Rest der Knickerbocker-Bande, was ihm am Vortag passiert war.

„Ihr müsst aber schwören, dass ihr nichts weitersagt!", verlangte er. „Die Zunge soll euch abfallen, wenn ihr nur eine Silbe euren oder meinen Eltern verratet!" Die vier Juniordetektive hoben die rechte Hand. Sie waren verschwiegen und hatten das schon oft bewiesen.

„Also … ich habe drei Kumpel: Max, Robby und Michael. Mit denen spiele ich manchmal heimlich Poker. Um Geld!", gestand Hilly-Billy. „Bisher haben wir nur zum Spaß um ein paar Cent gespielt, aber gestern hat Robby vorgeschlagen, einmal höhere Beträge einzusetzen. Die anderen waren einverstanden und ich wollte nicht kneifen. Vor allem deshalb nicht, weil Robbys Freundin Nelly dabei war. Es wäre mir sehr unangenehm gewesen, vor ihr als Weichei dazustehen."

Axel ahnte bereits, was geschehen war.

„Also, zuerst lief alles gut", fuhr Hilly-Billy fort, „ich habe einige Male gewonnen und bin deshalb auch mutiger geworden, wenn es um den Einsatz ging. Nur Nelly hat mich schrecklich nervös gemacht: Sie hat sich ständig die Nase gepudert – wahrscheinlich hat sie Angst gehabt, dass ich Robby zu viel Kohle abknöpfe."

„Und dann hast du auf einmal angefangen zu verlieren", sagte Poppi.

Hilly-Billy nickte. „Ja, es war eine richtige Pechsträhne. Zu Beginn dachte ich mir, dass ich das verlorene Geld wieder zurückgewinnen kann, aber dann ist es immer schlimmer geworden. Schließlich habe ich mein gesamtes Taschengeld für die nächsten drei Monate verspielt! Ich muss es sofort abliefern, wenn ich es bekomme. Und am Ende haben mir die anderen auch noch angeboten, dass ich meinen Pulli und meine teuren Jeans einsetzen darf!"

„Und schließlich hast du die Pokerparty nur noch mit der Unterhose bekleidet verlassen!", setzte Lilo die Geschichte fort.

Hilly-Billy errötete und nickte verlegen.

„Klarer Fall, du bist beschummelt worden", sagte Dominik. „Wahrscheinlich waren die Karten gezinkt. So wussten die anderen, welches Blatt du hattest!"

Lilo wollte noch etwas wissen: „Sag mal, stand diese Nelly oft hinter dir?“

Hilly-Billy überlegte und bejahte Lilos Frage. „Aber sie hat den ganzen Abend lang kein Wort gesprochen. Sie hat also Robert und den anderen sicher nichts verraten und sie hat auch keine Zeichen gegeben. Das wäre mir bestimmt aufgefallen!“, sagte er dann schnell. Er wollte nicht als kompletter Idiot dastehen.

„Ich ... also ... Könnt ihr mir helfen? Wenn ich den dreien beweisen kann, dass sie gemogelt haben, muss ich meine Schuld bestimmt nicht bezahlen. Vielleicht habe ich dann sogar eine Chance, das Geld zurückzubekommen, das sie mir abgenommen haben!“

Lilo klopfte dem verzweifelten Jungen auf den Rücken. „Vergiss uns bitte nicht, wenn wir den Schwindel aufdecken. Eine kleine Taschengeldaufbesserung können wir nämlich gut brauchen!“

KRIMI-FRAGE:

Wie haben die drei Hilly-Billy beschummelt?
Hast du ihren Trick durchschaut?

LÖSUNG:

S	A	F	T	P	R	E	S	S	E	G	N	H	R	T	!
K	J	Z	U	H	M	F	C	;	K	Z	T	R	M	K	L
D	C	H	E	N	G	Z	I	Ä	A	S	R	G	T	W	N
J	Z	I	P	G	F	N	E	T	C	H	K	I	O	L	F
W	I	D	M	U	N	G	E	N	D	S	F	B	E	R	G
R	A	B	G	E	T	H	Z	U	K	➔	N	E	L	L	Y
H	A	T	M	I	T	H	I	L	F	E	D	E	S	S	C
H	M	I	N	K	S	P	I	E	G	E	L	S	I	N	I
H	R	E	R	P	U	D	E	R	D	O	S	E	D	I	E
A	N	D	E	R	E	N	H	I	L	L	Y	-	B	I	L
L	Y	S	K	A	R	T	E	N	S	E	H	E	N	L	A
S	S	E	N	.	●	G	D	R	B	A	S	S	V	E	R
A	A	F	F	E	N	Z	A	H	N	.	B	E	E	R	E
L	L	I	L	L	U	S	T	R	A	T	I	O	N	S	B
Z	L	N	E	M	E	N	G	E	N	R	A	B	A	T	T
S	E	D	I	L	N	I	E	D	E	R	G	,	I	G	L
T	T	E	T	K	G	M	S	A	R	N	R	W	T	R	A
R	S	R	F	J	E	Ä	L	R	H	T	E	A	R	A	C
E	B	L	A	T	L	U	I	Z	Z	A	S	R	Ö	S	H
U	A	O	D	R	S	S	C	T	N	S	A	Z	L	H	M
E	L	H	E	G	G	E	H	S	E	C	I	E	G	Ü	Ö
R	E	N	N	?	L	L	D	G	M	M	T	Z	L	P	W
,	T	F	F	J	E	E	S	O	P	L	E	I	B	F	E
T	U	Ü	D	T	I	N	T	E	N	F	L	I	E	E	G
E	E	R	H	Z	C	B	E	N	Z	I	N	!	K	A	N
E	B	F	T	H	H	E	F	T	Z	W	I	C	K	E	M

Spaghetti mit Seifensoße

Lilos neues Hobby war Spaghetti-Kochen. Vor allem erfand sie gerne neue Soßen, die lecker schmeckten und außerdem noch köstlich aussahen.

Ihre beste Soße nannte sie „Knickerbocker-Knaller“ und sowohl Dominik als auch Axel und Poppi waren sich einig, dass die Soße ein absoluter Hit war.

Aus diesem Grund wollte Lilo sie auch beim großen Kochwettbewerb in der Schule zubereiten. Ihre Chancen, damit den ersten Preis zu gewinnen, standen gut. Das Rezept hielt sie selbstverständlich streng geheim.

„Nein, du wirst nicht gewinnen! Ich werde gewinnen! Ich muss gewinnen, weil ich auch beim Kochen die Beste bin!“, sagte Nina am Vortag des großen Wettbewerbes zu Lilo. Nina ging in dieselbe Klasse wie sie und war schrecklich ehrgeizig. Schuld daran war in erster Linie ihre Mutter, die ihre Tochter nur lobte, wenn sie Lilo übertroffen hatte. Schaffte sie das nicht, wurde an ihr herumgenörgelt und Nina musste noch mehr lernen, noch mehr trainieren oder noch mehr in der Küche üben.

„Wir werden sehen“, antwortete Lilo kühl. „Wer morgen besser ist und mehr Glück hat, wird gewinnen.“

Als die Mädchen in den Schulhof kamen, wo die Fahrräder abgestellt waren, wartete dort bereits Isa. „He, kann mir jemand eine Pumpe borgen? Bei meiner Tretmühle ist die Luft raus.“

Lilo hatte ihre Fahrradpumpe schon vor Monaten verloren, also bekam Isa die von Nina.

„Tschüss, ich muss nach Hause – üben“, verabschiedete sich Nina gleich darauf und radelte davon.

„So ein Mist“, stöhnte Isa. „Jemand muss mir den Reifen aufgestochen haben. Ich kann pumpen, so viel ich will, die Luft bleibt nicht drin.“

Normalerweise hätte Lilo sofort Nachforschungen angestellt, um den Reifenstecher zu finden, aber heute hatte sie anderes im Kopf.

Der Kochwettbewerb begann um acht Uhr morgens. Lilo war aufgeregt. In der Schulküche bekam sie von Frau Lissanda einen Arbeitsplatz und eine Kochstelle zugewiesen, wo sie ihre Nudeln und die Soße zubereiten sollte. „Viel Glück“, wünschte die Lehrerin. Lilo hörte es kaum, sie dachte nur noch an den Käse, den Rahm und die anderen Zutaten, die sie nun in der richtigen Menge mischen musste.

Eine halbe Stunde später, als die Soße fast fertig war, sah sich Lilo ein wenig in der Küche um. Dabei fiel ihr auf, dass Nina fehlte. Wieso war sie nicht gekommen?

„Ich ersuche alle Teilnehmer, ihre Speisen nun fertigzustellen. In wenigen Minuten müssen sie den Juroren vorgesetzt werden!", verkündete Frau Lissanda.

In diesem Augenblick gab es Feueralarm. „Kinder, da muss etwas geschehen sein. Schnell hinaus! Und bitte, bewahrt die Ruhe!", ermahnte sie die Lehrerin.

Hastig verließen die jungen Köchinnen und Köche den Raum. Auf der Straße erfuhren sie dann, dass es ein Fehlalarm gewesen war. Wer den Alarm ausgelöst hatte, konnte nicht festgestellt werden.

Schnell kehrten die Teilnehmer des Wettbewerbs in die Schulküche zurück und begannen ihre Speisen anzurichten. Sie sollten nicht nur gut schmecken, sondern auch eine Freude für das Auge sein.

Etwas später stellte Lilo jedem der fünf Preisrichter einen Teller mit dampfenden Spaghetti vor die Nase. Stolz betrachtete sie ihre Soße, die an diesem Tag besonders lecker aussah. Durch das beigemischte Eigelb hatte sie eine tolle Farbe bekommen und der gehackte Schnittlauch obenauf ließ den Juroren das Wasser im Mund zusammenlaufen.

Sie nahmen ein wenig auf die Gabel und kosteten. Gespannt wartete Lilo auf ihre Reaktion. Sie kam und war … entsetzlich! Die fünf Lehrer, die die Speisen probierten und bewerteten, verzogen angewidert den Mund und spülten den kleinen Bissen mit einem großen Schluck Mineralwasser hinunter.

„Lilo … was … was hast du da nur gekocht? Das schmeckt ja … wie Seifensoße!", stöhnten sie und schoben die Teller weg.

Lilo verstand das nicht. Sie schnappte sich eine Gabel und kostete. Entsetzt spuckte sie die Nudeln und die Soße aus. Sie schmeckte nicht nur nach Seife, sie bestand aus Seife!

Mit hängendem Kopf schlich Lilo davon. Plötzlich wurde ihr etwas klar. In der kurzen Zeit, als sie wegen des Alarms die Küche verlassen hatten, musste jemand Spülmittel in ihre Soße gerührt haben. Aber wer?

Zwei Stunden später fand die Preisverleihung statt. Ein Junge, der in eine höhere Klasse ging, gewann mit seinem Spinatauflauf den ersten Preis.

Im Publikum entdeckte die traurige Lilo auch Nina, die ihr mitleidig zulächelte.

Später trafen sie einander vor der Schule, wo Nina tröstend sagte: „Ich habe schon alles gehört. Heute scheint für uns beide ein Pechtag zu sein! Ich bin erst jetzt gekommen, weil ich dummerweise in der Früh eine Abkürzung durch den Wald nehmen wollte. Und was passiert? Plötzlich geht aus meinem Vorderreifen die Luft raus."

Lilo war so sauer, dass sie Nina kaum zuhörte. „Wie schade für dich", brummte sie und überlegte, wer ihr nur diesen miesen Streich gespielt haben konnte.

„Na ja, ich musste den Reifen flicken, weil ich sonst das Rad hätte tragen müssen! Und weit und breit kein Mensch, der mir geholfen hätte!", beklagte sich Nina. „Jetzt haben wir beide nicht gewonnen!"

Plötzlich funkte es bei Lilo und sie packte ihre Rivalin am Pulli. „Hör zu, du miese, kleine Kröte", knurrte sie. „Du hast den Alarm ausgelöst und das Spülmittel in meine Soße gemischt. Ich weiß das, weil du soeben gelogen hast! Und deshalb wirst du jetzt zu Frau Lissanda gehen und alles gestehen, damit ich eine zweite Chance bekomme!“

Nina war so entsetzt, dass sie tatsächlich zur Lehrerin ging und alles zugab. Lilo wurde allerdings auf den nächsten Wettbewerb in einigen Monaten vertröstet, was sie zähneknirschend hinnahm. Nina wurde für die nächsten drei Jahre von den Kochwettbewerben ausgeschlossen.

„Koch doch für uns, Lilo. Wir sind die besten Preisrichter. Von uns bekommst du auf jeden Fall nur Spitzennoten!“, meinte Axel lachend.

KRIMI-FRAGE:

Wodurch hat sich Nina verraten?

LÖSUNG:

M	Ä	R	Z	E	N	B	E	C	H	H	B	N	,	●	V
A	N	S	E	H	E	R	Q	U	A	G	O	K	A	A	F
T	D	A	F	K	E	R	Z	E	N	T	R	A	B	F	H
H	E	D	E	J	N	L	E	H	R	●	G	P	E	F	D
E	R	H	U	T	T	K	G	U	W	S	T	U	R	Z	L
W	U	?	U	Z	E	R	E	J	A	I	U	T	N	A	Z
a	N	P	M	T	N	G	L	N	G	E	N	T	I	H	H
R	G	O	R	R	B	F	M	E	E	H	D	E	C	N	J
N	E	T	A	F	R	D	E	D	N	A	H	N	H	!	N
¡	N	U	N	D	A	A	D	R	K	T	Ä	R	T	D	T
C	F	J	K	E	T	W	I	E	O	T	T	E	A	E	R
H	I	N	T	C	E	S	Z	W	L	E	T	I	U	R	Z
T	E	B	E	V	N	E	I	F	O	I	E	F	F	E	H
,	I	H	G	B	A	F	N	E	N	S	D	E	P	R	:
S	E	E	H	G	N	B	F	S	N	A	A	N	U	S	H
E	N	D	J	R	S	N	D	?	E	I	H	Z	M	T	G
I	A	R	K	F	I	Z	N	L	H	H	E	W	P	E	S
N	N	F	:	D	L	T	A	U	I	R	R	A	E	N	Y
E	G	O	D	O	V	R	H	M	N	E	I	R	N	K	B
S	J	L	G	L	E	F	O	J	T	P	M	F	K	L	A
T	.	K	E	K	S	D	S	H	E	U	W	L	Ö	A	B
Ä	F	I	R	M	T	H	T	T	R	M	A	I	N	S	R
R	R	J	T	J	E	G	L	G	.	P	L	C	N	S	E
K	D	Z	H	Z	R	E	E	E	K	E	D	K	E	E	I
E	H	T	N	T	2	L	I	S	L	G	D	E	N	H	T
F	N	H	D	H	M	A	L	A	E	E	E	N	.	L	Z

Lösegeld löst sich in Luft auf

Lilo saß zu Hause und blätterte in der Zeitung. Ihr war langweilig, da Axel, Dominik und Poppi, ihre Knickerbocker-Freunde, alle beschäftigt waren und sie sie nicht treffen konnte.

Auf Seite sieben der Zeitung blieb ihr Blick an einer Überschrift hängen. „Lösegeld löst sich in Luft auf“ stand da.

Lilo las weiter und erfuhr Folgendes: Vor zwei Tagen war die kleine Tochter eines reichen Fabrikbesitzers entführt worden. Die Erpresser forderten dreihunderttausend Euro in kleinen Scheinen. Das Lösegeld sollte in einer Sporttasche mit großen Tragegriffen an der Brücke über den Forellenbach hinterlegt werden.

Der Fabrikbesitzer – sein Name war Markus Gerold – hatte große Angst um sein Töchterchen und zahlte.

Erst als er das Kind wieder in den Armen hielt, verständigte er die Polizei.

Die Kriminalbeamten untersuchten sofort den Platz, an

dem das Lösegeld übergeben worden war, und fanden die Tasche. Allerdings war sie leer. Das Geld war verschwunden.

In der Erde rund um die Tasche konnten nur die Schuhabdrücke von Herrn Gerold festgestellt werden, der das Lösegeld persönlich hingebracht hatte.

Die Entführer hatten das Geld abgeholt, ohne dabei den Boden auch nur zu berühren. Sie hatten also überhaupt keine Spuren hinterlassen, was eine Verfolgung unmöglich machte.

Wie hatten sie das nur geschafft? Da es sich sicher nicht um Außerirdische handelte, waren die Banknoten auf keinen Fall durch Spezialstrahlen „rausgebeamt" worden – da war sich Lilo sicher. Das Superhirn überlegte kurz und hatte eine Idee.

KRIMI-FRAGE:

Was ist Lilo eingefallen?

LÖSUNG:

F	H	T	Z	M	K	I	O	:	D	E	G	S	T	E	H
G	R	H	T	N	S	X	A	V	E	R	I	U	Z	T	K
I	N	S	E	L	D	E	R	G	R	E	U	L	I	C	H
G	F	E	R	!	D	E	R	S	V	A	S	C	F	E	W
B	A	D	E	W	A	N	N	E	N	M	O	S	T	E	R
G	K	J	N	I	E	M	A	N	D	Z	U	L	E	T	Z
T	,	F	E	S	T	E	N	T	S	C	H	L	O	S	S
E	N	E	B	A	N	D	E	N	?	M	I	T	G	L	I
E	D	E	R	.	D	E	S	W	E	G	E	N	N	E	R
V	E	N	A	U	F	R	E	I	B	E	N	D	E	K	L
I	R	I	S	G	R	H	R	Z	J	K	O	P	D	R	E
E	S	E	D	R	N	N	E	K	T	H	E	L	H	D	G
L	T	D	E	I	T	I	G	C	E	T	H	N	J	L	O
Z	E	E	R	B	R	L	E	O	N	E	G	D	K	K	N
A	A	R	S	N	Ä	L	N	L	S	F	J	A	D	U	G
H	N	G	A	E	G	O	H	F	A	D	L	F	E	Z	R
L	Z	A	N	L	E	!	A	R	F	O	T	S	M	R	E
R	H	Z	➔	D	I	E	E	N	T	F	Ü	H	R	E	R
H	A	B	E	N	S	I	C	H	D	I	E	T	A	S	C
H	E	V	O	M	B	A	C	H	O	D	E	R	V	O	N
E	I	N	E	M	B	A	U	M	A	U	S	G	E	A	N
G	E	L	T	,	D	A	S	G	E	L	D	H	E	R	A
U	S	G	E	N	O	M	M	E	N	U	N	D	D	I	E
T	A	S	C	H	E	W	I	E	D	E	R	A	N	I	H
R	E	N	P	L	A	T	Z	G	E	L	E	G	T	.	●
V	E	R	H	T	R	M	J	K	D	R	H	N	S	A	G

Sehr verdächtig!

Ein schwarzer Montag! Dominik hatte Kummer. Gestern war ihm sein Fahrrad gestohlen worden. Trotz einer dreistündigen Suchaktion der Knickerbocker-Bande war es verschwunden geblieben.

Das Dumme daran war, dass Dominik es nicht abgesperrt hatte. Aus diesem Grund würde er von der Versicherung kein Geld für ein neues Rad bekommen. Seine Eltern waren über den Leichtsinn ihres Sohnes verärgert. Am allerwütendsten war Dominik selbst. Wie konnte ihm – einem Mitglied der Knickerbocker-Bande – so etwas passieren?

„Du bist ein Hornochse, der in seinem Kopf nur einen Zettel hat, auf dem LEER steht!", schimpfte er mit sich.

Vor allem wusste er nicht, wie er zu einem neuen Fahrrad kommen sollte. Er hatte nicht genug Geld gespart. Ein Blick in sein Sparbuch genügte, um zu wissen, dass er sich allerhöchstens einen gebrauchten und sicherlich nicht besonders tollen Drahtesel leisten konnte.

Aus diesem Grund hatte er sich die Abendzeitung vorgenommen und studierte nun die Anzeigen. Vielleicht kam ihm ein günstiges Angebot unter.

Er studierte Spalte für Spalte, erfuhr, dass jemand seine Nachttopfsammlung verkaufen wollte und jemand Liebesromane aus dem Jahr 1966 suchte, deren Heldin eine Nachtschwester namens Ingeborg war.

Dominik fand die Anzeigen sehr witzig und las deshalb gleich alle. Bei „Entlaufen“ stieß er auf eine Annonce (= Anzeige) mit folgendem Text:

Heute, Montag, um 16 Uhr ist mein Dackel Barillius
entlaufen. Seine Hundemarke hat die Nummer 919986.
Der Finder möge sich bitte sofort melden.
Telefon: 23-45-87

Dominik kratzte sich nachdenklich am Kopf. Seltsam, an dieser Anzeige stimmte etwas nicht.

Dominik hatte eine Idee. Er wählte nicht die angegebene Telefonnummer, sondern die Ziffern der Hundemarke.

Am anderen Ende der Leitung ertönte ein Freizeichen.

Es klingelte dreimal, dann meldete sich eine tiefe Männerstimme: „Na endlich, ich dachte schon, Sie finden die Anzeige nie!“

Vor Schreck legte Dominik auf. Diese Anzeige musste ein verschlüsselter Hinweis von Gaunern sein. Das war ein Fall für die Polizei.

Er meldete seine Beobachtung und erfuhr am Tag darauf, dass die Spur zu einem gesuchten Rauschgift-Schmugglerring geführt hatte. Leider erhielt Dominik für seinen Tipp keine Belohnung. Das neue Fahrrad würde also noch ein wenig warten müssen …

KRIMI-FRAGE:

Was war an der Anzeige so verdächtig?

LÖSUNG:

H	E	F	T	N	C	N	C	O	M	P	U	T	E	R	F
A	N	D	E	U	H	D	H	M	E	H	R	Z	W	E	C
F	E	R	S	H	A	Z	A	A	R	Ä	C	H	E	N	F
E	R	E	F	R	N	E	O	.	Z	I	E	G	E	L	F
N	G	I	D	E	Z	I	S	S	G	5	4	3	-	T	H
C	E	F	⬇	N	E	T	T	L	E	E	T	Z	O	T	E
O	T	A	W	T	I	U	H	A	B	F	R	J	I	F	D
N	I	C	E	L	G	N	E	M	I	S	D	K	L	C	X
T	S	H	N	A	E	G	O	E	R	D	S	Ä	D	M	D
A	C	G	N	U	U	E	R	I	G	E	E	U	N	H	E
I	H	E	D	F	N	R	I	N	E	R	H	M	A	E	I
N	E	L	E	E	M	S	E	H	-	W	J	E	L	R	L
E	R	O	R	N	Ö	C	N	C	H	E	E	I	N	U	E
R	Ö	G	H	W	G	H	M	O	O	N	Z	N	E	M	G
V	N	E	U	A	L	E	U	N	C	A	E	E	S	M	S
O	T	N	N	R	I	I	S	N	H	H	R	I	N	U	N
L	G	!	D	,	C	N	S	E	Z	L	T	G	I	L	O
L	E	S	U	K	H	E	T	R	W	E	!	E	F	D	V
E	N	O	M	A	I	N	E	H	E	N	F	N	U	R	R
R	D	N	S	N	N	.	N	A	I	O	D	B	A	U	E
G	A	S	E	N	D	●	V	J	L	A	U	F	E	N	I
H	S	T	C	D	E	G	O	G	A	.	M	E	T	E	R
N	E	W	H	I	R	E	R	I	G	R	E	F	T	I	G
W	R	Ä	Z	E	A	F	?	Z	E	E	U	I	L	O	P
S	T	R	E	S	B	N	Z	N	N	G	H	E	B	E	L
A	M	E	H	U	E	B	W	A	!	G	A	G	K	N	M

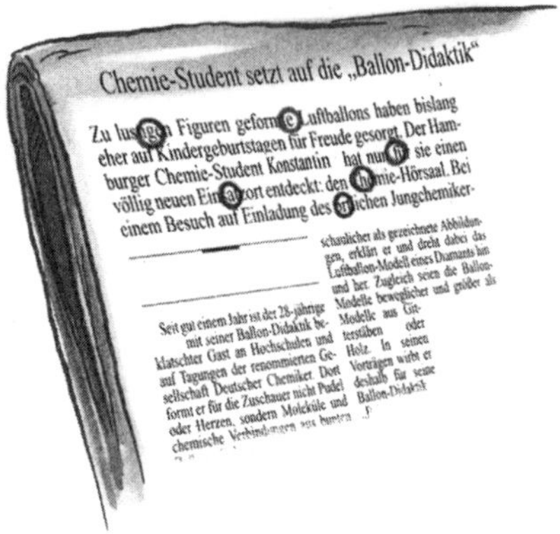

Spurlos verschwunden

„Drei Schwimmer sind bereits spurlos verschwunden!“, warnte der Kapitän die vier Mitglieder der Knickerbocker-Bande. „Ihr müsst euch die Blaue Insel aus dem Kopf schlagen. Der Treibsand ist einfach zu gefährlich. Wer hineingerät, versinkt und ist nicht mehr zu retten. Und Treibsand gibt es nicht nur am Ufer, sondern auch im Inneren der Insel. Von den Haien habe ich euch ja schon erzählt.“

Axel, Lilo, Poppi und Dominik blickten zu dem seltsamen Gebilde hinaus, das ungefähr einen Kilometer vor der Küste aus den Wellen ragte. Die Insel schien nur aus Sand und langen, dünnen, spitzen Felsen zu bestehen, die bläulich und geheimnisvoll schimmerten.

Die Knickerbocker kämpften im Augenblick mit der Langeweile. Auf Wunsch von Poppis Mutter war Familie Monowitsch samt dem Rest der Bande in ein besonders einsames und daher auch besonders langweiliges winziges Dorf in Griechenland gefahren. Es gab hier nur ein einziges Hotel, in dem die Gäste schon das Gesicht verzogen, wenn die Knickerbocker einmal laut lachten. Deshalb suchten die vier dringend nach einem Abenteuer und wollten unbedingt die rätselhafte Blaue Insel erkunden, die ihnen bald nach ihrer Ankunft aufgefallen war.

Aber der Kapitän des einzigen Bootes, das es zu mieten gab, riet ihnen ab. „Jaja, jedes Jahr bildet sich mindestens ein Gast ein, dass er zur Insel hinausschwimmen muss. Es ist ziemlich weit, die See ist unberechenbar und rund um die Insel befindet sich außerdem ein gefährliches Korallenriff. Aus diesem Grund hat niemals ein Einheimischer die Insel betreten. Ich selbst war auch noch nie dort!"

Lilo wollte es genauer wissen: „Und es sind tatsächlich drei Leute, die zur Insel geschwommen sind, nicht mehr zurückgekehrt?"

Der Kapitän nickte. „Man fand nichts von ihnen. Gar nichts. Man weiß nicht, ob sie von einem Hai angefallen wurden oder ertrunken sind. Sie sind spurlos verschwunden."

Die Neugier der Bande war nun erst richtig geweckt. Lilo blickte ihre Freunde der Reihe nach an. „Ein ungelöstes Rätsel. Sollen wir …?" Dominik, Axel und sie waren dafür.

Poppi zögerte. „Dazu müssten wir doch … hinfahren. Wie sollen wir denn das …?", fragte sie.

„Mit einem Jet-Ski, einem Motor-Wasserski!", antwortete Axel. „Dann brauchen wir den feigen Kapitän und sein Boot nicht."

„Tut das nicht!", drängte der Kapitän. Doch die vier hörten nicht auf ihn.

Am späten Nachmittag konnten sich Axel und Lilo zwei Motor-Wasserski ausborgen und aufbrechen.

Poppi und Dominik schnorchelten in der Zwischenzeit vor dem Strand, der gegenüber der geheimnisvollen Insel lag. Dabei machte Poppi eine Entdeckung. Sie zeigte Dominik, was sie gefunden hatte. Im Ufersand war an einigen Stellen ein dickes braunes Kunststoffrohr aufgetaucht. Die beiden Knickerbocker stießen auf ein Tarnungsnetz, das an mehreren Stellen Löcher hatte. „Ein Abwasserrohr des Hotels“, vermutete Dominik. Poppi glaubte das nicht. Das Hotel war zu weit entfernt.

Geschickt steuerten Axel und Lilo zwischen den scharfkantigen Korallen hindurch auf die Blaue Insel zu. Sie fanden eine felsige Bucht und gingen an Land. Vor ihnen lag ein Wald aus etwa zehn Meter hohen spitzen Felsnadeln. Vorsichtig drangen sie ins Innere der Insel vor. Sie waren ungefähr fünf Minuten gegangen, als sie ein Donnern und Beben spürten.

„Hörst du das?“, fragte Axel. „Das muss ein Vulkan sein!“

Lilo war anderer Meinung: „Das klingt nach einem Motor.“ Sie zeigte auf einen Felsen, neben dem sich ein gemauerter Abgang befand. Die beiden schlichen näher und stiegen in einen geräumigen Keller hinunter, der sich als Maschinenraum entpuppte. Die Juniordetektive betrachteten die Steuerungsgeräte und entdeckten dabei ein dickes braunes Kunststoffrohr, das an der Oberseite ein Sichtfenster hatte.

Lilo wurde plötzlich klar, worauf sie gestoßen waren. „Das ist eine Fischfanganlage. Das Meerwasser wird angesaugt und zum Festland gepumpt. Natürlich werden so auch Delfine,

Meeresschildkröten und andere Lebewesen gefangen, die die Fischer gar nicht brauchen. Deshalb sind diese Anlagen verboten. Die Urlauber, die zur Blauen Insel geschwommen sind, mussten verschwinden, weil sie dieselbe Entdeckung gemacht haben wie wir."

Axel kam ein Gedanke. „Vielleicht hat es sie aber überhaupt nicht gegeben. Sie könnten eine Erfindung des Kapitäns sein, um uns abzuschrecken!"

„So ist es!", sagte eine tiefe Stimme. Auf der steilen Treppe war der Kapitän aufgetaucht. Er hielt eine Pistole in der Hand. „Ich habe euch gewarnt, aber ihr wolltet nicht hören." Er fesselte die beiden Knickerbocker und stellte trocken fest: „Ihr werdet von eurem Ausflug nicht zurückkehren, das garantiere ich euch!"

Doch in diesem Moment kamen Stimmen von oben. Dominik und Poppi riefen nach ihren Freunden. „Wir sind hier!", brüllten Axel und Lilo. Der Kapitän krümmte sich vor Wut, als die Küstenpolizei seine Anlage betrat und ihn festnahm.

„Der Kapitän hat sich widersprochen", erzählte Dominik. „Poppi ist das aufgefallen. Und dann haben wir auch noch sein Boot beobachtet, wie es auf die Insel zusteuerte. Da war uns klar, dass da etwas nicht stimmt und er hinter euch her ist", erklärte der Junge. Poppi und er waren für ihre Freunde die Rettung in letzter Not gewesen und hatten wieder einmal ihren Scharfsinn unter Beweis gestellt.

KRIMI-FRAGE:

Was hat an der Erzählung des Kapitäns nicht gestimmt?

LÖSUNG:

R	E	C	H	T	H	A	T	T	E	D	E	N	N	O	C
H	?	W	E	I	L	E	R	G	H	R	T	Z	;	K	J
H	G	R	T	P	O	P	P	I	F	R	E	W	G	B	V
D	S	E	R	F	H	N	D	V	A	R	T	:	G	FF	R
T	E	W	E	R	T	G	E	G	E	N	S	T	Ä	N	D
E	U	N	D	D	I	A	M	A	N	T	E	N	G	F	D
,	D	E	R	E	N	H	E	R	H	N	H	T	Z	U	K
S	H	A	H	I	M	U	R	➔	D	E	R	K	A	P	I
T	Ä	N	B	E	H	A	U	P	T	E	T	E	,	D	I
E	I	N	S	E	L	N	O	C	H	N	I	E	B	E	T
R	E	T	E	N	Z	U	H	A	B	E	N	,	U	N	D
W	O	L	L	T	E	D	E	N	N	O	C	H	W	I	S
S	E	N	,	D	A	S	S	E	S	D	O	R	T	T	R
E	I	B	S	A	N	D	G	I	B	T	.	●	N	A	M
K	L	A	G	E	N	F	U	R	T	-	W	E	I	N	G
R	E	N	S	O	R	T	E	N	G	O	N	G	E	N	F
O	B	E	N	5	2	S	T	U	N	D	E	N	J	G	K
T	A	F	E	,	H	G	Ä	N	S	E	P	A	G	E	M
B	U	E	S	S	R	O	R	N	E	O	N	L	F	H	K
R	E	I	T	L	H	I	G	M	S	I	G	U	?	M	L
A	R	N	E	I	J	K	E	J	E	K	T	O	S	I	A
U	N	S	R	U	K	Z	R	R	L	U	R	L	D	O	V
N	M	T	N	J	L	J	M	G	S	H	F	!	C	L	I
F	I	I	H	H	R	T	I	?	O	E	A	J	A	K	E
E	L	C	K	T	U	E	T	U	H	R	S	N	S	U	R
T	C	H	O	D	A	T	E	T	T	N	A	N	G	J	G

Die irre Wildsau

Ganz Salzburg hatte Angst vor ihr.

Auf einmal war sie da, und wer sich nicht in Sicherheit brachte, war verloren.

Sie hatte bereits mehrere gebrochene Beine verursacht, einen Hund angefahren und schwer verletzt sowie eine Katze gestreift, die zwei Stunden lang operiert werden musste.

Wann würde sie wohl den ersten Menschen überfahren?

Die „irre Wildsau" raste in einem dunkelblauen Sportwagen mit hundert und mehr Stundenkilometern durch die Stadt. Vielleicht handelte es sich um einen Verrückten, der mit seinen Freunden eine Wette abgeschlossen hatte, die er jetzt unbedingt gewinnen wollte.

Axel fuhr gerade mit seiner Großmutter Richtung Bahnhof, als wie aus heiterem Himmel die Wildsau auftauchte.

Das Heulen des Motors war unüberhörbar. Axels Großmutter, Frau Pomassl, warf einen Blick in den Rückspiegel und wusste, dass sie sich schnellstens in Sicherheit bringen musste. Die Wildsau kam mit rasendem Tempo näher. Wenn Frau Pomassl nicht ausweichen konnte, würde sie bestimmt brutal an den Rand gedrängt werden. Wenn sie dabei die Kontrolle über ihren Wagen verlor, konnte das zu einem schrecklichen Unfall führen.

Doch Axels Oma bewies Nervenstärke. Sie hielt nicht nur nach einer Ausweichmöglichkeit Ausschau, sondern rief ihrem Enkel gleichzeitig noch zu: „Merk dir M 08088 V!" Mit quietschenden Reifen schlitterte sie nach rechts auf einen Parkplatz. Die Wildsau donnerte mit dröhnendem Auspuff vorbei und war bald verschwunden.

„Diesmal kann die Polizei den Wahnsinnigen stellen!", meinte Frau Pomassl.

„Was hast du mir da gerade gesagt?", wollte Axel wissen.

„Was schon? Die Autonummer der Wildsau. Ich habe sie im Rückspiegel gesehen. Bisher hat keiner es geschafft, sich die Nummer zu merken. Weißt du sie noch?"

Axel nickte stolz. „M 08088 V!"

Einen Tag später erlebten Axel und seine Großmutter jedoch eine große Enttäuschung. Auf diese Nummer war ein alter, klappriger VW-Käfer zugelassen, der einem neunundachtzigjährigen Mann gehörte.

„Die Wildsau hat ein gefälschtes Kennzeichen!", brummte Frau Pomassl. Axel aber dachte scharf nach.

Es dauerte nicht lange, bis der Juniordetektiv wusste, worauf er nicht geachtet hatte.

KRIMI-FRAGE:

Was ist dem Knickerbocker eingefallen?

LÖSUNG:

G	J	M	B	E	T	H	.	M	D	O	M	A	T	E	N
H	?	T	,	7	I	O	.	E	Ö	S	F	R	E	G	H
N	F	Z	D	O	E	S	.	R	P	G	K	L	R	E	J
G	E	U	R	O	N	E	D	S	V	S	R	F	L	E	D
R	T	I	E	:	E	N	A	P	A	A	T	B	G	A	D
T	H	L	I	D	H	A	S	I	W	A	A	S	B	E	R
K	B	K	K	R	Ö	N	S	E	:	T	O	;	N	B	G
I	S	H	Ä	E	R	Z	I	G	H	G	M	N	G	T	R
O	F	E	S	J	N	Ü	M	E	R	!	B	G	T	E	M
:	E	A	E	H	E	G	R	L	T	H	F	G	M	S	A
K	J	S	H	L	R	E	Ü	V	?	N	A	S	G	R	T
H	I	U	O	O	H	B	C	E	W	H	L	I	C	N	T
E	Z	K	C	D	A	Ü	K	R	D	C	A	E	H	E	I
R	K	M	H	R	S	G	S	K	V	A	G	N	L	,	S
R	L	E	R	H	E	E	P	E	B	E	E	O	P	P	E
T	P	N	T	E	N	L	I	H	W	G	N	V	C	H	T
V	F	D	H	W	B	E	E	R	M	S	T	P	R	D	F
D	D	G	J	N	E	I	G	T	J	T	R	3	K	A	N
F	B	R	S	J	I	S	E	W	Z	A	O	E	N	G	E
A	A	F	A	F	N	E	L	A	I	H	G	D	T	E	R
N	S	O	W	D	E	N	D	R	L	R	E	R	F	O	F
H	W	I	F	T	-	H	I	.	O	H	N	Z	U	F	H
Z	E	K	B	I	W	F	E	●	I	I	S	T	E	R	H
L	R	T	J	P	A	R	N	D	L	T	A	S	S	E	R
I	F	Z	K	K	R	?	U	J	D	H	E	R	Z	E	N
Ö	T	H	T	V	E	◉	M	U	A	B	E	R	N	U	I

Die Köchin im Pech

Lotte war der gute Geist im Haushalt der Familie Monowitsch. Poppis Eltern waren beide tagsüber sehr beschäftigt und deshalb kümmerte sich Lotte um alles. Sie putzte, sie räumte auf und sie kochte.

Für Poppi stand fest, dass Lotte die beste Köchin der Welt war. Alles, was sie zubereitete, schmeckte einfach köstlich. Da Poppi kein Fleisch aß, hatte sich Lotte für sie viele leckere Sachen aus Gemüse ausgedacht – von Gemüsepizzas über Gemüsespaghetti bis zum Gemüseschnitzel, das auch Poppis Freunden fast besser schmeckte als ein normales Schnitzel.

Alle fünf Jahre fand in Salzburg die Weltmeisterschaft der Amateurköchinnen und -köche statt. Wer keine Kochausbildung hatte und nicht in einem Restaurant arbeitete, konnte an der Meisterschaft teilnehmen.

Fünfmal hatte Lotte die Meisterschaft bereits gewonnen und darauf war sie mächtig stolz. Fünfundzwanzig Jahre waren seit ihrem ersten Sieg vergangen und sie sah es als Krönung ihrer Kochkunst an, auch in diesem Jahr wieder den begehrten „Goldenen Kochlöffel“ zu erringen.

Es war vier Wochen vor dem Wettbewerb, als Poppi feststellte, dass Lotte immer unruhiger wurde und sehr bedrückt wirkte.

„Ist irgendwas?“, erkundigte sich das Mädchen besorgt.

Die Köchin nickte und seufzte tief. Sie ließ sich auf den Sessel neben Poppi fallen und sagte: „Ich … ich bin einfach zu alt für die Weltmeisterschaft. Meine Augen werden immer schlechter, meine Hände zittern schon ein bisschen und mit Sicherheit ist mein Geschmackssinn auch nicht mehr das, was er einmal war.“

„Wie kommst du denn darauf?“, fragte Poppi erstaunt. Ihr war nicht aufgefallen, dass Lotte nicht mehr so gut kochte. Ganz im Gegenteil.

„Emmerich Ober, ein Kollege, hat mich schon mehrfach darauf hingewiesen, dass man rechtzeitig aufhören muss.“

„Nimmt er auch an der Weltmeisterschaft teil?“, wollte Poppi wissen.

Lotte nickte und Poppi lachte auf. „Dann ist doch alles klar. Er will dir das nur einreden, damit du nicht mehr antrittst und er bessere Chancen hat.“

Die Köchin holte tief Luft und meinte: „Das stimmt nicht. Emmerich meint es gut. Er ist mein Freund und möchte mir eine Enttäuschung ersparen, denn ein zweiter oder dritter Platz würde mich mehr als ein bisschen traurig machen. Weißt du, vor ein paar Wochen hat er mich besucht und mir erzählt, dass er wahrscheinlich nicht mehr teilnehmen wird, weil ihm in letzter Zeit die Eier immer zu hart oder zu weich werden. Wenn man mit Eiern nicht mehr zurechtkommt, dann ist es Zeit aufzuhören."

Poppi kam die Geschichte sonderbar vor. Die Haushälterin war eine besonders gutgläubige Frau. Es war nicht gerade schwer, ihr etwas einzureden.

„Mir gelingen die Eier tatsächlich nicht mehr. Entweder werden sie zu weich oder zu hart. Und das, obwohl ich wie immer die Eieruhr verwende. Poppi, ich … ich bin alt", seufzte Lotte und blickte wehmütig aus dem Fenster.

Nein, das wollte das jüngste Mitglied der Bande nicht glauben. Poppi vermutete, dass Emmerich Ober Lotte fertigmachen wollte.

Es dauerte fast eine ganze Stunde, bis Poppi den Grund für das Versagen der Köchin entdeckt hatte. Lotte konnte getrost an der Weltmeisterschaft teilnehmen. Emmerich hatte sich einen besonders faulen Trick ausgedacht.

KRIMI-FRAGE:

Hast du eine Idee, wie Emmerich Ober vorgegangen sein könnte?

LÖSUNG:

P	I	S	T	E	R	T	N	H	G	D	Ö	P	O	U	Z
A	J	K	E	H	T	E	R	B	A	H	N	F	A	H	R
U	T	J	N	M	E	R	L	E	B	N	I	S	P	A	R
S	R	K	N	E	R	Z	L	I	C	H	E	N	G	L	Ü
E	B	L	I	U	N	S	C	H	S	I	E	H	A	B	E
N	V	A	S	W	O	N	N	E	N	.	U	M	6	U	H
B	S	V	S	E	K	R	I	M	I	S	H	A	B	E	N
R	K	I	C	D	E	S	J	A	H	R	A	U	S	F	R
O	G	E	H	E	R	!	E	N	I	I	S	T	J	A	K
T	T	R	L	T	Z	:	G	F	W	E	R	Ö	P	Z	G
E	H	S	Ä	J	S	G	Z	H	L	I	C	N	T	C	G
K	E	T	G	G	F	A	W	C	A	E	H	E	I	S	T
A	D	U	E	T	:	S	E	A	G	N	L	,	S	D	B
E	F	N	R	W	W	E	R	E	E	O	P	P	E	N	!
S	O	D	T	R	R	D	G	G	N	V	C	H	T	E	N
S	U	E	E	J	T	F	E	S	T	P	R	D	F	Z	R
E	J	G	;	G	O	R	N	T	R	3	K	A	N	O	N
5	R	H	G	K	I	H	M	A	O	E	N	G	E	W	I
!	T	M	E	M	J	N	I	H	G	D	T	E	R	!	H
J	G	K	➔	E	R	H	A	T	D	I	E	S	T	R	I
C	H	E	D	E	R	E	I	E	R	U	H	R	M	A	N
I	P	U	L	I	E	R	T	.	●	H	A	L	L	O	W
E	E	N	F	R	G	.	F	D	H	T	R	3	F	A	C
H	E	R	H	J	I	O	F	T	M	S	E	F	A	C	H
E	R	S	W	E	I	H	N	A	C	H	T	S	F	E	R
I	E	N	G	L	E	S	T	H	O	P	Ö	A	S	G	E

Die Spiegel-Katastrophe

„Was? Wir fahren zu den Schwingers? Ich benötige Nerventropfen!“, stöhnte Dominik, als ihm seine Eltern erzählten, was sie an diesem Sonntag vorhatten.

Die Schwingers hatten zwei extrem ätzende Söhne. Beide waren große Angeber und sprachen von nichts anderem als von ihrem vielen Taschengeld und was sie damit alles kaufen konnten.

Dominik verstand auch nicht, was seine Eltern an den Schwingers fanden. Herr Schwinger schwärmte nur von teuren Autos, Frau Schwinger von teuren Klamotten. Ihr Haus war vollgestopft wie ein Museum und Dominik wurde immer gleich mit Hunderten von Ermahnungen überhäuft: „Domilein, bitte, setz dich nicht auf das Sofa, das hat ein Vermögen gekostet! Domilein, bitte, fass keines der Bilder an, du hast bestimmt schmutzige Hände! Domilein, tu das nicht! Domilein, tu jenes nicht!“

Bei diesem Besuch wurde den Kaschas sofort ein neu erworbener Spiegel gezeigt. Er war nicht sehr groß, hatte einen dünnen Goldrahmen und er sah scheußlich aus. Dominik konnte nicht verstehen, was an dem Ding so wertvoll sein sollte.

„Ich habe ihn selbst aufgehängt!“, erzählte Herr Schwinger stolz.

„Aber bitte, Domilein, fass ihn auf gar keinen Fall an!“, sagte Frau Schwinger warnend.

Dominik verdrehte die Augen.

Kurz nach zwölf gingen alle zum Essen in den Garten.

Nach dem Imbiss holte einer der beiden Söhne sein Autogrammbuch aus dem Haus, um damit anzugeben.

Frau Schwinger trug das Geschirr ins Haus. Herr Schwinger führte solange die Stereoanlage vor, mit der man auch im Garten Musik hören konnte.

Wind kam auf, und als Frau Schwinger wieder in den Garten kam, knallte hinter ihr die Terrassentür zu. Ein Luftzug hatte sie zugeschlagen.

Dominik spielte mit den Schwinger-Großmäulern Fußball und kickte den Ball dabei immer möglichst weit weg, damit sie lange laufen mussten, um ihn zurückzuholen.

Später sah er sich die Autogrammsammlung genauer an und erklärte den Angebern, dass sie alle Autogramme gefälscht hatten. Sie waren so unklug gewesen, immer ein und denselben Kugelschreiber zu verwenden.

Die beiden Jungen waren eingeschnappt und verzogen sich schließlich schmollend ins Haus.

Einige Zeit später musste Dominik das stille Örtchen aufsuchen. Als er durch das Vorzimmer auf die Toilette zusteuerte, bemerkte er die Katastrophe. Der Spiegel lag auf dem Boden und war in tausend Teile zersprungen.

Hinter ihm tauchte Frau Schwinger auf. Als sie die Bescherung sah, stieß sie einen spitzen Schrei aus und rief ihren Mann und Dominiks Eltern. Alle begannen nun gleichzeitig auf Dominik einzureden und ihn für die Katastrophe verantwortlich zu machen.

Dominik ließ die Angriffe über sich ergehen, und als die Erwachsenen endlich Luft holten, sagte er cool: „Meine Herrschaften, regen Sie sich ab! Es war alles ganz anders. Ich bin unschuldig. Aber ich weiß, was passiert ist."

KRIMI-FRAGE:

Weißt du auch, wer für das Unglück verantwortlich ist?

LÖSUNG:

R	H	S	A	I	T	I	E	R	P	F	L	E	G	E	R
A	C	C	L	E	W	S	H	J	F	E	R	H	G	A	S
T	T	H	S	G	A	S	M	Ä	H	C	S	E	A	H	E
E	E	U	D	E	R	D	P	G	S	D	A	G	S	J	S
K	K	P	I	L	,	O	O	E	A	G	M	R	E	E	A
R	I	!	E	,	V	C	L	R	U	H	P	T	D	R	Z
I	M	G	T	D	O	H	U	7	I	J	O	K	O	:	H
M	T	R	Ü	E	N	S	Z	L	M	L	U	M	K	D	T
I	S	J	R	R	D	U	J	A	J	R	Z	S	M	R	P
H	R	K	Z	S	E	P	R	T	T	T	E	A	U	H	P
E	U	I	U	C	R	P	E	E	R	E	Z	G	Z	N	O
L	W	↓	S	H	W	E	D	I	E	V	T	D	T	V	L
D	Y	F	C	L	A	H	.	N	G	C	G	E	H	D	H
E	R	R	H	E	N	A	S	E	R	J	M	L	Ö	P	I
N	R	A	L	C	D	M	N	O	R	D	O	S	T	E	N
G	U	U	U	H	G	S	K	A	4.	R	E	G	E	N	B
F	C	S	G	T	E	R	B	E	N	L	,	S	D	B	T
R	N	C	,	A	F	B	F	I	O	P	P	E	N	!	F
H	E	H	I	U	A	P	Ö	C	V	C	H	T	E	N	H
J	T	W	S	F	L	U	I	O	P	R	D	F	Z	R	H
E	S	I	T	G	L	U	T	P	Ü	D	S	E	R	J	H
S	B	N	D	E	E	N	.	L	I	L	O	W	O	L	L
S	E	G	E	H	N	N	T	L	I	C	H	S	C	H	O
E	I	E	R	Ä	.	T	E	N	D	E	F	T	K	U	Z
N	L	R	S	N	●	P	A	N	F	L	Ö	T	E	N	K
A	M	.	P	G	L	?	K	O	N	Z	E	R	T	J	K

Hier spricht Jack the Ripper

Die Stimme aus dem Jenseits

Evelyn Hotzky blieb die Luft weg. Mit zitternden Fingern zeigte sie auf den Bildschirm ihres Computers.

Die vier Detektive der Knickerbocker-Bande versuchten die Frau zu beruhigen.

„Da … da … da war er!“, stammelte Evelyn.

„Wer war da?“, wollte Lilo wissen.

„Jack the Ripper! Der schreckliche Frauenmörder aus England. Er hat viele Frauen umgebracht und konnte nie gefasst werden!“, erzählte Evelyn.

„Heißt das, er ist hier auf dem Bildschirm aufgetaucht?“, fragte Axel verwundert.

Die Frau nickte. „Es war entsetzlich! Ich habe gerade einige Zahlen für die letzten Abrechnungen eingegeben. Plötzlich ist er aufgetaucht. Es war ein schauriges, bösartiges Gesicht, das da plötzlich zwischen den Summen meiner Rechnungen durchgeschaut hat. Die blassen Lippen haben langsam begonnen, sich zu bewegen, Worte zu formen und zu mir zu sprechen. Zu hören war aber nichts. Was die Horrorgestalt sagen wollte, ist als Schrift am Bildschirm aufgetaucht: ‚Ich bin Jack the Ripper. Ich schrecke vor nichts zurück!', stand da. Er hat mich dann wissen lassen, dass er auch vom Jenseits aus morde. Ich sei sein nächstes Opfer!"

Lilo knetete ihre Nasenspitze. Das tat sie immer, wenn sie angestrengt nachdachte.

Dominik meldete sich zu Wort und berichtete: „Ich habe in der Zeitung gelesen, dass sich tatsächlich schon manchmal Tote über Computer aus dem Jenseits gemeldet haben."

Lilo, das Superhirn der Knickerbocker-Bande, glaubte an einen solchen Spuk nicht. „Frau Hotzky, hängt Ihr Gerät an einer Netzwerkleitung? Kann sich jemand von einem anderen Computer aus in Ihren Computer einschalten?"

Die Frau überlegte kurz und nickte. „Ja, aber nur mit faulen Tricks, mit sehr faulen Tricks."

Lilo war nun einiges klar. „Es hat sich jemand einen bösen Streich erlaubt. Der echte Jack the Ripper war das bestimmt nicht. Ihm wäre ein so schwerer Fehler nicht unterlaufen!"

KRIMI-FRAGE:

Welchen Fehler meinte Lilo?

LÖSUNG:

W	E	N	N	S	I	E	S	I	C	H	N	I	C	H	T
S	O	S	P	Ä	T	7	8	G	E	G	N	F	D	R	J
Z	U	I	G	R	E	N	Z	Ü	B	E	R	G	Ä	N	G
E	H	R	K	L	A	S	F	E	R	K	I	K	L	R	I
M	N	L	B	S	C	N	G	X	➔	J	A	C	K	T	H
E	R	I	P	P	E	R	S	P	R	A	C	H	E	N	G
L	I	S	C	H	U	N	D	N	I	C	H	T	D	E	U
T	S	C	H	.	●	H	T	Z	I	P	E	F	B	A	G
N	V	P	K	O	T	S	R	H	U	I	!	D	E	A	J
A	D	I	U	C	L	R	J	G	Y	H	J	K	I	K	Ü
U	E	E	R	D	G	E	K	T	X	L	Z	M	Z	I	P
F	R	L	S	R	F	X	T	H	D	O	H	Z	H	M	O
E	N	D	I	A	T	I	R	J	J	I	N	U	T	G	Z
I	A	!	V	H	I	K	E	K	T	P	T	D	R	R	T
N	D	K	D	;	L	I	H	U	R	P	R	S	D	C	F
E	W	A	I	F	E	N	C	E	F	E	F	J	L	Ö	R
H	Ä	N	D	J	G	S	D	L	P	S	H	A	T	L	O
I	N	R	E	W	T	T	G	B	A	S	A	G	K	Ö	L
E	D	E	I	E	R	T	E	N	F	L	S	E	J	D	E
B	E	D	H	T	H	E	R	Z	Ä	H	B	H	R	S	S
U	R	I	G	G	U	L	U	N	G	E	E	J	D	A	C
N	U	E	R	Ö	D	F	A	B	G	J	R	R	O	G	V
D	N	N	K	P	R	A	T	E	H	F	K	!	I	R	T
S	G	B	:	O	M	H	S	R	N	D	L	H	U	E	R
T	S	H	F	U	J	R	T	L	R	E	F	K	Z	T	U
I	S	C	D	R	I	Ö	P	I	E	R	T	G	K	M	J

Einige Verdächtige

Frau Hotzky atmete auf, war aber noch immer nicht ganz beruhigt. Sie fürchtete sich vor einer weiteren Meldung.

Die vier Knickerbocker sammelten gerade in der Firma, in der Frau Hotzky arbeitete, Spenden für die Rettung der Wale. Sie versprachen, sich ein wenig umzusehen.

Sie traten auf den Gang hinaus und marschierten über den dicken, weichen Teppichboden, der jedes Geräusch schluckte, auf das nächste Büro zu. Bis auf das Surren eines Getränke- und Eiswürfelautomaten war nichts zu hören. Die Türen der Büros schienen schalldicht zu sein.

Axel klopfte an die Tür eines Zimmers, das von einem gewissen Dr. Ernst Brunbald benutzt wurde, wie ihm das Schild verriet.

„Ja, bitte!", kam eine herrische Stimme von drinnen.

Die vier traten ein und begannen von der großen Hilfsaktion zu berichten, für die sie Geld sammelten. „Bitte, spenden Sie etwas! Jeder Betrag nützt der Sache!", sagte Poppi.

Herr Brunbald, den außer den Zahlenkolonnen auf seinem Bildschirm nichts zu interessieren schien, sagte: „Ich denke nicht daran. Ich lebe auch ohne Wale gut und außerdem empfinde ich es als Frechheit, von euch bei der Arbeit gestört zu werden." Er nahm ein Glas vom Schreibtisch und trank daraus. Eiswürfel klirrten darin, als er es auf den Tisch zurückstellte.

„Haben Sie die vergangene Stunde in diesem Zimmer verbracht?", wollte Lilo wissen.

„Das geht dich nichts an!“, knurrte Herr Brunbald. Als er jedoch Lilos erschrockenes Gesicht sah, meinte er etwas sanfter: „Ich sitze seit drei Stunden ununterbrochen auf meinem Platz. Wieso?“

Das Superhirn schwieg.

Im Nebenzimmer arbeitete Frau Gisela Lurch. Sie hatte ein Vogelgesicht und wackelte nervös mit dem Kopf. Sie schien wütend zu sein, dass man Kindern erlaubt hatte, das Bürogebäude zu betreten.

Axel stieß Lilo an und deutete auf einen Computer, der hinter einem Stapel Ordner versteckt war.

„Haben Sie den ganzen Nachmittag hier gesessen?“, wollte Dominik wissen.

Frau Lurch machte mit den Armen Bewegungen, als würde sie sich in die Lüfte erheben wollen. „Klar! Warum? Seid ihr vom Chef geschickt? Der denkt immer, dass wir nichts tun.“

Sie war nicht bereit, auch nur einen winzigen Betrag zu spenden.

Nebenan trafen die Juniordetektive Adolar Frindlich an, einen jungen Mann mit hervorquellenden Augen. Er war der Freundlichste der drei und lachte nach jedem zweiten Satz. Als ihm die Knickerbocker erzählten, wie man Evelyn Hotzky mitgespielt hatte, kicherte er. „Das gönne ich ihr. Diese dämliche Pute schnüffelt nämlich ständig herum. Ich weiß, es ist ihr Job, aber sie benimmt sich wie eine schlechte Lehrerin.“

Herr Frindlich war der Einzige, der für die Walaktion spendete.

Als die vier Freunde mit dem Lift in den nächsten Stock fahren wollten, rief ihnen Frau Hotzky nach.

„Ich … ich habe eine Idee, wer hinter dem Spuk steckt!“, sagte sie aufgeregt.

Lilo war noch kein Verdacht gekommen. Sie wusste nur, dass einer der drei Angestellten gelogen hatte, aber das hieß noch gar nichts.

KRIMI-FRAGE:

Wer hat gelogen?

LÖSUNG:

A	S	F	D	R	I	P	V	G	A	L	B	E	S	A	C
M	E	A	B	B	C	I	E	L	H	E	N	H	T	Z	K
E	E	H	F	R	H	T	R	O	A	L	G	E	N	H	U
I	F	R	T	U	T	B	M	S	E	I	!	-	F	R	G
S	A	T	R	N	D	W	J	E	R	E	G	H	F	F	P
E	H	E	N	B	R	A	Z	M	L	B	F	C	R	H	O
N	R	N	H	A	E	T	A	F	E	E	E	S	D	M	U
H	E	B	W	L	I	F	W	G	B	S	T	O	.	B	T
Ü	R	U	E	D	S	R	E	Ö	N	L	K	R	R	T	U
G	F	C	F	.	T	E	V	P	I	E	U	F	F	G	J
E	L	H	K	E	U	Ü	F	E	L	E	T	S	R	N	R
L	A	G	R	I	N	P	T	F	E	K	E	G	S	E	A
W	G	R	W	S	D	M	L	F	D	R	N	N	E	K	T
A	G	E	M	W	E	G	O	H	E	I	T	I	G	C	E
R	E	.	Q	Ü	N	R	P	R	R	B	R	L	E	O	N
G	I	U	L	R	!	U	G	T	S	N	Ä	L	N	L	S
R	N	K	A	F	●	J	R	M	A	E	G	O	H	F	A
T	D	G	S	E	D	I	T	K	I	O	A	E	Ü	S	A
H	E	J	E	L	E	M	M	H	C	T	M	N	H	E	G
Z	R	T	N	H	R	R	S	S	H	S	O	O	N	F	S
:	F	Z	G	A	E	Z	E	K	T	N	T	T	E	„	B
Z	L	U	G	L	R	H	L	R	F	T	E	U	N	D	M
T	A	P	⬇	T	S	A	O	Z	H	Z	I	O	G	E	W
R	S	F	H	E	T	E	P		T	T	Z	E	J	U	D
E	C	R	E	N	E	R	D	N	R	Z	T	D	T	I	F
G	H	E	R	N	?	F	W	K	E	H	H	F	N	K	B

Eine schnelle Lösung

Frau Hotzky drängte die vier in ihr Zimmer und flüsterte: „Er hat sich schon wieder gemeldet. Er hat gedroht, noch heute zuzuschlagen, wenn ich noch einem Menschen von seinem Auftauchen erzähle. Aber ich habe jetzt eine Idee, wer sich den Streich ausgedacht haben könnte."

„Es ist einer Ihrer Kollegen, die Sie kontrollieren müssen. Stimmt's?", tippte Lilo.

Frau Hotzky nickte erstaunt. „Richtig! Ich habe schon länger den Verdacht, dass jemand in der Firma mithilfe seines Computers Geld abzweigt. Wahrscheinlich bin ich heute auf eine heiße Spur gestoßen. Als der Betrüger das bemerkt hat, hat er beschlossen, mir einen Schreck einzujagen."

„Der Fall ist gelöst!", verkündete Lilo. „Ich weiß, wer Jack the Ripper ist."

Poppi war klar, wen Lilo meinte; die Jungen kamen sich ein wenig dämlich vor, weil sie keine Ahnung hatten.

KRIMI-FRAGE:

Wer ist der Täter?

LÖSUNG:

A	U	T	O	B	A	H	N	R	E	N	N	E	N	?	G
E	R	T	J	A	S	K	L	A	F	E	B	T	J	U	S
F	Ö	I	P	D	R	T	N	D	,	F	G	R	A	G	E
N	T	Z	8.	D	G	T	S	H	R	J	M	A	S	R	G
T	L	S	A	G	E	T	N	S	I	P	T	J	K	S	R
H	A	Ö	R	S	H	N	A	T	E	D	I	L	R	H	V
E	S	W	A	R	E	N	E	I	N	M	A	L	5	U	H
N	H	E	R	K	D	F	G	!	G	L	A	U	B	L	I
C	H	E	V	E	R	K	E	H	R	T	E	W	E	L	T
E	N	F	G	D	J	T	.	F	G	E	R	K	L	A	S
G	J	A	S	T	K	G	R	E	U	I	O	N	H	E	R
K	H	E	H	Z	W	A	L	D	G	M	M	T	Z	L	S
A	T	A	R	O	W	I	E	S	O	P	L	E	I	B	E
S	E	T	E	E	F	A	N	T	E	N	F	L	I	E	D
P	L	E	R	Ü	,	S	C	H	E	A	U	C	H	B	E
E	R	R	Z	G	E	N	J	E	D	E	R	Z	E	I	T
S	A	L	A	T	B	L	.	S	D	L	P	S	A	G	T
L	Ä	T	T	?	D	E	R	T	G	B	A	S	D	E	R
I	O	M	A	L	E	E	G	T	F	M	M	R	T	Z	C
M	E	R	G	T	R	J	Z	U	I	L	F	D	R	N	H
D	F	E	R	H	K	R	K	M	Ö	L	Ä	S	A	N	G
W	➔	H	E	R	R	F	I	N	D	L	I	C	H	:	N
U	R	I	H	M	H	A	B	E	N	D	I	E	J	U	N
I	O	R	D	E	T	E	K	T	I	V	E	V	O	N	D
E	M	S	T	R	E	I	C	H	E	R	Z	Ä	H	L	T
.	●	E	H	T	U	O	D	E	Z	M	E	R	H	T	R

Wer hat Puffi vergiftet?

Der mächtige Bernhardiner lag ausgestreckt auf dem Boden und atmete schwer.

Immer wieder wurde sein Körper von heftigen Krämpfen geschüttelt. Jedes Mal jaulte Puffi dabei laut auf und krümmte sich verzweifelt.

„Poppi, ich muss dir etwas Schreckliches sagen“, begann der Tierarzt. „Dein Hund ist vergiftet worden. Aber ich kann ihm nicht helfen, weil ich nicht weiß, welches Gift er gefressen hat. Puffi hat fürchterliche Schmerzen. Es wird besser sein, ihn einzuschläfern.“

Poppi schüttelte heftig den Kopf. „Nein! Nein! Niemals!“

Der Tierarzt seufzte tief: „Aber Poppi, willst du, dass Puffi leidet?“

Nein, das wollte sie natürlich nicht. „Wenn ich herausfinde, welches Gift es war, können Sie Puffi dann retten?“, fragte sie hoffnungsvoll.

Der Tierarzt nickte langsam.

Poppi rannte in den Garten hinaus, wo ihre Knickerbocker-Freunde Axel, Lilo und Dominik warteten.

„Und?“, fragte Lilo.

Poppi weinte und berichtete schluchzend, was der Tierarzt gesagt hatte. „Wir müssen herausfinden, wer Puffi vergiftet hat“, drängte Poppi.

Dominik entdeckte, dass ein zusammengerollter Zettel im Briefkasten steckte. Es war ein Computerausdruck: „Jetzt hat das grässliche Gebell endlich ein Ende. Ich habe dir oft gesagt, dass du deinem Hund Benehmen beibringen sollst.“

Poppi las die Zeilen immer wieder und kaute aufgeregt auf ihrer Unterlippe. „Ein anonymer Brief … von jemandem, der Puffi nicht leiden kann. Da fallen mir sofort drei Leute ein … Herr Ford, Frau Gründorf und Frau Hubschmied. Sie wohnen alle in der Nähe und haben sich öfters über Puffi beschwert, weil sie sich eben über alles aufregen.“

Lilo war nicht mehr zu bremsen: „Schnell, wir müssen sie sofort verhören!“

Dominik schrieb den Brief zweimal ab und gab die Abschriften Axel und Lilo. Während Poppi bei Puffi blieb, liefen die anderen Mitglieder der Bande je zu einem Verdächtigen und lasen ihm den grausamen Brief vor.

Hier die Aussagen der drei Personen:

Herr Ford zu Axel:
„Was? Der Köter ist vergiftet worden? Ich möchte mich im Namen aller Leute bedanken, denen sein Gebell schon lange auf die Nerven gegangen ist. Leider kenne ich mich bei Gift nicht gut aus, sonst hätte ich es selbst getan.“

Frau Gründorf zu Dominik:
„Der Hund hat mich oft geärgert, weil ich einmal von ihm angesprungen worden bin und mich seither vor ihm fürchte. Aber ich vergifte deshalb kein Tier. Mir kann das niemand in die Schuhe schieben."

Frau Hubschmied zu Lilo:
„Ich habe damit nichts zu tun. Ich vergifte keine Hunde und schreibe keine anonymen Briefe. Außerdem besitze ich nicht einmal einen Computer. Aber fragt doch einmal die Gründorf! Dieser alten Krähe traue ich das ohne Weiteres zu."

Die drei Juniordetektive trafen einander bei Poppi wieder und beratschlagten kurz. Dann wussten sie, wer den Hund vergiftet hatte. Zum Glück hatte sich der Täter verraten.

Als die Knickerbocker die überführte Person zur Rede stellten, gestand sie sofort, welches Gift sie dem armen Puffi in einem Stück Fleisch verabreicht hatte.

Der Tierarzt konnte den Bernhardiner retten.

KRIMI-FRAGE:
Wer hat Puffi vergiftet?

LÖSUNG:

I	L	N	R	R	F	R	S	T	R	I	R	K	Z	U	D
E	L	!	U	E	D	A	S	E	N	E	U	L	F	G	E
.	F	I	P	G	T	U	D	R	U	D	B	E	L	D	!
R	Ä	R	P	H	R	H	E	A	R	O	I	I	G	E	K
A	N	E	E	N	Z	U	R	U	D	M	N	N	R	Z	U
T	G	D	D	I	U	B	O	S	I	I	R	E	T	U	Z
T	E	N	E	R	M	S	R	D	E	N	O	F	M	J	T
E	R	E	R	E	M	C	I	R	H	I	D	A	R	L	I
N	A	D	A	T	K	H	G	U	A	K	T	E	T	T	N
S	U	Ü	T	Ä	R	M	I	C	N	S	G	Ä	N	S	E
D	F	S	O	V	T	I	N	K	D	G	O	R	N	E	O
R	G	N	A	S	G	E	A	W	S	E	I	G	M	S	I
!	Z	H	L	I	C	D	L	A	C	Z	K	E	J	E	K
E	W	C	A	E	H	:	B	R	H	E	Z	R	R	L	U
I	E	A	G	N	L	S	R	.	R	I	J	M	G	S	H
S	R	E	E	O	P	I	I	L	I	G	T	I	?	O	E
N	G	G	N	V	C	E	E	I	F	T	E	T	U	H	R
E	E	S	T	P	R	W	F	L	T	.	Z	S	J	R	Z
D	N	T	R	3	K	U	E	O	L	●	R	E	R	E	T
N	M	A	O	E	N	S	I	H	I	L	T	G	T	N	D
O	I	H	G	D	T	S	N	A	C	B	H	Z	F	A	H
V	T	R	E	R	F	T	C	T	H	H	K	I	O	P	G
N	D	H	N	Z	U	E	O	T	E	I	S	T	E	N	S
L	E	I	S	T	E	.	M	E	K	N	?	W	A	N	N
S	G	R	E	M	⬇	D	P	I	O	T	G	T	J	U	I
D	N	H	:	G	F	A	U	H	P	E	P	L	A	T	T

Wilddieben auf der Spur

Ein Schuss peitschte über die weite Graslandschaft. Poppi sprang erschrocken auf und rief: „Wer war das? Wer hat geschossen? Hier darf doch gar nicht gejagt werden!"

Der Wildhüter, der den Jeep lenkte, gab ihr Recht. Er nahm sein Fernglas und suchte die Umgebung ab.

Die Knickerbocker-Bande befand sich auf Safari in einem prachtvollen Naturpark in Afrika. Elefanten, Löwen, Zebras, Giraffen und Springböcke konnte man hier aus allernächster Nähe beobachten.

Abermals fiel ein Schuss. Es folgten ein dritter und ein vierter.

Nun wurde auch Lilo, Axel und Dominik unbehaglich zumute.

Was war da los?

Jon, der dunkelhäutige Wildhüter, schüttelte ratlos den Kopf. Er konnte den unbekannten Schützen nirgendwo entdecken. „Wir fahren zurück zum Camp!", entschied er.

Damit war Poppi aber nicht einverstanden. „Nein, jemand versucht ein Tier zu erlegen, obwohl sie in diesem Park alle streng geschützt sind. Manche sind sogar vom Aussterben bedroht. Wir müssen etwas unternehmen. Es darf kein Tier sterben."

„Ich rufe per Funk um Hilfe!", lenkte Jon schließlich ein. Doch das Funkgerät, das gleich neben dem Handschuhfach eingebaut war, funktionierte nicht. Axel entdeckte mit Kennerblick, dass jemand die Kabel herausgerissen und es so außer Betrieb gesetzt hatte.

Die vier Juniordetektive sahen einander fragend an. Das war kein Zufall!

Irgendwo in der Ferne wurde ein Wagen gestartet und raste los. Eine große Staubwolke, die etwa zweihundert Meter entfernt zum Himmel stieg, verriet der Knickerbocker-Bande, wo sich das Auto bisher versteckt hatte. Jon zögerte keinen Augenblick und nahm sofort die Verfolgung auf.

Der Wagen der Wilderer bewegte sich auf zwei mächtige rotbraune Felskämme zu, die eine enge Schlucht bildeten. Als Poppi einen Blick durch das Fernglas warf, meldete sie entsetzt: „Ein Nashorn! Die jagen ein Nashorn!"

Jetzt war alles klar. Rhinozeros-Hörner wurden auf dem Schwarzmarkt teuer gehandelt. Es gab Verrückte, die es zu Pulver zerrieben und behaupteten, dass dieses Mittel die Liebeskraft steigern konnte. Natürlich war das absoluter Unsinn. Doch dieser Aberglaube kostete jedes Jahr vielen Nashörnern, die vom Aussterben bedroht sind, das Leben.

Das Tier flüchtete in die Schlucht und die Jäger folgten ihm. Sie rückten gefährlich nahe an das Tier heran.

Jon trat auf das Gaspedal und hupte laut.

Erschrocken sahen sich die Wilderer um. Es waren zwei oder drei und jeder hatte ein Tuch vor das Gesicht gebunden. Sie zögerten einen Moment und feuerten dann auf die Wände der Schlucht. Dadurch lösten sie einen Felssturz aus. Jon musste anhalten.

Aber auch die Jäger verloren im Steinregen für einen Moment die Kontrolle über ihr Fahrzeug. Sie streiften einen Fels, wodurch eine Seite des Jeeps ziemlich zerkratzt wurde und die Wilderer Zeit verloren.

Der Wildhüter machte kehrt und umfuhr das Felsmassiv. Erleichtert stellten die Knickerbocker fest, dass das Nashorn unverletzt entkommen war. Die Wilddiebe verschwanden mit hoher Geschwindigkeit in der Ferne.

Zwei Stunden später kehrten die vier Juniordetektive mit Jon in das Camp zurück. Es bestand aus kleinen runden Hütten, die zum Schutz vor wilden Tieren von einem hohen Zaun umgeben waren.

Auf dem Parkplatz machte die Bande eine überraschende Entdeckung. „He, das ist der zerkratzte Jeep der Nashornjäger!“, rief Axel aufgeregt und zeigte auf ein Fahrzeug, das hinter vier anderen Geländewagen versteckt war. Wen die Knickerbocker wohl im Camp antreffen würden?

Vor der Rundhütte, in der die Küche untergebracht war, saßen sieben Personen, die ebenfalls auf Safari waren. Außer ihnen hielt sich niemand im Camp auf.

„Ist jemand von Ihnen mit dem zerbeulten Jeep gekommen?“, platzte Poppi heraus. Natürlich verneinten die Männer und Frauen.

„Wir haben beobachtet, wie jemand in diesem Jeep ein Nashorn gejagt hat. Die Kerle haben auch Jons Funkgerät zerstört, damit er keinen seiner Kollegen alarmieren kann. Auf Jagd stehen in diesem Naturpark hohe Strafen!“, sagte Lilo scharf. Alle taten so, als wüssten sie von nichts.

Hier ihre Aussagen:

Herr Sobol
„Ich war bei einem Wasserloch und habe Fotos von Elefanten gemacht. Es war eine ganze Herde da. Auch mehrere Babys waren dabei.“

Herr Schröder
„Mir ist nichts aufgefallen. Ich habe Giraffen beobachtet. Allerdings haben die Tiere plötzlich die Hälse gereckt, einen erschrockenen Schrei ausgestoßen und sind dann geflüchtet. Vielleicht haben sie etwas gewittert.“

Frau Maruna
„Ich war zu dieser Zeit bereits im Camp, weil mir entsetzlich schlecht war. Das Essen hier ist zum Kotzen.“

Frau Sobol
„Ich war mit meinem Mann bei den Elefanten. Als wir zurückkamen, war der verbeulte Jeep schon da.“

Herr Baldo
„Ich war bei den roten Felsen, das gebe ich zu. Allerdings war das gestern. Haha. Ich habe auch drei Nashörner gesehen

und auf sie geschossen ... aber nur mit der Kamera. Hahaha!“

Frau Baldo
„Ich war hier und habe geschlafen. Die Hitze macht mich total fertig.“

Herr Watts
„Frechheit! Ich lasse mich nicht als Wilderer hinstellen, ihr Rotznasen! Haltet den Mund und verschwindet! Was bildet ihr euch eigentlich ein?“

Lilo begann, ihre Nasenspitze zu kneten, und Axel, Poppi und Dominik nickten einander zu. Für sie stand fest, dass die Nashorn-Jäger vor ihnen saßen.

KRIMI-FRAGE:
Wer war es?

LÖSUNG:

E	I	S	F	E	R	D	E	S	W	A	G	T	R	S	I
R	D	A	D	S	:	W	A	S	D	R	T	5.	A	A	H
D	W	L	U	G	E	N	U	N	T	E	R	W	A	H	N
M	E	Z	L	U	G	Z	E	U	G	E	M	I	T	N	E
Ä	U	S	E	R	R	T	F	N	R	O	S	T	K	E	S
N	K	T	L	T	R	S	E	A	G	L	A	S	N	T	S
N	H	R	B	I	G	E	D	G	E	T	U	G	S	O	I
C	3	E	R	U	F	R	E	E	R	A	S	.	D	R	E
H	T	U	T	K	D	M	R	L	A	U	R	S	E	T	H
E	E	E	Z	L	S	:	V	H	T	C	Ü	E	M	E	T
N	R	R	R	V	A	O	O	E	E	H	S	L	K	M	I
?	F	J	➔	H	E	R	R	S	C	H	R	Ö	D	E	R
,	F	R	A	U	M	A	R	U	N	A	U	N	D	H	E
R	R	B	A	L	D	O	:	W	Ä	H	R	E	N	D	H
E	R	R	S	C	H	R	Ö	D	E	R	N	I	C	H	T
W	E	I	S	S	,	D	A	S	S	G	I	R	A	F	F
E	N	K	E	I	N	E	S	C	H	R	E	I	E	V	O
N	S	I	C	H	G	E	B	E	N	,	K	E	N	N	E
N	F	R	A	U	M	A	R	U	N	A	U	N	D	H	E
R	R	B	A	L	D	O	D	I	E	Z	E	I	T	B	E
Z	I	E	H	U	N	G	S	W	E	I	S	E	D	E	N
O	R	T	D	E	S	V	E	R	B	R	E	C	H	E	N
S	.	●	Z	Ä	H	N	E	:	L	K	H	F	R	T	K
E	N	G	L	Ä	N	D	E	R	P	O	P	P	I	G	F
A	H	E	R	:	T	J	M	D	F	A	E	S	C	V	J
T	H	E	A	T	E	R	V	O	R	F	Ü	H	R	U	N

Kennst du Axel?

Axel hatte früher ein großes Problem: seine Größe. Er war nämlich um einen Kopf kleiner als die meisten in seiner Klasse. Deshalb wurde er oft verspottet. „Gnomi, Zwergi, Stummel und Schlumpf" nannten ihn seine Mitschüler.

Meistens hielt Axel ihnen dann die rechte Faust unter die Nase und drohte: „Die riecht nach Friedhof. Wenn du mich weiter ärgerst, bekommst du sie zu spüren!" Viele konnte er damit einschüchtern. Manche jedoch zogen ihm einfach die Wollmütze über die Augen, die er immer trägt.

Axel wollte allen beweisen, dass er zwar klein war, aber trotzdem auf Zack. Deshalb hat er begonnen zu trainieren. Er ist nun der Beste im Boxen, im Laufen, im Hoch- und im Weitsprung.

Inzwischen nennen ihn alle nur noch das Superhirn!

KRIMI-FRAGE:

Welche drei Dinge stimmen?

LÖSUNG:

D	I	E	5.	D	E	Z	O	N	S	E	T	W	7.	F	L
I	M	E	H	T	W	E	X	D	U	N	J	E	A	E	A
N	M	F	L	R	E	N	T	I	P	K	K	G	R	U	C
O	E	F	K	E	R	,	N	S	E	L	L	E	B	E	H
S	R	G	I	T	●	K	I	T	R	E	E	N	E	R	W
A	H	A	U	E	1.	E	C	S	H	R	R	D	I	D	Q
U	I	R	T	I	A	I	H	P	I	T	T	I	T	R	D
R	N	T	E	S	X	N	T	R	R	Ö	W	E	F	A	A
I	.	E	W	E	E	E	,	I	N	S	I	S	I	C	S
E	D	N	E	N	L	W	E	N	G	A	W	E	N	H	G
R	G	T	D	B	T	O	R	T	E	D	S	M	G	E	T
F	R	O	C	A	R	L	S	E	N	S	E	R	E	N	I
D	W	R	V	H	Ä	L	P	R	A	R	N	E	R	I	O
W	A	E	T	N	G	M	I	.	N	E	L	C	S	G	Z
A	S	G	Z	F	T	Ü	E	3.	N	Z	A	H	P	E	H
S	S	S	N	R	B	T	L	L	T	U	S	T	I	L	Ä
H	T	R	H	;	A	Z	T	I	.	K	S	S	E	.	T
U	L	8	K	O	S	E	F	L	●	A	O	L	L	S	T
Z	Ö	„	A	L	E	N	U	O	P	S	U	Ö	E	E	E
T	O	G	D	Ö	B	.	S	W	D	L	N	S	E	L	N
Z	U	A	W	Z	A	2.	S	I	S	J	D	E	N	B	H
E	B	S	T	R	L	A	B	R	J	T	L	G	Z	S	I
K	T	T	L	F	L	X	A	D	T	R	U	E	I	T	T
L	C	L	:	T	M	E	L	D	R	D	P	L	A	E	S
N	H	Ö	H	T	Ü	L	L	A	E	H	E	D	N	R	W
A	R	W	J	E	T	B	U	S	U	G	N	H	G	J	Ä

Kennst du Dominik?

Dominik kann seine Freunde manchmal zur Weißglut bringen, da er ungeheuer kompliziert spricht. Er sagt nicht: „Das Wetter ist schön", sondern: „Es erfreut meine Pupille, dass die Sonne heute nicht von Wolken verdeckt wird!"

Seine verschnörkelte Sprechweise hat er vom Theater, wo er bereits öfter aufgetreten ist. Er hat schon in vielen Filmen mitgespielt.

Die drei anderen Knickerbocker, Lilo, Axel und Poppi, hat er kennengelernt, als er gerade einen Film in den Alpen drehte. Zu dieser Zeit hat die Knickerbocker-Bande auch das Rätsel um die Weißwurst-Vampire gelöst.

Dominiks größtes Hobby ist Sport. Allerdings hat er ein kleines Problem: Wegen seiner Schauspielerei hat er zu wenig Zeit dafür.

KRiMi-FRAGE:

Welche drei Dinge sind falsch?

LÖSUNG:

A	X	E	L	W	O	L	L	T	E	S	W	K	L	Ä	I
D	E	R	G	E	„	A	A	G	N	E	S	T	R	O	L
L	:	S	W	A	D	E	B	V	G	N	N	U	T	I	O
P	A	S	U	N	D	4.	D	J	Ä	G	E	R	L	A	T
E	I	N	H	E	F	E	G	E	B	Ä	C	K	Z	U	M
I	T	T	A	G	W	D	E	R	V	R	I	E	T	Z	D
E	S	D	M	K	L	P	Ü	H	G	R	E	W	.	D	A
H	E	R	T	E	R	B	V	N	➔	1.	D	O	M	I	N
I	K	H	A	T	D	I	E	A	N	D	E	R	E	N	K
N	I	C	K	E	R	B	O	C	K	E	R	B	E	I	E
I	N	E	M	L	E	D	E	R	H	O	S	E	N	-	W
E	T	T	B	E	W	E	R	B	K	E	N	N	E	N	G
E	L	E	R	N	T	.	2.	S	I	E	L	Ö	S	T	E
N	D	A	M	A	L	S	D	A	S	R	Ä	T	S	E	L
U	M	D	A	S	S	C	H	N	E	E	M	O	N	S	T
E	R	.	3.	D	O	M	I	N	I	K	S	H	O	B	B
Y	I	S	T	L	E	S	E	N	;	A	X	E	L	I	S
T	D	E	R	S	P	O	R	T	L	E	R	D	E	R	B
A	N	D	E	.	●	D	R	T	Z	G	H	J	.	S	D
E	R	T	N	M	K	O	S	E	D	G	T	E	R	K	L
Ä	A	S	W	D	A	R	T	H	N	;	D	S	R	T	Z
H	D	A	S	R	T	L	O	T	E	R	T	G	H	U	I
N	I	S	.	W	Q	U	E	R	L	E	S	E	R	A	B
E	N	M	R	O	T	E	W	E	T	T	E	R	L	E	U
I	I	I	L	I	L	O	S	A	G	T	E	R	B	R	A
S	L	T	W	I	E	N	F	L	U	S	S	E	F	B	T

Kennst du Lilo?

Lilo wird das Superhirn der Knickerbocker-Bande genannt. Sie liebt Krimis über alles und verschlingt jeden Kriminalroman, den sie in die Finger bekommt.

Außerdem hat sie zahlreiche Detektivtricks von ihrem Vater gelernt, der Kommissar bei der Polizei ist. Er sieht es allerdings nicht so gerne, dass seine Tochter sich manchmal auf gefährliche Abenteuer einlässt.

Im Winter ist Lilo eine begeisterte Skifahrerin. Im Sommer vertauscht sie die Skier gegen ihr Mofa, mit dem sie schon mehrere weite Fahrten unternommen hat.

Lilo flicht sich das lange blonde Haar meistens zu zwei lockeren Zöpfen. Das sieht erstens cool aus und zweitens braucht Lilo die Zöpfe beim Nachdenken. Da knabbert sie nämlich immer daran und meist fällt ihr dann auch was ein!

KRiMi-FRAGE:

Was stimmt nicht?

LÖSUNG:

N	A	R	R	E	N	Z	U	T	U	N	F	;	W	E	A
D	A	S	G	E	L	K	P	Z	R	B	V	E	➔	1.	L
I	L	O	S	V	A	T	E	R	I	S	T	S	K	I	L
E	H	R	E	R	,	N	I	C	H	T	P	O	L	I	Z
E	I	B	E	A	M	T	E	R	.	2.	L	I	L	O	B
E	S	I	T	Z	T	K	E	I	N	M	O	F	A	.	3.
W	E	N	N	L	I	L	O	N	A	C	H	D	E	N	K
T	,	K	N	A	B	B	E	R	T	S	I	E	N	I	C
H	T	A	N	I	H	R	E	N	Z	O	P	F	S	P	I
T	Z	E	N	,	S	O	N	D	E	R	N	K	N	E	T
E	T	I	H	R	E	N	A	S	E	N	S	P	I	T	Z
E	.	●	I	H	E	M	I	W	E	S	E	N	T	L	I
C	H	P	F	E	R	D	E	S	W	A	G	T	R	U	I
M	L	Ö	D	S	:	W	A	S	D	R	T	5.	A	D	L
E	R	A	U	G	E	N	U	N	T	E	R	W	A	S	S
E	R	F	L	U	G	Z	E	U	G	E	M	I	T	W	A
C	X	G	E	R	R	T	F	N	R	O	S	T	K	A	R
W	J	K	L	T	R	S	E	A	G	L	A	S	N	U	I
D	W	.	B	I	G	E	D	G	E	T	U	G	S	P	U
E	A	F	R	U	F	R	E	E	R	A	S	.	D	O	Z
R	S	E	T	K	D	M	R	L	A	U	R	S	E	Z	T
F	C	Z	Z	L	S	:	V	H	T	C	Ü	E	M	B	G
G	E	U	R	V	A	O	O	E	E	H	S	L	K	L	F
H	R	R	E	E	Q	U	L	B	W	E	T	B	K	I	L
J	T	W	D	T	C	T	L	E	O	R	U	S	H	U	:
T	E	H	:	R	Ö	R	T	L	H	A	N	T	Z	Z	G

Kennst du Poppi?

Hier der letzte Bericht über ein Mitglied der Knickerbocker-Bande: über Poppi. Aber Achtung! Auch hier sind drei Dinge falsch!

Poppi liebt Tiere über alles. Sie ist die stolze Besitzerin eines Mini-Zoos, in dem drei Katzen, ein Bernhardiner, ein Papagei, Kaninchen, Goldfische und von Zeit zu Zeit noch andere Tiere zu finden sind.

Nur Ratten kann Poppi nicht ausstehen. Die hasst sie genauso wie ihren echten Vornamen Barbara. Weil sie Barbara für einen Horror-Namen hält, hat sie sich selbst Poppi genannt.

Poppis Vater ist Wissenschaftler, genauer gesagt Chemiker. Im Fall des „Phantoms der Schule" wurde er sogar erpresst. Jemand hat verlangt, dass er eine falsche Flüssigkeit als echt beurteilen sollte, weil Poppi sonst ein Unheil geschehen würde.

Damals, als die Knickerbocker-Bande das Phantom jagte,

soll Poppi vor Aufregung und Angst sogar drei graue Haare bekommen haben. Doch auf ihrem blonden Wuschelkopf sind sie nicht sehr aufgefallen.

KRIMI-FRAGE:

Was stimmt nicht?

LÖSUNG:

H	Ü	T	E	S	B	L	T	R	B	A	L	D	R	I	A
E	M	E	R	S	T	I	B	A	Z	A	U	B	E	R	H
R	Z	W	Z	T	S	C	A	U	F	7	E	A	T	N	R
R	U	F	Ä	R	I	H	R	N	E	H	L	U	:	I	A
S	G	G	H	A	E	E	B	,	N	I	F	A	J	F	B
Ä	S	H	L	T	S	R	A	N	S	N	E	R	H	D	E
B	K	J	E	T	O	N	R	I	T	T	N	B	R	N	N
E	I	M	N	E	G	A	A	C	E	E	.	E	E	E	;
L	S	3.	S	N	A	M	.	H	R	R	K	I	S	S	S
Z	T	E	A	K	R	E	3.	T	:	Z	L	T	N	U	C
A	E	W	R	E	S	L	P	B	S	A	A	E	G	A	H
H	N	J	T	I	E	A	O	L	C	R	V	R	R	T	W
N	P	I	Z	N	H	U	P	O	H	T	I	I	W	T	A
T	A	U	B	E	R	T	P	N	E	E	E	M	L	I	R
I	C	Z	W	S	.	E	I	D	I	N	R	Z	Ö	M	Z
G	K	R	H	W	2.	T	S	.	B	H	T	E	Ä	A	E
E	E	„	J	E	P	P	H	◉	E	A	A	L	H	K	M
R	N	K	⬇	G	O	A	A	K	F	M	S	T	J	I	Ü
S	,	L	I.	S	P	U	A	Ä	I	E	T	L	D	N	N
W	A	D	P	.	P	L	R	S	E	L	E	A	E	O	D
A	U	S	O	S	I	A	E	E	L	N	N	G	W	M	E
L	C	A	P	I	S	.	S	B	S	B	H	E	H	R	R
I	H	T	P	E	W	N	I	R	O	Ä	I	R	N	A	J
U	W	I	I	L	I	I	N	Ö	J	R	E	B	S	H	M
T	E	O	H	I	R	C	D	T	U	E	L	E	C	I	R
R	N	P	A	E	K	H	B	C	Z	N	T	F	H	Z	E